JN001367

Jeffery Deaver

ジェフリー・ディーヴァー

池田真紀子・訳

HUNTING TIME

ハンティング・タイム

文藝春秋

ドイツ旅行中、真の気遣いと寛大さを示してくれた、
ハノーファーのカステンス・ホテル・ルイゼンホフの友人たちに。
ダンケ・シェーン！

人であるということは、エンジニアであるということだ。

——ビリー・ヴォーン・コーエン

"Discussion of the Method"

目次

装幀　関口聖司

ハンティング・タイム

主な登場人物

コルター・ショウ……………………本編の主人公　懸賞金ハンター
アリソン・パーカー…………………ハーモン・エナジー社の技術者
ハンナ・メリット……………………アリソンの娘
ジョン・メリット……………………アリソンの元夫　元フェリントン市警刑事
マーティ・ハーモン…………………ハーモン・エナジー社CEO
ソーニャ・ニルソン…………………同社　警備責任者
マリアンヌ・ケラー…………………同　ハーモンのアシスタント
モール・フレイン……………………殺し屋　スーツを着ている
デズモンド・サウィッキ……………同右　ジャケットを着ている
ドミニク・ライアン…………………犯罪組織のボス
フランク・ヴィラン…………………アリソンの友人
ダンフリー・ケンプ…………………フェリントン市警の刑事
クリスティ・ドナヒュー……………マーシャル郡保安官補
トム・ペッパー………………………ショウと旧知のFBI捜査官
マック・マッケンジー………………ショウが雇っている私立探偵
セルゲイ・レメロフ…………………元GRUの工作員　エイブ・リンカーンと名乗ることも

第一部

ポケットサイズの太陽

九月二十日　火曜日

1

罠はシンプルのきわみだった。

シンプルゆえに功を奏した。

ウェルボーン＆サンズ製作所の四階、使われなくなって久しい作業場。コルター・ショウは、埃をかぶった木の棚のあいだを足音を忍ばせて奥へと進んだ。棚には錆びたタンクやドラム缶が並んでいる。棚は五メートルほど先まで続いているが、その奥には広々とした空間が開け、古びたマホガニー材の作業台がひしめき合っていた。作業台はどれも傷だらけで薄汚れ、カビにやられて朽ちかけている。

その開けた一角に、地味なビジネススーツ姿の男が三人立っていた。まさか見られているとは夢にも思っていないのだろう、さかんに身ぶりをまじえ、周囲をはばからない声で何やら話しこんでいた。

ショウは棚の陰で足を止め、ビデオカメラを取り出した。アマゾンやベストバイなどのオンラインサイトで販売されている普及品に見えるが、一つ大きな違いがある。ボディ前面にレンズがついていない。ガラスでできた大きな目の代わりに、長さ四十五センチほどの折り曲げ自在なシャフトがあり、その先端に極小のレンズが備わっている。ショウはシャフトを直角に折り曲げ、棚の角から向こう側に伸ばして〈録画〉ボタンを押した。

数分後、三人がこちらに背を向ける瞬間を待ってショウは隠れ場所を離れると、三人に一番近い棚の陰に身をひそめた。

罠が作動したのは、そのときだった。

床のぎりぎりに張られていた仕掛け線にショウの靴先が触れた。仕掛け線に引っ張られて、すぐそばの棚の脚を支えていたピンが抜け、タンクや金属容器やドラム缶の雪崩が起きた。ショウはドラム缶の直撃を避けようと前方に身を投げ出したが、間に合わなかった。いくつかが肩にぶつかってきた。

三人が一斉に振り向いた。うち二人は中東系の外見をしている。サウジアラビア人だ。もう一人はヨーロッパ系の白人で、ほかの二人とは対照的な青白い肌をしていた。背の高いほうのサウジアラビア人、ラスと呼ばれている男は、ショウがぶざまに登場すると同時にすばやく銃を抜いた。三人が近づいてきて、罠にかかった獲物を――ざらついた床から立ち上がろうとしているショウをながめ回した。がっしりした体格、金色の髪、三十代、ブルージーンズに黒いTシャツ、革のジャケット。ショウは右手で左肩を押さえた。顔をしかめ、痛み始めた関節をもみほぐす。

ラスがスパイカメラを拾い上げてスイッチを探し、電源を切ってからポケットに入れた。大枚千二百ドルはたいたカメラとはお別れだ。だが、いまショウが優先すべきはそれではない。

もう一人のサウジアラビア人、アフマドが溜め息をつく。「まずいな」

第三の男ポール・ルクレールは青ざめたかと思うと、いまにも泣き出しそうな表情をした。

ショウは青い瞳に嫌悪を浮かべて崩れた棚を見やった。床に落ちたドラム缶と距離を置く。一部から刺激臭のする化学薬品が漏れ出し始めていた。

単純のきわみ……

「待て！」ルクレールが眉を寄せた。「この男なら知ってるぞ！　ミスター・ハーモンが新しく雇った男だ。人事課にいる。少なくともこいつはそう言ってた。実は秘密調査員だったんだな！　ちくしょう！」声がうわずった。

おい、まさか泣き出したりしないよな。

「警察の人間か」アフマドがルクレールに訊く。

「知るか。私が知るわけがないだろう」

「警察の人間ではない」ショウは言った。「民間の者だ」厳めしい表情をルクレールに向ける。「裏切り者捜しをハーモンから依頼された」

アフマドは窓から外を確かめ、下の路地に目を走らせた。「仲間はいるのか」ショウにそう訊く。

「いない」

アフマドは作業場の入口側に移動した。ボディランゲージから、質のよさそうな灰色のスーツに隠された全身の筋肉がぴんと張り詰めているのが伝わってくる。入口のドアをゆっくりと開けて外をのぞく。ドアを閉めてこちらに戻ってきた。「おまえ」ルクレールに言う。「こいつの身体検査だ。武器を確かめろ。ポケットのなかのものを全部出せ」

「私が？」

アフマドが言った。「俺たちは尾行されていなかった。不注意だったのはおまえだ」

「私だってちゃんと用心したさ。本当だ。尾行はなかったよ」

アフマドは片手を挙げて黙らせた――〝おまえに金を払ってるのは泣き言を聞くためじゃない〟。

ルクレールはなおもみじめな表情をしてショウに近づいた。衣服の上から全身を軽く叩いて武器の有無を確かめる。ショウは丸腰ではあったが、ルクレールの手つきでは、いつもどおり腰にセミオートマチック拳銃を携帯していたとしても見逃したことだろう。

ルクレールのぎこちない手は、それでもショウのポケットの中身をすべて取り出した。携帯電話と現金、折りたたみナイフ、財布を抱えると、一歩下がって埃まみれの作業台に置いた。

ショウはまだ左肩をもんでいた。ラスがショウを見たまま軽く顎を引き、不用意に動くなと暗に警告した。拳銃を握ったラスの人差し指はトリガーガードの外側に添えられている。つまりこの男は、銃の扱いに慣れているのだ。一方で、手にしている銃は鏡のように輝くクロムめっき仕上げの派手なものだ。真のプロが持ち歩く種類の武器ではない。

こちらの武器に注目を集めるべからず……

ルクレールの視線は、蓋が開いたままのアタッシェケースに注がれていた。縦横三十五センチ×二十五センチ、厚み五センチほどの灰色の金属ボックスが入っていて、それぞれ色の異なるワイヤが計六本伸びている。ルクレールはショウに向けて言った。「ばれてるのか？　私だと、ミスター・ハーモンもすでに知っているのか？」

頭上に空はあるかというくらいわかりきった問いに、コルター・ショウがわざわざ答えることはまずない。

それに、答えずにいれば優位を保てる。ルクレールは親指と人差し指の先をこすり合わせた。左右の手で。奇妙にも同時に。それがみじめな様子をいっそう加速した。

アフマドが携帯電話に目をやった。「パスコードを言え」

ラスが銃口を軽く持ち上げた。

パスコードを明かすのを拒んで殺されるようでは、サバイバリストを名乗る資格はない。ショウはパスコードを教えた。

アフマドは画面をスクロールした。「手がかりを追って工場に行くとしか書いていない。メッセージの送り先は市内の局番だ。ほかのメッセージの宛先も全部同じ番号だな。ただし、名前が書いてある」ルクレールを見る。「俺たち全員の名前が」

「そんな……」

「こいつはしばらく前からおまえを調べていたようだぞ、ポール」アフマドはさらにスクロールしたあと、携帯電話を手近のデスクに放り出した。「まあ、差し迫った危険はなさそうだ。計画は変更しない。ただし、さっさと片づけよう」ポケットから分厚い封筒を取り出してルクレールに渡した。ルクレールは額を確認しないまま封筒をしまった。

「こいつはどうする？」ルクレールはうわずった声で訊いた。

アフマドは少し考えてから、そこの壁際まで下がれとショウに身ぶりで命じた。

ショウは言われたとおりの場所に移動した。左肩をさする手は下ろさなかった。肩の痛みは、重力に導かれるように下に向けて拡散していく。

アフマドはショウの財布をあらため、紙幣を抜き取ってポケットに入れた。「よし。おまえの身元はわかったぞ。住所もな。しかし、そのくらいは大した問題ではないんだろう」ショウの頭のてっぺんから爪先までながめ回す。「自分の面倒は自分で見られそうだからな。しかし言っておくが、緊急連絡先リストにある名前も全部把握した。ハーモンにはこう報告しろ。泥棒を追跡してこの工場を突き止めたが、なかにもぐりこんだときには俺たちは引き上げたあとだったと」

ルクレールが言った。「でも、私だと知られているんだぞ！」

ショウはルクレールの情けない声にうんざりし始めていた。それはアフマドとラスも同じだったらしい。

「わかったな？」

「ああ、よくわかった」ショウはそう答えたあと、ポール・ルクレールを見た。「一つ訊きたい。罪悪感はこれっぽっちもないか？　あんたは世界の二百万人の未来をぶち壊したも同然なんだぞ」

「うるさい」

そんな陳腐な台詞しか思いつけないのか、この男は。

静寂が室内を埋めた……厳密には静寂に近い音、それが白色雑音（ホワイトノイズ）の向こうに聞こえていた。頭のなかをめぐる血流の低い音にも似た、不安をかき立てる音が。

ショウは三人の立ち位置を見た。財布の中身を見て緊急連絡先を把握するという脅しは餌にすぎない。室内の特定の位置にショウを誘導するための餌、罠が作動して床に転がり落ちたドラム缶からショウを遠ざけるための餌だ。つまりアフマドには、ショウをここから解放するつもりは初めからない。仲間が可燃性の化学薬品が入っているかもしれない容器に向けて発砲するリスクを避けようとしただけのことだ。

ショウを殺せば時間を稼げる。ショウの死体がようやく発見されるころ、サウジアラビア人コンビはとうに出国しているだろう。ルクレールもはやお役御免だ。彼がどうなろうとサウジアラビアの二人には痛くもかゆくもない。ショウ殺害の罪をなすりつけるのにうってつけのカモでもある。

アフマドの黒い目が、ラスとその手に握られた派手な拳銃を見た。

「待ってくれ」ショウは急いで言った。「その前に――」

2

「あんたは幸運な男だな、メリット」

血色が悪く、頬がげっそりとこけ、無精髭（ぶしょうひげ）が伸びた受刑者は額に皺（しわ）を寄せ、制服姿の刑務官を見た。

刑務官はメリットの禿げかけた頭を一瞥（いちべつ）した。入所したときはもう少し毛があったなとたったいま初めて気づいたかのようだった。たった一年でこれほど老けこむとは。

同じようにタフで、同じように疲れ顔をした二人の男は、厚さ一・五センチの防弾ガラスをはさんで向かい合っている。ガラスは脂で汚れ、壁は傷だらけだ。築八十年になるトレヴァー郡刑務所の運営陣は、所内美化には関心もなければ、それに励む動機もなかった。

痩せて背が高いジョン・メリットは、ダークスーツに身を包んでいる。就職面接や葬儀にもってこいの、黒に近い紺色のスーツだ。サイズは一つ大きすぎた。なかに着た白いシャツは、すり切れがちな部分がしっかりすり切れている。このスーツとシャツに最後に袖を通したのは十カ月以上も前だ。それから今日までずっと、好むと好まざるとにかかわらず、鮮やかなオレンジ色のジャンプスーツで通してきた。

「やり手のビジネスマンみたいだぞ」刑務官のラーキンは言った。ラーキンは黒人の大柄な男で、制服の色合いはメリットのスーツとほとんど同じだ。

「ああ、まさに見違えるようだろう？」

刑務官の動きが一瞬止まった。メリットの口調に辛辣な皮肉を聞き取り、どういうつもりなのかと不思議に思ったのかもしれない。「私物を返すよ」

メリットは封筒を受け取った。財布、腕時計、結婚指輪が入っていた。指輪はポケットへ、腕時計は手首へ。電池はまだ残っていて、時計の針は正確な時刻を指していた――午前九時二分。

財布を確かめた。一緒に入っていたはずの小銭はなくなっているが、百四十ドル分の紙幣はちゃんとあった。クレジットカード一枚とキャッシュカード一枚も盗まれていない。驚きだ。

「携帯電話とペーパーバックの本もあったはずなんだが。あとは靴下と、ペン」

法廷で弁護士に渡すメモを書くのに使ったペン。インクがなくなったら捨てるのではなく、リフィルを入れてまた使える、少し高級なペンだった。

ラーキンは並んだ封筒や段ボール箱をもう一度確かめた。「それで全部だな」大きな手を片方持ち上げた。「私物がなくなることもたまにある。悪いな」

もう一つ、ぜひとも回収しておきたい品物があった。「工場で作ったものがあるはずなんだが。持って帰れるとウィリアムから聞いた」

刑務官は書類を確認した。「そこを出ると箱がある。棚の上だ。入所時の私物じゃないから、サインは要らないよ」またほかの書類をめくり、ビジネスサイズの封筒を二通、こちらに押しやった。

「これは？」

「釈放書類だ。受領証にサインを頼む」

メリットはサインをし、封筒を即座にポケットにしまった。いまここでなかを読んだら、間違いが発覚してしまいそうな気がして怖い。刑務官も手違いに気づいて、おっと悪いな、なかに逆戻りだと言い出しかねない。

「あともう一つ」刑務官は小さな名刺をこちらにすべらせた。「担当の保護観察官だ。二十四時間以内に連絡すること。言い訳は通用しないからな」また別のカードが差し出された。診察予約票だった。日時は今日の十一時。

「じゃあ、達者でな、メリット。二度と戻ってくるなよ」

　メリットは一言も返さずに向きを変えた。ブザーが鳴ってロックが解錠され、分厚い鉄扉が開く。外に出た。ラーキンが言っていたとおりドアのすぐ横の棚に、三十センチ×六十センチほどの段ボール箱が一つ置いてあった。横面に〈J・メリット〉と書いてある。メリットはそれを抱え、金網のフェンスにある出口ゲートに向かって歩き出した。ゲートががらがらと音を立てて開いた。

　次の瞬間、ジョン・メリットは外の歩道に立っていた。どこへでも好きなところへ行ける。

　奇妙な感覚に襲われた。見当識を失ったような。めまいのような。だが、それは長くは続かなかった。警察の仲間と釣りに出たとき、船の上でよろけずに歩けるようになるまで少し時間がかかったのに似ていた。

　奇妙な感覚はまもなく消え、メリットは南の方角に歩き出した。塀のなかの空気と外の空気の味は違うだろうかと思い、大きく息を吸いこんでみた。違いはわからなかった。

　早くも足が痛い。靴を買う現金がないわけではないが――手持ちのカード類はいまも有効だろうか？――Ｕストアの貸倉庫に行くほうが簡単だし安上がりだ。持ち物は全部そこに預けてあるはずだ。

　そして、いまもそのままあるはずだ。

　信号が変わった。きつすぎる靴を履き、冴えない色のサイズの合わないスーツを着たメリットは、肩を丸めてアスファルト舗装の通りを渡った。これから就職面接に行くようななりで。

　あるいは、葬式に行くような。

3

「待ってくれ。その前に――」

　コルター・ショウがそう口にした瞬間、床に転がったドラム缶の一つから爆発音が轟（とどろ）いた。黄色い濃厚なガスの雲が噴き出し、室内に充満した。ものの数秒で、三十センチ先も見えなくなった。

　男たちが咳きこむ。

「毒ガスだ！」

「いったい何だ？」

「作業で使っていた劇薬だろう！」

　どの言葉も途中から咳に変わった。

「あいつは……まだいるはずだぞ。逃がすな！　早く！」アフマドの声だ。

　だが視界は最悪で、ラスは狙いを定められずにいる。

　ショウは腰を落としてガスの雲の底に身をひそめ、大きく弧を描いて移動した。

「奴はどこだ！」

「そこだ！　そこにいる！　窓から出ようとしている！」

「ここは四階だぞ。好きに飛び下りればいい」これもアフマドの声だ。

「違う、窓と反対のほうだ」パニックを起こしかけたルクレールの声は悲鳴のようだった。

「このままだと毒で全員死ぬぞ！　逃げよう！　急げ！」

　三人の声はくぐもった怒鳴り声と悪態に変わり、まもなく出口のほうに遠ざかって聞こえなくなった。

　ショウは手探りで棚のあいだを通り抜け、ここに侵入するのに使った窓に戻った。咳をしながら非常階段を下り、川に張り出した朽ちかけの桟橋に向かった。クレオソートで真っ黒に汚れ、いつこぼれたものかわからない油でぬるついた不ぞろいな板張りの桟橋を急ぎ足で進み、川べりから工場街を貫く細い路地、マニュファクチャラーズ・ロウに出る脇道に下りた。

　路地のなかほど、大型ごみ収集容器があるところまで来ると、咳をし、唾を吐き、深呼吸を繰り返して、肺に入りこんだガスを追い出した。発作のような激しい咳は治まっていたが、この路地の空気は、ドラム缶から噴き出したガスと大して変わらなかった。黄みがかった茶色い水が流れる幅広のケノア川から漂ってくる、刺激臭を含んだガスがたっぷりと混じっている。フェリントン市の中心部では、だいたいどこに行ってもこの独特の苦いにおいがした。

　大型ごみ収集容器の蓋は開いたままだ。ショウは左右を見て、誰もいないことを確かめた。ブラックホーク・ブランドのホルスターをごみ収集容器から拾い上げ、そこに収めたグロック42ごとウェストバンドの内側に装着した。次に一リットルボトル入りの水を取り出した。水を口に含んで吐き出す。それを何度か繰り返した。最後にボトルに残った半分を一気に飲み干してから、残った私物を回収した。

拳銃のグリップに手を置いて、もう一度路地の左右に視線を走らせた。三人組はショウを捜しているだろうか。路地の出口から表通りをのぞく。答えはノーだった。三人組はあわてた様子で工場から離れようとしていた。アフマドはアタッシェケースをしっかりと抱えている。サウジアラビアの二人はメルセデスに乗りこみ、ルクレールは自分のトヨタに乗りこむ。二台は別々の方角に走り去った。

ショウはごみ収集容器のところに戻った。

容器の底に手を伸ばしてバックパックを取り、四階の作業場でアタッシェケースから失敬した灰色の金属ボックスをそこに入れた。バックパックを肩にかけ、脇道から薄暗いマニュファクチャラーズ・ロウに出た。右に向かって歩き出し、バックパックから携帯電話を取り出してメッセージを何通か送信した。

罠のことを思い返す。

実にシンプルで効率のよい罠だった。ただし、仕掛けたのはショウであって、あの作業場にいた三人組のなかの誰かではない。

ショウはある会社のCEOの依頼を受けていた。その会社でもっとも優秀な技術者が設計した革新的な小型デバイスを社外に持ち出す計画を阻止してほしいという依頼だった。ショウは調査の末に容疑者リストを絞りこみ、ルクレールに狙いを定めた。痩せて臆病なIT部員ルクレールは、ギャンブルにのめりこんで借金に苦しんだあげく、問題の部品の売却をサウジアラビアのバイヤー集団に持ちかけた。その取引が今日の午前中にさっきの工場で行われるという情報をショウは突き止めた。

CEOからの依頼は、〈SIT〉の略称で呼ばれるその部品を取り返すこと、泥棒を突き止めることの二点だったが、ショウはGPS追跡装置を仕込んだ偽のデバイスと本物をすり替えるのがよいと考えた。そうすれば部品の最終目的地を割り出せるし、うまくいけば買い手の正体も突き止められる。

ショウはワシントンDCに本拠を置く私立探偵と契約している。その私立探偵がフェリントン市内に事務所を置くレニー・カスターなる私立探偵に協力を要請し、カスターは必要なツール類や監視装置を手配した。そして昨夜、ショウとカスターは、ウェルボーン&サンズ製作所の工場に仕掛け線を設置し、仕掛け線で床に落ちるはずのドラム缶の一つに軍隊で使う煙幕弾を仕込んだ。

カスターは工場近くに停めたバンで待機し、作業場に隠した盗聴器を通じて一部始終を聞いていた。あらかじめ打ち合わせておいた合い言葉――「待ってくれ。その前に」――をショウが発すると同時に、カスターが煙幕弾をリモートで起動した。煙幕弾は、ショウと兄妹が父から教えられたレシピで作成されていた。こういった煙幕も、サバイバリストが身につけておくべき知識とスキルの一つだ。塩素酸カリウムとラクトースの燃料に染料ソルベントイエローを混ぜ合わせ、燃焼温度を抑えるための重炭酸ナトリウムを加えておいた。不法侵入はともかく、放火罪に問われるのは避けたかった。

煙が作業場に充満すると、ショウは、前夜のうちに偽物を隠しておいた作業台の抽斗(ひきだし)を静かに開けて取り出し、すり替えた。それから窓際に行き、本物のSITを十メートルほど下の大型ごみ収集容器に投げ落とした。

いまショウは、すすで汚れた廃工場や廃倉庫の煉瓦壁にはさまれた陰気な路地を歩いていた。

ブリスコウ工具染料
マーティン&サンズ鉄工所
ジョンソン・コンテナ製造
アメリカ・キャブレター製造会社

五百メートルほど先で地元産業の墓場は終わり、雑草で覆われた二十から三十エーカーほどもありそうな広大な空き地が開けた。かつては各種の建物が並んでいたが、現在は更地(さらち)になっていて、あるのは投棄されたコンクリートブロックや煉瓦の小山、パイプ、住人が金網のフェンス越しに投げ入れた生活ごみだけだ。チラシや新聞、つぶれた発泡スチロールのカップが、秋風に吹かれてぐるぐると追いかけっこをしている。

再開発の予定はあるらしい。しかし、フェリントンで何日か過ごせばわかる。たとえ実現するとしても、街がきらびやかに生まれ変わるのは遠い未来の話だろう。

いまショウがたどっている歩道はゆるやかに右にそれ、やがてケノア川沿いの遊歩道に合流した。

たったいまショウが出し抜いた三人組は、じきにすり替えに気づくだろう。そのとき、緊急時の連絡先にあった人物に報復を試みるだろうか。だが、それは時間の無駄だ。私立探偵マック・マッケンジーは、ショウのために存在しない人物をでっち上げた。ルクレールがショウのポケットから取り上げた薄手の革財布には、運転免許証からクレジットカード、食料雑貨店のポイントカードまで、すべてがそろっていた（商店のポイントカードはショウにとって目新しいものだった。これまで一度たりとも作ったことがない）。マックは写真加工ソフトを駆使し、偽の家族写真まで捏造した。ショウの妻はラテンアメリカ系の美女で、その妻とのあいだには写真うつりがよくて清潔感にあふれた子供が二人いる。

ショウの見積もりでは、アラスカ州アンカレッジにあるはずのショウの偽の自宅をラスあるいはアフマドがはるばる訪れる確率は、一パーセントに満たない。たとえ行ったとしても、架空の男〝カーター・ストーン〟と彼の家族はそこにはいない。

ショウは行く手の目的地を見つめた。中心街に並んだ、ありふれた十階建ての赤煉瓦のビルのうちの一つ。屋上に大きな看板が立っている。看板の最下部は暗い赤で、上端の鮮やかな黄色――快晴の太陽の色――まで、きれいなグラデーションになっていた。それを背景に、次のような文字が並んでいる。

ハーモン・エナジー・プロダクツ
より明るく、よりクリーンな未来を拓く

歩きながら周囲をうかがった。この界隈に人が来る理由はほとんどなく、いまもほとんど人気がない。パーカとだぶだぶのジーンズという服装の痩せた十代の少年が何人か、落書きだらけの塀に寄りかかったり上に座ったりしていた。クラックや覚醒剤、ヘロインを買う客か、自分たちに売ってくれる売人を待っているのだろう。血色の悪い男が一人、季節外れに暑い日だというのに毛布を体に巻いてうずくまっていた。すぐ後ろに台形の石膏ボードの玄関扉に支えられた段ボールハウスがある。小銭を恵んでもらうためのカップさえ置いていなかった。見たところ女のセックスワーカーも一人、道ばたの男たちと同じ倦怠感をまとい、煙草を吹かしながら携帯電話をいじっていた。

警察官のにおいを振りまいているコルター・ショウに話しかけてくる者はいなかった。

五十メートルほど先に、ぼさぼさの金髪をした長身の男が、歩道と川を区切る高さ一・二メートルほどのコンクリート壁にもたれ、携帯でメッセージをやりとりしていた。川のほうを向いている。川面は路面からはるか下にあった。土手はない。人工の護岸――コンクリート壁や建物の基礎――があるだけだ。

男との距離が縮まるにつれ、ショウは二つの事実に目をとめた。第一に、本当にメッセージを送受信しているのかもしれないが、それと同時に、携帯電話をもう一つ別の目的に使っている。画面を鏡にして背後の歩道の様子をうかがっている――より厳密には、ショウの動向を見張っている。

もう一つの事実は、男が銃を携帯していることだ。

銃を探して腰を注視するべからず。見るべきは相手の手である……

バックパックを左肩にかけ直し、ジャケットのジッパーを下ろして、ショウは歩き続けた。すぐ近くまできたところで男は携帯電話をしまい、ショウのほうを向いて大きな笑みを見せた。

「ああ、来たね、ミスター・コルター・ショウ！」かすかに癖のある英語だった。ロシア語、ウクライナ語、それともベラルーシ語のアクセントだろうか。「心配はいらない。あんたが気持ちよさそうに散歩をしてるのを背後からずっと監視していたからね。あんたを尾けてる奴はいないよ。ぜひとも話がしたそうな人間なら三人くらいいそうではあるが」

4

不意を突かれようと、注意を怠るべからず……

通りに新たな人影が増えてはいない。ついさっきショウがその前を通り過ぎてきた怠惰な連中がいるだけだ。

スラヴ系の男が武器をかまえる気配はない。

前方から、あるいは背後から、まっすぐこちらに向かってくる車両もない。

危険度は無視できる範囲——一〇パーセント以下である——と見積もってからようやく、ショウは男のほうに顔を向けた。男はずいぶんと尖った顔をしていた。頬が高く、顎先が細い。透けるような金髪なのに、目は不釣り合いな漆黒（しっこく）だ。遺伝子は、たまにこういう気まぐれを起こす。

男もやはり周囲に視線を走らせた。「どうだね、この肥だめみたいな街は気に入っているか。しかしまあ、他人のことは言えないな。私の国は汚染された街だらけだ。気高き指導者よ、感謝いたします！　あちこちを見て回ったが、臭くない場所はないのかね、この街には。一つも見つからんよ！　言うな、わかっている。つまらん話はやめて、さっさと本題に入れと言いたいんだろう」

スラヴ系の男は舌を鳴らし、感嘆の表情で続けた。

「抜け目ない。実に抜け目ないね、ミスター・コルター・ショウ。あの泥棒をみごとに捕まえた。まるでねずみ捕りにかかったねずみだったね。先を越されたよ。タッチの差ってやつだ。お粗末で哀れなミスター・ポール・ルクレールに、私もあと一歩まで迫っていたんだよ。だが、あんたのほうが行動が早かった。あんたの盗聴器のほうが優秀だった」そう言って肩をすくめた。「まあ、たまにはそういうこともある」

男は続けた。「しかし、さすがだな、ミスター・コルター・ショウ。偽物とすり替わっているのに、連中はまるで気づいていないようだよ」男がこちらに身を乗り出し、ショウは身がまえた。だが男は息を吸いこんだだけだった。「煙幕ときた……気が利くね。実に気が利いている。アラブの二人が国に帰ってSITを接続したとたん、チェルノブイリの惨事の再現になるわけだ！　ははは！　ざまあみろだ」

ショウは尋ねた。「そっちのバイヤーは誰だ」

「ミスター・誰それ。いや、ミズ・誰それかもしれないな。あんたはどう思うね、ミスター・コルター・ショウ」男は真顔に戻って訊いた。「ビジネスの世界じゃ、男より女のほうがよほど容赦ないと思わないか。私はそう思うよ。さあ、ここからは腹を割って話（トーク）そう……アメリカ英語にはおもしろい言い回しがあったね」男は川を凝視した。「鳥が関係するフレーズだったような……」

「話すことなどない。私には売る気がないとわかっているだろう」

「ああ、思い出したぞ。〝七面鳥みたいにしゃべる（トーク）〟！　この仕事であんたはいくらもらえる？」

報酬は二万ドルだ。

マーティ・ハーモンは、ここフェリントンの基準からすれば裕福だが、経営している会社は起業したばかりで、まだ利益は出ていない。製品は第三世界の生活水準向上を目的としている。ショウが今回の仕事を引き受けた理由はそれだった。それともう一つ、挑み甲斐のありそうな依頼内容だったからだ。

ショウは黙っていた。

「私の条件を言おう。五万ドルだ。金の延べ棒で渡してもいい。ビットコインでもドージコインでもいいし、好きに組み合わせてかまわない。米ドルの現金でもいいぞ。だが、いまどき米ドルなんか誰がほしがる？」男は額に皺を寄せた。「ルーブルがいいか？　ルーブルで受け取れば百万長者になれるぞ。ガスプロムの株式はどうだ？　どの時代でも儲かる」輝くような笑顔。だが、すぐにまた真顔に戻った。「そうか。じゃあ、十－万－ドル」一語ずつ人差し指を立てながら言った。

つまり、この男の雇い主はおそらく、ベラルーシでもウクライナでもなく、ロシアにいる。ルーブルで支払うと言っているのだから。

「あんた、名前は？」ショウは尋ねた。

「名前？　名前だって？」うなるような笑い声。「ジョン・F・ケネディだよ。いやいや、嘘だよ。本当はエイブラハム・リンカーンだ。そうさ。それが私の名前だ！　十五万ドルでどうだ？　これが限界だよ」

「聞けよ、エイブ」ショウは言った。「あれは売り物じゃない」

「きっとそう言うだろうと思っていたよ。確信があった。何にせよ、心配するなって」男は両手を上げた。「真昼の決闘を始めようなんて気はないから。あんたが銃を持ってるのは知ってる。見た。ちらっと見えた。小型のやつだろう――マレンキー・ピストレット」

ロシア語。やはりそうか。こいつはロシア人だ。

男は言った。「しかたないな。二十万ドル」

さっきの〝限界〟は限界ではなかったわけだ。

「断る」

「そりゃ残念（ファッキッシュ）」

初めて耳にする語だった。懸賞金ハンターという職業柄、常ならぬ数の俗語に接しているはずなのだが。

　スラヴ系の男は、これ以上話していても無駄だと察したのだろう。にらむように目を細めて言った。「残念だよ。あんたのためを思うとな。大儲けのチャンスだったのに」男は自分の頭を指の先で叩いた。「もっといい手を考えなくちゃいかんな」

　そうは聞こえない口調だったが、遠回しの脅しだ。

　ショウはもっと露骨な言葉を返した。「あんたのためを思って言うが、エイブ、私を尾行しようなどとは考えるな。こっちは一人じゃない」

　男はなおも目を細めた。周囲を見回したあと、にやりと笑った。「私が尾行？　どうして尾行なんか？　私はただの観光客だぞ！　そうだ、有名な水時計は見たか」

「いや」

「ぜひ見るべきだよ、ミスター・コルター・ショウ。ぜひとも見るべきだ」

　ショウは男の前を過ぎて歩き続けた。さっきはあんなことを言っていたが、やはり銃を抜いて『真昼の決闘』ごっこを始めるだろうか。

　確率は五パーセントといったところか。エイブ・リンカーンは愚か者ではない。

　とはいえ、追い詰められているのは確かだろう。

　ファッキッシュ……

　そうだな、念のため一〇パーセントと見積もっておくか。

5

　やっぱりこれにかぎる。愛用のオーダーメイドのワークシューズの履き心地ときたら……

　まだ仕事をしていたころ勤務中に履いていた靴に足を入れた瞬間、解放感が湧き上がってきて、ジョン・メリットは思わず目を閉じた。装飾の切り返しが入った、黒革の編み上げ靴。爪先を守るスチールの補強も入っている。これは行き先によっては欠かせない。

　メリットはUストア貸倉庫の狭苦しいユニットにいた。預けられた私物を見渡す。どれもプラスチックケースに行き当たりばったりに詰めこまれていた。まるで不要品を処分するように。

弱小プロフットボール・チームの色褪せたロゴがついたバックパックに、衣類や洗面用品、金属加工工場で製作した品——郡刑務所で取り組んだ更生プロジェクトの成果——を収めた段ボール箱を押しこむ。

私物の分別を続けた。貴重品はほかにないか。思い出の詰まったものを見落としてはいないか。ない。

前職で使っていた品物が押しこまれたごみ袋が出てきた。そう、ごみ袋だ。まぎれもなく。つぶれたソーダ缶やマニキュアの空き瓶まで入っていた。一年もたって、カビが生える段階をとうに通り越した食パン一切れも。底のほうに手を入れ、使い道のありそうな品物をいくつか取り出した。

トタンのシャッターを引き下ろして閉め、鍵をかけ直してUストア貸倉庫を出た。街を横切るバスに乗った。ウィンドウにもたせかけた頭に、エンジンの振動や、サスペンションを突き上げる風雨で傷んだ路面の凹凸がそのまま伝わってくる。路面の穴やひび割れは、メリットが刑務所に入ったころと変わっていなかった。フェリントンのインフラ整備予算は、彼が刑務所で過ごした短い年月のあいだに魔法のように増額されてはいなかった。たとえ増額されていたとしても、そのうちのどれくらいが役人のポケットに直行したことか。

相当な額だろうな——ジョン・メリットは市の裏事情をよく知っている。

バスを降りて三ブロック歩き、だだっ広い自動車整備工場のオイルの甘いにおいに満ちた事務所に入った。

「エブ」

工場のオーナーは驚いたように目をしばたたいて動きを止めた。縦も横もでかい男で、首の後ろでたるんだ肉がいくつも層をなしている。内心の驚きがストレートに顔に表れていた。ピータービルトの真っ赤なトラックのエンジンから離れ、レンチを握る手を下ろした。「やあ、ジョン。もう……？」

メリットは事務所の外に顎をしゃくった。「洗車もろくにしてもらえていなかったようだな」白いフォードF150ピックアップトラックのボディには土埃がこびりつき、ウィンドウは今年の春の花粉で黄色く曇っている。ボンネットやルーフに小枝や木の葉が載っていて、荷台には風に運び去られずにたまった分が厚く積もっている。

　トラックは屋内に保管するという約束だったはずだが、メリットの記憶は怪しい。エブとその件を相談したとき、メリットは酔っ払っていた。あれは判決が言い渡される当日だった。

　もしかしたらエブは、メリットが刑務所で死に、トラックは自分のものになると思っていたか、そう期待していたのかもしれない。走行距離は二十五万キロ。廃車にはまだほど遠い。

　にこりともしないメリットの顔をエブが見つめる。どことなく怯えているようだ。メリットが刑務所行きになった理由を知っているからだろう。「悪いな、ジョン。今日来るって知ってたら、ぴかぴかにしといたんだが……」エブはここで戦術を変えた。「保管料は三年分もらってたな。返金分の小切手を送るよ。すぐ用意するから。送り先の住所を教えてくれ」

「住所はない。ホースはどこだ」

「手伝いたいところだが、トラックがないと仕事にならないとトム・エールリヒから急かされていてね」

「ホースはどこだ」大声を出すより、静かな声のほうがよほど不安を煽ることをメリットはずいぶん昔に学んでいた。

「洗車用のホースか、ジョン。そこだよ、外にある。洗剤とワックスも使うよな。昨日のうちに連絡をもらえてたら、新品みたいに磨いておいたのに」

「キーをよこせ」

　メリットは差し出されたキーを受け取った。

　無用の注目を引かずにすむ程度に車がきれいになると、メリットはエンジンをかけた。ノッキングを起こしたが、一年前だってこんなものだった。

　修理工場から出て十五分ほど走り、電器店の近くに駐めた。プリペイド携帯を買った。映画で見るほど簡単な手続きではない。これも刑務所以前の生活で知っていた。クレジットカードやちゃんとした住所がなくても購入できるのは事実だが、メールアドレスは必須だ。けばけばしくて意味不明のタトゥーを入れたでっぷり太った若い店員に設定を手伝ってもらって、携帯はまもなく開通した。

　運転席に乗りこみ、長いあいだ携帯を見つめた。それから電話をかけた。少しずつ高くなるビープ音が三つ聞こえたあと、この番号は現在使われておりませんという案内が流れた。

予想していたとおりだ。事件の告発者であり被害者でもある元妻の番号なのだから。メリットは一年前、元妻の告発により、殺人未遂と凶器を使用した暴行の容疑で逮捕され、法廷には不似合いなドラマを経て、大陪審により〝重傷害罪〟で起訴されたのだった。

6

ハーモン・エナジー・プロダクツ本社の敷地に向かう途中、コルター・ショウは川沿いの遊歩道を振り返った。

エイブ・リンカーンの姿は消えていた。

濃い灰色のメルセデス・メトリスのバンが近づいてきた。バンは歩道際に停まり、すらりとした男が一人降りた。黒いジャケットの襟を立て、黒いスラックスを穿(は)いている。スラックスはミリタリー調のデザインで、ポケットがたくさんついていた。男の肌の色はジャケットよりわずかに明るいだけで、頭はつるりと剃り上げてある。ウィングチップの靴は磨き抜かれて黒い鏡のようだ。

ショウは足を止め、今回の仕事の協力者、私立探偵のレニー・カスターに小さくうなずいた。

「レニー」

「コルター。うまくいったか」

「ああ、客人の訪問以外は」

三人組がすり替えに気づいてショウを追ってきた場合に備え、カスターは工場からずっとショウの少し後ろからついてきていた。

こっちは一人じゃない……

ショウは続けた。「身元はわかったのか」

カスターがうなずく。「鮮明な写真を何枚か撮れた。マックに送っておいた」

マック・マッケンジーが誇る人脈に、有能な顔認識エキスパートがいる。

カスターは携帯電話を取り出してメッセージを読み上げた。「〝セルゲイ・レメロフ。元GRU〟」

ロシア連邦軍参謀本部情報総局(GRU)の元工作員か。

「アメリカにはB1の商用短期ビザで入国している。不正工作が発覚してドイツから追放された。ロンドンで起きた新興財閥(オリガルヒ)と、ベラルーシの活動家の暗殺に関与したとされている」

カスターは携帯から顔を上げた。「どういう立場でアメリカに来ているのかは不明だ。民間人としてか、国の命を受けているのか」

ショウは言った。「持ちかけてきた最高値は二十万ドルだった」

「ふん、しみったれた額だな」カスターは言った。

国家が関わる裏取引なら予算はわずかだ。一方で、盗まれたＳＩＴを購入しようともくろんでいる同業のライバルなら、二十万ドルから交渉を始めるだろう。

「マックのほうでレメロフの記録をもう少し掘り返してみるそうだ。何かわかり次第、あんたとマーティに直接送ると言ってる」

「マーティに伝えておくよ。三人組はどうしている？」

工場の方角に顎をしゃくる。

カスターは携帯電話のアプリを起動した。「サウジアラビアの二人は五五号線沿いを北に移動中。行き先はおそらくグラントン・エクゼック飛行場だな。そこで待機しているプライベートジェットで国外脱出するんだろう。ルクレールはいったん自宅の方角に向かったが、途中で南に向きを変えた。いまは環状道路を走ってる」カスターは三人組の車のタイヤハウスにＧＰＳ追跡装置を仕込んでいた。

二人は握手を交わした。「一緒に仕事ができてよかったよ、レニー。旅行は好きか？　また手伝ってもらえるとありがたい」

カスターは言った。「遠出はしない主義でね。生まれも育ちもここなんだ。息子のバスケットボールや娘のサッカーのコーチもしてる。だが、一日や二日くらいならなんとかなるかな。それにあんたが引き受けるような仕事なら……やり甲斐がありそうだ。何かあったら連絡してくれ」

「了解」

「ああ、そうだ。レメロフが殺したっていうオリガルヒと活動家。マックによると、ポロニウムで毒殺された。決して気持ちのいい死に方じゃない。俺ならこの街にいるあいだは飲み物に用心するよ、コルター。自分で封を切ったボトル入りの水以外は飲まないようにする」

7

ジョン・メリットは診察を終え、トレヴァー郡医療センターを出た。

フェリントンのこれといった特徴のない地域の、これといって特徴のない一角。

すぐにでも修繕と改修をしたほうがよさそうな建物だった。刑務所の少しだけ裕福な親戚といった風情で、違いといえば、有刺鉄線でなく金網のフェンスで囲まれていることくらいだ。

多様な専門医が四十名ほど開業していて、ここに来ればありとあらゆる病気の治療が受けられる。かすみ目から胃痛、骨折、皺を病気のうちに勘定するなら皮膚の皺まで。

メリットは診療科の一覧をざっと眺めた。ほかより大きな文字で記されたなかの一つに目がとまった。

フェリントン精神科クリニック

つい最近まで診察を受けていたある医師を連想した。第一回のセッションの記憶が蘇る。

野暮ったい印象の医師は四十歳くらいで、茶のスーツを着ている。ネクタイは締めていない。何らかの規則でそう定められているのだろう。絞殺の危険がある。靴も紐のないスリップオンだ。頭髪は相対している患者のそれとそっくりだった。暗めの金色で――どれほど好意的に見ようと――決して量が有り余ってはいない。

独特のにおいがした。何のにおいだろう。ドクター・エヴァンズは、メリットと向かい合わせの椅子に座って身を乗り出している。ドクターからはセッション開始に当たって、患者の〝個人領域（スフィア・オブ・パーソンネス）〟を侵害することはないと伝えられていた。

それは心理学上の概念で、要するに、患者の話を親身になって聞く一方で圧迫感を与えないよう注意を払うと言いたいらしい。

個人領域……

メリットなら単に〝距離感を保つ〟とでも表現する。だが、医者は何でもむずかしく言わなくては気がすまないのだろう。

セキュリティの観点からも互いに距離を保つべきだ――ドクター・エヴァンズの患者の大多数がここにいる理由を考えれば。

殺人罪。

殺人未遂罪。

重傷害罪……

その部屋は、精神分析医の診察室と聞いて想像するものとは大きくかけ離れている。ソファはない。肘掛け椅子も、クリネックスの箱も、壁に並んだ学位記もないし、患者の気分を害さないよう慎重に選んだ写真やポスターが額に入って飾られていたりもしない。

医師はペンや鉛筆を使わず、タブレット端末でメモを取っている。聞くところによると、数年前に事件があったようだ。幸い、廊下のすぐ先から救急室の医者が駆けつけてきて、精神分析医の目の片方は救われたが。

ドクター・エヴァンズの椅子のすぐ隣に置かれたテーブルに、ワイヤレス方式のパニックボタンがある。ボタンは赤くはなかった。あれを押したら、いったい何人の刑務官がなだれこんでくるのだろう。

あのボタンが押されたことは一度でもあるのだろうか。

「では、おしゃべりを始めましょうか、ジョン」医師の口調は意欲に欠けている。いかにもおざなりな調子だ。

だいたい、このにおいは何だ？

メリットは満面の笑みと協力的な態度で応じる。「ええ。でも、何について？」

「思い浮かんだことを何でも。ここにいる気分はどうかとか」

おい、それは本気で訊いているのか？

それでも笑顔は崩さない。

「子供時代の話とか」

「ええ、それなら」

時間よ早く過ぎろと念じながら、フェリントンでの子供時代の話を始める。よい思い出、悪い思い出、心に傷を残した経験、成功体験。本当のことも一部含まれている。

それでも、話す内容には気をつけた。不思議なにおいをさせたドクター・エヴァンズは、見た感じより実は有能で、老獪(ろうかい)な読心術者のように、メリットがひた隠しにしている秘密に通じる手がかりを探り出そうとしているのかもしれない。

メリットはその秘密をシンプルに〈真相〉と呼んでいる。大文字のTから始まる真相(Truth)。

医師が注意散漫なのは、担当の受刑者／患者を治してやりたい一心で、診断と治療プランの立案に全力で集中しているせいだろうか。

それとも、受刑者／患者がどうなろうと自分の知ったことじゃないと考え、鬱(うつ)やトラウマを訴えるガーデン地区の裕福な主婦の話に耳をかたむけている白昼夢でも見ているのだろうか。


ジョン・メリットは医療センターをあとにし、駐車場を足早に突っ切った。百八十五センチを超える長身だが、歩くときはいつも猫背ぎみで、肉食の獣を思わせた。フォードの大型ピックアップに乗りこみ、二十分後には街の南側に広がる商業地区を走っていた。

このあたりには土地勘がある。いったいどのくらいの時間をここで過ごしたことだろう。ここでは手足の爪を宝石のように磨き上げたり、自動車の修理をしたり、髪にエクステンションをつけたり、薄毛を目立たなくしたりできる。電子機器も買える。玩具や雑貨、プリペイド携帯、中古家具、安価だがすぐに壊れるノーブランドの白物家電や小型電化製品も。

若い女や男、あるいはその組み合わせを一時間か二時間、レンタルするのも可能だ。メリットはその種のビジネスにも通じていた。

ケノア川の方角に車を走らせ、リヴァービュー・モーテルに向かった。フェリントンにはこの手の宿泊施設がひしめいている。平屋建て。そろそろ塗り直したほうがよさそうなパステルカラーの外壁。看板の文字のいくつかはネオン管が切れていて、駐車場は雑草に覆われている。自動販売機は防弾仕様だ。

名前のとおり、客室からは――少なくともだいたいの部屋から――川が望めた。ロビーは川に向けて緩やかに下る草木がまばらに生えた市営公園に面している。しかしこのモーテルの特徴はそれとは別のところにあって、客がにおいにどこまで敏感かで評価が左右されそうだ。

メリットはチェックインの手続きをし、せまく薄暗い客室に荷物を置き、カーテンを閉め、人がいるように見せかけるためにテレビをつけ、部屋を出て〈入室ご遠慮ください〉の札をドアノブに下げ、ここに来るとき前を通り過ぎたコンビニエンスストアに徒歩で向かった。洗面用具とイタリアン・サブマリン・サンドイッチ二つ、缶入りソーダ数本とバーベキュー味のポテトチップスを買った。

次に絶対に外せない行き先――ABC酒店に向かった。店に入る。過去に入ったことのある数えきれないほどの酒店と同じく、なかは甘い香りが満ちていた。ときおり酒瓶が割れるせいだろうか。あるいは、瓶のラベルに使われている接着剤のにおいとか？　箱のにおいかもしれない。

そのにおいが鼻腔をくすぐり、どこまでも続く酒瓶の列が視界を埋めた瞬間、メリットの胃袋は期待に身をよじらせた。

なつかしい友人たち。

メリットは七百五十ミリリットル入りのブレットのバーボンを選んだ。人種不詳の痩せたレジ係の顔を、驚いたような表情がよぎった。この界隈の客が買っていくのはだいたい、店の棚の大半を占めている大容量の商品――一パイント瓶や半パイント瓶――あるいはミニチュア瓶と決まっている。しかもブレットのような高級ブランド品を買っていく客は、おそらく数カ月ぶりだろう。

メリットが最後にブレットを飲んだのは、判決言い渡しの日だった。法廷に現れたメリットが酔っていることに気づいて、弁護士は顔をしかめた。判事も。

モーテルに戻る途中、何か動くものが視界の左端をかすめた。メリットは、タグボートで押されて西に向かう、褪せた緑色をした錆だらけの細長い平底荷船を目で追った。貨物コンテナが満載されている。スウェーデンの海運会社マースクのベビーブルーをしたコンテナが大半を占めていた。いまのフェリントンは、各地の港をつなぐ航路上に無数にある中継点のうちの一つにすぎない。かつては日に数十隻の貨物船が寄港し、大勢の港湾労働者がフェリントン着の貨物を下ろし、フェリントン発の貨物を積みこんでいた。到着の貨物は主に塊鉄で、発送されるのは加工済み金属製品だ。この市の小学校に通った者なら習って知っているように、そもそも市の名前からして鉄の元素記号〝Fe〟に由来している。

荷船は川面に波を残して通り過ぎていき、メリットはモーテルの部屋に戻った。ドアチェーンをかけ、ノブの下に椅子をあてがった。近隣地域は押しこみ強盗が多いことで有名だ。エアコンのスイッチを入れた。デリで買ってきたサンドイッチとバーボンの瓶をベッドサイドテーブルに置き、ベッドにだらしなく座ってむさぼるように食べ、むさぼるように飲んで、遅めの昼食をすませた。枕に背中を預けて目を閉じた。胃のあたりがむかついた。

いきなり詰めこんだのがよくなかったかもしれない。不快な感覚がこみ上げてきて、ついに抑えきれなくなった。

急いで立ち上がり、便器の前に膝をついて激しく嘔吐した。

口をすすぎ、ベッドに戻って、今度は仰向け（あおむ）けに横たわった。しばらくそうしていてから上半身を起こし、バックパックを引き寄せて、刑務官から渡された封筒を取り出した。

一通は釈放命令だった。目を通すほどのものではない。山ほどの禁止事項と難解な法律用語が並んでいるだけだ。もう一通を開けた。ホッチキスで綴じた四枚組の文書が入っていた。丁寧に目を通したあと封筒に戻し、バックパックに入れた。

ジョン・メリットは一息にグラスを空にし、人がいるように見せかける細工をふたたび施したあと、部屋を出てドアにしっかりと鍵をかけた。ポケットから携帯を取り出し、いまも番号を忘れていないことに驚きながら電話をかけた。

8

四日前……

「困ったことになってね。深刻な事態だ。ぜひ力を貸してもらえないか」

その男は背は低いが恰幅（かっぷく）がよく、茶色の髪はくるくるとした巻き毛だ。青いドレスシャツの袖をまくり上げ、ネクタイなしで、薄茶色のスラックスを穿いている。白と黒の格子縞のスポーツコートは、ハンガーを使わずに、コルター・ショウが招き入れられたオフィスのドア裏のフックにかけてある。足もとは派手なオレンジ色のスニーカーだ。

数分前に初めて顔を合わせたばかりではあるが、四十がらみのマーティ・ハーモンはどうやら、子供のように天真爛漫なところがある一方、気が短く、注意の対象がレーザー照準器のようにせわしなく飛び跳ねる側面も持ち合わせているようだ。

ショウとハーモンは、ファイルが山積みの使いこまれたデスクをはさんで座っている。

「きみのことは、私立探偵だと思えばいいのかな」

ショウは懸賞金ビジネスについて大まかに説明した。

ハーモンは感心したように低くうなった。「初めて聞くな」

実をいえば、コルター・ショウがこのオフィスに来ている理由は懸賞金ハンターとしてではなかった。雇われ仕事について説明を聞くためだ。元ＦＢＩ捜査官の友人トム・ペッパーから電話があり、中西部のある支局の副支局長から、ＦＢＩでは引き受けられない案件があると相談されたが、興味はあるかと訊かれた。

懸賞金ビジネスではこれといった仕事は見当たらなかったこともあって、話だけでも聞いてみるかとショウは考えた。

ハーモンは立ち上がってホワイトボードの前に行き、図を描き始めた。「まずは背景を」

始まった講義は興味深かった。なんとミニサイズの原子力発電所などというものが存在するとは、それまで知らなかった。

正式には〝小型モジュール式原子炉〟、略してＳＭＲ。〝小型〟というのは誤解を招きやすい表現だ。標準のＳＭＲは重量六十トンほどもあるという。それでも、完成品として目的地に輸送して設置できるため、事実上の〝携帯型原子炉〟といえる。

ハーモン・エナジー・プロダクツが製造するＳＭＲの商品名は、〈ポケット・サン〉。なかなか気が利いている。

ハーモンはペンを大きく動かして図を描き進めた。見たところ、〈ポケット・サン〉の断面図のようだ。

ショウが座っている肘掛け椅子はだいぶくたびれていた。スプリングはへたり、革はひび割れて、人の肘や尻がこすれる部分はすり切れている。ほかにソファもあったが、書類や物品――金属パーツやワイヤ、基板――に面積の半分を占領されていた。このオフィスは、シリコンヴァレーのＩＴ企業のきらびやかさとはかけ離れている。アメリカ南西部の質実剛健を旨とするメーカー企業を率いる勤勉な実業家の、実用本位の仕事部屋だ。

装飾らしい装飾といえば、ハーモン自身と黒っぽい髪をした四十代なかばの妻の写真と、壁に飾られた額入りの大きな元素周期表だけだ。表の一番下の列にある元素の一つが鮮やかな赤いハートマークで囲われていた。文字は〈U〉。

ウラン。

周期表には大勢のサインが入っている。きっと従業員の寄せ書きだ。会社の転換点となるような大きなできごとを記念したものだろうか。

学位記や免許状、業界の賞などは一つとして飾られていなかった。その事実から、CEOであるハーモンの経歴が推測できそうだった。とはいえ、ショウはあらかじめ私立探偵に指示してハーモンの身辺調査をさせていた。ハーモンはさほど有名ではない州立大学で工学の学位を取得したあと、ローテク業界でいくつかの会社を設立し、軌道に乗ったところで売却してきた。主にエネルギー関連事業だが、一部はインフラ関係だ。マスコミの取材にはいっさい応じない。そういう〝くだらんこと〟に費やす時間がもったいないからだと、記者に向かって言い捨てたこともある。それでもマック・マッケンジーは数本のネット記事を発掘した。いずれもハーモンをワーカホリックで妥協を嫌うイノベーター兼起業家と評していた。ハーモン自身、工学関連装置で十二件の特許を取得しているが、マックの報告書に目を通しただけでは、果たしてどのような用途に使う装置なのかさえ、ショウには理解できなかった。

ホワイトボードに図を描きながら、ハーモンはTEDトークのプレゼンのような説明を続けた。「ミスター・ショウ、これは嘘のような本当の話だ。うちの会社のSMRを設置すれば、発展途上国でも信頼に足る冷凍冷蔵庫や電灯、電話設備を利用できるようになるんだよ……もちろんコンピューターもね！　インターネットも、医療も。サハラ砂漠以南のアフリカ諸国は、いまも一九世紀から変わらない生活を続けているが、〈ポケット・サン〉で一気に時代が進む。人種やエイズ、COVID、性病をめぐる偏見や愚かな考えは、知識と切り離された世界にのみ存在する。エネルギーは、明かり（ライト）を灯すだけじゃない。知識（エンライトンメント）をも高めるんだよ」

セールストークの一節と受け取れなくもないが、聞いていて楽しい。

「さて」ハーモンはショウのほうに向き直って言った。「目下の問題について説明しよう。核エネルギーの世界には、あまり取り沙汰されないが重大な懸念が存在する――核燃料が盗まれ、武器に利用される恐れだ。〝拡散〟と呼んだりする。実態に反して耳当たりのよい表現だね」

〈ポケット・サン〉のようなＳＭＲが設置される国々の多くは治安が悪く、警備の人員も不十分で、核燃料を抜き取られる恐れがつきまとう。装置ごと持っていかれる危険さえある。

〈ポケット・サン〉に使われる核燃料は、通常の原子炉のそれと変わらない。政府が定める基準に合致する、含有量を五パーセントまで高めたウラン２３５だ。ハーモンが説明を続けた。「その含有量で核爆弾を作るには、おとなのゾウ一頭分の量が必要だ。ところが四五パーセントまで引き上げれば、三十六キロ程度で作れてしまう。ジャーマンシェパード一頭分だよ。

これを見てくれ」上向きの鼻を軽くかいてから、ハーモンはホワイトボード上の断面図を指し示した。釣り鐘形のなかに細いパイプの束がいくつも描かれている。束それぞれの最下部に小さなボックスがあり、ハーモンはそのボックスの一つを指さした。「これがＳＩＴだ。〝セキュリティ・インターヴェンション・トリガー〟の略でね。うちのとびきり優秀な技術者が考案した。許可なく〈ポケット・サン〉の移動を試みたり、容器を破壊して燃料を取り出そうとしたりすると、ＳＩＴがウランのペレットを粉砕し、私が発明したメソポーラス・ナノマテリアルの一種と混合される。このナノマテリアルがウランと結合し、武器に転用できない状態にするんだ。このような仕組みをＳＭＲに導入するのは業界でうちが初めてだ」

ここでふいに天真爛漫さが消えた。ハーモンのもう一つの顔――怒りっぽいところ――が全面に現れた。

軽く身を乗り出し、一語ごとに太い指をショウに突きつけるようにして続ける。「うちの社では抜き打ちの在庫チェックを行っているんだが、数日前のチェックで、一部の部品とメソポーラス・ナノマテリアルが不足していることが判明した。社内の誰かがＳＩＴを作ろうとしているらしい。そいつは――いや、女かもしれないが――ライバル会社に売るつもりだろう。なんとしても阻止しなくてはならない。ＦＢＩのペッパー捜査官によると、きみはまさにこの手の仕事を得意にしているそうだね。泥棒を見つけ出してＳＩＴを取り戻してくれたら、報酬二万ドルを支払うよ、ミスター・ショウ。必要経費も当然こちら持ちだ」

ショウはいま聞いた説明を頭のなかで整理した。「問題のパーツは国外に持ち出されるだろうと考えていらっしゃるわけですね。国内のライバル会社なら、企業秘密の窃盗と特許権侵害で訴訟を起こせばいい。有能な弁護士を雇えば、相手企業を倒産まで追いこめる」

大学卒業後の一時期、ショウはカリフォルニア州の弁護士事務所で働いていた。法律の仕事は挑み甲斐があったが、どれほど知的な刺激に満ちた職業であろうと、一つところにじっとしていられない性分の男にデスクワークはつらいだけだった。

ハーモンが言った。「そのとおり。国内のライバル会社はひととおり把握している。彼らの仕業ではない。うちはちっぽけな会社でね。ガス欠のまま突っ走っている車みたいなものだ。ＳＩＴは、他社製品と差別化できる数少ない特徴の一つだ。特大のセールスポイントと言っていい。それを手に入れたどこかの会社に安く売り出されたりしたら、うちは即刻つぶれてしまう。それに、ＳＭＲを第三世界に設置する計画を持っているメーカーはうちだけだ。ここは一つ、おとな同士の話をしよう。私は自分の手で変革を起こしたい。これまで資本主義は行きすぎていたと反省したがる人間が多すぎる。何を馬鹿なと私は思うね。私は金を儲けたい。その儲けた金を使って次の大きなプロジェクトを起ち上げ、人を雇い、世間に利益を還元……」ハーモンは口をつぐみ、よけいな話を払いのけるように手を振った。

「トム・ペッパーは、ＦＢＩの地元支局では引き受けられそうにないと話していましたが」

ハーモンは顔をしかめた。「ほかの捜査で手いっぱいだと言われた。フェリントン市警も当てにできない。人員を五〇パーセント削減したばかりなんだよ。多額の寄付の用意があると持ちかけてはみた。だが、薬物や殺人、家庭内暴力の捜査が山積みで、機械装置の盗難まではとても手が回らないそうだ」

ショウは言った。「私が引き受けましょう」

ハーモンはまっすぐショウに近づいてくると、小さな手で力強い握手をした。

それから自分のデスクに戻り、部下を呼ぶ手短な電話を二つかけた。

五秒とたたずにオフィスのドアが開き、長身の女が入ってきた。長い黒髪は青いスカーフで一つに結ってある。眼鏡のレンズも同じ青色だった。頬骨が高く、唇はふっくらとしている。仕立てのよいスーツを着ていた。元ファッションモデルか何かだろうか。

ハーモンはアシスタントのマリアンヌ・ケラーにショウを引き合わせた。「SITの件で、こちらのミスター・ショウに協力してもらえることになった」

「これで一安心ですね、マーティ」ケラーはほっとしたように顔をほころばせた。こういった会社では家族同様の人間関係が育まれやすい。そのなかでの裏切りは大きな痛手だ。

「必要な経費は無条件にうちが負担する」ハーモンはそう言ってから眉根を寄せた。「プライベートジェットまでは用意できないが」

「必要ありません」ショウは安心させるように言った。

「了解しました」ケラーが言った。ショウは名前といま使っているプリペイド携帯の番号だけが書かれた名刺をケラーに渡した。それから新しい名刺をもう一枚取り出し、裏にケラーの直通電話番号を書き留めた。

ケラーと入れ違いに別の女が現れた。ケラーと同様に背が高く、きっちり三つ編みにした金髪を後頭部で留めてある。顔立ちもケラーに劣らず美しかった。体つきはスポーツ選手のように引き締まっている。マラソンランナーと聞かされても意外ではない。

ソーニャ・ニルソンは、ハーモン・エナジー社のセキュリティ主任だった。

「ミスター・ショウ」ニルソンの握手も力強かった。

「どうぞよろしく」

ニルソンはきっと癖のある英語を話すだろうというショウの予想は当たったが、外見に似合った北欧風のアクセントではなく、意外にも、アラバマ州バーミングハムの半径百五十キロ以内の出身かと思わせる南部訛だった。

「コルターでけっこうですよ」ショウは言った。

ニルソンが言った。「あなたがいらっしゃるとマーティからあらかじめ聞いていたので、少し調べさせてもらいました。懸賞金で生計を立てているとか」

「依頼された仕事が成功しないかぎり報酬を請求しない私立探偵のようなものです」

ニルソンは背筋をまっすぐに伸ばして座った。手や腕の動きにいっさいの無駄がない。持っているタブレット端末も無意味にいじらなかった。複雑な機構がついたアナログの腕時計をしている。右手の人差し指に指輪をはめている以外、装飾品は一つも着けていない。指輪はヘビに似た形をしていたが、正確なところはわからなかった。ショウの頭脳がまたもめまぐるしく働き出した——元軍人か。おそらく戦闘の経験がある。めったに見ない緑色をした目は、冷静沈着だった。

ニルソンが言った。「泥棒が誰なのか突き止めようと、可能なかぎり手を尽くしました。でも、手がかり一つなくて。新しい視点が必要です」

ショウはB6判のノートを開いた。ジャケットから愛用の万年筆も取り出す。デルタのティタニオ・ガラシオというモデルで、黒い軸のペン先寄りにオレンジ色のリングが三つ並んでいる。いまどき万年筆など使うとは気取りやがってと見る者もいるだろう。だが、懸賞金の仕事では長いメモを取る場面が多く、こういった高品質の——といっても決して高価ではない——筆記具は、ボールペンより手が疲れにくい。しかも書くのが単純に楽しかった。

これまでの詳しい経緯を聞きながら、ショウは正確無比な筆跡でメモを取った。無地のノートなのに、どの行もきっちりと水平だ。誰かに教えられたスキルではない。父から受け継いだ才能だ。父もショウも達筆で絵がうまかった。

十分な情報がそろったところで、ショウは言った。「全従業員の入退館記録を見せていただけますか。監視カメラの映像も」

ニルソンが言った。「私のオフィスに用意しておきました」

三人は立ち上がった。二人とふたたび握手を交わし、大げさな感謝の言葉にうなずきながら、ショウは思った——どうかハーモンがハグを求めてきたりしませんように。

9

どういうわけか、ソーニャ・ニルソンのオフィスはCEOのハーモンのそれよりも広く、家具も高級品と見えた。壁には趣味のよい美術品まで飾られている。ほとんどは風景写真だ。ニルソン自身が撮影したものだろうか。

二人はソファに腰を下ろした。すぐ前の細長いガラスのコーヒーテーブルにはマニラ紙のファイルが整然と積み上げられていた。

各従業員の記録や出入口に設置された無接触形デジタルキーのログを点検しながら、ショウはときおりメモを取った。ニルソンは十七インチのノートパソコンをファイルの山のてっぺんに置いて起動し、指紋とパスワードの両方を使ってログインした。ＳＩＴのパーツが保管されていた倉庫周辺の廊下を監視しているカメラの映像を再生する。早送りでもまる一時間かかった。

再生が終わると、ショウは言った。「もう一度」

二度目の再生のなかほどで、ショウは一匹のハエに目を留めた。

映像を少し巻き戻し、その場面に目をこらす。

「これを見てください」

ショウはＳＩＴのパーツが保管されていた倉庫前の廊下を撮影した映像を見せた。午後五時三十分の終業から翌朝八時の始業まで、倉庫を出入りした従業員は一人もいなかった。

ショウは再生を停止して、壁に止まったハエを指さした。

「ハエね」ニルソンが南部訛で言った。

「次に翌日の分」

ショウは最初にハエに気づいた時刻まで映像を進めた。同じハエが同じ場所に止まっている。

「やられたわ」母音を引き延ばす発音でニルソンが言った。

何者かが監視カメラのシステムに侵入し、あらかじめダウンロードしておいた映像で上書きしたのだ。つまり、二晩にわたって監視カメラにとらえられずに倉庫を自由に出入りできたことになる。

その何者かはＩＴ系のスキルを持っている。となれば、侵入した倉庫などの入退室ログも消去してあるだろう。

建物自体への出入りを監視しているシステムの履歴も改竄されているはずだ。

「かなり高度なハッキングだ」ショウは言った。「御社のIT部門の従業員に的を絞りましょう」

ショウはおとり捜査を提案した。ハーモンが西海岸に新たなIT拠点の開設を検討しているという名目で、〝外部コンサルタント〟ショウとIT部門の社員との個別面談をマリアンヌ・ケラーに手配してもらった。ショウはカーター・ストーンを名乗るコンサルタント役を演じるにあたり、ウィネベーゴのキャンピングカーに常備してあるビジネススーツに着替え、度の入っていない眼鏡をかけた。

「コンサルタントらしく見えますか」ショウはニルソンに尋ねた。

「いかにも中間管理職って感じよ」

ショウは何もないオフィスに座り、黄色いメモ用紙を前に置いて、入れ代わり立ち代わりやってくる社員から話を聞いた。西海岸への移転の話はすぐには持ち出さず、初めの五分ほどは面談の目的を曖昧にしたまま、ハーモン・エナジー社での職歴やそれ以前の職場について尋ね、何か不満があればぜひ聞かせてほしいと促した。社員の受け答えに疑念が生じると、そこで初めて移転を話題にした。それぞれの回答を書き留め、礼を言って、次の社員を呼び入れた。

そうやって話をしながら、一人ひとりの反応を念入りに観察した。

明らかに挙動が怪しい社員が一人いた。その男のボディランゲージは容易に読み解けた。罪悪感と不安は明らかだった。ショウはそれに気づき、相手を油断させるため、即座に移転の件に話題を変えた。ポール・ルクレールはまもなく肩の力を抜いた。ショウはコンサルタントの体裁を崩さず、有能なビジネスマンらしい笑みと有能なビジネスマンらしい握手でルクレールを送り出した。

それからニルソンに連絡した。「泥棒は見つけました。次はSITの行方を追わないと」

ニルソンは言った。「尾行しましょう」

「それがいい」

それから二日間、二人はルクレールを尾行し、公の場での会話を聴き、雇用契約で認められている範囲でメールを閲覧した。携帯電話は会社から支給されたものだが、位置情報は追跡できても通話の盗聴まではできなかった。

ショウとニルソンが尾行しているあいだに、ルクレールは市内のモーテルで二人組の男と落ち合った。ビッグ・イヤーの集音マイクが二人の名前をしっかりと聞き取った——アフマドとラス。サウジアラビアのビジネスマンで、エネルギー分野のブローカー。引き渡しが行われる時刻と場所——ケノア川に面した廃工場——も判明した。

ニルソンとショウは明らかになった事実をハーモンに報告した。ハーモンは憤り、同時に狼狽した。「ポールが？　間違いないのか？　ポールにはずいぶん便宜を図ってやったのに……くそ。とにかく泥棒の正体はわかったし、証拠も手に入ったわけだ。今度こそＦＢＩや市警も動くだろう」

「それは得策でしょうか」ショウは言った。

「どういう意味だね？」

ニルソンが言った。「コルターと話していたんですが……」

ショウはあとを引き継いで計画を説明した。「本物のＳＩＴを偽物にすり替えるのがよいのでは、と。偽物にはＧＰＳチップを仕込みます」

ニルソンが付け加える。「あえて取引を放置して偽のＳＩＴを追跡すれば、最終バイヤーを突き止められます」

ハーモンは目を細めて——一点に集中する狙撃手モードに入って——思案を巡らせた。「なるほど、名案だ。さっそく段取りを頼む。なんとしても黒幕の首を取るぞ」

ショウは立ち上がって出口へと歩きながら、煙幕弾のレシピを記憶の底から引っ張り出した。

10

現在

「新たな買い手候補が現れました」

レメロフ（別名エイブ・リンカーン）と遭遇し、レニー・カスターと別れて三十分後、ショウはふたたびマーティ・ハーモンの質素なオフィスに戻った。

二人はものに埋め尽くされたコーヒーテーブルの前に

座っていた。北欧風の外見をしたアラバマ出身のセキュリティ主任ソーニャ・ニルソンも同席している。今日は銀色のジャケットと黒いスカート、白いブラウスに小粒パールのネックレスを合わせていた。

小柄なハーモンは巻き毛をかき上げて顔をしかめた。「説明してくれないか、コルター」

「ロシア人です」ショウはレメロフから高額のオファーを受けたことを話した。

「あなたのことはどうやって知ったのかしら」ニルソンが訊く。

「レメロフも周辺を監視していたようだ」ショウは続けて、レニーとマックの調査結果を伝えた。

ニルソンが言う。「GRU? ソ連の諜報機関ね……このまま引っこむとは思えない。きっと不死鳥みたいに蘇ってくる。ソ連のスパイはしつこいのよ」

ショウは言った。「私にはあっさり断られたわけだ。奴がフリーランスなら、あきらめて次を探すだろう。組織に属しているなら、上の人間が失敗を受け入れるとは考えにくい。とすると、また接触してくるだろうな」

ニルソンはうなずいた。今日は髪を下ろしている。肩にゆるやかに流れ落ちる髪は、うなじから三十センチほど下で切りそろえられていた。この会合に現れたとき、ニルソンの小鼻が軽くひくついたのをショウは見逃さなかった。ショウが自作の煙幕弾を使うことはニルソンにも前もって知らせてあったが、ニルソンはその独特のにおいを敏感に嗅ぎ分けたのだ。元軍人というショウの推測はこれで裏づけられた。

ショウは回収したＳＩＴを一瞥した。「確認していただけますか。本物かどうか確かめておかないと」

「ポールが二重スパイかもしれないと疑っているのか? サウジアラビア人には偽物を売りつけて、本物は別の誰かに売ろうとしているとか?」

ニルソンが眉を吊り上げた。「さすがにそれはないと思いますけど。でも、ルクレールは多額の借金を抱えています。ギャンブルで作った借金」

ハーモンは立ち上がり、散らかったデスクから電動ドライバーを探し出して、ＳＩＴのカバーを留めている小さなプラスねじを一ダースほど取り外した。内部を丹念に点検する。「本物だ」そう宣言してＳＩＴを脇に置いた。

それから、報酬の小切手の宛名はどうしたらよいかと尋ね、ショウは自分の個人名にしてほしいと答えた。ハーモンは小切手に必要事項を記入し、小切手帳から破り取って渡した。「法人化すべきだよ。有限会社を設立するといい。そのほうが法律面で得策だ」

それは言えているかもしれない。あとで少し調べてみよう。ショウは受け取った小切手を財布にしまった。財布には一カ月も前の懸賞金案件で受け取った小切手がまだ入っていた。現金化するのをすっかり忘れていた。

ショウはニルソンのほうを盗み見た。あの目。濃い緑色をしている。色つきのコンタクトレンズだろうか。ずっと気になってしかたがない。

「さてと。ルクレールをどうする？　検事局に連絡して、宣誓供述書を提出するか。民事訴訟も起こしたいね。徹底的につぶしてやりたい」

だがショウは言った。「それよりもっといい考えがあります。御社に給与課はありますか」

「ある」ハーモンが答えた。

「一ドル札を千枚と百ドル札を四枚、用意していただけませんか。短期間だけお借りしたい」

「かまわないよ。だが、何に使う？」鼻を指先でかいて、ハーモンは身を乗り出した。天真爛漫な表情が消え、一点に集中するときの顔つきに変わる。

「ルクレールの居どころを突き止めて、偽のＳＩＴの買い戻しを持ちかけます。そのとき、十万ドルの現金を持っているように見せたいんです」

ハーモンは言った。「しかし、偽のＳＩＴはもう例のプライベートジェットに持ちこまれている。いまごろはメキシコやカリブ諸島に向かっているだろう」

ニルソンは笑みを浮かべていた。ショウの意図を察したのだ。「買い戻しを申し出れば、ルクレールとサウジの二人は、自分たちの手もとにあるのは本物だと自信を持つはず――いまは煙幕弾が破裂したあとコルターがすり替えたんじゃないかって疑いを拭いきれていないかもしれないけれど」

「ルクレールが合意したらどうする？」

「するはずがありません」ショウとニルソンは同時に言った。

ハーモンがつぶやくように言った。「監獄行きにしてやりたいのにな」

ニルソンが言った。「裁判には持ちこまないほうが無難ではないかしら、マーティ。うちの技術の詳細が公表されてしまいます」

ショウも言った。「法廷では、企業秘密は秘密ではなくなります」

ニルソンが続ける。「企業秘密が漏洩しかけたなんて、顧客に知られずにすませたいし」

「それもそうだな」ハーモンは不満げに認めた。二人が提案する解決策が、いっさいの妥協を許さないハーモンの経営哲学に反しているのは明らかだ。

ショウは言った。「ルクレールを解雇して、あとは放置するのがいいでしょう。この先もずっと、いつ警察が玄関をノックするかと怯えて暮らすことになる。サイレンが聞こえたり、黒っぽいセダンが近所に駐まっているのを見かけたりするたびに、生きた心地がしないでしょうね」

この代替案が気に入ったらしく、ハーモンは笑った。

「いいね！　罰として、今日か明日かと永遠に震えて暮らせというわけだな！」ハーモンはニルソンに向き直った。「コルターをうちで雇いたいね。セキュリティの一員として」

ニルソンはショウのほうを見て微笑んだ。「そうね、ぜひ」短い間を置いて続けた。「でも、そういう仕事には魅力を感じないんじゃないかしら」

「私向きじゃなさそうだ」

「どうして？　こんなに美しい街なのに。何が不満だ？」ハーモンは窓の外に広がる灰褐色の景色を見やった。ここからだと黄みを帯びた灰色に見えるケノア川がひときわ目立つ。ばらばらに崩壊しかけた段ボール箱、流木、がらくた、魚の死骸が流されていく。

ハーモンはふたたび表情を曇らせた。「昨日また六人が入院したそうだ。半数は子供だ」

ショウは訊いた。「浄化処理は進んでいるんですか」

ハーモンはふんと鼻を鳴らした。「遅々として進まない……市も郡も金がないんだよ。助けてくれと州や連邦に泣きつくしか手がない。だが、州や連邦から予算を引き出すには時間がかかる」

ニルソンが言った。「しかも、そのうちのいくらがちゃんと浄化処理に使われてるのかわからない。使途が不明なお金が多すぎるのよ。何百万ドルも消えてるの。どこに行ってしまったのか、誰にも説明できない。請負業者？　市議会議員のふところ？　州政府？　ワシントンDC？」

ハーモンが言う。「地元テレビ局の記者が調査を始めたんだが……」失望したように首を振る。「自動車事故で死んだ。死んだという言葉に指でカギカッコをつけたいところだが、そういうジェスチャーはしないことにしている」

「始末されたと思うんですね」

「さあね。きっとそうなんだろう。ろくに捜査されなかったという噂だ」苦々しげな笑い。「川の問題が持ち上がる前から、フェリントンには汚職という美しい伝統があったからね」

ニルソンは言った。「早いところ浄化処理が完了しないと、マーティは一文無しになっちゃう」

どうやらハーモンは水質汚染の影響を受けている地域――フェリントン市の大半を占めている――を対象として、無料で飲料水を配っているらしい。

ハーモンは内線電話をかけた。すらりと背の高いアシスタントのマリアンヌ・ケラーがすぐにやってきた。

「お呼びですか、マーティ」

「現金立替の手続きを頼む。額や金種の詳細はコルターとソーニャに聞いてくれ」

「書類を用意します」ケラーはＳＩＴに気づいて目を輝かせた。「取り戻したんですね」

家族的な雰囲気……

「ミスター・ショウの秘策が功を奏してね……」

ケラーはショウに笑顔を向けた。

ハーモンとショウは握手を交わした。今回はハーモンがショウを引き寄せて力強くハグをした。それから一歩上がり、眉間に皺を寄せた。「さっきの誘い、真剣に考えてもらえないか。給与ははずむ。年金制度にも加入できる。ボトル入りの水も好きなだけ飲めるぞ」

11

でっぷりと肥えた男は紺色のスーツにオープンシャツという出で立ちだった。肌は健康そうな小麦色にむらなく焼けている。うしろになでつけた豊かな髪は、赤毛ともブロンドともつかない色をしていた。

男が昼食の皿から顔を上げた。縁に青いストライプ柄が何本か入った純白の皿に載っているのは、ミートローフか、あるいはハンバーグステーキか。

用心深い目でジョン・メリットを見たあと、男は言った。「ジョンか。まあ座れ。かけてくれ」

ドミニク・ライアンはクロムめっきのテーブルで食事中だった。メリットは同じテーブルについた。マニュファクチャラーズ・ロウ近くに店をかまえるフェリントン・シティ・ダイナーの片隅の薄暗い席だ。広々とした風通しのよい暗い店内を見回す。緑色の壁には、オーバーオール姿でフェルトのソフト帽をかぶって仕事に出かけていく、たくましい足と太い首をした労働者を描いた色褪せた壁画がある。

街のこのあたりが壁画にあるような労働者の街だった時代、ここは労働者のあいだで人気の大衆食堂だった。当時はいつも混み合っていて、騒々しいくらいにぎやかだった。スーツを着た男（男に限られていた）やオーバーオール姿の男がしゃべり、大げさな身ぶりをし、笑い、議論をし、皿にうずたかく盛られた料理を腹に収めたあと、オフィスや作業場に戻っていった。

目下、ライアンとメリットのほかにいる客は四人だ。一人はジーンズと黒い革ジャケットを着た大柄な男で、壁を背にして座っていた。テーブルに雑誌を開いているが、メリットが店に入ってきたとき、男はメリットをじっと目で追った。いまはその視線は雑誌に戻っている。

ライアンは店内の奥に向けて目で合図した。ウェイトレスが近づいてきた。「ご注文をうかがいます」

「コーヒー。ブラックで」

「それだけでよろしいですか。お昼のスペシャルもありますが」

「いや、けっこう」

ウェイトレスが行ってしまうと、ライアンが口を開いた。「具合でも悪いのか、ジョン」茶色の目がしげしげとメリットを見る。

メリットは低い声で答えた。「塀のなかがどんなか、あんたも知ってるだろう。運動場にさえ陽が入らない。食い物はクソだ。あんなもの誰が食えるか」ウィンドブレーカーの内ポケットのあたりに無意識のうちに手をやった。近くの銀行支店で下ろしたばかりの一万ドルを入れた封筒がそこに入っている。一日当たりの引き出し限度を超える額で、国税局に通報が行くかもしれないが、かまわない。メリットはテロリストではないし、マネーロンダリングの前歴があるわけでもない。そういった犯罪で服役したわけではなかった。必要なら、口座にはまだ金がある。離婚に当たり、元妻は預金口座の残額を等分するという条件に同意した。下ろす前に残高を見ると、口座には彼の分がまるまる残っていたが、メリットは驚かなかった。元妻は、夫を刑務所に放りこむ冷酷さはあっても、金に汚い女ではない。

コーヒーが運ばれてきて、メリットはウェイトレスに礼代わりに小さくうなずいた。カップを取って一口飲む。別に飲みたいわけではない。胃袋の反応を確かめたいだけだ。しばらく様子を見て、診断を下す——よし、今回は戻さずにすみそうだぞ。カップに砂糖を加えた。また一口試す。同じ診断結果が出た。

ライアンはフォークで料理を切り分けて食事を続けた。「昼めしには肉を食うことにしていてね。晩めしは家で食うんだが、ジューンが脂肪を気にしてな」そう言って腹をさすった。たしかに突き出ているが、メリットならそれくらいは心配しないだろう。「夜はサラダだけって日もある。信じられるか？　しかもドレッシングまで低脂肪ときている」

ライアンはメリットのほうをちらりと盗み見た。どうでもいい世間話をするのは、こちらの出方を探っている証拠だ。ライアンはメリットが理性を失ったところを見たことがある。そこらじゅうが血だらけになった。

フェリントン史上一番といっていいほど無慈悲なマフィアのボスが、ジョン・メリットを警戒している。

そばかすだらけの顔をしたライアンは、しばし無言で食べることに集中した。何度か料理を口に運び、合間に半分空になったグラスからビールを喉に注ぎこむ。漂う香りからするに、地元産のペールエールだろう。

メリットはふたたび視線を泳がせた。思考がどこへともなく漂い始めた。大柄な刑務官ラーキンから受け取った二通目の封筒に入っていた書類の、最後のページにあった文章が頭に浮かんだ——いや、現物をいま見ているようにはっきりと見えた。釈放審査委員会に宛てた手紙が四通。三通はメリットの釈放を促す内容だった。最後の一通だけは違っていた。

元夫は粗暴でサディスティックな人物です。夫と生活を共にしていたあいだ、私自身と娘の心身の健康と安全について絶えず不安を感じてきました。娘はもう何年もセラピーに通い続けています。精神分析医との定期的なセッションがなければ、誕生以来、夫――ありがたいことに、いまとなっては〝元〟夫ですが――から受けてきたトラウマと折り合っていけない状況にあります。

夫は好ましい人物と映るでしょうが、それはうわべだけです。どうかそのうわべにだまされないでください。私のセラピストは、夫はソシオパスの典型だと言っています。そのほうが好都合だと思えば愛想よくふるまいますが、その下には冷酷な人物がひそんでいるのです。

とはいえ、賛成と反対は三対一だ。

おかげで釈放された。

さらに二口料理を食べたライアンが「ジョン?・」と話しかけてきて、メリットは現実に引き戻された。

「子供のころ、来たことはあるか」

「この店に? もちろん。そっちは?」

メリットはすぐには何も言わなかった。しばしの沈黙ののちに口を開いた。「親父と来た。十回くらいかな。十二回かもしれない」目は壁画を見つめていた。「親父の昼休みに。ブリスコウで働いてた」

「工具メーカーか」

メリットはうなずいた。

父親とこの店に昼食を取りに来たのは、メリットが高校のバスケットボール部のスター選手だったころだ。メリットはできれば来たくなかった――父親は、公の場であっても何をするか、何を言い出すか予想のつかない人間だったから。いきなり怒鳴り散らすこともあれば、息子を侮辱することもあった。しかし父親は来いと言って聞かなかったし、断ろうものならかならずよからぬ結果を招いた。だからリスクを承知で出かけた。だいたいは我慢できる範囲ですんだ。父親の声が大きくなりかけたり、ちょっとした嫌みを言われたりはしたが、その程度だ。

しかし、プロチームから――下部リーグのチームからも――誘いの声が一つもかからなかったのを境に、父親からの昼食の誘いはぴたりとやんだ。おかげでメリットはいつ呼ばれるかとびくびくせずにすむようになった。

　メリットはコーヒーを飲んだ。ウェイトレスが来て、お代わりを注いだ。ウェイトレスが離れていくのを待って、アイルランド系のライアンのほうに身を乗り出す。

「二つ頼みがある」

「俺なんかで役に立てるなら」メリットの素性を思えば、ライアンとしてもこの条件を省くわけにはいかないだろう。ただし、断りたがっているように聞こえてはいけない。怒りに火をつけてしまってはたいへんだ。

「銃がほしい。安物でかまわない。リボルバーで十分だ」

　ライアンは、本気かとは尋ねなかった。出所したばかりの元受刑者が銃を入手するなど自殺行為に等しいことは世の常識だ。塀のなかに戻る一番の近道といっていい。もちろん、手に入れただけでなく実際に銃を使うほうがさらに確実な早道ではあるが。

「いつ」

「いますぐ」

　ライアンは額に皺を寄せた。それから一人うなずき、携帯メールを送信した。ほとんど間を置かずに返事があった。「二十分後。この店の裏で。盗聴器がないか、身体検査をされるから覚悟しておいてくれ。徹底的な検査だ」

「了解」

「もう一つは何だ？」ライアンは訊いた。

　メリットの脳裏にまたしても元妻の手紙が浮かんだ。今回は最後の段落が鮮やかに見えた。

　私はジョンが世間からひた隠しにしている秘密を知っています。私を殺そうとした動機の一つは間違いなくそれです。彼が釈放される前に娘と転居するつもりでいました。私と娘に命の危険があることに変わりはないからです。いま釈放されてしまえば、仕事の重要なプロジェクトを終えて引っ越すだけの時間の余裕は望めません。

　お願いします。司法取引の条件を遵守し、刑期満了まで夫を刑務所にとどめておいてください。

敬具

アリソン・パーカー

署名のすぐ下にさらに二行あるが、太い線で黒塗りされている。しかし、黒塗りした人物の仕事ぶりはお粗末だった。手紙を光にかざすと、住所が読み取れる。元妻がなんとしてもメリットから隠そうとしている転居先の番地だろう。

「もう一つの頼みは……」メリットはライアンのほうにさらに顔を近づけた。「特別サービスだ」

ライアンはピンク色の肉の塊をフォークで口に運ぼうとしているところだった。フォークは荷を下ろさないいま皿の上に戻された。

この二人が属する裏世界において〝特別サービス〟というフレーズが指すのは、たとえば軍の精鋭部隊ではない。高級ホテルのＶＩＰ客専用のコンシェルジュ・サービスでもない。この世界では、殺しにまつわる一連の仕事をひっくるめてそう呼ぶ――ターゲットの所在を突き止めることから始まり、生者を死人に変え、その成果物が未来永劫発見されないよう巧妙な処理が完了するところまで。傍目（はため）には簡単そうに思えるが、実際にはどれほどの難事業であるか、ジョン・メリットは重々承知していた。

12

黄色いビニールエプロンを着けた男は、作業場の真ん中に立っていた。

ラテックスの手袋をはずし、たったいま届いた携帯メールに目を通した。携帯電話をしまって、エンドテーブルをいろんな角度から眺めた。

機能本位のテーブルだ。特定の時代のものではない。大きさは縦横六十センチ、高さは七十五センチほどで、装飾は天板の縁（へり）に施された玉状の彫刻のみ。

「ドーンドゥー……」男の薄い唇から言葉ともつかない音が漏れた。すっかり口癖になっている言葉。芝居じみた抑揚がついた言葉。ふつうなら口笛を吹いたり、鼻歌を歌ったりするような場面で、男はいつもそう口にした。無意識の癖で、本人も気づいていないことが多い。一時期つきあった女から、バードウォッチングが趣味なのか、それはハトの鳴き真似なのかと訊かれたことがある。

モール・フレインは大男だ。広い肩に猪首が乗っている。全体として太い柱のようだ。華奢な刷毛は、肉づきのよい手に握られていると滑稽なほど小さく見える。顔にニキビの痕があるが、あばた面というほどではなく、光の具合によってはまったく目立たなかった。今日もふだんどおりの服装をしている。黒いドレススラックスに白いシャツ。上に着たスモックが塗料の跳ねからスラックスとシャツを守っていた。

　モールはフェリントン生まれのフェリントン育ちで、両親はともに鉄工所で働いていた――父は製造ラインで、母は経理課で。

　両親とは別のキャリアを歩める才能に恵まれたことに、モールは心の底から感謝している。

　またテーブルを見る。

　本心ではこのまま作業を続けたかった。さらに完璧にしたい。どこまでも改良を重ねたい。だが、モールは誘惑に抗う術を学んでいた。完成したあとは、よけいな手を加えてはいけない。完成か否かは直感が教えてくれる。

　テーブルの素材はマシンカットのマツ材だ。しかしモールの手で塗装されたとたん、まるで別物に生まれ変わる。脚は黒い静脈が走る白大理石にしか見えないし、天板は歳月を経て緑青に覆われた銅板のようだ。

　それがフォーフィニッシュ塗装の魔法だ。何かをまったく別のものに生まれ変わらせる。モールのささやかな自宅の奥に設けられた、広々として風のよく通るこのアトリエにはいま、十五の作品が並んでいる。塗料を乾かしている途中のものもあれば、乾燥ずみのものもある。大量生産品の退屈な見た目のまま、モールの魔法をじっと待っているものも。

　モールの一番のお気に入りは、壁の前に置いてある椅子だ。アルミの椅子。それに木材のような塗装を施した。その皮肉が気に入っている。この作品を売るつもりはない。

　テレビン油で刷毛を洗い――モールはアクリルペンキなどではなく、本物の油性ペンキだけを使う――ゴムハンマーでペンキ缶の蓋を叩いてきっちり閉めた。

　スモックをフックにかけ、リビングルームに戻った。スーツのジャケットを着て、深い紺色のネクタイを締めた。腕時計を確かめる。もう時間だ。

　遅いな。どこで何をやってるんだ？

　時刻を確かめたついでに、赤みを帯びた手首の皮膚を観察する。またひどくなっていた。何かでアレルギーを起こしたらしく、腕や首筋、脚、胸が熱を持っていてむずがゆい。どうもおかしいと気づいたのは、症状が出てしばらく経ったころだった。モールはアウトドア好きで、夏の終わりになっても肌は陽に焼けているから、気づかなかったのだ。だが、これはどうやら日焼けとは違う。その証拠に、しだいに範囲が広がっている。

平屋建ての小さな家の内装は、下見張りの外壁と同じ淡い緑で統一されている。同じ緑色でも屋内のほうが少し明るい。いつもカーテンが引かれていて、窓から直射日光が入ることはなかった。外壁の緑色は白茶けていた。家具や額縁の塗装は週に一度くらい続けているが、家の外壁までは手が回っていなかった。

今日は家ががらんとして虚ろに感じられた。

もう四十三歳だ。いいかげんに身を固めるべきなのだろうと最近よく思う。結婚相手を真剣に探したほうがいい。

母親がよこすメールにはいつもそう書いてあった……まだ母がパソコンを使えていたころに届いたメールには。〝書く〟とは何のことか、まだ理解できていたころ。

身を固める……

いや、まだそこまでの年寄りではない。いまどきの基準ではまだ若い。いまからでも何とかなる。

「ドーンドゥー」鳥の鳴き真似のような言葉を小さく唱える。左腕の発疹にスプレー式のアレルギー薬を吹きつけた。

玄関の呼び鈴が鳴った。

「鍵は開いてる！」

デズモンド・サウィッキが入ってきた。大柄で胸板の厚いモールとは対照的に、小柄で痩せている。目立つ違いはもう一つあった。モールはいつもスーツを着ているが、ときおりパートナーを組むデズモンドはカジュアルな服装を好む。今日は肌寒い春の日にゴルファーが着るような薄茶色のウィンドブレーカーを羽織り、黒っぽい色のスラックスを穿いていた。二人とも薄毛の悩みとは無縁だ。モールの髪は茶色で、デズモンドは長めに伸ばしたくすんだ金色の髪をローションでうしろになでつけている。使っているのはおそらくハンドクリームだ。三十八歳のデズモンドは、中年サーファーといっても通りそうだ——フェリントンが、一番近いビーチから優に千五百キロ離れていたりしなければ。

「一人か」デズモンドが家のなかを見回して訊いた。

「そうだ」

デズモンドはそれ以上の答えを期待したようだが、モールは黙っていた。

「どこ行ってた？」モールは苛立った表情を装って訊いた。「遅刻だぞ」

「その前に片づけておかなくちゃいけない用事があってね」

女に関わることだろう。デズモンドはいつもそうだ。

「食い物、あるか」デズモンドはキッチンに入っていった。

「時間がない。仕事だ。行くぞ」

「いいだろ、コーヒーくらい」

「車で飲め」

デズモンドはジャケットと同じくらい薄い茶色のコーヒーをすすりながら戻ってきた。煙草のにおいが漂った。モールは一度も煙草を吸ったことがないが、習慣性が高いという噂は聞いている。

「それ、何だろうな」デズモンドがモールの赤らんだ皮膚をじろじろ見た。「まだ治らないのか」

「そのうち診てもらうよ」モールは真っ赤にただれた皮膚の話もしたくなかった。

二人は玄関を出て、モール所有のフォード・トランジットに向かった。デトロイトが生み出したどの乗り物にも劣らず便利な車だ。

車に乗りこんだところで、モールはデズモンドの様子に目を留めた。眉をひそめ、何か考えこんでいるような顔でこうつぶやいていた。「いいのかな、ほんとに」

今日の仕事のことか？

デズモンドはこれまで、覚醒剤の常用者やオキシコンチンの密売人、内部告発者、検察側に有利な証言をしようとしていた目撃者をためらいなく殺してきた。どれも二人が当たり前のようにこなしている仕事にすぎない。だが、罪のない女を殺した経験は、さすがのデズモンドにもないのかもしれない。その迷いがトラブルを招いたりしないだろうか。確かめておいたほうがいい――いまのうちに。

「その冴えない顔は何だ？」モールは訊いた。

「何でもない」デズモンドはそう言って肩をすくめた。

「終わったら、フライドチキンでも食いに行くか。それとも中華にするか？　どっちもいいよな」

モールは思案をめぐらせた。「バーベキューにしよう。キャッスル・ドライブに新しくできたスペアリブの店」

デズモンドの表情がぱっと晴れた。「いいね。それだな」

13

「あれだな」

コルター・ショウは、ニルソンの赤ワイン色のレンジローバーのウィンドウの外を顎で示した。ショウの視線の先には、フェリントン市郊外のそこそこ快適そうなモーテルの一つ、コージー・スイートがあった。

ポール・ルクレールのトヨタ車のタイヤハウスにレニー・カスターが仕込んだGPS追跡装置のデータによれば、ルクレールはこのモーテルにいる。自宅は警察の監視下にあると考え、逃走を図ったのだろう。

GPSのデータからわかるのは、ルクレールの車はモーテルのこの棟の近辺にあることだけだが、部屋番号に当たりをつけるのは簡単だった。トヨタ車は一〇四号室のすぐ前に駐まっている。しかもこの棟の駐車場にあるのはその一台だけだ。

「裏手に駐めようとは思わなかったのか」ショウはつぶやいた。

ニルソンが言った。「会社からパーツを盗み出す頭はあっても、スパイには向いていなそうね」

「きみは元職員か」ショウは尋ねた。

話の流れから、元CIAかと訊いているとわかるはずだ。

ニルソンが答えた。「いいえ。ラングリーの仕事をしたことはあるけど」

CIAとは言わず、CIA本部が置かれている地名で呼んだのを聞いて、ニルソンはもしかして兄ラッセルと面識があるだろうかとショウは思った。ショウの兄ラッセルもやはり、政府諜報機関のいずれかで働いている。だがいまは〝いやはや世間はせまいですな〟などと言って盛り上がっている場合ではなかった。

ニルソンは角を曲がったところで車を駐めた。「銃はあるわよね」

ショウはうなずいた。エイブ・リンカーンと同様、ニルソンもショウが銃を携帯していることに気づいていたようだ。とはいえ、プロならば推測は容易だろう。ショウにしても、ニルソンが銃を持っていることに気づいていた。ショウと同じように、ウェストバンドの内側に隠している。この業界では、女だからといって銃をバッグに入れて持ち歩くことはない。

「部屋にいる確率は？」ニルソンが聞いた。

ショウは少し考えてから答えた。「一〇パーセント。廃工場での騒ぎのあいだも、すべて終わるまで机の下にもぐっていたそうな様子だった」

ニルソンの顔に笑みが浮かんだ。

「どういう手はずでいく？」

ショウは言った。「一〇パーセントのほうが当たって部屋にいた場合、両手を上げさせて、窓越しに現金を見せる。奴はノーと答えるだろう。そのまま気をつけの姿勢で立たせておく。私は現金を回収する。きみと二人で引き上げて——」ニルソンを見る。「どこかで昼食にする」

「その計画、気に入ったわ」

ショウは見せかけの十万ドルが入ったアタッシェケースを部屋の窓のすぐ外、ルクレールから見える位置に置いた。携帯電話でモーテルのフロントに電話し、一〇四号室につないでほしいと頼んだ。フロント係は、客室につなぐには宿泊者の名前が必要だと言った。ショウはニルソンにそれを伝えた。ニルソンは言った。「ふつう偽名を使うわよね。でも、万が一ってこともある」

「ポール・ルクレール」

「かしこまりました。おつなぎします」

ニルソンがつぶやく。「どうしようもないわね……」

呼び出し音が八度鳴った。「あー、もしもし？」

ショウは恐ろしげな低い声で言った。「ポール、おまえの選択肢は二つだ。この電話を途中で切ると、五分でSWAT隊が部屋に突入する。もう一つの選択肢は、私の話を最後まで聞くことだ」

「あんたは誰——」

「選べ」

「でも……わかった。最後まで聞くよ」あいかわらずの情けない声がいっそう情けなくなる。

「今日、工場で会ったな」

「あんたか！　出ていったら殺す気だな」

「いいから最後まで聞け。カーテンと窓を開けろ。両手を見えるところに出しておけ」

「ぐずぐずしないで早くね」ニルソンが大きな声で言った。

一拍置いてカーテンが開いた。ルクレールの怯えきった顔が窓から駐車場をのぞいた。古い西部劇映画でピストル強盗に遭った被害者のように両手を上げる。廃工場で見たときと同じ服装だった。白いシャツに黄色い煙の汚れがついていた。ショウは窓に近づいた。部屋のなかをのぞく。ルクレールは一人きりのようだ。

ショウはSITを買い戻したいと話した。

震える声でルクレールが言う。「何の話かわからない」

ショウは溜め息をついた。「ポール……ミスター・ハーモンが買い戻したいと言っているんだ」

直接の答えはなかった。「でも……」

「そこに十万ドルある。事情は詮索しない」

「でも……」今回は言葉尻が長く伸びた。かなり長く。

「SITはもう国外にある。そうだな？」

「たぶん。知らないけど」

その答えを引き出せれば十分だ。

ショウはニルソンに目配せした。ニルソンがうなずく。これでルクレールと二人組は、自分たちが手に入れたSITは本物だと確信するだろう。

ニルソンは即座に銃を抜ける位置に手をやった。ショウは前に出てアタッシェケースを拾い上げた。

レンジローバーに戻っていく二人にルクレールが叫んだ。「待って！　もう動いていいんだよな？　もう手を下ろしていいんだよな？」

無言で電話を切り、ショウはニルソンに言った。「さて、ランチに行こうか」

14

そのことは考えちゃだめ——そう自分に言い聞かせた。

アリソン・パーカーは、お世辞にも優美とは言えないが、自分では大好きなバタフライのストロークで目標の距離を泳ぎきり、裏庭のプールから上がった。今日は一・六キロ泳いだ。

そのことは、考えちゃ、だめ。

パーカーは四十二歳、髪は濃い茶色で、背が高く、スピードの青い水着に包まれた体はスポーツ選手のように引き締まっている。同じブランドのスイムキャップを脱ぎ、タオルを取って肩に掛けた。スイムキャップがあると泳ぎやすいが、それでも髪がまったく濡れないというわけにはいかない。長い巻き毛から水滴がしたたってこそばゆかった。最初に髪の水気を吸い取り、それから体全体を拭った。

考えちゃだめ……

泳いでいると、記憶が蘇ってくることがある。別のプール、少し前に売却した家の裏庭にあったプールと結びついた記憶。夫と暮らした家。元夫と暮らしていた家。いまも鮮明に思い浮かべられる。プールの縁を静かに叩く水、心安らぐ青色をしたタイル、石造りのテラス、そこに並んだデザインがばらばらのスチールやプラスチックの椅子やテーブル。

しかし、今日はずっと脳裏にこびりついて離れない記憶が、その情景に暗い影を落としている。プール脇の簡易シャワーのすぐ横の壁、白いセメントに浅い浮き彫りを施したレリーフ。

タツノオトシゴの彫刻。

見ようによってはコミカルにも、不気味にも、美しくも思える生物。家族で暮らしていた家にあった彫刻のそれは、なめらかな曲線に誘うような目をしていて、本来なら美しいという形容が似合う。

だめ……そう言い聞かせても、どうしても考えずにいられない。

雪が音もなく舞い、タツノオトシゴの頭や背や尾にそっと降りる。雪が解け、タツノオトシゴが涙を流す。

十一月のなかば。一家はキッチンに顔をそろえている。パーカーはクリスマス・バスケットやそこに詰める焼き菓子のことを考えている。ジョンとハンナは、学校の課題に取り組んでいる。

ところが、ジョンは唐突に立ち上がる。あの目つきをして、ちょっと出かけてくると言う。すぐ戻るからと。

「だめ、お願いだから行かないで」アリソンは言う。ふだんは懇願などしないが、このときは懇願口調だ。

家族団欒（だんらん）の夜だったのに。あんなことになるはずではなかったのに。

パーカーは記憶を振り払い、水気をすっかり拭ってからタオルをラックにかけた。薄曇りだが、乾くだろう。スポンジ・ボブのイラストがついた目が痛くなりそうな黄色のタオルを体に巻き、オレンジ色のビーチサンダルを履いた。

髪は湿ってもつれている。真ん中分けにしていて、肩に届く長さだ。

パティオのガラス戸に映った自分をちらりと見る。あら、ずいぶんな格好じゃない？　そう考えて一人笑った。タオルをいったんほどいて巻き直す。アニメのキャラクターの真ん丸の目が、ちょうど乳房の上に来た。

家に入った。寝室三つの平屋建ての小さな家。無個性もいいところで、周囲の家と区別がつかない。初めから分譲用ではなく賃貸用に造られている。

秋のよく晴れたこの日は暖かく快適だったが、屋内はエアコンが効きすぎて寒いくらいだった。ハンナが必要もないのに最強に設定したせいだ。朝から晩までスウェットスーツを着たまま過ごすのをやめてくれれば、電気代があんなにかからずにすむだろうに。

だが、世の中には闘うべきものごとと、あきらめるべきものごとがある。

そんな些末な問題に親としての体力気力を費やすつもりはアリソン・パーカーにはなかった。

十六歳のハンナは、リビングルームの茶色い革張りのソファに座っていた。丸みを帯びた顔はかわいらしく、肩までの長さの髪を真ん中分けにしている。髪の色は父親のそれと同じ金色だ。いまは右側に真っ赤なメッシュが一筋入っていた。背中を丸め、携帯電話をのぞきこむようにしてメールを打っている。足を見ると、靴下さえ履いていない。濃い赤褐色のペディキュアを塗っている最中に、即レスを要するメールが届いたのだろう。

六本はペディキュアが完了し、残るはあと四本だ。

「数学の宿題があるんじゃなかったの」パーカーは声をかけた。

「もう終わった」

「全部？」

ハンナの指は、携帯のキーパッド上をまるで怯えたハチドリのようにせわしなく動き回っている。「全部」

パーカーは巻き毛に指を通してほぐした。「見せて」

短い間。「あと少しだけ残ってるかも」

「ハンナ」パーカーは娘のニックネームを使って厳めしい声で言った。このところ嘘の回数が増えている。小さかろうと、嘘は嘘だ。

溜め息。「わかった。やる」

「それならいいわ」パーカーは宿題が広げられたコーヒーテーブルを見やった。

今日は〝メンタルヘルスの日〟として学校を休ませた。去年十一月の事件以来、ハンナは三種類のトラウマと立ち向かってきた。重傷を負った母親、その罪で服役している父親、学校の生徒たちの好奇の視線（事件発生の三十分後にはおそらく全生徒に知れ渡っていた――ありがとう、ソーシャルメディア。とはいえ、五十年前であってもアナログ電話を介して同じくらいあっという間に広まっただろう。電話以前の時代なら？　電報もあったし、朝刊と夕刊もあった。恐ろしい事件の噂が広まるのを止めるのは絶対に無理なのだ）。

ハンナは着実に立ち直り始めている。それでも、調子のよくない日はあった。そのどこまでが事件のせいなのか、どこまでが〝ティーンエイジャーゆえ〟なのか。それは誰にもわからない。

足の爪を見つめたまま、ハンナが言った。「におい、まだしてるんだよね」

二人の入居前に大家がペンキを塗り直した。塗料が揮発した甘ったるい不快なにおいがいまも残っている。

「じきに二人だけのグリーンストーンに引っ越せるわ」

ハンナが十歳のとき、寝る前に毎晩読み聞かせたファンタジー小説に出てくる要塞のことだ。ある年のクリスマス、レゴの〝グリーンストーン・セット〟をもらって、ハンナは踊り出しそうなほど喜んだ。

しかし十六歳のハンナは表情一つ変えなかった。また一つ、携帯メールに返信した。それから目を伏せたまま言った。「空気、入れ替えていい？」

過度の心配性のうえに防犯意識の高いパーカーは、家じゅうの窓をつねに閉ざして鍵をかけている。ハンナがエアコンを強くする理由はそれだろう。言葉をぶつけてくる代わりに、そうやって遠回しに怒りを表現しているのだろうか。

きっとそうだ。

パーカーは息を吸ってにおいを確かめた。前よりは弱くなっている気がする。「換気は土曜日に」

ハンナはまたメールを送った。

「ハンナ。携帯を置きなさい。いますぐ」

わずかに気色ばんだものの、ハンナは携帯を置いた。

パーカーは宿題をハンナの前に置き直した。ハンナがコーヒーテーブルのほうに身を乗り出す。パーカーは宿題をざっと見渡した。まだ五問残っている。七問のうちの五問。〝あと少しだけ〟ではない。

パーカーは問2を指さした。

次の関数の定義域を求めよ。

$$f(x)=\frac{\sqrt{x-1}}{\sqrt{4-x^2}}$$

ハンナは問題をちらりと見ただけで、ペディキュアを塗る作業に戻った。

「ハンナ」パーカーは言った。ふだんなら軽やかな調子で呼びかけるか、〝ハンナ〟を縮めたニックネームの〝ハン〟と呼んだりする。このときの〝ハンナ〟という二つの音節には警告がこめられていた。

ハンナは顔を上げずにすらすらと答えた。「定義域は二つの集合の共通部分」ペンを取り、解答をぞんざいな文字で書いた。

第1の集合は$x \geqq 1$。第2の集合は$-2<x<2$。

ゆえに答えは$1 \leqq x<2$。

パーカーは目をしばたたき、小さな笑い声を漏らした。

「合ってる」

ハンナの表情はこう言っていた——当然でしょ。

パーカーは片方の手を上げ、ハイファイブのかまえをした。ハンナは顔をしかめ、面倒くさそうに手を軽く合わせた。

驚きだ……

正解を導き出す速さに驚いたのではない。ハンナの頭脳の優秀さはもう何年も前から明らかだった。それよりも、なぜこれほど難なく暗算できるのか。パーカー自身はちょっとした苦労ののちに正解にたどりついた。

せっかくこんなに得意なのに、数学には関心らしい関心を示さない理由もわからない。ハンナが興味を示すのはアートだった。写真、絵画、詩や物語の創作。

「残りの問題も終わらせなさい」

「わかった」一拍置いて、ハンナは続けた。「カイルとメールしてたんだけど」

「そうなの？」何を企んでいるのだろう。パーカーはいくつかの返答例をすばやく吟味した。「カイルは元気？」

「元気だよ。ママのこと、きれいだねって」

「あら、うれしい」

ハンナは次の問題を一瞥し、数字や記号を用紙にすばやく書いた。今度も正答だった。それからハンナは言った。「明日、ショッピングセンターに行くんだって。弟にプレゼントを買うみたい」

要するに、一緒に行っていいかと訊きたいのだろう。子供は十三歳や十四歳くらいからデートのまねごとを始める。といっても、ただ一緒に遊ぶだけで、デートというより恋愛ごっこだ。理屈の上では、娘が男の子と遊びに行きたいといえばパーカーもとくに反対しない。しかし現実には、ふくらむ一方の恐怖心が娘の計画の邪魔をしがちだった。

フェリントンのように警察が本来の機能を果たしていない荒れた街では犯罪の発生率がいかに高いか――これは決して嘘ではない――ふだんから娘に話して聞かせていた。

しかし、真実のすべてを明かしてはいなかった。元夫の存在で、自分やハンナがどれほどの危険にさらされているかは話していない。

だから娘をつねに目の届くところに置いている。

だがいま、数学の宿題を片づけようとしているご褒美として、パーカーは言った。「かまわないわよ」

暗黙の問い――「あたしも行っていい？」――に答えて。

「いいの？」

「いいわよ。さ、宿題を終わらせなさい。晩ごはんは、どう、ピザにする？」

輝くような笑顔。

夕食のテーブルで、カイルの話をもっと聞き出そう。カイルには二度会ったことがあった。よさそうな子だ。それでも、もっといろいろ知っておきたい。

身震いをしながら自分の寝室に行き、ジーンズに着替えた。これだけ寒いと、上は何を着たらいい？　スウェットシャツに決まっている。

チェストからスウェットシャツを出そうとしたとき、画面を上に向けてベッドに置いてあった携帯電話が視界をかすめた。

その場で立ち止まった。心臓が激しく打ち始めた。

不在着信が十一件。

パーカーは最初の留守電メッセージを再生した。

「そんな。嘘だと言って……」

15

荷物を詰める。

大急ぎで。

細かいことは気にせず。

ジーンズと灰色のスウェットシャツに淡い空色のダウンベストを着たアリソン・パーカーは、大きなスポーツバッグとバックパックに衣類を手当たり次第に放りこんだ。手が震えている。思うように力が入らない。「刑期満了までまだ二年もあるのに？　早期釈放？」頭のなかでそうつぶやいただけか、それとも声に出して言ったのか。自分でもわからなかった。

ハンナの部屋をのぞくと、急ぐ様子もなく、何を持っていこうかと悩んでいる。

「最低限の着替えだけでいいから！　とにかく急いで」

「うるさいよ、ママ。ちょっと落ち着きなってば」

パーカーの携帯電話がやかましいロック音楽を鳴らした。娘のお気に入りの曲を着信音に設定している。弁護士のデヴィッド・スタインから折り返しの電話だ。手が震えて、携帯を取り落としかけた。イヤフォンを耳に押しこみ、荷物を詰める作業を続ける。話の内容がハンナに聞こえないよう、自分の寝室のさらに奥へと移動した。

「いったいどうして？」パーカーは訊いた。

「まだわからない。おそらくだが、釈放審査委員会をうまく味方につけたのではないかな。人に取り入るのはお手の物だから」ここで沈黙があった。まもなくスタインはなおも陰鬱な声で言った。「落ち着いて聞いてくれ、アリソン。もう一つ知っておいてもらいたいことがある」またも間があった。勇気を奮い起こそうとしているのか。「ジョンが釈放された直後、受刑者二名から刑務所側に情報提供があったらしい。ジョンが言っていたそうだ。出所したら真っ先にきみを捜すと」スタインはささやくような声で続けた。「きみを捜し出して殺してやりたいと言っていたらしいんだ」

アリソン・パーカーはうなだれた。

そう声に出してつぶやいたのかもしれない。頭のなかで考えただけだったかもしれない。

「それはそうよね……」

「何だって、アリソン？　聞こえなかった」

どうやら前者だったようだ。

すばやく考えをめぐらせる。ついにこの日が来てしまった――恐れていた日が。このまま永遠に避けられるような気になっていた、その日が。ジョンが刑務所から出てくる前にハンナを連れてどこか遠くへ逃れ、新しい人生を始めようと準備を進めていたのに、それもふいになった。

それはそうよね……

パーカーは尋ねた。「いまどこにいるか、誰か把握してる？」

「いや。出所から二十四時間以内に保護観察官と最初の面談をして、住所を届け出なくちゃならないんだが、ジョンはまだ面談に現れていない。フェリントン市警の刑事とは話した。受刑者からの情報提供を受けて、警察がジョンの足取りを追っている」

何を荷物に入れよう。ジーンズ、スウェットシャツ、下着、ソックス、香水……え、待って、香水？　パーカーは香水のボトルをドレッサーに戻し、代わりにタンポンと鎮痛剤を入れた。

「ハンナを連れて街を出ます」

「それがいい。どこへ行く？」

「まだわからない。誰にも伝えないで行くつもり。どこかからまた連絡します。事務所の固定電話に。携帯電話は信用できないから」

本当に存在するかわからない脅威に対して過剰な恐怖を抱くのは不合理だ。しかし、ジョン・メリットという脅威は現に存在する。

「しかし、アリ――」

パーカーは電話を切り、ハンナが十歳のとき描いた絵を見るともなく見つめた。真っ白な画用紙に描かれた水彩画。七色の毛皮を持つ一角獣の絵だ。

だが、そうやってぼんやりしていたのはほんの数秒のことだった。過去に追いつかれてしまった。自分と娘の未来をかならず守り抜かなくてはならない。

パーカーはドアを押し開け、スポーツバッグとバックパックをしっかり抱えて廊下に出た。

ハンナはベッドに座っていた。まだ半分も荷造りができていないスポーツバッグがすぐ横にある。愛用のパソコンと着替えが何枚か入っているだけだ。ハンナは携帯電話でメールを打っていた。

「ちょっと。何してるの？」

ハンナがこちらをちらりと見た。

パーカーの手の震えは止まっていた。落ち着いた低い声で言う。「携帯はしまって。さっさと荷物をまとめなさい。ほら、とっと（ファッキング）と行きなさいってば！」

「そういう言葉は使うなっていつも自分が言ってるくせに」

「時間がないの。いいから荷物をまとめなさい」

ハンナは険悪な視線をパーカーに向けたが、立ち上がって携帯電話を右の後ろポケットにすべりこませ、抽斗の衣類を選り分け始めた。パーカーは急ぎ足でハンナの部屋に入り、スポーツバッグとバックパックに着替えや洗面用具を適当に押しこんだ。

「待ってよ。ほかにもまだ――」

「これで十分」パーカーはうなるように言った。

足早にキッチンに行き、裏庭の様子を確かめた。野球のバットか斧を持った元夫が生け垣をかき分けて飛び出してくるのではないかと思ったが、庭は無人だった。

ホールフーズ・マーケットの買い物袋に電子機器を詰めこむ――携帯やパソコンの充電器やケーブル、デルの十七インチ形ノートパソコン、ＷｉＦｉルーター、充電池。

「ねえ、どこに行くの？」ハンナが不満げに言った。

「明日、買い物に行っていいって言ったじゃない！」

「荷物。ほら持って。出るわよ」

ハンナは渋々荷物を持った。「パパが出所したんだよね？　でも、だから何？」

それはそうよね……

そろって玄関を出るなりハンナが立ち止まり、家のなかに駆け戻った。

「ハンナ！」パーカーは呼び止めた。「だめ！」

「置いていけない」ハンナの声だけが返ってきた。

「何を？」

「ｉＰａｄ。あれを置いて行くわけにはいかない！」

16

ジョン・メリットは、メープル・ヴュー・アヴェニューに面した元妻の家の生け垣を抜けて裏庭に忍びこみ、勝手口へと歩き出した。

そのとき、エンジンが始動するうなりが聞こえて足を止め、さっと身を低くした。

元妻のＳＵＶが急発進し、歩道を横切って通りに出た。次の角を曲がってクロスカウンティ・ハイウェイを西に向けて走り去る。

くそ。

念のため三ブロック先に駐めておいた自分のピックアップトラックへと全力疾走した。ウェストベルトにはさんだ拳銃が飛び出さないよう、走りながら握りを手で押さえた。フェリントン・シティ・ダイナー裏のごみ袋だらけの細い路地に現れたライアンの手下は、ライアンの警告どおり、メリットの体を念入りに探って盗聴器の有無を確かめた。無用に荒っぽい手つきが不愉快だったが、二百ドルもしないような傷だらけの銃に七百ドル要求されたことのほうによほど腹が立った。しかも価格交渉の余地すらなかった。

需要と供給のバランス……

元妻のトヨタ4ランナーから目を離さないようにしながら、ホームレスの男をかわし、息を切らして歩道を走る。思った以上に距離が近い。この分なら追いつけるかもしれない。

メリットが来たことに気づいたのだろうか。それとも、彼が釈放されたと電話で知らされたのだろうか。

走るのはつらい。筋肉と肺がすでに悲鳴を上げていた。すっかり運動不足になっている。刑務所ではウェイトトレーニングはしても、有酸素運動はやらない。ランニングなど誰もしない。

　息が苦しい。肩で大きく息をする。やっとの思いで自分のトラックにたどりつき、運転席に飛び乗ってキーをイグニションに押しこみ、エンジンを始動した。

　スピード違反で停車を命じられないかぎり、余裕で追いつけるだろう。近くにパトロールカーはいるか。おそらくいない。財政難にあえぐフェリントン市に、行き当たりばったりの交通取締を行うゆとりはない。それに、リスクを承知で賭けに出るべき場面は誰の人生にも訪れる。

　ギアを入れ、ステアリングホイールを回し、アクセルペダルを床まで踏みこむ。

　トラックは跳ねるように前進した。

　が、すぐにハンドルを取られた。

　がたん、がたん、がたん、がたん……

　メリットは急ブレーキをかけた。ギアをパーキングの位置に戻し、ドアを押し開けてアスファルトの路上に降りた。

　くそ、やられた……

　悔しさと怒りが湧き上がって思わず目を閉じた。元妻は、東にも西にも行けただろうに、よりによって西に向かい、途中でメリットのトラックを見つけたのだろう。右のタイヤの空気が抜かれている。タイヤは完全にぺしゃんこだ。

　クロスカウンティ・ハイウェイの先に目をこらす。ひび割れたアスファルト舗装の道路は、はるかかなたで丘陵地帯に消えている。元妻の車はもう見えない。

　メリットは運転席側のウィンドウに頭をもたせかけた。

　一分ほどたって激しい怒りの波が引いたところで、携帯電話を取り出した。計画の変更を知らせるメッセージを入力する――アリソンに逃げられた、行方を追うのに人手を借りたい。詳細はわかりしだい、また連絡する。金ならちゃんと払う。たっぷりと。

　数秒で了解の返信があった。

　メリットは西の方角を見つめた。午後の陽射しがまぶしい。いったいどこに行くつもりだ。いったいどこに……？

　ふいに話しかけられて、メリットはぎくりとした。

「どうしました？　手伝いましょうか」中年の男だった。カジュアルなジャケットにスラックスという服装から察するに、穏やかな秋の午後の散歩の途中なのだろう。

　メリットはとっさに断ろうとした。ここで自分を見たと証言できる人間は少なければ少ないほど都合がいい。しかし、近所の住人らしい男にはすでに見られてしまったわけだし、いまは一刻を争う状況だ。「手が汚れてしまってもかまわなければ、お願いできますか。一人でスペアタイヤを持ち上げるのはなかなかたいへんですから」

　男はジャケットを脱いで近くの生け垣に置いた。「ええ、わかりますよ。車を持ち上げるジャッキはついてきますが、タイヤを持ち上げるジャッキもつけておいてもらいたいですよね」

　メリットは言った。「ああ、それはいいアイデアだ。どこかの会社に売れそうですね」

　二人はトラックの荷台側に回った。近所の住人らしい男がスペアタイヤを固定しているボルトをゆるめ、メリットはジャッキや工具を荷台の物入れから下ろした。

　ジャッキを車の下側のジャッキアップポイントにかけた。スペアタイヤを転がしてきた男は、ジャッキのハンドルをしゃかりきになって動かしているメリットの様子をしばらくながめていた。「ずいぶんお急ぎのようだ」

　メリットは顔をしかめた。「妻と娘に会いに行くところでしてね。しばらくぶりなんですよ。ずっと不在にしていたので。なのに、こんなことに」

「ありがちな話だ。でも、二人でやればタイヤ交換なんてすぐですよ。早く会いたいでしょう」

「ええ、それはもう」メリットは言った。そのあいだも荒い息をつきながらせっせとハンドルを上下させた。

　その甲斐あって、重量二トンのトラックは、たったいま息絶えた死体から離れる亡霊のように、ゆっくりと持ち上がった。

17

「さあさあ、ご覧あれ。フェリントン最大の観光スポットがこちら。ポラロイドのご用意を」

　ソーニャ・ニルソンはレンジローバーの速度を落とし、ウィンドウから外を指さした。車はフェリントン中心街のケノア川と平行に通る道路を走っている。川の向こう側に、この街でよく見かける煉瓦造りの高層の建物があった。基礎部分の地面からすぐの高さに、直径三メートルほどのアールデコ調の時計が埋めこまれている。

「フェリントンの水時計。あのビルは、旧カーネギー鉄工所というの。鉄工所のCEO――カーネギーといっても、あの鉄鋼王カーネギーとは別人よ――は、自社の宣伝になりそうな仕掛けを探してた。ラジエーターや自動車パーツなんて、広告ビジュアルとしてさほど魅力的じゃないでしょ？　それであの水時計を造らせたわけ。川の水の力で動くの。州の隅々から観光客が来て、あの時計をバックに記念撮影をした」

「いつから止まってる？　二時十分前を指している理由はわかるとして」

　ニルソンは笑った。「カーネギー鉄工所が閉鎖されて何年もたってから。市が資金を出して整備してたんだけど、途中で予算が尽きた。二十年くらい前かしら。みんなあの針を〝天使の翼〟って呼んでる」

　SUVはなめらかに加速し、次の交差点で川とは反対の方角に向きを変えた。ショウが気に入りそうなパブがあるらしい。

　ニルソンはアビエーター型のサングラスをかけている。ショウは彼女の目を確かめようとした。あの緑色は遺伝子によるものなのか、コンタクトレンズなのか、どうしても見きわめたかった。

　しばらく沈黙が続いたころ、ショウは沈黙を破るためのお決まりの質問を発した。「この街に来たのはどういった経緯で？」

「話せば長くなる。要約すると――」耳に優しい南部訛に彩られたニルソンの声は低い。官能的という形容がふさわしかった。「ありきたりな表現だけど、もともとは世界を見てみたくて入隊したの。ハワイとカリフォルニアで勤務した。同じバーミングハム育ちの青年と知り合った。兵役（ヒッチ）を終えて、故郷に帰って、結婚した。あら、〝結婚（ヒッチ）〟つながりね！　でもうまくいかなくて……彼のせいじゃない。私は一緒に暮らしにくい人間だから」

　最後の告白にショウは内心にやりとした。ほとんど警告のようではないか。

「セキュリティ関連の仕事を続けたかった。スカウト会社から、ハーモン・エナジーが人を探してると聞いた。製品が気に入ったし、マーティの理念も気に入った。貧しい国の人に手を差し伸べるって理念ね。で、いまに至るというわけ。どう、聞いて損したでしょ？」

「いや、聞いた甲斐があったよ、要約がうまいから」

一台の車が猛スピードで追い越していった――こちらも制限速度を大幅に超過しているというのに。アキュラのＳＵＶで、ウィンドウにスモークフィルムが貼られていた。警戒すべきだろうか。

ニルソンが言った。「心配ない」やはりアキュラのＳＵＶを目で追っていた。「いまさら新しい危険人物が現れるとも思えない」

車は走り続け、茶一色のどこまでも平らな景色が背後に飛び去った。ショウは子供時代を山に囲まれて過ごした人間だ。

「友人のトムから今回の依頼の件で連絡をもらったとき、〝フェリントン〟という地名に聞き覚えがあった。ニュースだったと思う。何かの事件を報じた記事だった」

「マーティが話してた汚職事件？」

「違う。暴力事件だ」

「それなら〝ストリート・クリーナー〟じゃない？　連続殺人事件」

「ああ、それだ」

「数年前、路上で生活してる人ばかりを狙った銃撃事件があった。ホームレスの男性、麻薬常用者、性風俗に従事する女性。現場は主としてマニュファクチャラーズ・ロウ周辺だった」

ＳＩＴ奪回作戦完了後、川沿いの遊歩道でたしかにそういった人々を見かけた。

ニルソンが続けた。「犯人はいまだに捕まっていない。抜け目ない人物なのね。犯行後に証拠をきれいに始末してるの。サイコパスがからむ事件に関わったことは？」

ショウは〝事件〟ではなく〝案件〟と呼んでいるが、説明するほどの違いではない。「一度だけ。女性を四人殺した犯人だ。手際がよくてね。医学生だった。いったんは逮捕されたが、逃亡した。行方はまったくつかめなかった。一月（ひとつき）後に郡が懸賞金を設けた」

「あなたが見つけたの？」

「まあね」

「どうやって」

「形成外科クリニックを見張った」

ニルソンは笑った。「さすがね」

派手な黄色の大型看板が見えてきて、ショウの目はそちらに吸い寄せられた。

ブラクストン・ヘッドリー法律事務所
土壌・水質汚染被害の専門家集団
ガン、気腫などの疾患にお悩みの方
補償金を受け取れるかもしれません
いますぐお電話を！

ハイウェイ脇には法律事務所の広告がほかにも一ダースほど並んでいた。

別の看板にはこうあった。

ユナイテッド・ディフェンス・インターナショナル
フェリントン先端戦略システムズ工場
郡の未来を自分の手で作り出そう！
すべての時間帯で従業員募集中

誰かが支柱をよじ登ったか、看板の下部にスプレー塗料のいたずら書きがある。

何言ってんだバーカ!!!


ニルソンがショウの視線を追って言った。「まさに災難よ」

「災難？」

「これまでフェリントンは不況を繰り返し生き延びてきた。繰り返しよ、コルター」

「一度ではなく」

「そう。百五十年前、フェリントンは中西部の鉄工業の首都だった」

レンジローバーはオートマチック車だが、ニルソンはステアリングホイールについたパドルを操作しながら運転していた。真のマニュアルトランスミッションではなく、その簡易版だ。それでも、右足だけを使って運転するよりはるかに楽しく、タコメーターの針をレッドゾーンまで跳ね上げたりもできる。

「フェリントンは昔からお世辞にも美しいとはいえない街だった。でも、勢いがあった。活気にあふれてた。工場や鉄道操車場の数ではこの州のどの都市にも負けなかった。メンフィスやセントルイスのような大都市に負けない豪華なホテルもあった」

「しかし、時代が変わった」ショウは言った。

「そう、時代が変わった。鉄の時代は終わって、鉄鋼の時代になった。ゲイリーやピッツバーグ、ニュージャージーが鉄工業の新たな首都になった。そのあとは、中国や日本が台頭した。最近になってやっと景気が上向き始めた。一部の企業が不動産の安さに目をつけて、古いビルを買収した。マーティの会社や半導体製造会社ね。国防省と契約して何かのパーツを製造してる会社もあるみたいだけど、詳しいことは誰にもわからない。八四号線沿いにアマゾンが配送センター新設を検討中って話もある。それを聞いて、街の人はみんな喜んだ。明るい兆しが見えてきたと思った」

「そこに〝災難〟が起きた——？」

「そう、水質汚染問題が浮上した。廃工場の土壌がそこまで汚染されてたなんて、誰も知らなかったのよ。再開発を前に整地したとき、土中から大量の廃棄物が出てきた。ケノア川は、オハイオ川やテネシー川、アラスカ州のワードコーヴより汚染されてるの」

「汚染物質は何だ？」

「複数の物質が混じり合ってる。コールタール、重金属、芳香族炭化水素、ＭＴＢＥ」

ショウは首を振った。

「メチル・ターシャリー・ブチル・エーテル。私も初めて聞いた物質だけど、過去半年分の『デイリー・ヘラルド』を読めば、それだけで化学の学位がもらえそうな知識が身につくわ。

フェリントンへの投資を考慮してる企業も、もちろん汚染問題を取り上げた記事を読んでる。さっきの看板——ユナイテッド・ディフェンスって会社の求人広告。新工場二カ所で計千五百人を雇用するはずだったのに、保留になったまま。どうやら立ち消えになりそう。アメリカン・ハウスホールド・プロダクツもそうよ。八百人募集してたんだけど」

だから——**バーカ**……

「汚染物質の除去が完了すれば、再検討もあるのでは？」

ニルソンは言った。「車を洗うのとはわけが違うのよ。汚れてても洗車機に入れたらぴかぴかになって出てくるというわけにはいかない。除去作業には長い時間がかかる。来年はもう同じことは起きないと思いたくても、株主のお金を——自分たちのボーナスを——その可能性に賭けようなんてＣＥＯはいない。それがこの街の現状」

ニルソンはミッチェルズというパブの砂利敷きの駐車場に車を乗り入れてブレーキをかけた。車は軽く尻を振りながら停まった。宿のついたパブはどちらも素朴で古風なたたずまいだ。壁は濃い茶色の板張り、窓やドアの枠は深緑色だ。敷石の小道がゆるく曲がりくねりながら入口に続いていた。

いい店だとショウは思った。それは事実に基づいた評価だ。ショウは雰囲気を楽しむたちではない。地ビールが生で飲めて、腹持ちのよい料理——バーガーやステーキ——が出てくれれば、それで十分だ。そこそこ静かな場所であればなおいい。

店の周囲にそれぞれさりげなく用心深い視線を巡らせたあと、ニルソンとショウは店の入口へと歩き出した。こんな看板が目に入って、期待が高まった。

アイアン・タウン・ペールエールを生でご提供中

コルター・ショウは旅行先で地ビールを試すのを楽しみにしている。

条件の一つ目はこれで満たされた。肉の焼ける香ばしいにおいから察するに、二つ目も叶いそうだ。

ポーチの前の三段ある石の階段を上ろうとして、二人の肩が触れ合った。視線が交差した。ショウがドアハンドルに手をかけようとしたとき、ニルソンの携帯電話が着信音を鳴らした。彼女は二台持ち歩いていて、いま鳴ったのはｉＰｈｏｎｅのほうだ。もう一台は大型で複雑な作りをしている。衛星電話かもしれない。ニルソンはメールを確かめた。

唇が引き結ばれた。

「マーティから。会社に戻ってほしいって」ニルソンは顔を上げた。「できればあなたも一緒にって」

18

「さっきのって、すごい意地悪だよね」

４ランナーをフェリントン市街から西に向け、制限速度をわずかに超える速度で走らせながら、アリソン・パーカーは助手席の娘を見やった。ハンナは膝を立ててノートパソコンの画面を見つめていた。

「え？」

「パパの車のタイヤのこと」

パーカーは前方に視線を戻した。

ｉＰａｄは持たずに大急ぎで家を出発し、横滑りしながらクロスカウンティ・ハイウェイを走り出して、さらに速度を上げようとしたとき、歩道際に無人の白いフォードＦ１５０ピックアップトラックが駐まっているのが目に入った。パーカーは驚愕し、急ブレーキをかけた。やはりそうだ、ジョンの車だ。ボディのへこみや傷の具合で見分けがつく。周囲に目を走らせたが、ジョンの姿はなかった。三ブロックほど離れたパーカーの家に行っているに違いない。戻ってくるまで数分あるかどうか。

「ここで待ってて」パーカーはハンナに険しい声で言った。「車から降りないで」

走ってジョンの車に近づき、荷台をのぞいてタイヤを切り裂くのに使える工具を探した。何もない。そこでフロント右のタイヤのエアバブルキャップをはずした。空気が細く噴き出した。左側の空気も抜こうかと考えたが、長居は危険と思い直した。

十キロほど走ったところでふたたび急ブレーキをかけ、路肩の砂利やつぶれた空き缶を蹴散らしながら車を停めた。リアビューミラーをちらちら確かめながら、何が起きたかを知らせ、ハンナを連れて家を出たことを伝えるメールを母親とマーティ・ハーモンに送信した。安全な場所に逃れたところでまた連絡すると書き添えた。弁護士のデヴィッド・スタインの留守電にもメッセージを残して、ジョンが家に来たことを伝えた。これは接近禁止命令違反に当たり、逮捕の根拠になるはずだ。

それからようやく、少し前の娘の発言に応えた。「意地悪したくてやったわけじゃない。あなたと私を守るためよ」

「守る？」

父親が母親の命を狙っていることを娘に話すのはもう少し先にしたかった。だから落ち着いた声でこう言った。「ハンナ、聞いてちょうだい。パパの癇癪（かんしゃく）のことは知ってるわね。ほら、よく爆発してたでしょう。それに、私が告発したことをものすごく怒ってた。またお酒を飲み始めたら――ううん、きっともう飲み始めてると思うけど――」

「そんなのマジ(ファッキング)わからないじゃん！」

パーカーは〝言葉に気をつけなさい！〟とはもちろん言わなかった。

「何か騒ぎを起こすかもしれない。悪気はなくても、誰かに怪我をさせてしまったり、自分が怪我をしたりしてしまうかも。パパにはね、私たちの家に来てはいけないって命令が裁判所から出てるの。警察とトラブルになるかもしれない」

「謝りに来ただけなんじゃないの」

ええ、ええ、きっとそうね――パーカーは心のなかでありったけの皮肉をこめてつぶやいた。

娘の膝のノートパソコンを一瞥する。

ルーターはパーカーが持っているもの一つだけだ。つまりハンナはネットに接続していないはずだ……本当に？

小遣いで従量制のＷｉＦｉを買っていたりしたら？

「ネットにつないでる？」

「え？　つないでないよ」

「画面をこっちに向けて」

「本気で言ってる？」

「画面を見せて。機内モードになってるのを確認させて」

「ネットにつなげるわけないじゃん。モバイルルーターがほしかったのに、ママがだめって言ったんでしょ。みんな持ってるのにさ」

ハンナは喧嘩腰で画面をパーカーのほうに向けた。パーカーはノートパソコンを顔に投げつけられるのではと、一瞬、身がまえた。ハンナには父親の気質が多少なりとも受け継がれている。

パーカーは画面に目をこらした。フォトショップに似た写真加工ソフトＧＩＭＰが表示されているだけだった。

「ごめんね。だけど、こっちが主導権を握らないと」

「ママはさ、考えすぎなんだよ。パパのなかにはまったく別の人格が二つあるって言い出したのはママだしね」

それは事実だ。といっても、ここ数年の父親とのよい思い出は残してやりたいと思ってのことだった。多重人格は社会病質者(ソシオパス)の特徴の一つであることは話していない。

ジョンは酒を飲むと人が変わるという意味でそう話したのだったが、一方で、いつか飲んでいなくても邪悪な一面に支配されてしまうのではないか、おおらかで道理をわきまえた人格は消えてしまうのではと怯えてもいた。脳の性質を完全に、そして永久に変えるなんて可能なのだろうか。

できないと誰に言いきれる？　電気のワイヤやコンデンサーは交換可能だ。神経やシナプスだって同じでは？

しばらくして、ハンナが沈黙を破った。「これからどこ行くの？」

「いま考えてる」

目的地はまだ決まっていなかった。ただちに逃げること。ここまでの最優先事項はそれだった。いま、車はクロスカウンティ・ハイウェイを走っている。古い倉庫群や住宅地は背後に遠ざかり、道の左右には牧草地や有刺鉄線で囲まれたトウモロコシ畑や深い森が広がっていた。フェリントンから西に何キロも来たところで左に折れ、五五号線に乗って南に進路を変えた。八キロほど走ると、カーターグローヴという小さな町が見えてきた。ショッピングセンターやシネマコンプレックス、時代遅れのゴルフコース。文明の証（あかし）らしきものといえばそれくらいだ。

ショッピングセンターの駐車場に入り、ネイルサロンの前に車を駐めた。それから厳めしい声で言った。「ここで待ってて。車から降りちゃだめよ」

ハンナが不満げにパーカーをにらみつける。

「ハンナ」

「わかったって」

パーカーは後部座席に置いてあったロゴのついていない青い野球帽をかぶって車を降りた。コーチの茶色い革の大きなバッグを持って建物の角を曲がり、ファースト・フェデラル銀行に向かった。十分後には車に戻り、バッグを後部座席の足もとに置いた。

駐車場を出て、また別のショッピングセンター——ディスカウント店ターゲットが最大のテナントだ——の駐車場に乗り入れた。今回はハンナも一緒に来させた。ターゲットでプリペイド式携帯電話を買った。店員の痩せた若者は、気のあるそぶりでハンナを見たが、ハンナの冷ややかな視線に跳ね返された。

店員はパーカーに向き直って言った。「電話の手続きですけど、けっこうややこしいんですよ。よかったら僕がやりましょうか」

そうややこしい手続きではないはずだが、この店員のパソコンで利用開始設定してもらえるのはありがたい。パーカーとしては、自分たちがいま持っているデバイスはオフラインのままにしておきたかった。

十五分後、またしても車に戻った。エンジンをかけ、ナビの画面に目をやった。

「これ、オフにできないのかしらね」

ハンナの顔に浮かんだ困ったような表情は、見るからに大げさだった。それから黙って肩をすくめた。

パーカーはタッチ画面のあちこちをタップしてみたが、GPS衛星との接続を解除するメニュー項目はなさそうだった。ダッシュボードの奥に隠れているスイッチで操作するのだろう。

ハンナに尋ねた。「たしかハーンドンから長距離バスに乗れたわよね」

「長距離バス？」

たしかバスターミナルがあったはずだ。ハーンドンの中心街に。SUVのギアを入れ、ふたたび砂利を蹴散らしながら五五号線を走り出した。今度向かうのは北だ。

ハンナがぶつぶつと言った。「バスなんか乗りたくないな。だって汚いじゃん？　だけどママ、何なの？　パパに車を追跡されるとでも思ってる？　さすがに超能力はないでしょ」

超能力はなくても、ジョン・メリットにはそうできる力がある。

パーカーの元夫はかつて、表彰歴も人望も備えた刑事だった。フェリントン市警に十六年勤めていた。いまも市警に友人が多い。飲酒問題を抱えていようと、配偶者に暴力を振るって逮捕された過去があろうと、彼らは気にしない（「まともな女房なら旦那にリハビリを受けさせるだろ、このビッチ！」パーカーに送られてきた匿名のメールの一つにはそうあった）。ジョンがかつての同僚にひそかに連絡を取り、サーバーやハイウェイ各所に設置された交通監視カメラの情報をちょっとのぞいてパーカーの所在を割り出してくれと頼まないともかぎらない。

それ以上に心配なのは、法の支配の及ばない世界での知り合いだ。刑事時代、ジョンはフェリントン市内外の犯罪組織の非情なボスたちと協定を結んでいたことはパーカーも知っていた。いまこの瞬間にも、そのうちの誰かに電話し、借りを返してくれと迫っているかもしれない――元女房の行方を知りたいんだが、力を貸してくれるよな……」

マーベル・コミックのスーパーヒーローの超能力とまではいかずとも、ジョンはそれに限りなく近い力を持っている。

19

ショウとソーニャ・ニルソンは、ほんの二時間ほど前にあとにしたばかりのオフィスに入っていった。

マーティ・ハーモンがソファのほうにうなずく。

いまのハーモンは、狙撃手のように一点に集中していた。ユーモアの気配は消えている。

二人が腰を下ろすと、ハーモンは椅子の上で身を乗り出した。「ルクレールは?」

ニルソンが言った。「思ったとおりの反応でした。お金は受け取らなかった。おそらく私たちが帰るなり買い手に連絡して、SITは本物だと伝えたでしょうね」

あるいは、上げていた手を下ろしてから――ショウとニルソンの姿が見えなくなってもしばらく上げたままでいたに決まっている――電話をかけただろう。

ハーモンが言った。「うちの技術部門にさっき確認した。GPS装置はまだ起動していない。いまも監視を続けている」

偽のSITに仕込んだ追跡装置は、タイマーで少し遅れて起動するよう設定されていた。飛行機で運ばれているあいだに検知されては困る。飛行中に携帯電話を使おうとするとパイロットに通知が行くことを、大半の乗客は知らない。

だが、いまハーモンの頭を占めている懸念はルクレールではないのは表情を見ればわかった。パグ犬を思わせる鼻の脇を太い指でぼんやりとこすっている。「困ったことが起きてね。SITを開発した技術者のことなんだが」

ショウはうなずいた。「私も面談しました。たしかアリソン……」

「アリソン・パーカー」

パーカーは濃い茶色の髪をした頭脳明晰な技術者で、自分の〝ベビー〟が盗まれたと聞いて憤慨し、SITとメソポーラス・ナノマテリアルを取り返す計画の立案に協力した。

　ハーモンが〝とびきり優秀〟と評していた女性技術者は、アリソン・パーカーだ。

「アリソンは元夫から暴力を受けてね。ジョン・メリットという男だ。一年くらい前かな、アリソンは殺されかけて病院に運ばれた。元夫は三年の刑期で服役した。ところが予定より早く釈放されたんだよ——今朝。アリソンからメールが来た。娘さんと一緒にしばらく身を隠すそうだ。行き先は書いていなかった。元夫に見つかると怯えているんだろう」

「命の危険を感じているわけですか」ショウは訊いた。

「強烈にね。彼女の弁護士によると、アリソンはジョンの何かを知っているらしいんだ。過去の何か。世に出ては困るようなこと。そもそもアリソンを殺そうとした動機もそれだったのかもしれない」

「何を知っているんです？」

「弁護士もそこまではわからないと言っていた」ハーモンは拳を握り締めた。「だが、アリソンが何か知っていることは確かだ。ジョンが釈放された直後、受刑者が二人、刑務官にこう報告したそうでね——釈放されたらその足で彼女を捜して殺すつもりだとメリットが話していたと。落ち着き払った口調だったらしい。野球の試合結果でも話すみたいな。殺したあと自分がどうなろうとかまわないと思っているようだったというんだな。もしかしたら、心中するつもりでいるのかもしれない。娘さんも巻きこんで」

　ニルソンは眉根を寄せて首を振った。

「刑務所はなぜ気づかなかったんでしょうね」ショウは訊いた。

　ハーモンは嘲るように鼻を鳴らした。「誰かを釈放すべきか否か、受刑者の投票で決めるわけじゃないだろうからね。釈放審査委員会や刑務所の精神分析医が気づかなかったのはなぜか。私はメリットに会ったことがある。その気になれば、人当たりがよくて話がおもしろい、クラスの人気者のようにふるまえる人間だ。周囲もそれにだまされたんだろう」

　ニルソンが言った。「私も会ったことがある。会社のパーティで。クリスマスだったかしら。会場でトラブルを起こした。かなりの騒ぎだった。暴力沙汰に発展して。たしか怪我人が出たはず」

「釈放後、違法行為はまだ確認されていないわけですか」ショウは言った。

「接近禁止命令に違反した」

「軽罪ですね。しかし、厳密な規定に従えば逮捕状は取れる。警察はアリソンの自宅周辺を巡回しているんですよね？」

「いや。前にも話したろう？　フェリントン市警は人員不足だ。私がきみを雇った理由の一つもそれだった。釈放審査委員会があっさり釈放を決めた背景にも、そういう事情があったのではないかな。市は以前からメリットに何かと便宜を図ってきた。なんといっても警察の一員だったんだからね。それも尊敬を集める刑事だった。英雄なんだよ。命の危険を冒して相棒を救った英雄なんだ」大げさに眉をひそめる。「それに、告発なんかする前にやれることがあっただろうとアリソンを非難する向きもある。専門家に助けを求めるのが先だろうとか」

ニルソンがうめくように言った。「どうかしてる。小さな子供の頭をなでて〝大したことじゃないだろ〟って言い聞かせるようなもの」

「ＳＩＴの盗難にメリットが何らかの形で関わっている可能性は？」

ハーモンが肩を落とす。「メリットがアリソンを殺す気でいると聞いて最初に頭に浮かんだ可能性がそれだった。だが、ありそうにないな。たとえメリットがＳＩＴの話を一度でも耳にしていたとしても、一年以上前のことだ。それに、サウジアラビアの買い手がルクレールに接触してきたころ、メリットは塀のなかだった。

ところで、ミスター・ショウ……コルター。実に悩ましい状況だ」ハーモンの狙撃手のような目は、ショウの目に照準を合わせていた。「アリソンは私の友人だ。もう何年も前からのつきあいでね。それに――もうおわかりだろうが――うちには彼女が必要だ。うちの社の主力技術者なんだよ。新たな製品の開発をまかせていてね、まもなく完成するはずだった。その次の新製品の開発も控えている」

ハーモンの顔の筋肉が張り詰め、これまで見えなかった血管が色濃く浮き上がった。「またＦＢＩに相談してみたが、ジョン・メリットが州境を越えないかぎり、ＦＢＩには捜査権がないと言われてしまった。フェリントン市警に期待できないことはいまさら言うまでもない。

ほかに頼る当てはまったくない」ここで一呼吸。「きみはそれで生計を立てているね――人の行方を追うことで。どうか引き受けてもらえないだろうか。アリソンとハンナを捜し出して、メリットが刑務所に戻されるまでのあいだ、二人を守ってやってほしい」

ショウはアリソン・パーカーとの面談を思い返していた。泥棒がＳＩＴをどうやって盗み出そうとしているか、次から次へと新たな可能性を提示するような頭の回転の速い女性だった。面談の途中で携帯電話の着信音が鳴り、パーカーは笑みを浮かべて言った。「ごめんなさい。娘からなの。ちょっと失礼します」そして電話に出た。

ショウはハーモンに答えた。「ノートとペンを取ってきます」

20

近所の住人らしい親切な男は、ジョン・メリットがタイヤ交換を手伝ってもらった謝礼に差し出した二十ドルを受け取らなかった。「いやいやそんな、お気持ちはありがたいですが、キリスト教徒として当然の行いをしたまでですから。次はあなたが誰かに手を差し伸べてやってください。それか、教会の献金皿に入れていただくとか」

メリットも教会に通っていると決めてかかっているようだった――タイヤがパンクしても悪態一つつかなかったのだから、信心深い人間に違いないと。

工具を片づけるやメリットはトラックに飛び乗り、アリソンが消えた方角へ車を走らせた。

そしていま、フェリントンから二十五キロほど先の地点にいて、魔法の速度、つまりスピード違反で捕まりにくい制限速度十キロオーバーで着々と距離を稼いでいる。いま走っているクロスカウンティ・ハイウェイの沿道にモーテルは数えるほどしかない。警察の風紀課にいたころ、街から性風俗と麻薬を一掃せんと奮闘していたころの経験から知っている。どのみちアリソンはフェリントンからもっと離れた町で宿を探すだろう。たとえばモンローやピックフォードあたりで。いや、それでもまだ近すぎる。もっと遠くに行こうとするに違いない。

飛行機には乗らないはずだ。メリットがコネを利用して乗客名簿を入手しようと試みるかもしれないと警戒しているだろう。匿名で移動できる手段を選ぶに決まっている。車か、バスか、列車か。いや、列車の可能性は考えなくてもよさそうだ。貨物線ならフェリントンを通っているが、半径百五十キロ圏内に旅客列車の駅はない。

残るは車かバスだ。

メリットは五五号線を走り続けた。この先のハーンドンに長距離バスのターミナルがある。

ハーンドンは古くは製造業の街だったが、いまある産業はアウトレットモールと介護、自動車販売と修理くらいのものだ。バスターミナルがある中心街は、すぐにでも化粧直しが必要だが、まだしばらくは実現しそうにない。メリットはターミナルの周囲をトラックで偵察した。裏の操車所にバスが五、六台停まり、ディーゼル排ガスのにおいを振りまいていた。操車所に隣接して、広々とした駐車場があった。元妻の4ランナーは駐まっていなかった。

交差点で一時停止し、後続の車のクラクションを無視して左右をじっくり確かめた。左に曲がり、また別の車の進路を邪魔して、ドライバーから中指を立てられた。商店が並んだ大通りを二百メートルほど走り、スーパーマーケットのウォルマートの駐車場に入った。通路をゆっくりと流して駐まっている車を確かめた。隅々まで見てから、次は店の裏手の駐車場に回った。ナラの大木がつくる日陰に二十数台が駐まっていた。

そのなかに元妻の4ランナーがあった。誰も乗っていない。荷物も残されていない。

ここからなら、徒歩でバスターミナルに行ける。

自分のトラックに戻り、エンジンをかけて猛スピードでハイウェイを走り出した。今回は二台からクラクションを浴びた。数分後、バスターミナルに着いた。路上生活者が近づいてきて手を差し出した。が、メリットのひとにらみで向きを変え、何事かつぶやきながら急ぎ足で立ち去った。

待合室をのぞくと、プラスチック成形のベンチに乗客が六人ほどいて、おしゃべりや読書、携帯ゲームに興じていた。メリットは切符売り場に近づいた。

「こんにちは」窓口の係員に声をかけた。係員はがっしりした体格に黒い肌をした男で、水色のスーツに赤いネクタイ、白いシャツという出で立ちだった。メリットは期限の切れた警察の身分証と偽造バッジを一瞬だけ見せた。バッジは何年も前、連邦麻薬取締官を装った覚醒剤の売人から没収したもので、元妻がごみを無造作にまとめて袋に入れ、Uストアの貸倉庫に放りこんだ荷物にまぎれこんでいた。

身分証とバッジは即座に引っこめた。

「刑事さんですか。どんなご用件でしょう」

メリットは元妻と娘の写真を見せた。「ここ一時間くらいのあいだに、この二人が切符を購入しませんでしたか」

係員の目の表情は、二人に見覚えがあることを示していた。

ボディランゲージを読み取ることにかけて、第一級刑事ジョン・メリットの右に出る者はいない。

「少々お待ちください」係員は目を画面に落としてキーを叩いた。

販売記録を検索しているのか。防犯カメラの映像か。待合室にカメラは数台設置されていた。

係員はさらにキーを叩いていたが、ふと手を止めた。

ほどなく別の男が窓口に来た。やはり黒人で、やはりスーツを着ていた。襟の名札によれば氏名はタイタス・ジョーンズ。ほかに肩書きが添えてあり、このターミナルの支配人だとわかった。

「お客様は警察の方ですか」

今回は身分証は見せない。「そうだが」

「写真の人物をお捜しなのは、事件捜査の一環として――？」

「親による子供の拉致事件だ」

「なるほど。申し訳ありませんが、令状がないかぎり、お客様の情報は開示できません」

「わかりました。手がかりを追う途中で、たまたま前を通りかかりましてね、ちょっと寄ってみた次第です。こちらで確認が取れれば、令状を申請する手間が省けるなと」

ジョン・メリットは、必要とあらば魅力満点にふるまえる。

支配人のジョーンズが言った。「こちらのミスター・ランダルによれば、身分証を提示なさったとか。どちらの警察の方ですか。申し訳ありません、ミスター・ランダルは見落としてしまいまして」

待合室の隅に銃を持った警備員がいて、こちらの様子をじっとうかがっていた。

「フェリントン市警です」

「身分証をもう一度拝見できますか。市警に問い合わせてみます。それで令状を申請する手間を省いて差し上げられるかもしれない」

沈黙。空気が張り詰める。メリットの怒りもふくらんだ。怒りを押し戻した。かろうじて。

「せっかくですが、ミスター・ジョーンズ、正規の手続きを踏んだほうがよさそうです。署に戻って、さっそく申請書類を作成しますよ」

出口に向かう途中で、バスの時刻表を一枚取った。トラックに戻って運転席に腰を落ち着け、時系列を整理した。元妻が家を出たのが二時五十分。メリットと同じように制限速度をほんの少し上回る速度で運転し、まっすぐここに来たとすれば、このターミナルに着いたのは三時四十五分ごろ――ただし、途中でどこにも寄らなかったということはないだろう。メリットが釈放されるとあらかじめ知っていたわけではないのだから。家を出たときは最低限の荷物しか持っていなかったはずだ。どこかで現金を下ろし、プリペイド携帯を買ったに違いない。

メリットが元妻の立場ならそうする。

三十分よけいにかかったものと考えよう。時刻表を広げた。四時十五分前後に出発したバスは？　二本あった。一方はデトロイト行き、もう一方はセントルイス行き。デトロイト行きは通常便で、途中で三十数カ所に停車する。セントルイス行きは準急行で、途中の停留所は四つだけだった。

デトロイト……セントルイス……

メリットは伸びをした。

数年前に担当した捜査を思い出す。そのころは麻薬取締課にいて、ある覚醒剤常用者に手を焼いていた。どこにでもいる常用者とはわけが違った。頭がよかった。裕福な家に押し入り、金品を奪って住人夫婦を殺害したあと、その痩せっぽちの男は行方をくらました。どうやっても足取りをつかめなかった。メリットは怒りのあまり冷静な判断力を失いかけた。だが、どうにか気持ちを落ち着かせた。狩るほうではなく、狩られる側の視点で考えなくてはならない。一週間後、フェリントン南部の安アパートのドアを蹴破り、勝利感に酔いつつ男を射殺した。覚醒剤常用者になりきって考えた結果、男の潜伏先が天啓のように閃いたのだ。

メリットは元妻の頭のなかに入りこもうと試みた。いまはあのころほど思考が冴えていない。それでも同じように結論を導きだせるだろうか。

心のなかで呪文のように何度も繰り返す。

デトロイト、セントルイス、デトロイト、セントルイス……

21

「不思議なもので、男性は——一部の男性は——裏の顔を持っていることがある。ふだんは見えないのよ。他人にはめったに見せない。日常生活では上手に隠しているの。ところがあるとき突然、人が変わって、ヘビのように獲物に襲いかかる」指をぱちんと鳴らす。「ジョン・メリットはその典型ね」

ハーモン、ショウ、ニルソンは、アリソン・パーカーのデンヴァー在住の実母、ルースからＺｏｏｍを介して話を聞いているところだった。ニルソンは、うれしいことに、ショウを手伝おうと申し出てくれていた。

ハーモンは自分のデスクについている。ショウとニルソンはまたソファに座っていた。腰を下ろしたとき膝と膝が触れて、二人ともさりげなく距離を空けた。ルースが映っている大型モニターは、二人の正面の壁にかけられていた。

ルース・パーカーの髪は長く、茶色と灰色が混じっている。暗紅色の格子縞のスーツと白いブラウスという服装で、事務室か書斎らしき部屋に座っていた。背後の棚には本がびっしり並んでいる。大半は装飾やインテリアデザインの本だ。

「何年もずっと隠してた」ルースは続けた。「お酒の問題も隠してたのよ。ついに隠しきれなくなるまで」

このときまで無表情にモニターを見つめていたニルソンの表情が、それとわからないくらい微妙に変わった。彼女の元夫にも似たところがあったのだろうか。

ミセス・パーカーは険しい目をしていた。「男が女に暴力を振るうなんて。夫が浮気をしていたとわかる。それだって十分にひどい話よ」わずかな間を置いてさらに続ける。「だけど、それは暴力とはまた別よね。去年の十一月、ジョンはあの子に……」そう言って一瞬だけ目を閉じた。

　このまま放っておけば、娘婿(むすめむこ)に対する恨みのリストは長々と続くだろう。だが、いまそれを聞いていてもしかたがない。一秒でも早く母と娘の捜索を始めなくてはならない。

　ハーモンはショウを〝人身保護のエキスパート〟と紹介していた。あながちはずれではない。ルースは何ら疑問をさしはさむことなくその説明を受け入れた。

　ショウは愛用のノートを開き、ＳＩＴ窃盗事件に関するメモを飛ばして右側がまっさらなページを探し、万年筆のキャップをはずした。「メールが送られてきたんでしたね。内容を正確に教えていただけますか」

　ハーモンと実母に届いたメールの内容はだいたい同じで、メリットが釈放されたこと、彼が接近禁止命令違反で逮捕され刑務所に戻されるまでハンナとともに家を離れることを知らせてきていた。また、自分たちを捜し出すのに警察時代のコネを利用するのではないかと不安だから、ソーシャルメディアへの投稿はやめ、既存の電話やメールはこれ以降使わないようにすると書かれていた。

「お二人とも、発信者はアリソン本人だと考えて間違いなさそうですか」

「どういう意味だね、それは？」ハーモンが訊き返す。

　ソーニャ・ニルソンが質問を言い換えた。「アドレスや送信サーバーは確かにアリソンのものですか」

　そうだとハーモンと実母が答えた。

　ニルソンが言った。「メリットが彼女になりすまして送ったのではないかと心配なんです」

「メリットがすでに彼女をどうにかしてしまったと？」

　ハーモンが怯えたように訊いた。

　だが、ルースが言った。「いいえ、アリソン本人よ。間違いありません。言葉遣いでわかるの。それに、ふつうは〈ＸＯＸＯ(キスとハグ)〉と書くところを、〈ＯＸＯＸ〉と逆に書いてあった。二人だけのジョークなの。ジョンもこれは知らないはず」

　ハーモンは自分が受け取ったメールに目を走らせた。

「そうだな、本人が書いた文章のようだ。アリソンの社内メモやメールはいつもこんな感じだから」

　ニルソンが訊く。「メールに返信しました？」

　二人とも返信したが、それに対するアリソンからの返信はまだない。

ショウは尋ねた。「アリソンはふだん、お父さんとは会っていますか」

ルースも離婚しているのであろうことは、浮気が発覚した云々という先ほどの発言から容易に推測できた。

「年に一度くらいは会ってるんじゃないかしら。仲がよいほうではないけれど。昔からそうだった」

それでも、浮気はしても、妻に暴力を振るうような夫ではなかった。

「とすると、お父さんの家に身を寄せることはなさそうですね」

ルースは返事の代わりに笑い声を漏らした。

「きょうだいは」

「いません。アリソンは一人っ子なの」

メモを取りながら、ショウは次に友人関係について尋ねた。懸賞金を——それをいったら人捜し一般で——成功の鍵を握るのは、人だった。ウェブ閲覧履歴や車のナンバー、交通監視カメラの映像ももちろん参考になるが、情報源として何より役立つのは人間だ。仮に誰かが嘘をついていて、その人なら東に行きましたよと証言したとしても、表情やしぐさを的確に観察できれば、本当は西へ行ったらしいと判断できる。

ルースは記憶をたどるような表情をしたあと、アリソンから聞いたことのある友人の名前をいくつか挙げた。ただ、情報としては不完全だった。住所や電話番号はわからず、ラストネームもうろ覚えだという。ハーモンが知っているアリソンの友人はほんの数人だけだった。仕事を離れたつきあいはほとんどなかったのでねとハーモンは言った。

ニルソンが聞いた。「アリソンにはお気に入りの場所などはありましたか。元夫が知らないような場所は」

ルースは天井を見上げた。「あの子はめったに休暇を取りませんでしたから」

ハーモンも弱々しい笑みを浮かべた。「アリソンをデスクから引き剝がすのは簡単じゃなかった」

ショウは訊いた。「それでも休暇を取ったとき、よく行っていた土地はありませんでしたか。山、森、ビーチ」

「あの子が子供のころ、野外での遊びにはあまり連れていかなかったの。だいたいはリゾートに行ってた。最近は――私の知るかぎり、ビーチに行ったことはないと思いますよ。ハンナを連れて、ディズニーランドやユニバーサルスタジオには行ってましたけど」

ショウは尋ねた。「何かの恐怖症があったり、特定の交通手段や場所を避けていたりといったことは？」

「船酔いしやすいかとか、そういう話かしら」

「または車酔いとか。移動距離に制限がかかるような事情があれば」

「いいえ、ありません」ルースは言った。「一昨年、アリソンとハンナと三人でオレゴン州のサミットにスキー旅行に行ったの。何も問題ありませんでした。二人とも」

ショウは問うような視線をハーモンに向けた。ハーモンは首を振った。「そのへんのことは私にはわからない」

「電気や水道がないところで生きる知識を持ち合わせていますか」

ルースが答えた。「アリソンとジョンとハンナがときどきキャンプに行っていたのは知ってる」それから皮肉がしたたるような声で言い添えた。「でも、ここ最近はまったく行っていなかったと思うわ。だってほら、森の奥にはお酒が飲めるお店がないでしょう。テントを張って、魚を釣って食べるような生活をするかと言われたら――それはないと思うのよ。あの子はサバイバリストとかいう妙な人たちとは違うから」

ショウは笑みをこらえた。「銃は持っていますか」

「いいえ、ありえない。ジョンが家に銃を置いているのをとても嫌がってた。ジョンはお酒の問題を抱えてたから。去年の十一月の事件もあるし、銃を手に入れようなんて考えないと思いますよ」

ショウは言った。「うまくいけば、メールをチェックしてくれるかもしれません。私かソーニャに電話してほしいと伝えるメールをお二人から送っていただけますか。SITの調査で会っていますから、私のことも覚えているはずです」

自分の電話番号を二人に伝えた。

ハーモンとルースはそろってキーを叩いた。

「送りました」ルースが言った。

ハーモンが訊いた。「アリソンが読む確率はどの程度だろう」

人生におけるあらゆる事柄をパーセンテージで見積も

る男コルター・ショウは、確率を割り出すには変数が多すぎ、事実が少なすぎる場合があることを知っている。

答えたのはニルソンだった。「あとは期待して待つしかありません」

実に妥当な見積もりだ。

「何かわかったら、その都度知らせてもらえるかしら」ルースが静かな声で言った。

ハーモンが応えた。「もちろんですよ。コルターとソーニャから報告が入るごとに、すぐお知らせしますから」

「ありがとう」

ニルソンが尋ねた。「ミセス・パーカー。アリソンがなかなか離婚しなかった理由は何だと思います?」

一瞬の間があった。「よく訊かれることよね。自分を虐待する男となぜ別れないのか。不安からじゃないかしら。孤独への不安……」そう言って目をそらす。「せっかく勇気をかき集めて、正しいこと、勇敢なことをして別れようと決心したあとも、やはりこう考えずにいられない――〝一人で生きていくことになるけれど、本当にそれでいいの?〟答えがイエスの場合もあれば、ノーの場合もあるでしょうね」

22

パーカーとハンナを乗せた車は、荒れた路面の五五号線をふたたび北上していた。

乗っているのはバスではなく、パーカーのSUVでもない車――ついさっきレンタルしたばかりの起亜の最新型セダンだ。

ジョン・メリットは酔うと危険な男ではあるが、刑事としてはおそろしく有能な人物だった。メリットなら、パーカーが身の危険に怯えて車を乗り捨て、現金で切符を購入して追跡不可能なバスで逃れようとすると的確に予想するだろう。

実際、バスに乗り換えるのが安全だ。

しかしパーカーが予定している潜伏先に、バスでは行かれない。グレイハウンドやトレイルウェイの長距離バスは、彼女が行こうとしている場所へは通じていない。

彼女が行かなくてはならないその場所には。

そこなら安全と信じられる場所。

たしかに、バスターミナルに車を乗り入れ、セントルイス行きの切符を二枚購入し、窓口係が自分を確実に覚えてくれるよう、釣り銭が間違っていると偽りの苦情を言った。ひとしきり騒いでから、申し訳なさそうな笑みを浮かべ、自分が釣りの紙幣を見間違えたようだと謝罪した。パーカーとハンナはターミナルを出てトヨタ4ランナーで近くのショッピングセンターに行った。そして頭脳明晰で粗暴な元夫から逃れようとしている人物らしく、バスターミナル付設の駐車場ではなく、ショッピングセンターの駐車場に車を駐めた。

そのあと、ぶつぶつ文句を言うハンナを連れ、スーツケースやスポーツバッグ、バックパックを持って一キロ近く歩き、レンタカー店に行った。支払いには会社のクレジットカードを使った。情報をたどればパーカー個人に行きついてしまうだろうが、それにはかなりの手間がかかるはずだ。会社でパーカーが担当している製品開発プロジェクトは、数えきれないほどのサブシステムやインターフェースで成り立っている。ふつうならその複雑さに怖じ気づいてしまうだろう。しかしアリソン・パーカーにとっては日々の仕事の一部にすぎず、パーカーの頭脳はたやすくすべてをやりくりした。

ジョン・メリットならかならず4ランナーを見つけ、バスターミナルの窓口係を言いくるめて——もしかしたら昔のバッジをちらつかせて——二人の目的地を聞き出し、セントルイス行きが経由するバスターミナルをしらみつぶしに当たり、巨大なゲートウェイアーチで有名な都市セントルイスより手前でバスを降りたと推理するだろう。そこを起点に捜索を再開するだろう。

そのような動きをすればメリットの姿はあちこちの監視カメラにとらえられ、疑念を招くだろう。運がパーカーに味方すれば、メリットは二十四時間以内に発見され逮捕されるだろう。

アリソン・パーカーの職業は技術者だ。仕事の課題には体系的に取り組む。マーティ・ハーモンはパーカーについて、あれほど目標が明確で効率よく動く人物はほかに知らないと話したが、それはおそらく事実だろう。パーカーがある賞をもらったとき、表彰式でハーモンがそう述べるのを聞いて、パーカーは頰を赤らめた。

「アリソンのすばらしいところはそれだけではありません。優れたクリエイティビティも備えています」

パーカーはまた頬を赤らめた。

パーカーにはお手本とする人物がいる。テキサス大学オースティン校工学部の教授、かの有名なビリー・コーエンだ。

一時代を画したコーエンの著作『方法論』は十回以上通読している。工学の課題解決に挑む者にとってのバイブルだ。コーエンはこう書いている。

工学的手法とは、利用可能なリソースを生かしてほとんど解明されていない状況に最良の変化を起こすために発見的手法（ヒューリスティックス）を使うことである。

ヒューリスティクスは、完璧を装うことなく問題解決を図るテクニックだ――たとえば試行錯誤を重ねたり、経験則に従ったり。

肝心なのは、ある課題について百点満点の解決法が見つかることはめったにないということだ。まずは取りかかってみる。そこから時間をかけてあちらを試し、こちらを試しながら、十分に正解に近い答えに到達する。〈ポケット・サン〉のＳＩＴやそれまでになかった燃料容器を発明するに至る道筋もやはり、ヒューリスティクスだった。

コーエンの主張では、〝工学（エンジニアリング）〟は、産業や科学に限定されない、もっと広い範囲を指している。人は誰もが人生のあらゆる分野における計画を作り上げるエンジニアなのだ。

元夫の追跡から逃れる計画を作り上げるのにパーカーが使った手法はそれだった。

パーカーの頭に複数の案が浮かんだ。分析し、優先事項を定め、それぞれの段取りと結果を比較検討した。

一つの案を退け、また別の一つを退け、さらにまた別の案が新たに浮かんだ。それもまた退けた。

最後に、現状ではこれがベストと思われる解決策が残った。

完璧ではない。さらに改善を重ねる必要があった。

だが、出発点にはなる。

パーカーは焦げたような味をヘーゼルナッツ風味のクリームでごまかしたコーヒーを、ハンナはダイエットペプシを飲みながら、五五号線を快調に飛ばした。ハンナは少しも太ってなどいないのに、自分は太りすぎだと思いこんでいる。とはいえ、学校のウェブサイトで読んだり、インスタグラムをはじめとするソーシャルメディアへの投稿と少女のボディ・イメージに関わる問題を取り上げたテレビ番組で見たりした事例に比べると、ハンナが抱えている不安の度合いは心配するほどのものではない。

パーカーは周囲の景色を見渡した。不況とケノア川の汚染は、フェリントンの産業の心臓にナイフを突き立てた。それでも世界は二十世紀初頭に現れた巨大企業をもはや必要としていないし、このあたりでも小規模の倉庫や工場がいくつも生き延びていた。陰気な荒れ地が長く続いたかと思うと、トタン板の平屋の建物がふいに視界に現れる。しかし、景色はすぐにまた寒々としたものに戻った。

ラジオからはトップ40番組の音楽が流れている。このゴールドカラーのセダンはデジタルラジオのシリウスXMを受信できるが、パーカーはそのことを娘には話さなかった。ラジオはFM局に合わせてある。車載エンターテインメント・システムを介せば車の現在地を追跡可能だし、通信衛星放送は地上波放送よりも多くの視聴履歴を残す。その知識は、警察官だった元夫からではなく、テレビの犯罪実録番組から得た。

ハンナは車のダッシュボードをまじまじと観察していた。いつものトヨタ車と比べて快適装備が少ないと文句を言おうとしているのだろうか。少ないのは事実だった。

意外にもハンナは微笑み、ささやくように言った。

「いいね」

「この車、気に入った？」

ハンナははにかんだような表情をした。「なんかあたしっぽいっていうか」

パーカーも口もとをゆるめた。十六歳になり、まもなく運転免許を取得する予定のハンナは、しばらく前から、どんな車を買ってもらいたいか、自分の希望をそれとなく母親に伝えてきていた。

「ボディの色は何と何が選べるんだろう」

カーマックスやカーバナといった中古車販売チェーンや近くの中古車販売店に、どの色が手ごろな価格で出ているかにもよる。だが、娘とのあいだのささやかな緊張緩和（デタント）に水を差したくなくて、パーカーはこう答えた。

「ありとあらゆる色がそろってると思うわよ。さすがにくすんだ茶色とかはないと思うけど。あとはアマランサス色も」

「アマランサス色？」ハンナは眉間に皺を寄せた。「そんな色、ないよね」

「あるわよ。赤みがかった派手なピンク色。アマランサスっていう花が由来」パーカーは熱のこもった視線を娘に向けた。「あ、待って！　いい色が思い浮かんだ！　あなたに似合いそうなのは、コクリコ色の車！」

ハンナが肩を揺らして笑い出す。

「待って！」パーカーも笑いながらささやくような声で言った。「ガンボージ色とか……」

「そんな色、ない、ない、絶対にない！」

「ある、ある、あるのよ！」検索してみたらと言いかけたが、ネットに接続してはいけないと言い渡したのだったとぎりぎりで思い出した。

ハンナは一言も発せられないくらい大笑いしている。それを見たパーカーはうれしくて心がはじけそうになった。

二人はホステス印のクランブルドーナツを一つずつ食べた。まぶされたクランブルが胸や膝にぼろぼろとこぼれた。食べ終え、何口かペプシを飲んで落ち着いたころ、ハンナは真顔に戻って言った「赤か黄色がいいな。かわいいから」

かわいいかどうかはともかく、その二色なら反対はしない。夜間や悪天候のなか運転するとき、ほかの車に存在を気づいてもらいやすい。

一方で、その二つは警察に目をつけられやすい色でもある。そこから元夫を連想して、せっかくの楽しい気持ちがいくらかしぼんだ。

買ったばかりの携帯の電話によれば、時刻は六時二十四分だった。そろそろ宿を探したほうがいい。チェーンではない小さなモーテルがいいだろう。支払いは現金ですませる。今夜のうちに最終目的地まで行ってしまってもいい。あと二時間ほどの距離だ。しかしパーカーの計画では、どこに向かっているか、絶対に元夫に知られないことが肝心だった。

二日たってもジョンが追いついてこなければ、このまままさらに北上し、パーカーが頭のなかで〝避難所〟と呼んでいるその場所へ行こう。

それまでにジョンが再逮捕されていなければ。

いま彼はどこにいるだろう。

いま何を考えているだろう。

どのくらい酔っているだろう。

新しく借りた家でパーカーを捕まえそこねて、どれほど怒りに燃えているだろう。

そのことは、考えちゃ、だめ。

それが魔法の呪文になったかのように、タツノオトシゴのイメージが頭に浮かんだ。

味の記憶も蘇ってきた。金属的な味。口のなかに広がった血の。

自分がすすり泣く声。

どうしてこんなことを？

拳銃が頬骨を砕く衝撃。

それに――

「どうかした？」ハンナが訊いた。

パーカーは娘のほうを向いた。

「何か心配？」

「ううん。今夜はどこに泊まろうかって考えてただけよ」

ハンナはしばらくパーカーの顔を見つめていた。

このところ嘘の回数が増えている。小さかろうと、嘘は嘘だ……

道の左右に黒い木々の森と枯れた牧草地、トウモロコシと小麦を刈り取ったあとの畑が広がっていた。距離標が近づいてきては背後に飛び去った。微積分（カルキュラス）を思い浮かべた。〝カルキュラス〟の由来はラテン語の〝小石〟で、小石を並べて距離を測っていた古代ローマの習慣にさかのぼる。あらゆる数学の分野のうち、アリソン・パーカーは微積分が一番好きで、しかも仕事で毎日のように使っている。

楽しげだったハンナも冴えない顔をしていた。母親の沈んだ気分を感じ取ったのだろう。パーカーはアクセルペダルを踏む足にわずかに力をこめ、がらんとした二車線道路を走り続けた。太陽はもう沈んでいた。よい香りを漂わせる秋の夕暮れの空の低いところを雲が猛スピードで流れていく。まるで果てなく続く毛布のようだ。風が木々の枝から葉をむしり取り、渦に巻きこんで地面に振り落とす。落ちた葉は、車が通り過ぎたあとの気流にまたもてあそばれる。

「なんか不気味」ハンナが言った。

たしかに。

「疲れちゃった。あとどのくらい？」

これに対する答えは、アリソン・パーカーも知らない。

いまわかるのは、自分たちとジョン・メリットを隔てる距離が一キロ、また一キロと延びるごとに、また一つ贈り物をもらったように思えることだけだ。

23

刑事は若かった。ぎりぎりまで短く刈りこんだヘアスタイルはショウのそれと似ていなくもないが、髪の色はショウと違って茶だ。黒いスラックスに青い開襟シャツ、赤と黒のネクタイを締めている。開襟シャツにネクタイを締めるセンスはさっぱり理解できないが。

ダンフリー・ケンプ刑事の体は逆三角形をしている。腕の筋肉がたくましく、綿のシャツの袖ははち切れそうだ。ショウは大学時代にレスリングの選手だったが、ケンプもきっとそうだろう。

電話中だったケンプは、一つだけ空いていた椅子にショウが腰を下ろす気配を察して顔を上げ、目をしばたたいた。ほかに二つある椅子は書類の山に占拠されている。ケンプは重々しくうなずいた。

ケンプのオフィスはフェリントン市警の二階にあって、案内板によれば刑事課と総務課に続く長い廊下に面していた。以前は物置だった部屋なのかもしれない。デスクの上や緑色の壁の際、茶色いカーペットの上、さらに椅子の三つのうち二つの座面にも、古びたマニラフォルダーや茶色いアコーディオンフォルダーが積み上げられている。二百冊はありそうだ。ファイルに綴じられていない書類の山もいくつもあった。壁のホワイトボードには、〝ストリート・クリーナー〟連続殺人事件の捜査に関するフローチャートが描かれ、被害者の顔写真が並んでいた。

ケンプが電話を終えて訊いた。「えっと、そちらさんは……?」

青い制服姿の女性が入ってきて、またもフォルダーを二冊置いていった。ケンプは怯えたような目をその二冊に向けた。

「コルター・ショウです」

「マーティ・ハーモンの会社の。警備の方でしたっけ……?」

まあ、当たらずとも遠からずだ。

「ええ」

「で、ご用件は……？」

また女性が入ってきて、フォルダーを置いていった。この若者には一つの文を最後まで言う暇がないとしても不思議ではない。ケンプは小声でつぶやいた。「またか」

ショウは話を再開した。「ジョン・メリットの奥さんと娘さんを捜しています。メリットを逮捕したのはあなただと聞きました」

ケンプは横目でショウを見た。悪気があってのことではなく、パソコンに向き合っていると自然にそうなるというだけのことだ。「現実を言えば、率直なところ、ふだんは一般の市民と捜査に関する話はしません。ただ、ミスター・ハーモンの要請と警部に言われたので。ご存じかどうかわかりませんが、ミスター・ハーモンは市民の生活を支援してくれているんです」

「水の汚染の件で」

「そうです。それに現実を言えば、捜査も何もないんですよ。いまのところジョンは奥さんに危害を加えると言っただけですから」

「殺したいと言ったんです」ショウは言い誤りを正した。

ケンプがメリットを呼ぶのにファーストネームを使ったことも聞き逃さなかった。

「釈放されたのだって合法な手続きを経てのことですし、犯罪を意図しているのが明らかな行為が確認されたわけでもない。それがキーワードなんです。〝犯罪を意図しているのが明らかな〟」

「では、接近禁止命令に違反したことをご存じないわけだ。メリットは元奥さんの家に現れたんですよ」

大きな指で大きなファイルを軽く叩きながら、ケンプは控えめに眉を寄せた。「その件は弁護士のミスター・スタインから聞いてますよ。しかし弁護士にしても、ジョンが三百メートル以内まで接近したかどうかはわからないそうで。しかも元奥さんは留守だった」

「つまり逮捕状は出ていないと」

「出ていません。うちではその手の違反にとくに対処していませんしね。奥さんが家にいなかった場合でも命令違反と見なされるのかどうかさえわからない」

「見なされます」ショウは言った。そしてこう続けずにはいられなかった。「相手がジョン・メリットだからですか」

ケンプが黙りこむ。図星だからだろう。ケンプはオフィスのなかを見回した。ショウもつられて視線を巡らせた。「ご覧のとおりの状況で。重要な事件から手をつけるしかない。レイプや殺人、麻薬なんかの捜査を担当しているし、迷宮入りしかけている連続殺人事件の捜査も手伝わなくちゃならない。それにもう一つ放火事件の捜査も」

「刑事さん、メリットはどう見てもソシオパスです。捜査中だという連続殺人の犯人と変わりませんよ。受刑者の一人は、メリットは心中を考えているのではないかと証言しています。アリソンと娘に命の危険が迫っていることは理解していただけますよね」

「ええ」

ショウは続けた。「刑務所に電話してみました。担当の精神分析医の話を聞きたかったので。しかし、向こうからかけ直してもらえるはずが、それきりだ」

ケンプが言った。「情報をシャットアウトしてるんだな。釈放前にちゃんと調査しなかったのに気づいて」ケンプはふいに口をつぐんだ。口に出して言うのはまずかったかと思ったのだろうが、言われるまでもないことではある。

分厚い肩が持ち上がり、がくりと落ちる。「現実を言えば、精神分析医からは何も聞き出せないでしょう。ほら、特権があるから」

ショウは言った。「医師の秘匿特権なら、他人に危害を加えたいと患者から聞いた時点で否定されます」

「それでも黙ってるってことじゃないですかね。そうじゃなければ、うちに何らかの連絡が来て、文書になってるはずですから。いまのところ何の連絡もないってことです」

「郡刑務所に確認していただけませんか」

ケンプは少しためらったが、問い合わせてみると約束した。

とっさに礼を言おうとして、この刑事は単に職務を果たしているだけではないかとショウは思い直した。

「接近禁止命令違反の件で逮捕状も請求していただけますね」

「ええ、すぐにやります」

人の気配が廊下を近づいてきて、ケンプは顔をしかめてドア口に視線をやった。だが、その制服警官はただ通りかかっただけと見え、こちらを見もしなかった。

「アリソンとハンナの氏名を行方不明者として広報に載せていただけますね」

　また横目でショウを見る。「えーと、行方がわからなくなって、まだ一日もたっていないのでは？」

「刑事さん……」ショウはすぐには何も言わなかった。「私はアリソンとハンナの安全を守ろうとしているんです」

　あえて名前を繰り返し、二人が現に生きている人間であることを印象づける。懸賞金ビジネスで口の重い証人と話すとき、ショウがよく使うテクニックだ。

「それに、メリットは二人を殺す気でいると断言できる状況です」

　ケンプはファイルの壁を見つめた。「現実を言えば、行方不明届けが出されたところで何も変わりませんよ。誰も見やしない。私にできることがあるとすれば……」誰にともなくうなずく。「重要参考人が行方不明になったと広報するくらいです」このときは横目ではなく、ショウの目をまっすぐに見た。「それなら注目を集めます。おそらく。絶対に確実とは言えません」

「ありがとう、ケンプ刑事。二人が見つかったら知らせていただけますか。警察の保護施設（セーフハウス）に預けるのでは心配だ」

　ケンプが笑った。「たしかに、あそこじゃ安全（セーフ）は保証できない」

　それもまた予算の問題なのだろう。

　そのとき、ショウの目は茶色いアコーディオンファイルの一つに吸い寄せられた。横に貼られた黄ばんだテープにこうあった――〈メリット　３９９４０７〉。

「見せていただけませんか」

　ケンプは迷った。度を越した要望ではある。そうわかっていてもなお、ショウは無言でケンプの焦げ茶色の目を見つめ返した。

　大きな手が動き、ファイルをこちらに押しやった。

　ショウはファイルを開いてなかの文書をめくった。昨年起きた加重暴行事件の捜査と公判の資料も含まれていた。アリソンとハンナの捜索の参考になる情報があるとは思わなかった。それでも事件の詳細を把握しておきたかった。

　コルター・ショウは暴力と無縁で生きてきたわけではない。暴力を目撃したことがある。暴力を振るわれる側、振るう側にもなった。それでも、アリソン・パーカーの顔写真を直視するのはつらかった。肌に流れた血はきれいに拭われていたが、襟元は濃い茶色の染みで汚れていたし、よくよく目をこらせば髪にも乾いた血がこびりついているのがわかる。しかし、見る者の心を何より強くかき乱すのは、顔が左右対称ではなくなっていることだった。メリットから制式拳銃で殴りつけられたアリソンの頬骨は砕け、骨を支える構造が根底から破壊されていた。

もう一つ、見ていて同じくらいつらいのは、きれいな球体をした目を歪ませている涙だ。

ショウはファイルを閉じてケンプのほうに押し戻した。ジーンズのポケットから名刺を一枚抜き取って差し出す。ケンプは受け取った名刺を抽斗にしまいこむのではなく、キーボードのすぐ隣に置いた。

ショウはもう一度礼を言って立ち上がった。ケンプはこれからファイルの巨大な山と闘うのだろう。

この面会は、何らかの形で捜索の役に立つだろうか。

ショウが見積もった確率は——せいぜい二〇パーセント。

だが、そのときは空振りと思えた働きかけが、あとになって思いがけず大きな追い風となることもある。だから無駄だと思っても、打てる手を端から打つしかないのだ。

そう、現実を言えば。

24

バスには乗っていない。

二人はバスに乗らなかった。

ジョン・メリットはクロスカウンティ・ハイウェイと五五号線の角にあるマクドナルドの駐車場にいて、店に出入りする客をぼんやりながめていた。

バスには乗っていない。元妻はレンタカーに乗り換えたのだ。九五パーセントの確率で。

デトロイト、セントルイス……

目的地はそのいずれでもない。

かつてメリットが射殺した麻薬常用者のときと同じだ。

元妻の計画は、この世の全員を欺ける(あざむ)はずだった。

バスの切符を購入し——これは窓口係の表情の変化を

見れば明らかだ——簡単には見つからないが本気になれば捜し出せる場所にトヨタ4ランナーを駐め、バスターミナルから近隣のレンタカー店まで徒歩で移動した。メリットはレンタカー店に入ってみようかとも考えたが、偽の警察バッジをこれ以上ちらつかせるのは危険だ。すでにバスの窓口係からフェリントン市警に照会の電話が行っているかもしれない。

近づいてくる危険があればすぐに気づけるよう、トラックは後ろ向きに駐めていた。それが習慣になっている。メリットは服役以前の人生で多くの敵を作っていた。クラックの密造所から、郡の——さらには州の——庁舎まで。復讐のために、あるいは別の理由から、メリットの死を望んでいる敵。皮肉な話だとつくづく思った。結婚当初、用心を怠ってはいけない、自衛手段をつねに確保しておくようにとアリソンに言い聞かせたのはメリットだ。アリソンはいま、そのとおりの行動をしてメリットの追跡を振り切ろうとしているだろう。

バーガーを一口。ソーダを一口。よし、頭を使え……

アリソンは車で移動している。まず第一に検討すべきは、今夜のうちにどこまで行くか、明日はどこまで行くかだろう。あとは、どの方角に向かっているか。

もうこんな時間だ。自宅から百五十キロ程度までといったところか。その範囲内のどこかで宿を取るだろう。

方角に関しては、出発時点では北に向かっていた。おそらくそのまま北に向かっている。とすると、五五号線を行くのが一番の近道だ。

北の方角に何かがある。安全な行き先がある。

何だろう。

夫から逃げる妻は、何に頼ろうとする？

候補がいくつか浮かんだ。

友人。可能性はどの程度だ？　あまり高くない。アリソンが親しくしている相手の大半をメリットは把握している。住所まで知っている。知らなくても、調べるのは簡単だ。アリソンが友人を危険にさらすとは思えない。

実家の母親。可能性——これもあまり高くない。五五号線から州間高速七〇号線をたどり、西に進路を変える可能性がなくはないだろう。しかしルース・パーカーの住まいは千五百キロ近く離れている。長く危険だらけの道のりだ。移動中は身を守る術がない。真横に車をつけ、ウィンドウ越しに銃撃するのは簡単だ。

キャンプ場。可能性は、そこそこといったところか。キャンプには家族で十回以上行ったことがある。電気も水道もない不便なキャンプ生活をしたわけではないが、それでもアリソンは自力でテントを張れるし、キャンプ用コンロで調理もできる。ただし、ハンナの存在を考慮すると、キャンプの可能性は低くなる。八歳のハンナはキャンプと聞けば大喜びだった。だが十六歳のいまはアウトドア生活をいやがるのではないか。

僻地のモーテル。可能性――高い。

ＤＶシェルター。可能性――高い。メリットが大酒を飲んで家で暴れたことが何度かあって、そういうときアリソンはハンナを連れてＤＶ被害者を保護する施設に避難した。今回もその可能性は大いにありそうだ。賢明な判断でもある。シェルターにはたいがい武装した警備員がいる。ほとんどは非番の警察官だ。

メリットが知らないアリソンの友人。可能性――高い。これには会社の同僚も含まれる。たびたびトラブルを起こしたせいで、メリットは事実上、アリソンの会社から出入り禁止を食らっていた。

可能性が高い三つのなかでも、ＤＶシェルターとメリットの知らない友人の線はとりわけ有力ではないか。モーテルは理屈のうえではありそうな話ではあるが、当たりの一軒を突き止めるのは不可能に近いだろう。ドミニク・ライアンの協力が得られそうだとはいえ、メリットの知り合いの大半は公的機関に属している。モーテルに宿泊するなら、アリソンはチェーンではない独立系の宿を選び、偽名を使い、支払いは現金ですませるだろう。

ならば――シェルターに絞るか、はたまた友人の家か。

バーガーをまた少し食べ、ソーダをまた少し飲みながら、二つを天秤にかけた。

時間の余裕はなかった。二股はかけられない。メリットは決断を下した。未知の友人の線はメリットが自分で追う。シェルターのほうは他人にまかせる。彼の金なのだ。どう使おうと彼の勝手だ。

25

モールはフォード・トランジットの運転席の背にもたれ、目の錯覚としか思えない光景を見ていた。四十五度のアングルに固定された車のタイヤが四つ、垂直のポールに支えられて回転している。魔法の力で動いているようだ。

見ていると、眠気を誘われる。

モールとデズモンドは、アリソン・パーカーが借りているメープル・ヴューの家から一ブロック半ほど離れたショッピングセンターの駐車場にいる。メリットの女房と娘が逃げた直後から、もう何時間もここで待機していた。

次の指示を待つあいだ、仕事は中断している。

これがその指示だろうか。モールの携帯電話にメッセージが届いた。内容を確かめてぼそりと言う。「やっとか」

「何だって？」

モールは携帯電話をしまった。「女どもはシェルターに行ったのかもしれないとさ。それを調べろと仰せだ」

「シェルター……ああ、DVから逃げてきた女をかくまう施設か」

「何だと思ったんだ？　竜巻から逃げてきた女をかくまう施設とでも？」

デズモンドが訊いた。「でも、なんでシェルター？」

「前に避難したことがあるんだとさ。今度もそうかもしれない。筋は通ってる……ドーンドゥー」

その口癖は、愉快な気分を表しているのかもしれない。あるいは軽い悪罵なのかもしれない。

元女房と娘が逃げたという知らせは、モールとデズモンドを落胆させた。

「メリットも馬鹿だよな。脅かすなんてさ、自分で追い払ったようなもんだ」

このときモールは、ときおりパートナーを組むデズモンドについてこう考えているところだった──おまえがちゃんと約束の時間に俺の家に来てれば、メリットが来るまで、俺たちがあの家で女どもの相手をしていられただろうにな。ただ、思っても口に出さなかった。言って何が変わる？　不機嫌なデズモンドにいらいらさせられるだけだ。

モールはiPhoneでネット接続し、市内のシェルターの所在地を確かめた。フェリントン北部にある最寄りの一つを選ぶ。メリットによれば、女たちは北に向かったらしい。トランジットのギアを入れて通りを走り出した。

デズモンドは手にしたヤナギの枝をながめている。鮮やかな緑色をした枝で、長さは五十センチ近くあった。折ったばかりでまだ湿り気をたっぷり含んでいて、両端の切断面はなめらかだ。デズモンドはソグの固定式折りたたみナイフのハンドルを枝に打ちつけ始めた。

たん、たん、たんという音は、耳障りに感じてもおかしくないはずなのに、さほど不快ではなかった。

「奴は何するって？」

「メリットか？　ほかの手がかりを追うとさ」

たん、たん。

デズモンドの顔つきを見れば、またしても不平不満を並べようとしているとわかった。

「何だよな、ちゃちゃちゃっと片づけてバーベキュー食いに行くはずだったのにな。スペアリブのことばっか考えてた。いったいいつまでかかるんだよ。俺は忙しいんだよ」デズモンドは経営する中古車販売店を隠れ蓑にマネーロンダリング業を営んでいた。なかなか抜け目ないやり方だ。一九九八年型のスバルの中古を二十五万ドルで売る店がほかのどこにある？

モールも複数のプロジェクトを抱える身だ。フォーフィニッシュ塗装を施した作品を販売する傍ら、死体処理の特殊サービスも繁盛していた。モールとデズモンドが作った死体のほか、顧客が作った死体の始末も請け負っている。目下は会社の秘密を知りすぎたエドガー・バースが冷たく硬直して防水シートにくるまれ、ラルストンの山小屋で処理を待っていた。モールとしては、仕上げが終わった長椅子を北部のアクロンに届けに行く道すがら、まず見つかりそうにない場所を探して遺棄するつもりでいる。今日の夕方には出発する予定だ。

しかし、この分じゃとても……

首と両手がかゆみを声高に訴え、モールはまたアレルギー薬をスプレーで吹きつけた。かゆみは少し治まった。

デズモンドはヤナギの枝を念入りに観察していた。やがて枝をいったん膝に置き、携帯電話を取り出した。画面には、今回の仕事に関するメッセージらしきものが表示されていた。どうやらアリソン・パーカーと娘の写真に見入っている。

二人ともすでに女たちの外見をしっかりと記憶に刻みつけてあった。ターゲットを取り違えないようにしておくのは自分のためでもある。ヤマシギを狩るはずが、うっかり禁猟期のウズラを撃ったりすれば、面倒なことになる。

アリソン・パーカーの全身写真を見つめるデズモンドの目が妙な光を帯びたのを、モールは見逃さなかった。

また悪い癖が出たか……

モールは言った。「やめておけ」

デズは携帯電話からヤナギの枝に持ち替えて肩をすくめた。「夢見る権利は誰にでもあるよな」

そしてまた叩き始めた。たん、たん、たん……

26

アリソン・パーカーは、サニー・エーカーズ・モータ－ロッジのみすぼらしい三〇六号室のみすぼらしいベッドをながめた。〈空き室あり〉という派手なピンク色のネオンサインを見て、不気味な夜に輝く避難所の明かりに誘われるようにこのモーテルを選んだ。

部屋は使い古されてみすぼらしい。窓ガラスはひび割れ、窓枠や雨樋はペンキが剝げていた。窓から見えるのは駐車場と金網のフェンスだけで、フェンスの破れたところに薄い板が張られ、バディ自動車解体場のながめをさえぎっていた。

やれやれ、こんな羽目になるなんて。

「ここに泊まるの？」ハンナが訊く。

レンタカーが気に入ってはしゃいでいたのとは対極の、愕然としたような反応だった。

ペンキを塗り直したほうがよさそうな白い壁。傷だらけでくたびれた白木の家具。企業のオフィスにありそうな、染みをごまかせるはずの、しかしその使命をおよそ果たせていない、紺色のカーペット。ソケットが二つあるのに、電球は一つしかはまっていないランプ。二台あるベッドはクイーンサイズですらなく、ダブルサイズだった。カビのにおいと強力クレンザーのにおいがこもっている。

「少しの我慢よ」

ハンナはまた大げさな溜め息をついた。

「これも冒険のうち」

以前なら、そう言えばハンナの顔に笑みが浮かんだ。ハンナがもっと幼かったころ、家族でいざ動物園へ、テーマパークへ、キャンプ旅行へ出発しようとしているときなら。

いまは笑みの気配すらない。

ここはグリーンストーン要塞だと思えばいいと言ってみようか。寝る前に読み聞かせたファンタジー小説の要塞。いまとなっては遠い日々だ……

「〝少しの我慢〟って」ハンナがいらいらした声で訊いた。「何日くらい？」

「今日明日の話」

さっきとはまた別の種類の溜め息。

それぞれ荷物を部屋に運びこんだ。

パーカーはエアコンのスイッチを入れた。室内はそこまで暑くなかったが、九二号線の絶え間ない騒音をエアコンの作動音で少しでも相殺したかった。九二号線を行き交うのは大半がトラックだ。トラックの走行音は癇に障るうえ、なぜか憂鬱な気分にさせられる。

荷物をすべて取り出してしまうつもりだった。極限まで几帳面な性格ゆえ、アリソン・パーカーは旅先でかならず荷物を片づける。スーツケースから必要なものだけ取り出しながら生活するのは性に合わない。だが、いつものように片づければ、〝少しの我慢〟は自分が思っている以上に長引きそうだとハンナに思わせてしまうだろう。

それでも、基本チャンネルしか映らないケーブルテレビをハンナがひととおりチェックしているあいだ、パーカーは詮索されるリスクを承知で洗面用具をバスルームに並べ、衣類の一部をハンガーにかけてクローゼットにしまった。デスクに置かれたキューリグのコーヒーメーカーはどうやら使えそうだし、使用期限が設定されているとしても、まだまだ余裕がありそうな専用カプセルも用意されている。コーヒークリームは粉のタイプだった。

記憶が蘇って胸がずきりとした。ジョンと結婚してまもなく、フェリントン市警の上司を食事に招いた夜の記憶だ。ケーキを焼くつもりでいたのに、ミルクを買い忘れた。なんとしてもきちんとした食事でもてなしたかったが、買いに行っている時間はなさそうだった。

パーカーは、いいことを思いついたとジョンに言い、コーヒーメートの粉末をお湯で溶いて〝即席ミルク〟を作った。

食事のテーブルで、上司の奥さんはケーキを食べ、お代わりまで所望した。レシピを訊かれた——作り方にコツでもあるのかしら？　パーカーとメリットは笑みを交わした。「実はとっておきの隠し味があるんです」パーカーは答えた。

　その記憶に胸がつぶれかけ、涙があふれそうになった。涙を見られたのではと、ハンナのほうをちらりと確かめた。見られずにすんだようだ。パーカーはすばやく涙を拭った。

　夕飯はバーガーキングで簡単にすませた（ハンナは肉を使っていないメニューを選んだ）。バーガーとオニオンリングを電子レンジで温めた。電子レンジは使う前に隅々まで磨いたほうがよさそうな代物だったが、その不安を頭から振り払った。

　珍しくバニラミルクシェークも頼んだハンナは、うれしそうに夕飯にかぶりついた。

　パーカーにとっては燃料にすぎなかった。

　それでウラン２３５を連想した。

　空き袋や包装紙をまとめ、小さすぎるくず入れに押しこむ。

「シャワーを浴びなさい」

「ママ……」

「歯も磨いてね」

「歯ブラシ、持ってきてない……」

　パーカーは未開封のクレスト歯磨きと密閉袋入りの歯ブラシを渡した。

　ハンナはまたも溜め息をついた。ただし今回の溜め息は、夜寝る前の母親と娘のいつもの台本の範疇（はんちゅう）だった。

　万事異常なし。

　バスルームのドアが閉まると同時に、パーカーはバッグを開けて黒い封筒を取り出した。縦三十センチ、横八センチほどの大きさで、かなり分厚い。耐熱性の高いポリカーボネート素材だ。二千度の熱にさらされても中身に損傷は及ばない。

　この日の午後、ジョンの追跡を逃れたあと、カーターグローヴのファースト・フェデラル銀行で小切手を現金化する前に、まず貸金庫に行った。パーカー以外の誰も存在を知らない貸金庫だ。そこからこの封筒を回収してバッグの底のほうに隠した。このとき持っていたのは、ふだん使っている革のバッグではなく、コーチの鞄だった。小切手を現金化するだけなのになぜそんな大きな鞄をといぶかられるかと思ったが、ハンナは気づかなかった。

　バスルームのほうを一瞥した。シャワーの水音が聞こえていた。ばりばりと大きな音を立ててマジックテープ式の蓋を開け、その下のジッパーも開けた。数十枚の書類とＵＳＢドライブを抜き出す。ドライブをノートパソコンのＵＳＢポートに挿し、暗号化されたコンテナを開いて、テキストとＪＰＧ画像のファイルを計三十個選択し、ノートパソコンにコピーした。進捗バーが一〇〇パーセントに到達したのを確認して、ＵＳＢドライブを抜いた。書類の一番上の一枚に無造作な筆跡で手早くメモを書きつけた。それから書類とＵＳＢドライブを堅牢な封筒に戻した。

　封をし直して立ち上がり、水音がまだ聞こえていることを確かめてから部屋を出て、車に急いだ。

　封筒をグローブボックスに入れた。

　部屋に戻り、施錠して、またベッドに腰を下ろし、ダイエットコークを飲んだ。鼓動が激しく、息遣いも荒くなっていた。テレビに映っている番組を見るともなく見ているうち、肩の力が抜けていった。

　そしてふと思った。平穏を取り戻せた最大の理由は、秘密の封筒の中身が、火災や洪水などあらゆる災害から守られているという安堵だ。ただし核による災害は除く――職業柄、つい頭のなかでそう付け加えずにいられなかったが。

27

　コルター・ショウは、ハーモン・エナジー・プロダクツ本社第一ビルにあるセキュリティ部のオフィスに一人きりで座っていた。

　ハイテクなエルゴノミックチェアに座ったショウの前には、ガラス天板のデスクがあり、そこにスリープ状態のパソコン一台と、ショウ愛用のノートとペンが並んでいる。ショウはノートのページをめくり、自分のメモを読み返しているところだ。ソーニャ・ニルソンは私立探偵役を買って出て、パーカーを知っている従業員に端から電話をかけて話を聞きながら、手がかりになりそうな情報があればその都度ショウに知らせてきており、その分もノートに追加した。といっても、有益な情報は乏しかった。

ジョン・メリット（42）、アリソン・パーカー（42）の元夫。トレヴァー郡刑務所より早期釈放。凶器を用いた重傷害罪により三十六カ月の実刑判決。パーカーは警察の聴取に対し、メリットは殺意を持って暴行に及んだと証言。司法取引の結果、州は殺人未遂容疑での告発を取り下げた。

メリットは十六年前、大学卒業後に市警に入局。風俗犯罪取締、路上犯罪取締、麻薬取締の各課を経て、十年前に刑事に昇格。主に贈収賄と組織犯罪を担当。表彰歴あり。職務に関して苦情が申し立てられた例はなかったが、三年ほど前を機に、たびたび寄せられるように。

メリットの釈放後、郡刑務所で服役中の複数の受刑者が、釈放されたらまずアリソンを捜して殺すとメリットが話しているのを聞いたとの証言。

メリットにはオピオイド系鎮痛薬とアルコールの乱用歴あり。逮捕までの数年間で計数十回、夫妻が暮らしていた住宅に警察が出動しているが、逮捕は一度もされていない。メリットは断酒会に参加するも、ときおり思い出したように出席するのみで、成果なし。傷害事件を起こして逮捕されるまでの一年間は一度も出席せず。

メリットとパーカーには娘が一人。ハンナ（16）。

アリソンはハーモン・エナジー・プロダクツ社のシニア原子力技術者。国家機密事項取扱許可を取得。ハーモン・エナジーの小型モジュール式原子炉、商品名〈ポケット・サン〉の重要部品であるSｰTトリガーと燃料棒移動用容器を開発（前者のプロトタイプが盗まれたがのちに回収）。

メリットがアリソン殺害を望む動機は不明。報復か。世に出ては困る何らかの秘密をアリソンが握っているとも。昨年十一月の傷害事件の動機もそれか？

面談対象者のなかに、確かな事情を知っている人物はおらず。

メリットは典型的なソシオパスの特徴を備えている。人当たりがよく高い社会性を備える一方で、かっとなると相手を殺しかねないほどの攻撃性を示す。

釈放命令は無効とされ、今日、アリソン・パーカー宅の敷地内に侵入したとして接近禁止命令違反容疑で逮捕状が発行された。フェリントン市警はこれを軽微な違反ととらえ、人員不足やメリットの過去の市警への貢献を考慮し、積極的には捜査を行っていない。

メリットの氏名と所有車両の車種とナンバーはすでに全国に手配されている。車両はフォードＦ１５０ピックアップトラック、ボディ色は白、ナンバーはＪＫＴ３４５。ほかの車両を所有しているか否かは不明。

現時点でメリットの足取りは不明。

アリソンの弁護士デヴィッド・スタインは、アリソンとハンナの行き先を知らされていない。

マーティ・ハーモンと実母ルース・パーカーに届いたメールは、アリソンの携帯電話から送信された。

文面に目的地を示す手がかりなし。

アリソン・パーカーの行き先に関する参考情報

・基本的に内陸を好む（例：海水浴よりキャンプ）。アウトドアの初歩スキルを備え、温暖なこの時季なら十分に生き延びられる。

・遠出を阻む身体の障害なし（娘ハンナも同様）。

・健康体、運動を継続している、水泳が得意。

・所有車両はトヨタ4ランナー、ボディ色はグレー、ナンバーはＲＴＤ４７８。

・銃は所持していない可能性が高い。

フェリントン市警の捜査担当者はダンフリー・ケンプ刑事。メリットの捜索にさほど熱心ではない。メリットの氏名と車両情報は全国に手配ずみ。アリソンとハンナについても同様。二人の捜索に人員は投じられていない。

ソーシャルメディアに関して、アリソンとハンナの既存のアカウントはすべて削除された。アリソンの携帯電話は現在通じず。メールアドレスはおそらく有効だが、ハーモンや実母が送ったメールにも返信なし。

ソーニャ・ニルソンがアリソン・パーカーの同僚に事情を聴いている。アリソンの行き先に心当たりのある同僚はまだ見つからず。まだ話を聞けていない同僚が残っている。アリソンには近隣に在住する親戚おらず。

ジョン・メリットの母親はカンザス州在住。父親は故人。母親によると、ジョンからもアリソン・パーカーからもいっさいの連絡なし。アリソンと頻繁に交流しているわけではないが、関係は良好とのこと。

ショウはメモを二度読み返した。背景情報は十分にそろっている。

〝一つところにじっとしていられない男〟は、やはりじっとしていられなくなった。

立ち上がり、ソーニャ・ニルソンのオフィスに行った。

ニルソンは二台持っている携帯電話のうちのメーカー名がないほうの電話を耳に当てていた。深刻な話のようだ。

ニルソンが顔を上げる。

「ちょっと出かける。一時間か二時間で戻る」

ニルソンはうなずき、電話に注意を戻した。

ショウはポケットからオートバイのキーを取り出し、エレベーターホールに向かった。廊下に〈ポケット・サン〉の色鮮やかなイメージ図が何枚も飾られていた。〈ポケット・サン〉本体からくっきりとした黄色の線が放射状に何本も伸びている絵を見て、死を前にして頭部からまばゆい光を放っているキリスト教殉教者を描いた中世の絵画をまず連想した。

28

前回と同じようにクロスカウンティ・ハイウェイに車を駐めた。今度はタイヤの空気を抜かれる心配はないはずだ。そこから今日の午後通ったのと同じルート――元妻の家の裏に広がる森を抜ける道筋――をたどった。

ジョン・メリットは品定めするような目を周囲に走らせた。悪くない家だ。こぢんまりとした家。もちろんプールがついている。アリソンの必需品だ。

タツノオトシゴが思い浮かぶ……

降り積もった雪……

そこに散った元妻の鮮血。

記憶を脳裏から払い、勝手口に近づいた。

幸運な男は、このときもまた幸運に恵まれた。

急いで家を出たからだろう、元妻と娘は、勝手口を施錠するのも、防犯システムをセットするのも忘れていた。システムのパネルには緑色のランプが点灯していた。メリットは屋内に足を踏み入れた。すべての部屋を回ってカーテンを閉めるつもりだったが、ありがたいことに元妻がそうしてくれていた。心配性はあいかわらずのようだ。

壁際に段ボール箱が整然と積み上げられ、内容物を記したラベルが一つひとつに貼られていた。手当たり次第に品物を放りこんであったUストアの貸倉庫の荷物とは大違いだ。三つ目の寝室には、床から天井までぎっしり積まれた段ボール箱と衣類のラックでいっぱいだった。

必要なものだけを荷物から取り出して生活していたらしい。この仮住まいから、次はどこへ引っ越すつもりだったのだろう。市外か。別の州か。仕事第一ではあるが、小型モジュール式原子炉の製造会社はほかにいくらでもある。アリソンの引き抜きを試みた会社も何社かあったはずだ。

殺風景で、まさしく仮住まいといった風情だ。それでも快適に住めるようそれなりに整えられてはいた。〝低カロリー版の我が家〟。切り花が――本物の花が――あふれんばかりに生けられた透明ガラスの花瓶が五つか六つある。ラミネート加工の床のそこここに、メイシーズ百貨店あたりで売っていそうな東洋風のラグ。壁には額入りの写真。親戚はひととおり顔をそろえているが、メリットだけはそこに含まれていない。ソ連の独裁者にならって彼を粛清したのだ。

徹底捜索を開始した。

元妻の寝室は、ホームオフィスを兼ねていた。

ノートパソコンは持っていったようだ。デスクトップパソコンはロックされている。見覚えのある古い携帯電話があった。ノキアのフリップ式携帯電話。たしか予備として使っていたものだ。この電話の存在はメリットにも話していなかった。仕事用だからだと本人は言い張った。一年半前のある朝、前夜の酒が抜けないまま目を覚ますと、メリットは寝室のベッドに一人きりで、どうやら寝ているあいだにこの携帯電話を部屋の反対側の壁に投げつけたらしかった。電話は無傷で、ぶつかった鏡のほうは粉々に砕けていた。いま、携帯電話の電源を入れてみた。もう通じていなかった。

床にしゃがみこみ、元妻のデスクを物色した。抽斗を開け、中身を床に空ける。日記、ノート、アドレス帳、差出人の住所が手書きで記された封書、名刺、グリーティングカード、レシピ、付箋、請求書、クレジットカードの利用明細、ちらし……そういったものが何かないか。

経験から、ほんの短いメモ書きが事件解決に結びつく例があることは知っている。そこで手がかりが含まれていそうなものが出てきてもすぐには熟読せず、そのままバックパックに押しこんでいった。ここに無用に長居したくない。警察が訪問することはおそらくないだろうが、絶対とは言いきれない。

書類を引き出す。次を引き出す。仕分けする。その場に残す。バックパックに入れる……

わけのわからない書類ばかりよくもこんなにためこんだものだ。ほとんどは仕事関係だった。回路図、設計図、スプレッドシート、長くて込みいった報告書。一緒に暮らしていたころもこんなにたくさんの書類を持ち帰ってきていただろうか。文書の大半は会社から持ち出してはいけない決まりではなかったか。

やっとのことでデスクの書類が片づき、今度はベッドサイドテーブルを見た。次にチェスト、化粧台、クローゼット。デスク以外では収穫らしい収穫はなかった。ずしりと重くなったバックパックを肩にかけた。アリソン・パーカーの私生活が二キロから三キロ分も詰まっていそうだ。

娘の部屋に移動した。といっても、手がかりがあるとは期待していなかった。目的地を選んだのは元妻であって、ハンナではないからだ。それにハンナもいまどきのティーンエイジャーの一人だ。生活のほとんどすべてがデジタル形式で保存されているだろう。日記帳やアドレス帳、付箋はなかった。学校の課題にいたずら書きがしてある。〈カイルはハンナが好きなんだよ！　絶対だって！〉と書かれた、ノートを破り取ったものらしきピンク色の紙片。カイルという名前にメリットは聞き覚えがなかったが、その名前が書かれたものはほかにも二つあった。

このカイルの両親もメリットが把握していないアリソンの友人で、二人はその家に身を寄せようとしているのか？

詩や写真、学校の課題の分厚い束をめくっているとき、オートバイのエンジン音が外から聞こえた。一つ大きく空吹かしする音がして、エンジンが止まった。メリットは書類の束をバックパックに押しこみ、窓から外をのぞいた。

前庭に、三十代くらいの年齢のすらりとした男がいた。男はヤマハのダートバイクのシートにヘルメットを置いた。茶色のレザージャケットに黒いジーンズ、黒い靴。ジャケットのジッパーは開いていて、右腰の低い位置に拳銃のグリップがちらりと見えたような気がした。ウェストバンドの内側に装着するタイプのホルスターに収められているようだ。

こいつはいったい何者だ？

ジョン・メリットはキッチンに戻り、仕切りのドアを開けてガレージに入って銃を抜いた。

七百ドル払って買った、二百ドルの銃を。

29

車載ナビから流れる若い女の甘い声に従い、モールは平屋の建物の前に設けられた駐車場に車を乗り入れた。壁は白い下見板張りで、窓枠は黒い。

セーフ・アウェイ

リストにあるＤＶ被害者向けシェルターの三つ目がこ

こだ。アリソン・パーカーが向かった方角から考えて可能性が一番高いと思われた市北部のシェルターはハズレだった。二番目に訪れたのは、フェリントンでもっとも貧しい地区ベイカーズヴィルのシェルターで、施設職員の誰もアリソンを知らなかった。

「ここが当たりだといいな」モールはレターサイズの白い封筒を手に取り、トランジットから降りた。

フェリントン南部に位置するこの施設にアリソン・パーカーと娘は来ていないと断言してもいい。とはいえ、北に向けて出発したのちぐるりと円を描いて南部に戻ってきた可能性は否定できない。メリットによれば、どこかのシェルターにしばらく避難していたことがあるのは間違いなく、モールとしては、そこで親しくなった誰かに自宅から逃げ出して以降に連絡を取っていることを願うのみだ。ひょっとしたら別の郡にある別のシェルターを勧められたりしたかもしれない。危険とのあいだにできるかぎり距離を置くに越したことはない。

モールはインターフォンのボタンを押した。

「はい？」カメラの下のスピーカーから女の声が聞こえた。近寄りがたい雰囲気の声だった。

「どうも、お届け物です」モールはプロフェッショナルらしい調子を心がけた。封筒を持ち上げて見せる。「サインをお願いします」

声の主は、来訪者を注意深く観察していることだろう。スーツにネクタイ姿の男。白人の男。悲しいことだが、肌の色が判断に影響を及ぼしたのは間違いない。ブザーが鳴ってオートロックが解除された。ずいぶん不用心だな——モールはなかに入った。

入ってすぐの事務室の壁は安っぽい板張りだった。いかにも手造りといった様子で、板の色目はばらばら、継ぎ目もいいかげんだ。傷だらけのデスクの奥に三十五歳くらいの女が座っていた。白いブラウスを着て、黒っぽい色のスカートを穿いている。濃い茶色の長い髪を、シュシュだか何だかという輪ゴムみたいなものを二つ使ってポニーテールに結ってあった。ゴムの一つは髪の付け根の側を、もう一方は尻尾（テール）の先端側を留めている。

女は一人きりではなかった。警備員の制服を着た肌の色の濃いたくましい男が部屋の片隅に控えていた。男はモールに鋭い視線を注いだあと、また携帯を持ち上げてメールを打ち始めた。銃を携帯している。

モールは巨大な男なりに可能なかぎりにこやかな表情を心がけ、宛名ラベルが貼りつけられた封筒を掲げた。「ミズ・アリソン・パーカー宛に接近禁止命令の改訂版をお届けに来ました」ここで少しためらい、封筒の宛名を確かめるような演技をするつもりだった。しかしそれでは演技過剰かもしれない。「保安官がメリットに同じものを届けに行っています――メリットの行方がわかればですが」

「アリソン?」

今日はついていないことばかりだったが、どうやら運が向いてきたようだ。女はこうは訊かなかった――〝え、誰?〟　メリットの元妻を知っているのだ。

「はい。こちらにお住まいですよね?」

女は眉を曇らせ、封筒に視線を向けた。モールが中身を取り出して見せると思っているのかもしれない。が、見せるわけにはいかなかった。中に入っているのは何も書かれていないコピー用紙十枚だけだ。モールの質問に対する女の答えは「いいえ」だった。

モールは女の顔に浮かんでいるのと同じ困惑の表情を浮かべた。「裁判所の事務官によると、ミズ・パーカーはシェルターに身を寄せているということでしたので。それできっとこちらだろうと思いました。記録では、以前こちらにいたようなので」

「ええ、以前はね。でもいまはいません。判事さんに確認したほうがよさそうですね」

「ミズ・パーカーから連絡があったようなことは?近々こちらに来るかもしれないとか」

それは令状送達人らしからぬ質問だ。女はモールを見つめた。疑っているのか?

鋭い指摘だ。

「先に電話で問い合わせてくれたらよかったのでは?」

モールは肩をすくめた。「別件でちょうど近くまで来ていたので。お手数をおかけしました。失礼しました」

女はうなずき、ありがたいことに、画面に向き直った。おかげで、女の胸をじっくり拝んで記憶に焼きつけられた。いつか役に立たないともかぎらない。

デズモンドには悪い癖がある。モールのほうは自制心を備えている。しかし、モールだってやはり男だ。

外に出て、運転席に乗りこんだ。「受付係、な。元女房を知ってた」

「情報は引き出せたか」

モールは答えた。「まだだ。まあ、待ってろって」

30

コルター・ショウの父、アシュトンにはこんな掟があった——**法を犯すべからず。**

ただし、〝法〟という語には幅広い解釈が可能だ。

一口に法といってもさまざまな種類がある。生き延びるために、法律が設けた境界線を定義し直さなくてはならない場合もある。

積極的抗弁という概念を大いに利用する余地も存在する——〝裁判長閣下、法を犯した事実は認めますが、自分の命を守るには、それ以外に方法がなかったのです〟。

法曹界に片足を踏み入れながらも弁護士にはならずに引き返したショウは、その後、懸賞金ビジネスを通じてその概念を身をもって何度も経験することになった。

だからアリソン・パーカーが借りていたメープル・ヴューに面した家の勝手口に鍵がかかっていないと知ったとき、ためらうことなく押し開けた。

それに、警察には元妻の殺害をもくろむ元夫を捕まえようという意欲さえない。ショウが不法侵入罪を犯したくらいでは、警察のレーダーはまったく反応しないだろう。

真っ暗なキッチンに足を踏み入れたところで立ち止まり、拳銃の握りに手を置いて周囲に視線を巡らせた。ダイニングエリアとリビングルームの一部、食料保管室が見える。

耳を澄ます。

家が軋むかすかな音。木の枝が揺れる音、枯れ葉が地面をかすめて舞う音。風が強くなったようだ。

明かりがほしい。だが、この平屋建てのささやかな家の安全を確保してからだ。

すべての部屋を確かめるのが先だ。

銃を抜き、キッチンからリビングルームに入った。次に奥の小さな寝室をのぞき、表通り側の広い寝室を調べ、廊下をはさんだ真向かいのそれよりは小さな寝室を確かめた。バスルーム、よし。クローゼット、よし。地下室はそもそもなかった。

残るはガレージだけだ。キッチンからガレージに出るドアがある。

ドアを引き開けると同時に、直感に従って身を低くし、銃口を持ち上げた。

銃口の先に見えたのは、薄暗い空間だった。テープで封をされた段ボール箱や家具などが終の棲家に落ち着ける日を待っていた。

動くものはない。

段ボール箱の陰を確かめなくては。隠れるには絶好の場所だ――メリットがここにいるとして。おそらくいないだろうが、万が一いた場合、望ましくない結果を招きかねない。

段ボール箱の壁の陰を確かめるには、その向こうに回ってみるしかない。

敵の銃口に身をさらさなくてはならない。

ショウは別の戦略を採ることにした。敵が現れると予測される場所にグロックを向けたまま、てっぺんの段ボールを左手で押して向こう側に落とした。

一つ、また一つと床に落ちた箱は、いろいろなタイプと大きさの音を立てた。食器やグラスが割れようと気にしている場合ではないが、どうやら中身が壊れたものはなさそうだった。

全部を落とすのに一分とかからなかった。向こう側をのぞいて誰もいないことを確かめた。

ガレージは無人だと納得してキッチンに戻り、仕切りのドアを施錠してから、ようやく電灯をつけた。部屋から部屋へと移動しながら、アリソンの目的地を知る手がかりを探す。

まもなく、ここでは何も見つかりそうにないとわかった。奥の寝室には、封がされたままの保管箱がいくつかあるだけだ。ほかの二つの寝室は竜巻が通り過ぎたかのようだった。大急ぎで家を出たのは事実だろうが、この惨状はあわてて手当たり次第に荷物を詰めた結果ではない。荒らされたのだ。捜索に慣れた人間――たとえば元警察官の手で。抽斗はすべて抜き出され、ひっくり返されていた。メリットは何かテープで貼りつけられていないか抽斗の裏まで確かめたのだろう。カーペット敷きの床の上に、デスクやチェスト、ベッドサイドテーブルの抽斗の中身がそれぞれ別個の山をなしていた。集めたものを整理するときメリットが座った位置もだいたい見当がついた。

ハンナの部屋も似たようなものだった。

参考になりそうなものは一つとして残っていない。

電灯を消して外に出た。隣家に行ってみた。たった一つ明かりが灯っているだけで屋内は真っ暗だ。呼び鈴を鳴らしてみたが、やはり留守のようだ。真向かいの家の窓は明るく、住人が在宅していた。玄関に出てきた女性は、柔和に微笑むショウ――見知らぬ相手から情報を引き出すためのとっておきの笑顔――を見て、にこやかにうなずいた。アリソンの母親の友人を名乗り――これは決して完全な嘘ではない――アリソンに渡すものを預かっているのだと説明した。今夜は家にいると聞いていたのだが、ブザーを鳴らしても応答がない。

「いつごろ帰るかご存じありませんか」

「ごめんなさい、私にはわからないわ。今日は姿を一度も見かけていないし。それに、ふだんからほとんど交流がなくて。お母さんと娘さんの二人暮らしでしょう。警戒心が強いみたい。近所づきあいもまったくしない。カップケーキを焼いて玄関に置いておいたら、お礼の手紙が届いた。直接来てくれるかと期待したんですけどね」

ショウは礼を言い、通りに戻って、メープル・ヴューと四車線の幹線道路クロスカウンティ・ハイウェイの交差点まで歩いた。そのブロックの真ん中あたりの歩道に、薄汚れて皺だらけの服を着た男が座っていた。傍らのプラカードによれば、失業中の元軍人らしい。

ショウは男に近づき、すでに硬貨がいくつか入っている厚紙の箱に十ドル札を落とした。

「ありがとう」用心深い声だった。それも当然だろう。金を恵んだあとは歩き続けるのがふつうだろうに、ショウは立ち去ろうとしないのだから。

「一つ教えてもらいたいことが」ショウは携帯電話の画面にアリソンとハンナの写真を呼び出した。「この二人ですが、行方がわからないんです。今日、見かけませんでしたか」

男は眉間に皺を寄せて首をかしげた。

箱に二十ドルが追加された。

「見たよ。あわててどこか行った。もう何時間も前だけど。SUVで、赤信号を無視してさ。別の車のドライバーから中指を立てられてたね。そのまますごいスピードで走ってったんだけど、トラックのところで急に止まったんだ」

「トラック？」

「白いピックアップトラック。あのへんに駐まってたやつ」男が指さす。

「フォードのＦ１５０でしたか」

男は肩をすくめた。

「その横で駐まったわけですね」

男は肩を揺らして笑った。「そうだよ。タイヤの空気を抜いたんだ。それからまた走り出した。ものすごいスピードで」

パーカーが急発進した路面にタイヤの跡が残っていた。

「トラックの持ち主が戻ってきたのは、女性が走り去ってどのくらいたってからでした？」

「すぐだね。危ない感じの男だった。顔色が悪くて、気味が悪かった。ゾンビかよって。リアルじゃ見たことないよな、ゾンビなんか」

ショウは携帯電話でメリットの顔写真を見せた。

「そうそう、こいつ」

「タイヤ交換をしてからどうしました？」

「女を追いかけてった」

「電話はお持ちですか」

「あるよ」

ショウはポケットから二十ドル札を百ドル分引っ張り出し、厚紙の箱に入れた。

「あいや、悪いね、あんた」

自分の名前とプリペイド携帯の番号だけを書いた名刺も入れた。「そちらの番号を教えてください」

男は用心深い目で見上げた。「電話セールス会社にでも売り飛ばす気か？」そう言ってからにやりと笑った。

自分の番号をショウに伝え、ショウは自分の携帯電話に登録した。

「白いピックアップトラックがまた来たら、連絡してください」

「わかった」

ショウは立ち去りかけた。

「もう来ないと思うけどね」

振り向いて男と向き合った。「どうして？」

「あんたがよほど怖いみたいだったから」

「どういう意味です？」

「さっきあんたがオートバイをあそこに駐めて三分もたってなかったな。その男があの窓から這い出してきた」

男はガレージを指さした。「大急ぎでトラックに乗りこんで、行っちまったよ。今回は東に」長く伸びた眉毛を引っ張る。「この百ドル、返せとか言わないよな」

ショウは全速力で走ってヤマハのオートバイに戻り、エンジンをかけ、急発進した。

大小さまざまな幹線道路をたどって五キロほど走ったころ、ショウはブレーキをかけてオートバイを停めた。フェリントンのその界隈は細い通りが迷路のように入り組んでいて、メリットがその迷路に逃れてしまっていれば追跡は困難だ。ショウはソーニャ・ニルソンに宛てた携帯メールを入力した。

送信ボタンを押す寸前にメールが届いた。

ニルソンからだった。

二人のメールの内容はほとんど同じだった。

31

ジョン・メリットは、マニュファクチャラーズ・ロウにほど近い川沿いの駐車場にＦ１５０ピックアップトラックを乗り入れ、空きだらけのスペースの一つに駐めた。オートバイの男との無用の対決を避けてここに来た。

おそらく用心棒の類だろう。

だが、いったい誰に雇われているのか。

一番知りたいのはそれだった。しかしあれこれ考えたところで時間の無駄だ。あの場を離れることのほうが肝心だった。これまでメリットが犯した罪は――表面化している犯罪は――接近禁止命令違反だけだ。もちろん、その状況はまもなく変わることになるだろうし、そうなれば警察も、たとえ〝ビーコンヒルの英雄〟であろうと追跡しないわけにはいかないだろう。

しかし当面は一種の猶予期間を与えられている。

トラックの運転台から降りた。駐車場にはクラックや覚醒剤の常用者が何人か集まっていた。骨と皮ばかりに痩せた男。女も少なくない。遊歩道に立ったり座りこんだりしながら、遠慮のない目でこちらを観察していた。麻薬が切れかけて切羽詰まっているのだろう、メリットが何か売ってくれるのではと期待している。あるいは、メリットが金目のものを持っていれば、奪って一回分のクスリと物々交換できると思って観察しているのかもしれない。メリットが銃を見せると、彼らはたちまち姿を消した。風でどこかに飛ばされたかのようだった。バスターミナルで見かけたホームレスと同じだ。

こういう連中は蚊と変わらない。ぴしゃりとはたけばいなくなる。

メリットは西の四番ストリート橋に向かって歩いた。市が依頼した塗装業者の仕事ぶりは——くすんだ緑色をした元の塗装も、最近になって重ねたもう少し暗い緑色の塗装も——手抜きもいいところだった。錆も目立ってきている。橋の歩道を歩き出した。欄干に高さ三メートルの金網の柵が立てられている。数年前にこの橋が自殺の名所となり、対策として増設されたものだった。橋と下の水面の高低差は十五メートルほどしかないことを考えると、奇妙な話ではある。たった十五メートルで、死に至るほどの速度に達するわけがない。レイオフされた労働者が大半を占めた自殺者は、みな溺れて死んだのだ。

新人のころ、メリットも何度か自殺事件を担当した。仮に自分が自殺するようなことがあったら、銃を使うだろうと思った。水に溺れ、窒息して死ぬなんていやだ。しかもこんな汚染物質のスープのような水で。

秋の満月は、煙と大気汚染のもやでにじんでいる。これがフェリントンだ。メリットが十代の少年だったころよりはましになっている。そのころ父親は、煙突から何かを吐き出し続ける工場の一つで働いていた。当時はただの熱気だと言われていた。汚染物質は工場内で処理され、大気には排出されていないと。それが大嘘だったことは言うまでもない。

川向こうに色褪せた大型看板が立っていた。

フェリントンは生産し、世界は消費する。

そのスローガンの下に、工業製品がずらりと並んでいる。どんな製品なのか、メリットは正確なところを知らない。金属パーツ、管、タンク、箱、制御装置。フェリントンは消費財の街ではない。

四番ストリートの商店街に来た。どの窓もすでに暗いが、まだ誰かいるらしい事務所が一つある。通りの向かい側の路地に入り、銃をチェックした。まもなく、事務所の明かりも落とされた。四十代という年齢のわりに白髪の多い背の低い男が出てきた。スーツの上に丈の短いコートを着て、ブリーフケースを提げている。ドアに鍵をかけ、アヒルのようによちよちとした歩き方で北に向かった。メリットは路地から出て、五、六メートルほどの間を置いて尾行を開始した。

縦に連なったまま一ブロックほど歩いたところ、一台の車が甲高い音を鳴らし、ヘッドライトを点滅させて所有者の帰りを歓迎した。メリットはすばやく動いた。

男は運転席に乗りこんでドアを閉めた。メリットはエンジンがかかる前に助手席側から近づいてウィンドウを軽くノックした。背筋を伸ばし、自分の顔が見えないようにしておいて、警察の身分証をウィンドウのすぐ前に掲げた。

ウィンドウが下ろされた。

「刑事さん、身分証がよく――」

メリットは車内に手を伸ばして助手席側のロックを解除し、ドアを開けて銃を抜いた。助手席に乗りこんで、アリソンの弁護士デヴィッド・スタインの顔に銃口を突きつけた。

男は肩を落として首を振った。「ジョンか。驚いたな」

「黙れ」メリットはウィンドウを閉じた。

「いったいどうしちまったんだ？　トラブルまみれじゃないか。私はきみに何かした覚えはないぞ」

メリットはその言葉を聞いて怒りに震えた。

スタインが引き下がる。「悪かったよ、ジョン。私はただクライアントの――」

「黙れ」メリットはシートベルトを締めた。「そっちは締めなくていい。エンジンをかけて、私の指示どおり運転しろ」

「ジョン――」

「このまま直進。モンローで左折だ」

不愉快そうに顔をしかめつつ、スタインは命令に従った。

メリットは銃の撃鉄を起こし、その音に息を呑んだスタインの首筋に銃口を押し当てた。

銃口が伝えているメッセージはこうだ――ゆっくり走れ。フェリントン市街の路面は荒れに荒れていることを忘れるな。レーサー気取りの運転は、おまえの命に関わるぞ。

32

午後十一時……

〈セーフ・アウェイ〉シェルターの玄関から、受付係が現れた。

黒っぽい髪をした女の体つきはモールの記憶にあるよりもほっそりして見えた。ただし、胸は記憶にあるとおりに豊かだ。なぜわかるかといえば、女の着ている黒いレザージャケットは肌に吸いつくようなタイトなデザインだからだ。

女は玄関から少し離れたところで煙草に火をつけた。今夜は冷たい風が強く、煙は吐き出されるなりさらわれた。女はずり落ちかけたスポーツバッグを肩にかけ直し、携帯からどこかに電話をかけ、短い会話を交わした。

駐車場には車が四台ある。どれが女の車だろうか。白いカムリならありがたいとモールは思った。あれなら尾行が容易だ。

計画は単純だった。幅寄せして路肩に駐めさせ、車から女を引きずり出してトランジットに押しこむ。暗がりに駐車して、仕事にかかる。アリソン・パーカーの行き先を知らないか?

女はイエスまたはノーと答えるだろう。

答えがどちらでも、嘘をついていればモールにはわかる。

「電話なんかさっさと切って車に乗れよ」デズモンドが女を目で追いながら低い声で言った。

女が車に乗って走り出すまで手出しができない。

女は煙を吐きながらひたすらしゃべり続けている。煙を吐き、またしゃべる。

「おい見ろよ、あの女の――」

「――ベルトだろ」モールは言った。「俺も見た」

女はベルトに護身用のペッパースプレーを下げていた。被害者の反撃は、どんな場合にもつきまとうリスクだ。空手の技を繰り出すものもいれば、ペッパースプレーや銃で迎え撃つ者もいるが、こちらもそれでお手上げということはない。あらかじめリスクを考慮に入れて対処すればいい。

女はうなずき、通話を終えて相手から心理的な距離を置こうとするように姿勢を変えた。

ようやくか。

そのとき、デズモンドが身をこわばらせた。「くそ」デズモンドはサイドミラーをのぞきこんでいた。モールも自分の側のミラーをのぞいた。パトロールカー――郡保安官事務所の車両――が、ゆっくりとこちらに近づいてくる。

二人はとっさに反応し、運転席と助手席の下の物入れに銃を隠した。物入れはＤＶＤプレイヤーそっくりの見た目をしている。モールが自作したものだ。

モールとデズモンドは平静を保った。酒は飲んでいないし、車の荷台に明らかな血痕は一つもない。ルミノール試薬を吹きつけられたらエドガーの血の痕跡が浮かび上がるかもしれないが、そういう特殊光源を使うには令状か、犯罪行為を疑う合理的な根拠が必要だ。

ここに車を停めたのは電話をかけたりメールを送ったりするためです。運転中の携帯電話の使用は死亡事故の原因の第一位だと聞いたことがありますからね、おまわりさん。俺も、友人も、いつも気をつけてるんですよ。

しかしパトロールカーはそのまま通り過ぎた。運転席の保安官補は二人を一瞥すらしなかった。パトロールカーはシェルターの前に駐まった。受付係は電話を切り、煙草を捨てて靴でもみ消してから助手席に乗りこんだ。女と保安官補が結婚十年の夫婦らしきキスを交わす。

保安官補がギアを入れ、車は走り去った。

「やられたな」モールはうなった。悪いニュースを報告するメールを送った。少なくとも今夜は、シェルターの手がかりはここで行き止まりだ。携帯電話をしまった。

二人は物入れから銃を回収した。

モールはそろそろと車を出して州道を走り、フェリントンの自宅に向かった。

デズモンドはヤナギの枝を取り出してもてあそんだ。また黒いナイフで叩いている。

モールは哀れなエドガーのことを考えた。一時間が過ぎるごとに人間らしい形状を失っていっているだろう。すぐにでもラルストンに行って始末したかった。いまごろはもう、鼻の下にヴェポラップを塗らなくては耐えられないような臭いを発しているに違いない。その分、のこぎりでばらばらにするのは楽だろうが。

明日。明日には何とかしたい。その前にこの件を片づけてしまおう。

疲れを感じた……空腹も。この日の摂取カロリーの大半は、高級バーベキュー料理ではなくチェーン店のバーガーで満たされていた。

デズモンドはヤナギの枝を端から端までしげしげと見ていた。「銀行屋の女房のときはさ、おまえ文句言わなかったよな」

またその話か。

「いいか、今回は殺しの依頼だ。単純な殺しだ。おまえのムスコの出る幕はないんだよ。銀行屋の女房のときは、何する気か俺が気づく前にもうやってただろ。おかげで小屋ごと燃やすしかなくなった。おまえに結びつく証拠が残っちまったから」

たん、たん、たん、たん……またヤナギの枝を叩く。作業のこの段階にはかなりの時間がかかることをモールは知っている。

モールはデズモンドのほうを見やった。「おまえ、わかってるんだろうな。そうやって座ってるだけで、ハーパー最重警備刑務所行きの片道切符が手に入るくらいの証拠を残してるんだぜ。ジッパーを下ろしたら何を残すことになるか、考えてみろよ」

デズモンドは首をかしげて思案した。「心配するなって。俺もさすがに車とやったりはしないからさ。ちょっとそそられてはいるけどな」

この男はごくたまにユーモアのセンスを発揮する。

「いつものドライブインにでも行きゃいいだろ」

デズモンドは鼻で笑った。「あそこか。生まれたときはベティやサリーじゃなかったような女ばっかなんだよな」

「やれりゃ、相手なんか誰だっていいだろ」

「事実を述べたまでだよ」

この男の旺盛な性欲はいったいどこから湧いてくるんだ？

メールが届いた。モールは画面と路面を交互に見ながらメールを読んだ。

「メリットが元女房の弁護士と話をしたが、めぼしい収穫はなかったらしい」

「くそ。何か知ってるとしたら弁護士だろうにな」

デズモンドは枝をいじるのに飽きたらしい。枝もナイフもしまった。「例の奴はどうするんだよ。オートバイの男は」

「そいつがどうした？」

「いや、だってそいつ、銃持ってんだろ。女房の家に押し入ったって話だし。何するかわかったもんじゃないぞ」

モールは考えを巡らせた。「俺はこう思うね。その男は利用できそうだが、邪魔だ」

「なるほどな」デズモンドは〝いまの俺は不機嫌じゃないぜ〟と言いたげな表情を作った。「意味不明だけどな」

「そいつが女のところに案内してくれるようなら、利用すればいい。女が見つかったら最後、そいつは邪魔になる」

33

午後十一時……

アリソン・パーカーはサニー・エーカーズ・モーター・ロッジの客室の窓際にたち、カーテンの隙間から九二号線をうかがっている。

これは意味のある行為なのだろうか。脅威が近づいてきたとして、果たして見分けられるのか。猛スピードで通り過ぎていくヘッドライトは、修道女の総会に行く途中の修道女が運転するステーションワゴンかもしれない。あるいは、不利な状況からスタートしたにもかかわらず、ふつうの人間にはない強大な力を発揮して元妻の居場所を突き止めた男が運転するフォードＦ１５０かもしれない。


男は車を駐め、ここの部屋番号を聞き出して……

やめなさいってば——自分を叱りつける。

そして呪文のように繰り返した。そのことは、考えちゃ、だめ。

ハンナはまたしてもふくれっ面をしていた。パソコン画面をにらみつけるようにして猛然とキーを叩いている。ハンナの沈黙は、皮膚に深く突き刺さった黒い棘(とげ)のようだった。

「飛行機モードにしておいてよ」パーカーは声をかけた。この部屋だけインターネット接続を切るのは無理だった。フロント係に一応訊いてはみたが。

ハンナは噛みつくような勢いで言った。「なってるって。ほら、自分で確かめてみれば」腹を立てている。

「いいわ、ハン。信じてるから」

さらに五分ほど沈黙が続いたころ、ハンナはノートパソコンを閉じてナイトスタンドに置いた。無言のままスウェットパンツを脱いだ。その下は紺色のボクサータイプの下着だった。キルトの掛け布団の下にもぐりこみ、母親に背を向けた。

パーカーは、部屋に備えつけの、オフィスチェアと呼ぶには貧弱な椅子に腰を下ろして目を閉じた。五分後、立ち上がってバスルームに入り、寝る支度をした。もう一度、窓の外をのぞいた。魔法の封筒をしまってある金色の起亜（キア）を一瞥する。それから部屋の明かりを消し、自分もベッドに入ってシーツと毛布にくるまった。

もうまばらにしか聞こえなくなった車の往来の音に耳を澄ます。

修道女の車か。

それとも元夫の車か？

またも記憶が蘇った。今度は娘の記憶だ。

五歳のハンナ。初めてのディズニーワールド、フロリダの風にそよぐヤシの木、猛暑、きっかり十五分続いた午後四時の土砂降り。グーフィーが怖くて、ハンナは泣いた。

七歳。クリスマスツリーの下に座り、頬を紅潮させてアメリカンガール人形の包み紙を破るハンナ。

十歳。校長先生からの封筒を大事に抱え、気恥ずかしげな顔で学校から帰宅したハンナ。放課後のおやつにモッツァレラ・スティックと魚の形をしたクラッカーを食べさせておいて、パーカーは娘が学校で何かしでかしたのかと、おそるおそる封筒を開けた。その夜、ジョンと一緒に〈成績優秀者表彰状〉を額に入れて飾った。ハンナは数学のコンテストでベンジャミン・ハリス・スクール史上最高得点をマークしていた。

十二歳。クリスマスツリーの下に座り、頬を紅潮させてプレゼントを開けるハンナ。出てきたのは、ジョンが買ってきて自分で包装したＢＢガンだ。パーカーはその贈り物をよくは思わない。ジョンからもあらかじめ聞いていなかった。それでも、スプライトの空き缶で試し撃ちをし、空き缶が床の上に転がるのを見て大喜びしているハンナを、微笑みながら見守る。十二月の朝のモノクロの景色に空き缶の緑色が際立っていた。

十三歳。女の子同士がキスするのってどうなのと母親に尋ねるハンナ。何気ない口調だった。まるで〝今日、雨降るかな〟と尋ねるような。パーカーは慎重に考え抜いた答え、シンプルで、批判的な響きはかけらも含まれていない答えを返す。その一年くらい前から用意していた答えだった。一月後、ハンナは〝デート〟を始めた。といっても、要するにしょっちゅう一緒にいるという程度のことだが。相手は学校のアメリカンフットボール・チームでクォーターバックを務める人気者、ルーク・シェパードだった。

十四歳。リビングルームをただ通り抜けようとして椅子に足を引っかけて転び、立ち上がるのに難儀している父親に、警戒の目を注ぐハンナ。

十五歳。激しく泣きじゃくりながら両親のあいだに割りこもうとするハンナ。ジョンはパーカーの鼻先に顔を突きつけ、忌まわしい言葉や非難の言葉をわめき散らしていた。ハンナはジョンの腕をつかんで引き離そうとしたが、ジョンはそのことに気づいていないかのようだった。「やめて、やめて、やめて！」と叫ぶ妻の声も聞こえていないようだった。

そして、去年の十一月。自室のベッドに座り、ビーツのヘッドフォンが大音量で脳に直接流しこんでくる音楽を聴きながら、メールのやりとりに没頭しているハンナ。そのころ庭のタツノオトシゴの下では、流血のドラマが繰り広げられていた。

眠れそうにない。仰向けになり、無数のポップコーンが散ったような凹凸塗装が施された天井を見上げた。外のネオンサインのほのかなピンク色が部屋のなかまで入りこんでいる。ネオンサインを消してしまいたいとパーカーは思った。あれが灯ったままだと、二人がここにいることがジョン・メリットに伝わってしまいそうな気がした。

もう一台のベッドでかすかな動きがあった。ハンナが姿勢を変えたようだ。パーカーやジョンが夜、娘の様子を確かめようと寝室をのぞくときとまったく同じ格好で寝ていた――脇腹を下にし、余分の枕を抱いて。

「愛してるわ、ハン」

まもなくハンナの声が聞こえた。静かな寝息と溶け合い、業務用のコットン地にくるまってくもった声ではあったが、「あたしも」と言ったように聞こえなくもなかった。

体の奥で身を縮めていた眠りがついにほぐれるまでの十五分ほどのあいだ、パーカーはその意味を――こちらが期待したとおりの返事だったとして、言葉そのものの意味ではなく、娘の声の調子が伝えてきた意味を解き明かそうとした。本心か。沈黙を埋めるためのつなぎ言葉？ 義務感から出た返答、敵の接近を食い止める試み、それとも嘲弄？ 技術者であるアリソン・パーカーは、極限値やサイン、積分、微分、変数を駆使しなくては解けない数学の超難問に挑むかのように分析を試みた。

しかしパーカーの分析スキルをもってしても答えは出なかった。たった一つ導き出せた結論は、人の心の計算法は、おそろしく複雑であると同時に拍子抜けするほど簡単で、ゆえにどこまでも不可解であるというものだった。

34

午後十一時……

ジョン・メリットは上半身を起こしてベッドに座っていた。

ケノア川の方角から、平底荷船を牽くか押すかしているタグボートのもの悲しげな霧笛(むてき)が聞こえた。

メリットの傍らには、昼間のうちに買ったウィスキーの瓶と炭酸水の缶、サンドイッチの食べ残しと、元妻の家でかき集めた大量の情報があった。

いま、メリットは腹を立てている。

弁護士は役に立たなかった。アリソンの行き先については何一つ知らないと涙ながらに訴えるばかりだった。結局のところメリットもそれを信じるしかなかった。

状況が違っていたら、あの不運な男の身に起きたことやその家族の苦悩を思って気の毒に感じていただろう。だが、今夜は何も感じない。

スタイン弁護士から手がかりは得られなかった。

DVシェルターも空振りだった。

こうなると、すべては刑事らしい技能が頼りだ――情報を掘り返すこと。

ポストイットの付箋(ふせん)、雑多な紙切れ、カード、切り抜き、研究日誌から破り取った書きこみのあるページ、ハンナが学校から持ち帰った連絡事項のプリント。

いまの時点でメリットが期待しているのは、メリットが知らない元妻の友人を見つけることだ。

これは参考にならない。これも。これもだめか……

プラスチックカップの中身を飲み干す。カップは持ち上げただけでつぶれそうなくらい薄っぺらい。お代わりを注ぐ。また飲む。

仕事に戻れ……

メリットの充血した目が書類をまた一枚確かめる。書類は〝不用〟の山のてっぺんに置かれる。

かつて捜査を担当した大規模汚職事件を思い出す。財務関係書類、不動産関連書類、企業間契約書や記録文書、小切手、帳簿、エクセルのスプレッドシート……一枚、また一枚、丹念に目を通していった。

そして……

ついに見つかった。金(ゴールド)のかけらが。いや、プラチナのかけらだ。手がかりはビーコンヒル地区と、そこにある下水管の一つ——どこにもつながっていない下水管、ある品物が隠された下水管——へとメリットを案内した。

それを見つけた直後、あの事件が起きた。


危なっかしいカップからまた一口飲む。

目を閉じた。


におい。

わかったぞ、ツナだ。ドクター・エヴァンズとのセッションは午後一時からだ。ドクターは昼休み——粗暴で衝動的な者どもの砂漠に浮かぶオアシス——にツナサンドを食べたのだろう。

今日の医師は二つの役割を演じている。精神分析医と、職業相談員の二つだ。「出所後は職業訓練プログラムへの参加を義務づけられる」

「ええ、そうらしいですね。永遠に卒業しないのもいいな。訓練プログラムは好きだから」〝クラスの人気者ジョン〟の仮面が戻っている。精神分析医とのセッションのときはいつもそうだ。

「プログラム卒業後は仕事に就かなくてはならない。警察には復帰できない決まりだ」

そんなことは言われなくてもわかっている。メリットのなかで怒りが沸騰しかかる。それでもやる気に満ちた声でこう答える。「このところずっと考えていたんですよ、先生。選択肢はいろいろありそうだ」

「職員の報告書を見た。それによると、金属加工工場での仕事ぶりはずば抜けているそうだね……」医師は言葉尻を濁す。受刑者には過大な褒め言葉かと思ったのかもしれない。

メリットは警察アカデミー入学前に大学を卒業していたが、内心で腹を立てていることを気取られないように用心する。「自分の手を使って何かを作るのは楽しいですから。ある種の才能かな。先生は物作りはお好きですか」本心から知りたがっているような表情を装う。

「いや」医師は刑務所外での生活ぶりに関する質問に答えるのを避ける。

「私はヘンダーソン製作所の製造ラインで働きながら大学を出たんです」

マニュファクチャラーズ・ロウでいまも操業を続けている——が儲かってはいない——一握りの会社の一つだ。

ドクター・エヴァンズはタブレット端末を見つめる。そこに表示されているものを読んでいるのかどうかはわからない。この医師は、こういう心ここにあらずの時間を治療のメインに据えているらしい。一度のセッションで何度かこういう空白の時間が訪れる。受刑者／患者の精神の健康を向上させる策を一心に検討しているのか。

裕福な主婦とのセッションを夢想しているのか。

それとも、ツナサンドイッチを頭のなかで味わい直しているのか。

医師はまばたきをしてこの次元に帰還し、メリットを見る。「報告書を受けとったよ、ジョン。C棟の受刑者の件だ。きみに飛びかかったそうだね。だが、きみは反撃しなかった」

「あの件か。だって、反撃なんかしたらまずいですからね、先生」笑い声。「喧嘩していいことなんか一つもない。出所が延びて、損するのは自分です」

あれは危ないところだった。あの一瞬、メリットは燃えるような怒りにとらわれかけた。かつてのたくましさはもう失われたとはいえ、痩せぎすの麻薬常用者の首を折るくらいのことはいまでもできる。あの男はクスリが手に入らないせいで正常な判断力を失い、その混線した頭のなかで、薬が手に入らないこととジョン・メリットがなぜか結びついたのだ。

しかしメリットはやり返さず、男に殴られるにまかせた。

ほかにどうしろと？　早く外に出たい。喧嘩をしたら出られない。

だから濡れたコンクリートの床にうずくまって頭を守った。男らしく暴力に耐えた。

拳で殴られても。

ベルトで打たれても。

ベルトで……

自分でも意外なことに、この一度だけは医師を欺きたくないと思い始めた。「そうだ、ちょっと思い出したことがあります。十九歳のときのできごとなんですが」

医師はこちらを見て、先を促すようにうなずく。

「学費を稼ぐために二つのシフトを掛け持ちしていて、遅くに帰宅すると、親父が癇癪を起こしました。私が遊んでいたんだろう、ちゃらついていたんだろうと勘違いしたんです。親父はいつもそう呼びました。〝ちゃらつく〟。女の子といちゃついたり、煙草を吸ったり、ビールを飲んだりすることを指して。違う、残業していたんだと言いました。早番より遅番のほうが給料がいいからと。ところが信じてもらえなかった。そのころ私はまだ十九歳の若造でした。親父は立ち上がってベルトを抜き――」

「おっと、悪いな、ジョン。今日はここまでだ。いまの話はぜひ二人で検討してみたいが、また次回ということで」医師はタブレット端末をスクロールし、次の救いようのない患者のカルテを表示させた。

メリットは怒りで爆発しかけた。理性が吹き飛びそうな怒りだった。魂の底からの怒り。しかしそれを押し戻し、笑みを浮かべて言った。「わかりました、先生。じゃあまた来週」

こう考えながら診察室をあとにした――ここまでにしておいたほうがよさそうだな。先を話したら、クラスの人気者の仮面にひびが入り、そこから事実があふれ出てしまうかもしれない。

その事実のなかには、絶対に他人に知られてはならない〈真相〉も含まれている。午後一時の診察枠の人当たりのよい患者は、実は殺人者であるという真実が。未遂ではない。本当に人を殺したのだ。

リヴァーヴュー・モーテルという別の種類の独房で、ジョン・メリットは明かりを消した。安っぽくて重量感のないランプがあやうく倒れそうになった。携帯電話のアラームをセットしてベッドに横になった。顔さえ洗わず、小便もせず、歯も磨かずに。

いまこの瞬間、彼の頭にあるのは、タグボートか川船の悲鳴のような霧笛がまた聞こえないかということだけだった。ジンクスのようなものだ。聞こえる霧笛の回数が多ければ多いほど、自分は幸運に恵まれる。

それからの数分で、霧笛は二度聞こえた。一つは大きな音、もう一つは遠くかすかな音。そこで眠りにさらわれた。

35

午後十一時……

コルター・ショウは、ハーモン・エナジー・プロダクツ社セキュリティ部の、さっきとはまた別の窓のないオフィスに戻っていた。

一人きりではない。パソコンのモニターやキーボードが十数組並んだ長いテーブルのすぐ隣の席に、ソーニャ・ニルソンが座っている。

ショウはダンフリー・ケンプ刑事と電話中だ。

警察機関の職員を敵に回すべからず……

とはいえ、気をつけていても声にいらだちが出てしまう。「いや、刑事さん、おっしゃることはわかりますが、もはや歴然とした犯罪行為ですよ。家のなかに入ったんですから。室内を荒らしたんです。アリソンの行方を探るために」

「本人の姿を見たんですか」

「めちゃくちゃの室内は見ました。それに、メリットが立ち去るのをホームレスの男性が目撃していた。その男性の連絡先も聞いてあります」

「ホームレスが携帯電話を持ってるんですか」

「番号を教えましょうか」

短い間。「あなたも家に入ったわけですね、ミスター・ショウ」

「州刑法二二四条の六五五項。他者の生命を守るために敷地内に入った場合は正当防衛が認められる」

「調べたわけだ」

「ええ」

「侵入する前にですか。それともあとから？　いや、答えなくてけっこうです」

「ケンプ刑事、ここまで来たらきちんとした捜査をすべきでしょう。捜査班を設置してください」

　または、これほど怠惰ではない別の誰かのデスクにファイルを回すとか。

　いや、それは理不尽というものだ。ケンプのオフィスに築かれていたファイルの壁のことを思えば。だが……

　ニルソンがこちらを見ている。ショウは埒(らち)が明かないと首を振った。

　そのまま無言で待った。沈黙は何より声高に物を言う。答えがほしいなら、同じ質問を十度繰り返すより黙っているほうがはるかに有効だ。「現実を言えば、まだ軽罪なわけで」

　ショウはここでもまだ黙っていた。

　溜め息。「上の者に相談してみます」

　ショウは大きく息を吸いこんだ。「ええ、ぜひお願いします、ケンプ刑事。ありがとう」


　電話を切った。

「警察は当てにできない」ショウは低い声で言った。「メリットは鎧(よろい)を着て歩いているようなものだ」

「となると、デジタルな聞き込み捜査を続けるしかないわね」ニルソンが言った。

　クロスカウンティ・ハイウェイでオートバイを停めたとき、ショウの携帯に届いたニルソンのメールの文面はこうだった。


　　こっちは収穫なし。交通監視カメラの映像を確認しましょう。

　そしてショウが送信しようとしていたメールの内容はこうだ。

　　針一本探すのに干し草の山が多すぎる。市内の交通監視カメラの映像を入手できないか？

　ニルソンの説明によると、フェリントン市は警察の人員を大幅に削減したが、その分を埋め合わせるため、市の規模からすると標準を越える予算を交通監視カメラシステムの整備に投じた。

「決して安くはないけれど、人件費より安上がりだし、社会保険や年金の支払いも要らないから」

民間の防犯カメラ――経営者の了解を得られた商店やガソリンスタンドのカメラ――も接続して、システムのカバー範囲を広げた。

市民生活の最大の守護者たるハーモンが何本か電話をかけると、ニルソンに、そして事実上ショウにも、官民合同のカメラシステムへのアクセスが認められた。

この部屋には数十台のモニターが並び、二人はアリソン・パーカーのトヨタ4ランナーと元夫ジョン・メリットのフォードF150ピックアップの映像を探している。

まずはアリソン・パーカーがクロスカウンティ・ハイウェイを西に向けて出発したという事実をスタート地点とした。

ショウはフェリントン北部の地図を呼び出した。ニルソンが隣から身を乗り出し、花の香りがふわりと漂った。

だがショウはすぐに地図に意識を戻した。クロスカウンティ・ハイウェイと交差する道路は大小含めて無数にあった。しかしフェリントン市街に近い地域では、ほかに通じる出口のない閉じた住宅街が大半を占めていた。

ニルソンがその界隈を指した。「このあたりに知り合いがいるのかも」

「それもありえるね。確率は一〇パーセントというところか。私はもっと先まで行ったのではないかと思う。フェリントンからできるかぎり離れようとしたのではないかな」

「そうね」

二人はいまと同じ配置で並んで腰を下ろし、パーカーが自宅を出発したと思われる時刻から始めてクロスカウンティ・ハイウェイ沿いの交通監視カメラの映像を確かめていった。

ショウは4ランナーらしき車の映像を見つけた。ボディ色もパーカーのものと同じだ。その車は五五号線で左折して南に向かったようだが、すぐ後ろのトラックが邪魔で交差点の一部しか確認できなかった。4ランナーのナンバーはまったく見えない。

ニルソンが映像を凝視した。「これがそうかも。乗ってる人、見える?」

見えない。ウィンドウに光が反射しているうえ、画像も粗かった。

ショウは五五号線南行きのカメラに切り替えた。ニルソンはクロスカウンティ・ハイウェイ西行き——最初にパーカーの家から逃走したとき走り出した方角——と、東行き——ショウと遭遇しかけて逃走したときの両方のカメラ画像を見て、メリットのピックアップトラックを探した。

「これがアリソンと見て間違いなさそうだ」ショウは言った。

南に進路を変えておよそ三十分後、一台の4ランナーがショッピングセンターの駐車場から現れ、五五号線を北に向けて猛スピードで走り出した。これが先ほど南に折れた車がアリソン・パーカーの車だったのなら、カーターグローブの町に短時間だけ寄ったことになる。五五号線を北上した4ランナーは、クロスカウンティ・ハイウェイとの交差点を直進してそのまま走り続けた。「よし、間違いないな」交差点のカメラがナンバープレートを鮮明にとらえていた。「五五号線を北に向かうと、どこへ行く？」

「シカゴ、デトロイト、インディアナポリス、インターナショナルフォールズ、私がむかし父とよく釣りに出かけたオンタリオ州レッドレーク。あ、ちょっとこれ見て」

ショウはニルソンの前の画面をのぞきこんだ。二人の肩と肩が軽く触れた——ランチを取りそこねたときと同じように。ニルソンは市の中心部に近い地点に設置されたクロスカウンティ・ハイウェイを西向きにとらえたカメラの映像を再生していた。街頭、商店、アパート、自動車修理工場が映っている。白いピックアップトラックがカメラに近づいてきた。タイムスタンプは、メリットが元妻の自宅を二度目に訪れた直後の時刻を示していた。車は右折して南に向かい、遠ざかって見えなくなった。ニルソンが映像を少し戻す。

「これがSF映画なら、〝解像度を上げて、もっともっと〟って言うところね。それで車種やドライバーの目の色まで見分けられるようになるの」

ニルソンが目の色の話を持ち出すとは。このときもショウは、ニルソンの目のあの緑色は生まれつきなのだろうかと考えた。

「F150なのは間違いないね」ショウは言った。

「そうね。問題は、メリットのF150なのかどうか」

ニルソンが言う。この州では車のフロント側にナンバープレートをつける義務はない。

「右折したほうの通りは？」

「ミラー・ストリートね。市の中心部に向かってる」ニルソンは溜め息を漏らした。「中心部はウサギの巣穴みたいに入り組んでるの。全部の映像を確認するには、十人でかかっても二日か三日はかかりそう」

「アリソンとハンナを見つけるほうに専念しよう。五五号線を北に向かったことまではわかった。そっちにカメラはあるかな」

ニルソンはフェリントン市警から提供されたリストを調べた。「クロスカウンティ・ハイウェイを越えた先に、市や郡のカメラはない。民間のものがいくつか」黒いマニキュアに彩られた長い指がすばやくキーを叩く。「六台がアクセス可能。ログインしないと見られない。それぞれのIPアドレスとパスワードはこれ。上から三つをお願い。私は下の三つを引き受ける」ニルソンは書類を一枚ショウの前に置いた。

モニターに意識を集中し、割り当てられたカメラの最初の一台にログインした。ガソリンスタンドに設置されたカメラだ。映像は粗く、色味は白っぽく飛んでいる。車が通りかかるたびに再生速度を落とし、一時停止して凝視しなくてはならなかった。五五号線は幹線道路の一つで、通行量が多い。

隣のニルソンのほうをさりげなくうかがった。ショウとまったく同じ姿勢で座っている。眉間に皺を寄せて集中していた。きっとショウも同じだったろう。

再生速度をまた調整しながらショウは訊いた。「この方角に、鉄道駅、バスターミナル、レンタカー店は？」

「鉄道は通ってないけど、ハーンドンに長距離バスのターミナルがある。レンタカー店は三つ。ほかに、車のレンタルもやっていそうな自動車販売店がいくつか」

「長距離バスはどんな場合でも好都合だ。現金で切符を買えて、身分証の提示を求められない。レンタカーを借りた可能性もあるが、それだと記録が残る。しかしそのくらいの危険は犯したかもしれない」

ニルソンが訊いた。「ハーツとかエイビスとか、レンタカー店に令状を出してもらって、そこの防犯カメラを見る？」

ショウは答えた。「この状況では警察も令状の申請を渋るだろうな。バス会社についても同じだ」

しばらく沈黙が続いた。聞こえるのはキーを叩く音だけだった。五分ほどして、ショウは尋ねた。「釣りと言ったね。何が釣れた？」

即座に答えが返ってきた。「主にカワカマスとバス。たまにアメリカカワカマスも」

ショウの家族で狩りの腕が誰より確かだったのは、母のメアリー・ダヴだった。とりわけ長銃に長けていた。コルターは二番手だ。だが、釣りは家族の全員がした。釣り道具をそろえ、父か母、または両方、ときには兄妹のどちらかと、空がようやく白み始める早朝に家を出て釣りをした日々が懐かしい。妹のドリオンが、わざわざ説明するまでもない理由から〝タマゴ池〟と名づけた小さな湖の岬に行き、思い思いの姿勢で釣り糸を垂れた。午前七時には一週間分の獲物を釣り上げていた。

〝コンパウンド〟の釣りは、キャッチ・アンド・リリースではなかった。キャッチ・アンド・イートだった。

動物をもてあそぶべからず。動物は玩具ではない……

「あなたは？」

最近はあまり釣りをしていないとショウは答えた。

「ただし自給自足の家族で育ったんだ」

「へえ。その話はぜひとも詳しく聞きたいわね」

さて、どこから話せばいい？

ショウは要約バージョンを語った。父のアシュトンと母メアリー・ダヴは二人とも高い業績を上げた学者で、サンフランシスコのベイエリアを逃れてシエラネヴァダ山脈の広大な敷地に居を移した。ショウが六歳、兄が十二歳、妹が三歳のときのことだ。

「〝逃れて〟？」

「アシュトンは陰謀論を提唱していた。のちに現実だったと判明したんだが。父は絶大な権力を握る人々を脅かす証拠を見つけた。それでサバイバルの技術を身につけ、私たち家族にも同じスキルを教えた」

「その権力者たちに狙われたということ？」

「そう。父はそれで命を落とした」

「そんな。お気の毒に」こちらを見たニルソンの表情を、ショウはこう解釈した――で、その陰謀は解決した？

「私が始末をつけた」

ニルソンは、何かあれば自分で〝始末をつけ〟そうな女と見えた。

「母はいまも小屋(キャビン)で暮らしている。妹は東海岸で災害対策と対応の会社を経営している。兄は政府関係の仕事をしている」

「なるほどね。詳しく話してくれてありがとう」

「釣りはするかという質問だったのに、長い答えになってしまった」

二人は這うようにしか進まない作業に戻った。

分担したうち二つずつのカメラ映像を確認し終えたが、アリソン・パーカーのSUVの画像は見つからなかった。五五号線からそれたか、ほかの車に隠されて映らなかったのか。

それぞれ最後のカメラ映像の確認を始めた。ショウが担当する映像は、低解像度のうえに暗く、ガソリンスタンドのポンプの一基をずっと映しているだけだった。敷地の向こう側には五五号線がわずかに見えている。

数分後、ニルソンが言った。「一つ気づいたことがあるんだけど。ここに来てから、あなたの携帯には一度も電話がかかってこないし、あなたからも一度もかけてない」

この話がどこに行こうとしているのか、察しがついた。

「たしかに」

ショウが予想したとおりの台詞が続いた。

「結婚してないってことね」

マーゴの顔が思い浮かぶ。彼女とは結婚間近まで行った。

「していない。きみは結婚していたことがあると言ったね」

「まあね」ニルソンは肩をすくめた。「でも、結婚なんて時間の無駄だった。失敗だったというより、時間の無駄。いまつきあってる人はいるの？」

今度はヴィクトリアの顔が浮かんだ。

「ときおり、かな」

やはりセキュリティの専門家であるヴィクトリアとは、仕事先が近かったときなどにときおり会っている。ショウはそのことを説明した。「年に二度といったところか」

「それはつきあってるとは言わない」ニルソンは言い、キーボードを叩いた。

ショウは言った。「きみは電話をかけていたね。二台目の電話で」

ニルソンは笑った。「ほんとよ、誰ともつきあってない」

沈黙が続いた。

どちらもキーを叩かない。

コルター・ショウは椅子を回して彼女のほうを向いた。あの新緑のような色をした瞳を見つめた。こちらを見つめ返す視線がメッセージを伝えてきた。ショウは彼女の両肩に手を置き、キスをした。情熱的なキスだった。彼女はそれに応え、立ち上がった。ショウも立ち上がった。その拍子に回転椅子が勢いよく走っていって別のデスクにぶつかった。

ほんの何秒か、二人は彫像のように静止したまま見つめ合った。ふたたびキスをする。ニルソンの両手が彼の腰のくぼみを探って引き寄せ、二人の体はぴたりと寄り添った。

ショウは右の掌を彼女のうなじに当て、そこから細い水平のストラップのすぐ下まで背筋をなぞった。同じように彼女の体を引き寄せた。

乳房が彼の胸に押し当てられた。花の魅惑的な香りにふわりと包みこまれた。

彼女が目を閉じる。彼も閉じた。

キスが熱を帯びた。どちらの唇も貪欲だった。

彼女の両手が彼の頰を包みこむ。ショウは彼女の右手を取り、ヘビの指輪がはまった指に口づけた。彼女は黒いマニキュアが塗られた指で彼の唇をなぞった。

ショウは彼女の肩越しに奥の壁際のソファを見た。ドアを見る。鍵がかかっていた。このモニター・ルームには監視カメラがない。ここで二人がしている作業を思えば皮肉な話ではあるが。

彼女の視線も同じ経路をたどり、最後にソファを見ると、向きを変えてそちらに軽く顎をしゃくった。

彼女の腰に腕を回し、ソファのほうへと歩き出す。

そのとき、ショウはふと左側に視線を振った。五五号線沿いのカメラ映像は静止している。車は一台も映っていない。トラックも、ヒッチハイカーもいない。ガソリンスタンドの事務所から見た敷地の一部と、通りの向かい側の小さなコンビニエンスストアが映っているだけだ。

その日の午後、アリソン・パーカーはこのガソリンスタンドに立ち寄ったかもしれない。ソーダやスナックを買うついでに、近くに安心して泊まれるモーテルはないかと店員に尋ねたかもしれない。最終目的地が推測できそうなことを何気なく言ったかもしれない。

ショウはニルソンに向き直った。ニルソンもやはり同じモニターを見つめていた。

二人の視線がふたたびからみ合った。ただしこのとき込められていたメッセージは、さっきとは違っていた。ショウは微笑んだ。ニルソンは、切なげな笑い声を漏らした。もう一度だけ長いキスを交わしてから、二人はそれぞれのモニター前に戻り、きっかり同時に〈再生〉ボタンを押した。

第二部　かくれんぼ　九月二十一日水曜日

36

「よく寝た。そっちはどう、疲れは取れた?」

時刻は午前六時三十分、ソーニャ・ニルソンはモニタールームのソファに浅く腰かけ、髪を編み直している。コルター・ショウは背筋を伸ばして座り直した。このの痛みは解消するだろうか。「やや不満といったところかな」

ニルソンは控えめでありながら蠱惑的な笑みを浮かべた。そう簡単な芸当ではない。

前夜の午前二時、交通監視カメラ映像に目をこらし続けて疲れきった二人はついに眠気に降参した。ショウはソファをニルソンに譲り、自分はオフィスチェア二脚のキャスターをロックし、向かい合わせに置いて一方に腰を下ろし、もう一方に足を載せた。腕組みをし、顎を胸につけた次の瞬間には眠りに落ちていた。サバイバリストにとっては有用な特技だ。教えられて身につくものではない。いつでもどこでも眠れる能力に恵まれたのは、単なる幸運だ。

前の晩はあれだけ長時間モニターをにらみ続けたのに、収穫はほんのわずかだった。

ショウが確認した三つ目のカメラ——ガソリンスタンドの低解像度映像——は、五五号線を北に向けて快調に飛ばすアリソン・パーカーのSUVをとらえていた。ガソリンスタンドはバスターミナルやレンタカー店があるハーンドンから五キロほど南に位置している。

ガソリンスタンド前を通過してすぐ、パーカーの車は郡の境界線を越えてマーシャル郡に入った。その先の交通監視カメラの映像も見たかったが、フェリントン市の守護天使たるマーティ・ハーモンの神通力も郡境を越えては及ばない。ショウはファイルの壁に包囲されたケンプ刑事に宛てて伝言を残した——マーシャル郡内のカメラ映像を見る許可を取りつけてもらえないか。しかし折り返しの連絡はまだなかった。確率はどの程度だろう。せいぜい一〇パーセントか。いまの時点でよいニュースがあるとすれば、元妻を追って五五号線を北に向かうメリットのトラックは映像にとらえられていないということとだけだ。

伸びをしながらニルソンが言った。「ハーモン・エナジーでは徹夜が当たり前なの。どの階にもシャワールームがあるし、歯ブラシも、ひげそりキットも用意されてる」

ショウの頭髪は色が淡くて柔らかいのに、髭は不釣り合いに色が濃くて強い。多少伸びていても当人は気にならないが、傍からは悪党じみて見えた。今日の行動予定を考えると、剃っておいたほうが無難だろう。

「ここからどうする？」ニルソンは部屋の片隅のキューリグでコーヒーを淹れていた。ショウに向かって片方の眉を上げる。ショウはうなずいた。

「私は社外の友人と話をしてみる。きみは引き続き社員の聞き取り調査を頼む」

ニルソンはうなずきながらコーヒーカップをショウに渡した。ショウはボウルからクリームのポーションを一つ取ってコーヒーに入れ、自然に混ざり合うにまかせた。

「バスルームはどこかな」

「案内する」

一緒にモニタールームを出た。ニルソンがバスルームを指さして教えた。

二人は黙ってうなずいて別れの挨拶とした。ニルソンはそのままエレベーターのほうに歩いていき、ショウはバスルームに入ってドアに鍵をかけた。コーヒーを一口味わってからカウンターにカップを置いた。青いタイルが張られたバスルームは、明るく清潔感にあふれていて、よく働く社員が必要としそうなものはひととおりそろっていた。たくさんのタオル、個別包装の石鹸やシャンプー、歯ブラシと歯みがき、ひげそりキット。

服を脱いでシャワーブースに入り、限界まで湯の温度を上げ、最後に冷水を浴びた。下の駐車場に行けば自分のキャンピングカーがあるが、これほどの水圧と湯温は望めない。チャンスがあれば固定の水道を利用することにしていた。タオルで水気を拭い、服を着て髭を当たった。

モニタールームに戻り、パソコンと携帯電話、ノートが入ったバックパックを回収した。グロックはつねに——眠っているあいだも——ベルトに下げて携帯している。

一階に下り、セキュリティ装置にカードをかざして外に出た。湿度が高くてほぼ無風だった。ケノア川のいやな臭いにこちらが慣れたのか、それとも今日はふだんより臭いが弱いのか。浄化作業がついに実を結び始めているのかもしれない。

キャンピングカーに乗りこみ、洗濯したてのジーンズと紺色のポロシャツ、灰色のスポーツコートに着替えた。外に出てヘルメットをかぶり、アリソン・パーカーの家に行って戻ったあと——習慣から——もとどおりそこに固定しておいた、重量百キロ近いヤマハのオフロードバイクをキャンピングカー後部のラックから下ろした。オートバイにまたがり、エンジンをかけ、あらかじめ作成しておいたパーカーの友人リストの一番上の番地を地図アプリに入力した。ルートを頭に入れ、後輪を滑らせながら発進して駐車場を出た。

懸賞金ビジネスでは、相手とかならず顔を合わせて話を聞くようにしている。電話はタップ一つで話を切り上げられてしまいかねない。

走るにつれ、周囲の住宅街は高級になっていった。十二分後、中二階のある白い邸宅に着いた。ドライブウェイに普及価格のメルセデスが駐まっていた。いったん前を通り過ぎ、次の角を曲がったところにオートバイを駐めた。ヘルメットもそこに置いておいた。たとえＩＴ系スタートアップ企業のＣＥＯのような身なりをしていようと、訪ねてきたのがバイク乗りだとわかったとたん、玄関を開けてもらえないことがある。

チャイムを鳴らし、ドアの前から一歩下がる。

四十歳くらいの金髪の女が木製のドアを開けた。内側の網戸は閉まったままだ。そちらには鍵がかかっているだろう。

「ミズ・ホームズでいらっしゃいますか」

「そうですが」女は用心深い目でショウをながめ回した。

「コルター・ショウと申します。アリソン・パーカーのお母さんから、あなたと話してみるよう提案されまして」

五歳くらいの男の子が玄関に出てきてショウを見つめた。ホームズは振り向いて言った。「奥で遊んでなさい」

ショウに向き直る。「アリソンのお母さんから？　どうして？」

「アリソンの元夫のジョンが昨日、出所しました。お母さんは、アリソンが危険なのではと心配していらっしゃるんです」

ホームズは目を見ひらいた。「ほんとなの？」

驚いた表情は、芝居ではなさそうだった。手がかりを得られるのではというショウの期待は瞬時にしぼんだ。ここ二日、パーカーから連絡は来ていないということだからだ。それでもほかの友人や、パーカーが行きそうな避難場所に心当たりがあるかもしれない。

「アリソンとお嬢さんの行方がわからなくなっています。二人を見つけて無事を確認したいんです」尋ねるまでもなく答えは予想がついたが、それでもこう訊いた。「ここ数日のあいだにアリソンから連絡はありませんでしたか。行き先に心当たりはないでしょうか」

ホームズは疑うように目を細くした。「あなたはどういうご関係？」

「セキュリティの仕事をしています。ご心配なら、アリソンのお母さんやハーモン・エナジーの上司に問い合わせてください」

「お母さんにはほんの数回しか会ったことがないし、アリソンの会社の上司は知らない。こういうことって、警察にまかせるのが一番じゃない？」

「警察も捜査はしています。しかしアリソンのお母さんは、警察には期待できそうにないと感じていらっしゃる。アリソンが行きそうな場所をご存じありませんか。フェリントンから北に向かったことまではわかっています。アリソンが北のほうに住んでいる友人や、モーテルとかホテルの話をしたことは？」

ホームズはショウの背後を見ていた。不安げな視線を通りの左右に走らせている。「いいえ、何も聞いてません。もう帰ってください」絞り出すような声で言った。懇願するような目をしている。それからささやくような小さな声で続けた。「アリの元旦那さんがあなたを尾行してここまで来てたら。私があなたに協力したって思われたら」

「尾行はされていません。確認しました」

ホームズはそっけなく訊いた。「どこにいるか知ってるの？」

「いや、それはわかりませんが――」

「だったら、尾行されてるかもしれないでしょ。ジョンはあんなことをするような男よ！　アリの顔、見た？」

この口調の意味するところ、この会話の行方に予想がついた。これ以上は無駄だ。ショウはジャケットのポケットから名刺を取り出した。名前とプリペイド携帯の番号だけが書かれた名刺だ。

「何か思い出したら連絡をください。もしアリソンから電話があったら、メールをチェックするよう伝えてください。お母さんが送ったメールを読んでもらいたいと」

ショウは名刺を網戸の下にすべりこませた。

三十秒後にはくず入れに放りこまれる確率は？

八〇パーセント。

懸賞金ビジネスでの経験から、この世界を構成する最大の層は〝関わりたくない〟人々だとショウは知っている。

「失礼しますね」ホームズはそう言ってドアを閉めた。名刺を拾おうとはしなかった。

鍵とチェーンがかかる音がドア越しに聞こえた。ショウはオートバイに戻ってエンジンをかけた。

リストの二番目の人物を訪ねた。似たようなやりとりが繰り返されただけだった。

その次も。五番目に訪問した家は留守だった。誰か在宅していたのだとしても、見知らぬ男のノックに応じようとはしなかった。

そのあと訪ねた何人かは、それまでに比べると同情的ではあったが、有益な情報は一つとして得られなかった。何か知っていて隠しているのでもなさそうだった。

住所までわかっている友人が尽きて、今度は電話のリストに取りかかった。ウォルマートの駐車場にオートバイを駐めてシートに座り、ノートをガソリンタンクに危なっかしく広げて電話をかけた。六人のうち四人が電話に出た。初めはみな怪しんでいる様子だったが、ショウがアリソンの母親ルースの名前を出すと、その度合いはいくぶん低下した。アリソン・パーカーの行き先に心当たりがある者はいなかった。引っ越し前の隣人だった男は、ジョン・メリットは不安定で問題の多い人物だったと話した。近隣住人で開いたパーティで酒に酔い、些細なことでゲストと喧嘩になったという。

「横暴な男ですよ」

連絡がつかなかった二人には伝言を残したが、果たしてかけ直してくるだろうか。

それから思った――だめだ、こんなことをしていても無駄だ。やり方を間違っている。

アリソン・パーカーはとびきり有能な技術者だ。逃亡者としてもとびきり有能に決まっている。

慎重に計画を立てたに違いないし、元夫も知っている人物に相談したり、支援を求めたりはしていないだろう。元夫が簡単に見つけられるような人物——すなわち、ショウやニルソンが容易に見つけられる人物にも。

パーカーが頼るとしたら、ジョン・メリットがその存在さえ知らない人物や場所だけだ。

いまショウがオートバイを駐めているショッピングセンターは、たまたま上り坂のてっぺんにあった。通りの名前はハンフリー・マウンテン・ロード。ただし山（マウンテン）とは大げさで、周囲に広がる平らな土地からせいぜい三十メートルほど高くなっているにすぎない。それでも全方位が開けていて、半径三十キロほどの範囲が見渡せた。北の方角にはケノア川沿いのフェリントン工業地帯が見え、工場が赤煉瓦の墓石のように並んでいる。東と西、南には住宅が密集した郊外の風景が広がっているが、その連なりは唐突に終わって、そこから先は野原や森が灰色のもやにかすんだ中西部の地平線まで続いていた。

頼むよ、アリソン。教えてくれ。

いったいどこに向かっている？

数学のあらゆる問題と同じように、アリソンが温めている逃亡プランは、本人にとっては笑ってしまうほど見え透いているに違いない。

だが、ほかの大多数の人間にとってはミステリーだ。

そのとき携帯電話が着信音を鳴らした。ショウは画面を確かめた。

今朝の依頼に関して、情報を入手。フェリントン市内のモーテル。十五分から二十分後にモーテル名と番地を知らせます。

フェリントン周辺ではなく、何千キロも離れたところからの連絡だった。

マック・マッケンジーからの。

懇意の私立探偵がいつもどおりの手腕を発揮したのだ。

37

ジョン・メリットは、危なっかしい音を立てて軋むべッドに横たわっている。

モーテルの窓にかかったぼろぼろのカーテンの隙間から射しこんでくる強烈な陽射しに目を細めた。無数の埃がその光を浴びて輝き、よどんだ空気中をゆっくりと漂った。

脇腹の下にブレットの瓶がはさまっていたらしく、その形に皮膚がへこんでいた。父親のことを思い出した。緑色の人工皮革の肘掛け椅子に座ってスポーツ中継をながめているうち、酒瓶をすぐ傍らに置いたまま眠りこむことがよくあった。父は帰宅するなり「夕砲に火を入れる時間だ」と宣言し、その晩の一杯目をグラスに注いだ。一度、朝になって目を覚ましたとき自分が椅子に座ったままであることに気づき、瓶の中身がみんな膝にぶちまけられていると怒り出したことがある。そしてなぜかジョンのせいにされ、ベルトが引き抜かれた。

メリットは上半身を起こし、次にベッドから下りて、おぼつかない足取りでバスルームに向かった。

また吐くだろうか。しばし様子をうかがった。

大丈夫そうだ。

よかった……。

シャワーを浴びて服を着た。ウィンドブレーカーの片側のポケットに銃を、反対に予備の弾丸を入れた。ゆうべは半分くらいしか点検しきれなかったアリソンの書類やメモの残りをバックパックに押しこむ。

部屋を出るなり、陽光の津波が押し寄せてきた。

コンビニエンスストアで朝食用のブリトーとブラックコーヒーを買い、川を見晴らせる小さな公園まで歩いた。空気のにおいは褒められたものではないが、外の風に当たればやはり気持ちがいい。

朝食を食べた。初めはおそるおそる。やがて旺盛な食欲を示して。吐き気はなかった。コーヒーを飲み、ゆったりとした姿勢を取って目を閉じ、照りつける陽射しの激しく振動する電子を通して伝わってくるぬくもりを存分に楽しんだ。

だが、その心地よさに浸ったのはほんの数分だった。

やりかけの仕事に戻らなくては。

携帯電話を取り出し、利用料金をチャージし直してネットに接続した。アリソンとハンナの名前でソーシャルメディアを検索したが、新たな投稿はない。

電話をしまい、元妻の自宅から持ち出した書類のチェックを再開した。一番上にあったのはハンナの学校の課題や自作の詩、自撮り写真だった。カイルという少年のことが書かれた付箋がまた出てきた。日付やイニシャルだけの付箋もある。写真をめくってみた。このなかに、安ホテルやキャンプ場、友人宅など、二人が逃げた先かもしれない場所の写真はあるだろうか。なさそうだ。ふさぎこみがちの思春期の子供が撮影した暗い雰囲気の写真ばかりだった。詩をひととおり読んでみたが、やはり手がかりらしき文言は見つからなかった。

　次にアリソンの書類を調べた。五分後、あるものが彼の注意を引いた。

　宛先にアリソンの名が書かれた封筒だ。消印の日付は一月前。差出人の名前や住所には見覚えがなかった。グリーティングカードが出てきた。表紙にはヒナギクの花とその上を舞う二羽の蝶を描いた水彩画がある。カードを開き、手書きのメッセージを読んだ。

　ふむ、いいね――メリットのなかの刑事がそうつぶやく。これは当たりかもしれないぞ。

　カードと封筒をウィンドブレーカーのポケットに入れて立ち上がり、腰に下げた銃の位置を直した。それからモーテルの部屋に向かって歩き出した。

　女名の差出人からアリソンに送られたカードの表面に描かれた水彩画が脳裏に描き出された。ひらひらと飛ぶ二羽の蝶。

　しばらく前に見たテレビの特集で、蝶の話題が取り上げられていた。番組のナレーションによれば、蝶は見た目に美しく、ＧＰＳのようなナビゲーション能力を持ち、数百キロの距離を渡るだけのエネルギーと身体能力を備えている。

　蝶についてあまり知られていない事実がもう一つある。ジョン・メリットはそれに大いに関心をそそられた。渡りに役立つ奇跡のスキルを持つ蝶は、非情で攻撃的な共食い生物でもあるのだ。

38

　コルター・ショウは、前世紀とは言わないまでも、二〇〇〇年代最初の十年のどこかで詰め物を交換したきりと思（おぼ）しき肘掛け椅子に座っている。座り心地は意外にも快適だった。

いまショウがいるのはケノア川にほど近い小さなモーテルの小さな一室だ。マック・マッケンジーが突き止めて知らせてきた番地はこのモーテルのものだった。

窓は駐車場に面していた。路上生活者が二人——どちらもおそらく男だろう——倉庫の外壁にもたれて眠っている。セックスワーカーらしき女が一人、煙草を吹かしながら道行く人を目で追っていた。

ショウは連続殺人者〝ストリート・クリーナー〟を思い出した。あの三人は格好のターゲットになりそうだ。

犯人は、社会的弱者なら命を奪っても道徳上さほど責められることではないと思っているのだろうか。

それとも、道徳などまったく考慮していないのだろうか。犯人にとって殺人は愉しみにすぎないのか。あるいは欲望のはけ口、退屈しのぎとか？

ショウは室内に注意を引き戻した。武器の痕跡を見つめる。

銃弾だけがある。銃はない。

私物と呼ぶべきものはほとんどなかった。ショウは流浪の男だ。一年の大半を旅して過ごしている。それでも、ウィネベーゴのキャンピングカーには、家族の思い出の品が飾られている。コンパウンドの写真、母の手製の瓶詰め、山歩き中の三兄妹の写真、リールつきの釣り竿ではなく手製の釣り糸と釣り針を使って釣り上げたマスを掲げてみせるアシュトンの写真、妹ドリオンの娘二人が描いてプレゼントしてくれた絵、ショウが父を殺した者たちを捜す旅に出るきっかけとなった、父から送られてきた文書。

この部屋に入ってすぐにざっと調べた書類の束を一瞥した。銃弾と同じく、それもまた殺人事件の発生が迫っていることを裏づけていた。

携帯電話の着信音が鳴り、届いたメールに目を通す。

自分が動かしたものを、発見時にあった場所にきっちりと戻す。それから立ち上がって部屋の隅に移動した。右の腰に手をやって黒いグロックを抜く。銃をしっかりと握る。

カード型のキーが差しこまれ、すぐに抜き取られるかすかな音がしただけだった。ドアがゆっくりと開いて、この部屋の主が入ってきた。目は携帯電話の画面を見たままだ。

ドアが閉まるのを待って、ショウは穏やかな声で言った。「銃がおまえを狙っている。動くな」

脚のすらりと長いセルゲイ・レメロフは立ち止まった。肩が力なく下がったように見えなかったか？　断言はできない。

「ミスター・コルター・ショウ」

「電話を床に落とせ。両手を上げろ」

「やりとりの相手は美しい女性かもしれない。機嫌を損ねてしまう」

ショウは黙っていた。

無用の軽口を叩くべからず……

レメロフは不満げに言った。「わかった。わかったよ」

ｉＰｈｏｎｅが投げ出され、カーペット敷きの床にぶつかって跳ねた。

「その場で一回転しろ」

レメロフが従う。骨張った顔のなかの漆黒の点のような目がショウを上から下までながめ回した。

「右手の親指と人差し指だけ使って銃を持ち上げろ」

動作を見ていればレメロフの利き手は左だとわかる。だが、ロシア軍は左右どちらでも射撃ができるよう兵士を訓練している。

勇ましい行動に出ようとすることなく、レメロフは指示された手順に従った。銃は、ついさっきまでショウが座っていた肘掛け椅子に置かれた。ショウは結束バンド（ケーブルタイ）をレメロフに放った。レメロフは顔をしかめたが、ケーブルタイで自分の両手首を縛った。ゆるくしておくような小細工はせず、両手はきっちり拘束された。

ショウは別の椅子を指さした。レメロフはそこに腰を下ろし、目の上に落ちてきた金色の長い髪を頭を振ってはねのけた。

レメロフに不安の色は見られない。ショウは懸賞金ハンターであり、ハーモン・エナジー社に雇われたトラブルシューターだ。どこかの路地に連れこまれ、ＧＲＵ式のやり方で始末されたりはしないとわかっているのだろう。

ショウはさっき調べた書類の束に視線をやった。地図、ショウやウィネベーゴの写真、メモ、ショウの知らない人物の氏名や住所。アリソン・パーカーに関連した情報がないかと、時間をかけて確認した。パーカーと面識があるとは考えにくいが、レメロフが狙っているのはパーカーが考案した品物だ。それに、ジョン・メリットが元妻を追う動機とＳＩＴは無関係であることをぜひとも確認しておきたい。

どうやら関係はなさそうだ。

ショウはレメロフに言った。「念入りに予習をしたようだな。あんたは旅行プランを作成ずみだ。旅行者はこの私らしい」

レメロフの眉間にかすかに皺が寄った。ロシアの国家保安機関が暗殺計画とそのターゲットに言及する際に使う隠語をなぜ知っているのかと、内心で首をかしげているのだろう。ショウが知っているのは、諜報の世界の住人である兄に教えられたからだ。

レメロフは驚きから立ち直って笑みを浮かべた。「何の話かな。あんたの話はどれも初めて聞くことばかりだ。そこの資料は」書類の束に顎をしゃくる。「あんたを監視するためのものだ。ほら、あんたが例のＳＩＴを捜し始めたから」

アフマドとラス、ルクレールの計略が失敗したあとに撮影された写真ではないかとは指摘せずに黙っていた。

レメロフの動機がマーティ・ハーモンのＳＩＴを盗み出すことにあるのだとしても、立案された計画はこれから実行するためのものだ。それにはまずショウを排除しなくてはならない。それはハーモンに対する明らかなメッセージになる――ＳＩＴを渡せ、さもないとどうなるかわかるな？

一方で、動機は個人的な恨みなのかもしれない。レメロフは単に負けっぷりの悪い人間というだけのことかもしれない。

「誰の指示だ？　吐いたほうが身のためだぞ」

「ははは、ミスター・コルター・ショウ、本当のことを知りたいって？　わかった。本当のことを知りたいんだな？　あんたを怖がらせようとしただけだよ。まじめに交渉する気になるように。誰かが痛い目に遭ったりなんかしない。いいじゃないか、昨日の続きだ、腹を割って話そう……あんた、いまのところは大金持ちってわけじゃないよな。私なら金持ちにしてやれる。口座を開く。オフショア銀行の口座だ。専門家を雇う。保険もある。保証人がつく。だからあんたは安全だ。家族も安全だよ。そいつは忘れられる」書類の束に――ショウをあの世に送り出す旅行プランに顎をしゃくった。

ショウは険しい表情をした。「怪しい金ではないとどうして言いきれる？　小切手を書くのは誰だ？」

「富豪の友人」

「質問の答えになっていない」

「彼は秘密を好む。彼女は、かもしれないが」

「あんたに指示を出している人間がいるはずだ」

「なんでそう思う？」

「ボストンやアトランタ出身の人間の話し方ではないからだ」

「どうかな、私はアメリカ生まれかもしれないし、ボスはブルース・スプリングスティーンかもしれないぞ！　二十五万ドル。二十五万ドルだぞ！　ほしいものを何だって買える」

「誰の指示なのか言え」

その瞬間、レメロフの様子が一変した。表情を歪め、歯をむいてうなるような声で言った。「エイブ・リンカーンなんかクソ食らえだ。こうなったらもうおもしろくも何ともない。協力する気がないなら、また戻ってきてあんたを訪ねるよ。真夜中にな。〝やあ、ミスター・コルター・ショウ〟。それがあんたがこの世で聞く最後の言葉になる。そうだ、あんたが恋人といるところを狙うとするか。うわあ驚いた、と思った次の瞬間に二人ともあの世行きだ」レメロフの怒りを帯びた目は、まるで引きつけでも起こしたように室内を跳ね回った。

変貌したときと同じくらい唐突に、陽気なレメロフが戻った。その切り替わりの速さは不気味なくらいだった。

「さて、今日のこの話し合いの勝者は？　小利口な企みをしたあんたか？　え？　それはどうかな」穏やかそのものの態度で続ける。「このあと何が起きるか教えてやろう。あんたが話をつけておいた警察の人間が来て私を連行する。私は留置場で一時間か二時間過ごし、興味深い知り合いを何人か作る。コカ・コーラを飲む。弁護士が来て、私は留置場を出る。どうしてそうなる？　近くに友人がいるからだよ。州都にな。どうだ？　私が電話すると、友人はまた別の誰かに電話する。コカ・コーラを飲み終わるころには私は自由の身だ」レメロフは口を尖らせる真似をした。「で、また一からやり直しになる。時間の無駄だ。二十五万ドル。簡単な仕事だよ、ハーモン・エナジー・プロダクツの社屋に入って、SITを持って出るだけのことだ。それだけで大富豪になれるんだ」レメロフは共犯者めいた目つきでにやりと笑った。

二十五万ドルで富豪になれる世界など存在しないとは言わない。だが、このフェリントンでもさすがにそれは無理だ。

ノックの音が響いた。

ショウはドアに向かった。銃の狙いはレメロフの上半身に定めたままにした。また唐突に人が変わって飛びかかってこないともかぎらない。レメロフの手は縛られてはいるが、背中ではなく体の前側にある。殴りつけて首を絞めるくらいはできる。

「はい？」

「税関国境警備局です」ハスキーな女の声が応じた。

レメロフの顔から笑みがかき消えた。

逮捕に来たのは連邦政府の捜査機関だ。レメロフが買収した州政府の有力者の影響力は及ばない。ショウが友人のトム・ペッパーに相談し、ペッパーが税関国境警備局にかけ合った結果だ。

大柄な男と大柄な女が一人ずつ部屋に入ってきた。どちらも紺色の制服を着ている。ほかにも三人いる捜査官は廊下で待機した。その三人も決して小柄ではない。

「コルター」女が言った。

「ギレスピー捜査官」ショウは挨拶に応じ、黒い肌をした筋骨たくましい大男の捜査官にもうなずいた。「ストール捜査官」

二人がレメロフにさっと目を走らせる。金髪をポニーテールにしたギレスピーは、すぐに銃を抜ける位置に手を置いて相棒にうなずいた。ストールが進み出てケーブルタイを切断し、レメロフの両手を背後に回して手錠をかけた。服の上から所持品検査をし、財布とパスポート、現金、刃渡りの長い折りたたみナイフを没収した。ナイフを見て、ギレスピーは驚いたように眉を上げた。

「よしてくれ！　私は何の罪も犯していない！」

ギレスピーはパスポートを手に取り、表紙の写真を撮った。

「ミスター・レメロフ。ミスター・ショウから、あなたが銃を所持しているのを目撃したという宣誓供述書が提出されています。そこにある銃がそうですね？」

ショウはうなずいた。

「そいつは嘘をついている！」

「宣誓供述書には、あなたが銃を持っている写真も添付されていました」

地元の探偵レニー・カスターがキヤノンのカメラを使って写真の腕前を発揮した一枚だ。

ストールはラテックスの手袋をはめ、銃から弾丸を抜き、スライドを後退させてロックしてから、シリアルナンバーを読み上げた。ギレスピーは携帯電話で番号を照会した。

ほどなく――「ミスター・レメロフ、この銃には盗難届が出ています」

「違う！　そんなはずはない！　合法的に買ったものだ。個人間の取引で。憲法修正第二条で武器を所持する権利は保護されている！」

「つまり銃を購入したことは認めるわけですね」

いまレメロフはおそらく、〝拾った〟とでも言えばよかったと思っているところだろう。舌で唇を湿らせた。

「この銃の来歴はともかく、有効な狩猟許可書か射撃競技出場許可書をお持ちですか」

ふたたび沈黙。

「そういうことですと、ミスター・レメロフ、連邦規則集第二七巻一七八条九七項が定める、非移住者が銃器を所有するための要件を満たしていませんね」ギレスピーは被疑者の権利を読み聞かせた。

「弁護士を呼んでくれ」

コカ・コーラも頼まないとな――ショウは内心で意地悪くそう考えた。

「弁護士は呼べるから心配するな」ストールはレメロフの所持品を証拠品袋に収めた。

二人はレメロフの腕を左右からつかみ、引き立てて行こうとした。

レメロフが肩越しにショウに向けて叫んだ。「ボクシングは好きか？　私は好きだ。試合は終わってみるまでわからない。ラウンド1と2は自分の思いどおりに運んだと思っていても、次の瞬間、どかーん、自分がKOされる。

ラウンド1と2はあんたの勝ちだ。だが、よくやったと自分を褒めるのはまだ早いぞ、ミスター・コルター・ショウ。次のラウンドがある。その次も、その次も」

39

アリソン・パーカーは熱い湯が全身を洗うにまかせた。

サニー・エーカーズ・モーターロッジはみすぼらしいが、利点が二つあった。第一に、フロント係が身分証の確認を省略することだ——娘を連れた魅力的なビジネスウーマンが申し訳なさそうに——しかも多額のチップをさりげなく差し出して——五五号線沿いのレストランに財布を忘れてきてしまった、その店は今夜はもう閉まっていると打ち明けたような場合には。

　そしてもう一つ、給湯器の性能が抜群だった。

　青いタオルに頭をもたせかけた。

　プール横の簡易シャワーの壁のタイルと同じ青。見ようによってコミカルにも、不気味な美しさをたたえているようにも思える、白漆喰のタツノオトシゴの横向きのレリーフがある壁と同じ青。

　昨年の十一月十五日。

　パーカーはコーヒーを淹れてキッチンに座り、外の雪景色や覆いをしたプールを見つめている。舞い落ちる雪片は、プールを煌々と照らすスポットライトの光のなかできらめいている。パーカーは小さな白い花火を目で追う。静かな情景だ。雪が降り積もって白一色になった裏庭をながめていると〝心温まる〟景色だと思う。その矛盾に気づいて一人笑ったりもする。だが今夜は不安をかき立てられるばかりだ。

　ハンナは少し前までジョンと一緒に歴史の授業の課題に取り組んでいたが、ジョンが突然立ち上がり、車に乗ってどこかに行ってしまった。ハンナはもうベッドに入っている。時刻は十一時。パーカーの背後にあるガラス天板のテーブルには、金属とプラスチックの部品やはんだごて、グルーガンが放置されたままだ。何を作っているのかパーカーは知らない。父親と娘の二人だけのプロジェクトだった。

だった……

　タルボット先生に期限延長をお願いする手紙を書かなくてはならないだろう。

　コーヒーを一口。味を感じない。

　ごんという音が外から聞こえて、心臓が飛び上がった。かすかな音。人が立てた音。湿った雪の重みに耐えかねた木の枝が立てる音ではない。

　表側の窓際に行き、カーテンを開けて外をのぞく。思ったとおりだ。ジョンのトラックはドライブウェイの終わりで停まりきれず、大きな青いリサイクル用くず入れを倒したのだ。

頭をすっきりさせたくてちょっとドライブに出かけただけであることを願った。そう祈った。

いま思えば、その期待はあまりにも甘かった。

パーカーはリビングルームに向かう途中でハンナの部屋をのぞく。やはりベッドに入っているが、眠ってはいない。仰向けに寝転がり、ビーツのヘッドセットを着けて、携帯電話を見つめている。画面の光がハンナの顔を不気味な青色に照らしている。消灯の時間だが、パーカーはあえて何も言わなかった。今夜の夫婦のやりとりは聞かれないに越したことはない。こう考えるのは親としてどうかとは思うが、あのヘッドフォンから音楽が大音量で流れていてくれるといい。

玄関に鍵をかけ、キッチンに戻ってサイドポーチの電灯をつける。うまくいけば、夫は一番安易なルートをたどるだろう。家の横に回ってゲートを抜け、キッチンを目指すはずだ。

ジョンを出迎えたら寝室に誘う。ジョンはシャワーを浴びるか、服を着たままベッドに倒れこむか。もしかしたら床の上かもしれない。カーペット敷きの床。いつだったかはドライブウェイで、別のときはガレージのコンクリート床で眠りこんだが、筋肉痛になっただけですんだ。酔っ払いは意識変容状態にあるから、倒れるときも体の力が抜けているおかげで怪我をしないのだろう。

玄関のドアノブが回る。一度。もう一度。ドアを拳で叩いたりはしない。ジョンの影が雪のなかを動き出し、明かりに導かれてパーカーが期待したとおりのルートをたどる。勝手口から入れば、ハンナの部屋の前を通らずにベッドまで行ける。もし玄関から入っていたら、ハンナの部屋をのぞき、とりとめのないことをしゃべったり、嘔吐したりしていたかもしれない。

またごんという音がし、続いて何かが倒れる音がした。ジョンはガレージから入るのをあきらめたようだ。暗証番号がうまく打ちこめなかったのだろう。そしてごみか何かにつまずいたのだ。

パーカーはすばやく反応した。もしハンナがヘッドフォンをはずしていたら、次の大きな物音で何事かと見に来るだろう。そうなると厄介だ――パーカーには不都合だ。ハンナはたいがい父親に悲しげな目を向け、母親には怒りの目を向ける。

引き戸を開けてパティオに出る。冷気が肌を刺し、セーターを着ておけばよかったと思うが、もう遅い。ジョンはプール際の金網のゲートを抜けてパティオ沿いを歩いてこようとしている。どこかで転んだのか、頭に大きな切り傷ができている。血は赤黒く固まっていた。

パーカーは夫に近づいた。

「いまはよせ」ジョンがつぶやく。

「怪我してる」

「心配なんかしてないくせに。俺のことなんかどうだっていいくせに」

言葉に言葉で、考えに考えで対抗していてはきりがない。それでうまくいくものではない。

一番いいのは、注意をそらし、話題を変えることだ。

ジョンの髪はぼさぼさで、服も乱れている。怒鳴りつけるように言う。「今夜もあいつに電話したのか」

「気をつけて。凍ってる」

「ふん、何が〝気をつけて〟だ」ジョンは嘲るように言う。もっと辛辣な言葉を思いついたようだが、口から出る前にどこかに消えてしまったらしい。

ウィスキーのにおいは強烈だ。においだけで、ドライバーがどのくらい飲んだかだいたい見当がつくとジョンが話していたことがある。酒気検査の結果をおそろしく正確に言い当てられた。

二人はプールサイドに立っている。タツノオトシゴのレリーフのすぐ前、雪が吹き寄せられているところだ。雪がふわりふわりと頭上に降ってきて、パーカーは身震いをする。気温はマイナス五度だ。さっきアマゾン・アレクサに訊いたらそう答えた。

「あの子は？」ジョンはガラスの引き戸越しにテーブルをのぞきこむ。ハンナのノートや歴史のプロジェクトのパーツがまだ広げられたままだ。「あの子に何を言った？　どうせ俺の悪口を吹きこんだんだろう。おまえのやりそうなことだ！」

「ジョン、お願いだからやめて」パーカーは反射的にそう言った。言ったところで何の効果もない。いつものことだ。ジョンの耳には聞こえない。言うだけ無駄だ。それでも言わずにいられない。

ジョンはふらつきながらガレージの裏手に行って吐いた。

それでアルコールが抜ければいいのに。だがもちろん、吐いたところで酔いは覚めない。人の生理機能はそういう風にはできていない。

ジョンがおぼつかない足取りで戻ってくる。「隠しても無駄だ。よそで俺のことをどう話してるかくらい、わかってるんだよ。噂を聞いたからな。いつもパーティだか何だかに行って、何を話してるか俺は知ってる。俺のことをどう思ってるかだってな。俺が知らないと思ったか」ジョンは険悪な顔つきをした。「あの子に俺のことをどう話したか、俺が知らないとでも思うか。あの子は――」ここで口ごもる。自分の娘の名前を思い出せないとでもいうように。「あの子に本当のことを話す。あの子には知る権利が――」

パーカーは夫の腕をつかむ。夫はすさまじい形相で振り返る。

五分後、人生でもっとも長い数分が過ぎたとき、アリソン・パーカーは吹き寄せられた柔らかな雪の上に仰向けに倒れ、静かに泣いている。白の上に赤い点々が散っている。タツノオトシゴも血を流している。パーカーは砕けた頬骨からべろりと垂れ下がった皮膚をしっかりと押さえている。

「どうしてこんなことを？　どうして……？」

アリソン・パーカーはサニー・エーカーズ・モーターロッジ三〇六号室のシャワーブースから出た。タツノオトシゴのレリーフが埋めこまれた青い壁と同じ色をしたシャワーブースから。

頬を伝った涙が熱い蒸気と混じり合う。

今朝すでに五回は自分に言い聞かせた言葉をまた繰り返す。

そのことは考えちゃだめ。

水気を拭う。タオルを頭に巻く。もう一枚は体に巻いた。

スポンジ・ボブのタオル、二つ並んだ目がちょうど乳房の位置に来るタオルを思い出した。

数学に優れた才能を発揮する娘が正解した微積分の問題のことも。

ピザを食べて、カイルの話を聞き出そうとしたことも。

世界が爆発する前の最後のひととき。

あれは昨日のことだったか。それとも十年前？　いや、百年前か？

バスルームを出る。部屋の空気は冷たい。いびきをかいていたハンナをそのまま寝かせておいたが、いまは起きてテレビのチャンネルをせわしなく変えていた。

今日の機嫌はどうだろう。

ハンナが微笑んで、パーカーはほっとした。「あ、ママ！」

「おはよう、おねぼうさん」

見ると、ドアのチェーンが外れたままになっていた。

「どこか行ってきたの？」

「フロントまでね。朝ごはんを頼もうと思ったんだけど、ルームサービスはやってないって」

サニー・エーカーズにグルメな朝食など期待していなかったが、せめてコーヒーと紅茶、ペストリーくらいにはありつけるかと思っていた。

「でも、フロントの人が教えてくれた。すぐそこにダイナーがあるんだって。なんか有名なお店らしいよ。しかもデリバリーもやってる」ハンナはメニューをパーカーに渡して宣言した。「あたしはワッフルがいい」

40

モールはネクタイをほどいてシャツの前を開けた。アレルギー薬のスプレーを布地の下に入れ、肩に薬を吹きつける。今日は肩が一番かゆい。

焼けるようなかゆみは日によって移動した。昨日は首筋と腕だった。二、三日前は胸だった。何にかぶれたのだろう。いったいどこで？

スプレーが魔法のように効いて、かゆみは引いた。

「アレルギー、ひどくなってんのか」

「なかなかしつこくてな」モールはデズモンドに答えた。

どこで何にかぶれたのかと、すでに何度も自問した。そしてようやく答えらしきものを見つけた。六週間くらい前の仕事――トラック運転手を始末したあのときだ。その男は、しちゃいけないことをしたか、言っちゃいけないことをしたか、怒らせちゃまずい男を怒らせたかした。いい金になった。デズモンドは多忙中で、モールが単独でこなした。ケノア川の支流にはまって動けなくなったトラックと格闘していたところを殺した。死体を川から引き上げ、何キロも離れた廃工場まで運んで始末した。ケノア川に入ったときか、あるいは何やらおそろしく毒性の強そうなもので汚染された貯水池に死体を沈めたときか。何かにかぶれたのは、おそらくそのどっちかだ。あの日まではかゆくもなんともなかったのだから。これからはもっと注意して遺棄現場を選ばないとな。それで思い出した。塗料をまた発注しておかないと。

　モールとデズモンドは、コーヒーのカップを手に、モール所有のトランジットの運転席と助手席に座っている。デズモンドはヤナギの枝を置いてパソコンを膝に載せ、ネットで母グマと子グマを検索していた。

　メリットもやはり二人を捜している。しかし、誰もまだ運に恵まれていない。

　モールは溜め息をついた。「急かされて、待たされる」

「え？」デズモンドが訊き返す。

「軍じゃそう言うんだよ」

「軍になんかいたことないくせに」

　モールは言った。「親父が軍人だった。〝急かされて、待たされる〟。あわててどこかに行くが、すぐにはやることがない。おかしなもんだよな、猟師小屋に隠れて、カモやヘラジカをじっと待つのは苦にならないのに」

「野ブタとかな」

「野ブタとか」モールはコーヒーを飲んだ。「なのに、今回は腹が立つ。長すぎる。長すぎるよ」

「急かされて、待たされる」デズモンドはそう繰り返し、歩道でぴかぴかの二十五セント硬貨を見つけたみたいににやりとした。

　またコーヒーを飲む。モールは低い声で言った。「ドーンドゥー……」

　デズモンドが訊いた。「な、メリットは頭がどうかしちまってるんだと思うか」

「そうだな、思うよ。完全にいかれてる」

「その〝サーティファイアブル〟って、よくわかんねえよな。誰が認定するんだよ、頭がおかしいって」

　モールは少し思案してから答えた。「政府じゃねえのか。メンタル専門の部署とかありそうだろ」

　デズモンドは嘲るように鼻を鳴らした。「それだけで俺らの税金から給料がもらえる役人がいるってことか。〝こいつはオーケー〟〝こいつはだめ〟って書類にスタンプ捺してるだけの役人。よし、こいつはクッション張りの独房行きだ。こいつは釈放。はい次、みたいな」たん、たん。「で、女房のほうは？　メリットがここまでして女房を殺したがる理由っていったい何だ？」

「告発したからだろ。警察にいてうまい汁を吸ってたところから、刑務所行きだものな。人生終わりってやつだ。女房は自分の男を支えなかった（スタンド・バイ・ユア・マン）」モールは言った。

「そういう歌があったな」

「あった。まだある。聞くところによると、女房はメリットの秘密を何か握ってるらしい」

「女ってのはまったく」たん、たん。

ヴェポラップじゃ足りないな、とモールは思った。ラルストンでエドガーの解体をするのにはマスクと酸素タンクが必要だ。タンクはどこかにあったはずだ。もしかして――

「おい、見ろよ」デズモンドが背筋を伸ばした。パソコンの画面を凝視している。

「どうした？」

「見ろって」画面をモールに向ける。

インスタグラムに投稿された写真だ。

モールは言った。「ありえねえ」

だが、間違いなかった。

デズモンドが言う。「二十分ありゃ行ける。サイコ・ボーイと現地で落ち合おうぜ」

誰の話だとモールは訊き返そうとしたが、すぐに思い当たった――サイコ認定つきのジョン・メリットのことだ。

41

「コルター」

マーティ・ハーモンの声は、どこか不安げだった。

「はい？」

「アリソンの弁護士がメリットに拉致された」

ショウはウィネベーゴのダイニングテーブルにつき、淹れたばかりのコーヒーのカップを置いたところだった。まだ一口も飲んでいない。

ハーモンが説明を続けた。弁護士はゆうべ帰宅しなかったという。事務所から一・五キロほど離れた川沿いの駐車場で車だけが見つかった。

「詳細は？」

「まだわからない。心配だ。デイヴは私の友人でもあった。ロータリークラブで一緒だったんだ」

メリットは弁護士を拷問してアリソンの居場所を聞き出そうとしたのか？　口を割りそうにないとわかって、殺したのか？

「あなたは誰から聞いたんです？」

「警察から電話があった。アリソンから連絡はあったか、弁護士の件に関してアリソンは何か知っているようだったかと聞かれた」

「警察に問い合わせてみます」

ハーモンとの電話を切り、フェリントン市警の代表番号にかけてハーモンの名前を出すと、三分後にはダンフリー・ケンプ刑事に転送された。

「ケンプ刑事。コルター・ショウです」

「ああ、ミスター・ショウ」その声は苦しげだった。この電話のせいか。それとも、夜のあいだにまたファイルの数が増えたのか。

「ミズ・パーカーの弁護士が失踪したそうですね」

沈黙があった。迷っている。まもなくケンプは答えた。

「他言無用でお願いします」

マスコミに漏らすなと言いたいのだろう。

「わかりました」

「四番ストリートの商店の防犯カメラの映像があります。黒っぽいウィンドブレーカー――昨日、それよりも前に目撃されたとき、メリットが着ていたのと同じと思われます――男がミスター・スタインの車に乗りこむ場面です。銃を持っていました。車はすぐに発進しました。今朝六時、車はケノア川近くの駐車場に乗り捨てられているのを発見されました」

「メリットは銃を手に入れたわけだ」そうなるとかなり厄介だ。「争った跡は？　血痕はありましたか」

「まだわかりません」

「弁護士の事務所とは連絡が取れましたか。誰か何か目撃していませんか」

「弁護士補助員兼アシスタントと連絡がつきました。夕方五時ごろ業務を終えて帰宅して以降、スタインから連絡は来ていないそうです」

「そのアシスタントから話を聞きたいのですが」

ケンプの協力的な態度はそこまでだった。「何も知りませんよ。それに、今日から何日か休暇を取ると言ってました。メリットを怖がっています」

「マーシャル郡の交通監視カメラの件で伝言を残しました」

「ああ、そうでした。マーシャル郡に電話したんですが、まだ返事がない」ケンプが送話口を手で覆う気配がした。誰かと話しているくぐもった声が聞こえた。

ショウは言った。「重罪事件の捜査に切り替わったわけですね」

「ええ。パトロールの者が行って、車が発見された駐車場周辺を捜索しています」

「殺人課が捜査を担当しているわけですよね」

「うちでは重大事件課と呼んでますが、ええ、彼らが担当することになるでしょう」

ショウはげんなりした。「まだ捜査を始めていないわけですか」

「ええ。しかし、パトロールの二名はベテランです。四番ストリートの聞き込みをすませて、いまは川の周辺を当たっています」

「報告は届いていますか」

「いいえ、まだです」ケンプの苦しげな声に敵対感情まで加わった。

「進展があったら連絡をいただけますね、ケンプ刑事」

「ええ、名刺はいただきましたから、ミスター・ショウ」

二人は通話を終えた。

警察にはまったく期待できない。

ショウは冷めかけたコーヒーをおそるおそる口にした。一口飲んだところでまた電話が鳴った。

「マックか」

「パソコンを見て」私立探偵のマック・マッケンジーが言った。

ショウはノートパソコンを引き寄せて起動した。ルーターのスイッチも入れた。

長い三十秒が過ぎ、ショウは言った。「起ち上がった」

「メールを見て」

最新の一通がマックからだった。インスタグラムの投稿のスクリーンショットが添付されている。自撮り写真だ――にこやかに微笑むハンナ・メリット。ニット帽にスウェットシャツという格好で、カメラをまっすぐ見つめている。

タイムスタンプは、いまから四十分前だった。

「ソーシャルメディアのアカウントはすべて削除されたと思っていたが」

「削除されてた。でも、六十秒もあれば新しいアカウントを作れる」

写真に目をこらして、ショウは言った。「問題は背景か」

「そう」

興奮が体の奥底から湧き上がってきた。来週の夕飯になるべきシカやヘラジカを追跡中、真新しい痕跡を見つけたときに感じるのと同じ、あるいは誘拐の被害者の監禁場所を指し示す最初の確かな証拠を見つけたときと同じ感覚。

ショウは写真を注意深く見た。どこかの町の給水塔のようだ。目が痛くなりそうな青い色に塗られている。文字の一部——アルファベット五文字だけが見えていた。〈HILLS〉。

マックが言った。「いまあなたがいるあたり、フェリントンの北側で〝ヒルズ〟と言えば、まず間違いなくトムソンヒルズ。グーグルアースの画像と照合してみた。この写真の撮影場所は、おそらくサニー・エーカーズ・モーターロッジ裏の駐車場。独立系のモーテル。現金で支払えるし、偽名も使える。配偶者の暴力から逃げてきたとか、身分証をなくしたとか言えば、フロント係が独断で規則を曲げてくれるような」

ショウはモーテルの名を地図アプリに入力した。

ここから二十七分で行ける。

42

サニー・エーカーズ・モーターロッジの三〇六号室は息が詰まりそうにせまく、いやなにおいが染みついている。それでも、とアリソン・パーカーは思った。そこにいる私たち二人はとてもいい雰囲気だ。今朝生まれた危なっかしい和平は、いまのところ長続きしている。

まもなく朝食が届くはずだ。大型テレビではディズニーのコメディアニメが流れている。基本は子供向けではあるが、比較的高度なユーモアが含まれているために親の監督が必要な種類の番組だ。

パーカーのヒューリスティクスに基づく今後のプラン

は、このモーテルにあと二日ほど滞在し、そのあいだにジョンが逮捕されなければ、さらに北上して隠れ家に向かうというものだった。その隠れ家の所有者に携帯メールを送ると、返信があった。


受け入れ準備は万端。状況を適宜知らせてください。

くれぐれも気をつけて……


朝食を待つあいだに携帯電話で最新ニュースをチェックした。ジョンの情報はなかった。

弁護士のスタインに電話して、あれから何かわかったか尋ねようとした。だが、スタインは電話に出なかった。パーカーは留守電サービスにプリペイド携帯の番号を残さず、あとでまたかけ直すとだけ告げて電話を切った。向こうから連絡がないのがもどかしい。最新情報を知る命綱のような存在なのに。

ノートパソコンを開き、作成途中のスライドを見直した。パーカーは聴衆を楽しませるスピーチができるし、論旨は明快で手際もよい。投資家や潜在顧客にプレゼンをしなくてはならなくなると、マーティ・ハーモンはよくパーカーを指名した。小型モジュール式原子炉（SMR）はきわめて複雑な装置だが、パーカーには、どんなに入り組んだ仕組みであろうと誰にでもわかりやすい言葉で説明する能力が備わっている。

ジョンが逃亡して、パーカーが来週の会議に出席できなくなるようなことはあるだろうか。

そのころには捕まっていてくれることを祈るのみだ……


テレビのアニメ番組はディズニーらしいハッピーエンドを迎え、クレジットが流れ始めた。

いつのまにかハンナが背後に立って、パーカーのノートパソコンをのぞきこんでいた。画面と見ればのぞかずにいられないティーンエイジャーは、おそらく地球上に一人もいない。

「すごいね」ハンナが言った。「最高に格好いい図」

パーカーは、そのスライドに描かれた原子炉のすぐ横にある青い小さな点にポインターを動かした。

「最新の発明だね！〝ファットヴィー〟だ！」

パーカーはうなずいた。ＳＩＴと同様、〈ＦＴＶ（ファットヴィー）〉——〝燃料輸送容器（フューエル・トランスポート・ヴェッセル）〟——もパーカーの頭脳の産物で、〈ポケット・サン〉をほかのＳＭＲと差別化し、市場価値を高めている要素がこのＦＴＶだ。これまでウランの燃料棒は、エキスパートの手で慎重に炉心に挿入され、使用済みになればまた同じように慎重に取り出さなくてはならなかった。ウランの濃縮施設から発電所へ、また発電所から処分場への輸送は危険を伴った。パーカーのＦＴＶは完結型の格納容器で、エキスパートでなくても挿入と取り出しができ、損傷にも強い。

電話が鳴った。パーカーは少しためらってから受話器を取った。朝食が届いただけだった。モーテルのロビーまで行って配達員に料金を支払った。

部屋に戻り、料理をベッドに広げた。二人前のワッフル。パーカーの分にはベーコンがついている。レッドベリーとブルーベリー。ちゃんとしたホイップクリームと、合成のシロップ。事情が事情だから、ハンナは体重を気にしないことにしたらしい。

コーヒーも二人分あった。

プラスチック皿を娘に差し出しながら、パーカーはパソコン画面上のＳＩＴのスライドをちらりと見た。「そうだ、ちょっとした事件があったの。ＳＩＴが社員に盗まれたの。スパイだったのよ。盗んで、ライバル会社に売ろうとした」

「盗んだ？　まさか」

「そのまさかが現実に起きたわけ」パーカーは微笑んだ。「昨日の朝、ミスター・ハーモンから電話があってね、誰かを雇って取り返してもらったんだって」

「その盗んだ人、ママと同じ部の人？」

「ＩＴの人」

「コンピュータ系の人か」ハンナは言った。「信用できないよね。『マトリックス』でもそうだった……ママの知ってる人だったの？」

「いいえ。第五ビルの人だから」

「新しいビルだね」ハンナは、会社のことにパーカーと同じくらい詳しい。放課後、家に帰るのではなくパーカーの会社に来る日が多いからだ。十一月十五日までは、酔っ払いで癇癪持ちの父親と家で二人きりにさせたくないからだった。それが娘はすぐそばにいるのだから大丈夫と心配性の母親が安心するために変わった。

「それからどうなったの？　そいつ、警察に捕まった？」

パーカーは〝そいつ〟という言葉遣いを注意したかったが、いまはやめておいた。「わからない」SITが戻ってきた直後にハンナを連れて家を飛び出したから、スパイの運命をマーティ・ハーモンに確かめる機会がなかったのだとは言わなかった。

「ママの仕事もなかなかスリリングでしょ？」パーカーはとっさに娘の手を取ってそっと握った。心臓が止まりそうな一瞬が過ぎ——娘も握り返してくるだろうか——ハンナが椅子ごとすぐ隣に来て、パーカーの肩に両腕で抱きつき、首筋に顔を埋めた。

パーカーは娘をきつく抱き締め、あふれかけた涙を懸命にこらえた。

43

「あれだ」モールはバンの運転席からトムソンヒルズの給水塔を指さした。

給水塔は、やはり衰退した工業都市の、刈り取り後の畑と低層の茶色いビルを見下ろしてそびえる青と銀の宇宙船のようだった。

デズモンドが目を細めてウィンドウから見上げた。「ガキはあそこにいたわけだな。そこの裏で写真を撮った」そう言ってサニー・エーカーズ・モーターロッジを見る。

「目がつぶれそうな色だ」大きなピンク色の〈空き室あり〉のネオンサインのことだ。近づいたら、じぃぃぃという低い音まで聞こえてきそうだとモールは思った。

駐車場を通り抜け、ゆっくりとU字を描きながら、薄汚れたモーテルの周囲を回った。女がもうトヨタ4ランナーに乗っていないことは知っていた。いまはレンタカーで移動しているはずだが、メーカーも車種もわかっていない。

「一台ずつ調べるか？」デズモンドが訊く。「なかを調べりゃどれが女どもの車かわかるだろ。で、部屋から出てきたところを捕まえる」

モールは首を振った。「身元がわかるようなものを車に置きっぱなしにしてるわけがない。荷物は残らず部屋に持っていってるさ。ロビーでフロント係から聞き出したほうが早い」

「だな。メリットはいまどのへんだ？」

「すぐそこまで来てる」モールは答えた。

「待ってたほうがいいかな」

「その必要はない。女どもをこのバンに引っ張りこんで、おとなしくさせて、どこかでメリットを待てばいい」

「このバンに引っ張りこんで」デズモンドはゆっくりとそう繰り返し、含みのある笑みをこちらに向けた。モールはひどくいやな予感がした。


目出し帽に手袋。

どちらもうっとうしいが、仕事に欠かせない。どこのモーテルも――このしみったれたサニー・エーカーズ・モーターロッジでも――いまどきは防犯カメラを備えている。映像を記録しているハードドライブを持ち去れば解決と言いたいところだが、クラウドという始末の悪いものがある。

二人はすばやくロビー棟に入った。銃を抜いてかまえる。ここは銃を秘匿して携帯するのが当たり前の世界だ。モールはつねに、十五歳以上の全員が銃を持っている前提で行動する。

「うわ、何だよ」丸ぽちゃのフロント係がささやく。顔も禿げ頭も真っ赤だ。両手を勢いよく頭上に上げた。それから猛烈な早口で一息にしゃべりだした。「金はやるけどうちの客はほとんどカードで払うから現金はあんまりなくて、僕のキャッシュカードを渡します暗証番号は８８９９、だから命だけは……」

デズモンドがその顔にパンチを食らわせた。モールは胸がすっとした。

「やめて、やめてくれ！」フロント係の手にべったりと血がついた。それを呆然と見つめる。痛みよりも血に動転しているらしい。

「部屋番号を言え。アリソン・パーカーと娘。昨日チェックインした」

「名前は知らないよそういう名前の客はいません、ほんとです、うちはこんなちっちゃなモーテルでおふくろとがんばって――」

今度はモールが殴りつけた。顎に一発。フロント係は悲鳴を上げた。

「どの客のことかわかるな」

「三〇六。三〇六号室です」

二人はいまにも泣き出しそうな男を事務室に引き立て

ていった。「僕はあんたたちのことは何も知らないしもちろん顔も見てないし、だってほら目出し帽をかぶってるから、でも服や背の高さも何も見てないしそもそも僕は物覚えが悪くて誰に訊いてもらってもそう――」

モールが拳を握ると、男はぴしゃりと口を閉じて目をなかば閉じ、顔をそむけた。

「防犯カメラのハードドライブ」

男は三・五インチのハードディスクが収められた黒い箱のほうに顎をしゃくった。モールはデスクトップパソコンからそれをむしり取り、ポケットに突っこんだ。

デズモンドはケーブルタイで男の両手を縛り、モールは事務室にあった梱包用の粘着テープで男の口をふさいだ。男を床に転がしたまま事務室を出た。そこで客二人の死刑執行命令にサインした罪悪感に悶え苦しめばいい。

客室に通じる廊下を歩く。製氷機の前を過ぎ、自動販売機の前を過ぎた。廊下の突き当たりの壁に、エッフェル塔の写真が飾られていた。なぜエッフェル塔なのだ？

モールは首をかしげた。ここから右に行くと、三〇一号室から三一九号室がある。二人は早足でそちらに進んだ。

三〇六号室のすぐ手前まで来たとき、その真正面の部屋のドアが開き、年配の男女が出てきた。どちらもスポーツウェアの上下を着ていた。女のウェアはピンク色、男のほうは青だ。男はギリシャの船乗りがかぶるような灰色のヘリンボーン柄の帽子を頭に載せている。当然のことながら、二人はぎょっとした様子で立ち止まった。

「あら、まあ」女がささやき声で言った。

モールはデズモンドに目配せした。デズモンドが言った。「おい、そこのお二人さん、ちょいと部屋に戻ってようか」手を振って男女を部屋に戻らせ、自分も一緒になかに入ってドアを閉めた。

三分後、デズモンドが出てきた。「クソったれ呼ばわりされたよ。っていっても、〝クソ〟なんて品がないとでも思ってるのか、もごもごしてたけどな。気取った連中はいやだね」

二人は三〇六号室の前に立った。モールが耳を近づけてなかの気配をうかがった。テレビの音がしている。モールは鼻をひくつかせた。「コーヒーとベーコンだな」

死体作りとその遺棄を稼業にしてもう何年にもなる。その経験からモールは、ドアを通り抜ける術を五通りくらい学んだ。ピッキングの技術を身につけ、かなり上達もした。ところが、ホテルに電子ロックやキーカードが導入されるようになった。ＤＮＡの発見に負けないくらい腹立たしい進歩だった。

一方で、いつの時代でも頼りになるテクニックも存在する。

デズモンドを見やる。デズモンドがうなずく。モールは一歩下がり、一つ大きく息を吸いこんで――なぜかそれがうまくやるコツだ――サイズ12の足を持ち上げ、たくましい右脚の力を借りて、錠前のすぐ下を思いきり蹴飛ばした。

44

コルター・ショウは、九二号線をそれ、サニー・エーカーズ・モーターロッジのアスファルトがひび割れた駐車場にウィネベーゴを乗り入れた。

ごみが散乱する草地に囲まれたモーテルは、まばゆい陽光が降り注ぐ日中でも〝明るい(サニー)〟要素など一つとしてない。緑色の薄板が張られた金網のフェンス越しに左右の隣地をのぞけば、小さな工業施設があるとわかる。敷地の奥の境界線沿いには背の高い草が密集していて、そこから錆だらけの家電製品や機械装置が、まるで小競り合いの発生を警戒する兵士のように顔をのぞかせている。

遠くに件(くだん)の給水塔がそびえていた。

ショウは愛用のグロック42をチェックした。この薄型の銃のマガジンに六発、チャンバーに一発装塡されている。予備のマガジンを持ち歩く場合もあって、そのときは父に教えられたとおり、かならず腰の左側に装着しておく。二つ持っていることもある。今日は二つを別々のレザーホルスターに収めてベルトの左側に下げていた。拳銃が見えないよう、黒いニットシャツの裾を出しておく。レザージャケットだけでは、かがんだり向きを変えたりしたとき裾からのぞいてしまうことがある。

珍しく詩的な気分のとき、父はよくこんなルールを暗誦した。

見せてはならぬときに見せるべからず……

銃のグリップのそばに手を置いて、ショウは急ぎ足でモーテルの入口に近づいた。メリットのピックアップトラックやパーカーの4ランナーを探して目を走らせる。駐車場にはいずれもなかったが、パーカーが別の車に乗り換えたことは断言できる。いま駐まっているうちのどれかがその新しい車なのだろうか。セダンとSUVがそれぞれ数台と白いフォード・トランジットが一台、トレーラートラックが二台。ほとんどは州外のナンバープレートをつけているが、いずれかがパーカーのレンタカーである可能性は否定できない。レンタカー会社の所有車両は、州を越えてあちこちの支店に返却される。

なかに入ると、フロントは無人だった。

カウンターのベルを鳴らした。誰も出てこない。

銃を抜いて廊下に足を踏み出す。事務室らしき部屋のドアをノックする。

低いうめき声がそれに応えた。

どさりという音がそれに続いた。

ショウはドアを押し開け、銃を両手で握り、銃口を上に向けておいてなかに入った。フロント係がいた。ケーブルタイで縛られ、粘着テープで口をふさがれている。拘束からなんとか逃れようと必死で手足をばたつかせていた。丸ぽちゃの顔もシャツも両手も血でべったり濡れている。四メートル四方の小さな部屋に隠れる場所などないのに、ショウと銃を見るなりますます怯えた様子で床を這って逃げようとした。

ショウは口の粘着テープを剝がした。

「ふう、よかった」

「そいつはいつここに来た？」

「血が出てる」

「いつ来た？」

「五分前」

「銃を持っていたか」

「両方とも持ってたよ」

「両方？」

「二人組だった」

二人だって？　どういうことだ？　メリットは仲間を連れているのか？　それとも、別に誰か雇っているのか？

「その二人組の特徴を言え。手短に」

フロント係は口ごもった。

「早く！」ショウはうなるように言った。

「でかいほうはスーツを着てた。もう一人は薄茶色のジャケット。そいつのほうが痩せてる。スキーマスク。銃。でかい銃。殺されるところだった！」

「どの部屋に行った？」

「あいつら、僕を――」

「どの部屋かと訊いている」

「三〇六」

　ショウは折りたたみナイフを開き、ケーブルタイを切断した。「警察に通報しろ」

　銃を手に、消毒剤のにおいが充満した廊下を早足で進んだ。三〇六号室のドアは蹴破られていた。ゆっくりと足を踏み入れた。銃は下に向けて右脚にぴたりと沿わせておく。

奥の見えない戸口をくぐるとき、拳銃を握った手を伸ばしておくべからず……

　部屋に入ったところで腰を落とし、その場で一回転しながら人が隠れていそうな場所に次々銃口を向けた。ドアというドアが開けっぱなしになっている。バスルームのドア、クローゼットのドア。部屋は無人だ。朝食の残りがベッドや床に散らばっている。衣類や洗面用具も。

　液晶テレビは子供向けのアニメ番組がついたままだった。

　ショウは事務室に戻った。

「で？」フロント係の声は震えていた。

　ショウは言った。「誰もいない。二人組または三〇六号室の客が出ていくところを見たか？」

「見てない。あいつら、僕を殺そうとしたんですよ！」

　いや、それは違う。殺すつもりだったなら、とっくに殺しているはずだ。

　フロント係は電話のほうに顎をしゃくった。「保安官事務所に連絡しました。もうじき来ます」

「二人組はどんな車に乗っていた？」

「わかりません。気がついたらもういたんです、銃を持って」

　ショウは脂で汚れた窓から外をのぞいた。フォードの背の高いバンが駐車場から消えていた。「白いトランジットで来た客はいたか」

「いません。少なくとも宿帳に書いた車種はみんな違います」

　二人組の車である確率は八〇パーセント。

「防犯カメラの映像を見せてくれ」ショウは言った。

「ハードドライブを持っていかれました」

「ここは何郡だ？　マーシャル郡か」

「そうです」

ショウは急いで外に出た。いまから駆けつけてくる警察機関は、フェリントン市警とは違い、ジョン・メリットに仲間意識を抱いていないはずだ——とりわけ、アリソンの弁護士を殺害したうえにこのモーテルに押し入ったいまとなっては。とはいえ、警察機関の規則でがんじがらめになった捜査を当てにはできない。ショウはオートバイを駆って自分で二人組を追跡するつもりだった。スタートに差がついたが、大した差ではない。すぐに追いつけるだろう。

ただ——連中はどっちに行った？

南北に走る幹線道路である五五号線に戻った可能性が高そうだ。

しかし、あくまで可能性にすぎない。ここで判断を誤れば、完全に取り逃がしてしまう。

銃をホルスターに収めた。家族連れがＳＵＶに荷物を運びこんでいた。ショウは白いトランジットが出ていくところを見なかったかと尋ねた。トランジットのドライバーが携帯電話をフロントに置き忘れたから届けてやりたいのだと言うつもりだった。その疑わしさをどうとらえるかは家族連れしだいだ。

だが、作り話は必要なかった。夫のほうが、お役に立ちたいところだがその車は見ていないと答えた。妻もうなずいた。嘘ではなさそうだ。

ほかにモーテルの客はいないかと駐車場を見回したとき、たまたま自分のキャンピングカーが目に入った。唇を引き結んで車のリア側に近づいた。

高速のカーチェースは取りやめだ。

オートバイのタイヤは前後とも切り裂かれていた。

ご丁寧にも、ウィネベーゴのタイヤも。

45

いいぞ。ここだな。

ジョン・メリット刑事は、ある工事現場の未完成の下水管のそばにしゃがんでいる。この現場は、資材と建設機械の不足で工事が中断したまま放置されていた。秋の終わりのよく晴れた日の午後のことで、気温は季節はずれに高い。泥や朽ちかけの落ち葉のにおいが強烈に漂っている。

　下水管の口をふさいでいたコンクリートブロックを鉄筋の切れ端を使って脇にどかし、本当なら市の下水システムに接続されるはずだった直径三十センチの管の奥を懐中電灯で照らす。

　辺りを見回す。人影は見えない。だが、そう遠くないどこかで若い者が集まってスケートボードで遊んでいるようだ。車輪がコンクリートの上を走るざーという音でわかる。ハンナも一時期、練習していた。しかし手首を折って、それきりだ。

　メリットの相棒のダニー・エイヴリーは周辺の建物の聞き込みに当たっている——この現場で働いていた作業員の人相特徴が記憶に残っていないか、資材運搬トラックやブルドーザー、セメント車に書かれていた業者名を覚えていないか、現場の前にリムジンが駐まっていたことがなかったか。

　メリットの手もとには、土台のコンクリートを打ち、どこにもつながっていない下水管を何本か敷設するだけの工事に、市が二百七十万ドルを支出したことを示す文書がある。本来なら、どんなに高く見積もっても三万ドル程度ですむはずの工事だ。

　下水管をのぞきこむ。タクティカルライトで奥のほうを照らす。瓦礫（がれき）が見えた。

　そんなところに瓦礫が詰まっているのは奇妙だ。

　ラテックスの手袋をはめ、汚泥や石や土を掻き出す。

　腰の無線機がかりかりと音を立て、メリットはぎくりとする。

「刑事二四四、応答願います」

　泥で汚れていないほうの左手で無線機を探って音量を下げた。

「二四四より本部へ、どうぞ」

「いまビーコンヒルですか」

「はい」

　何事だろう？

「銃声が聞こえたとの通報あり。現場はホームウッド八二四八番地」

　一ブロック先だ。いや、一ブロックも離れていない。なぜ自分には銃声が聞こえなかったのだろう。だが、ビーコンヒルに立ち並んでいるのは、二十世紀初頭の石造りや煉瓦造りの建物ばかりだ。この地方の厳しい冬を生き延びるための建造物。長く持ちこたえられるよう造られた建物。

「家庭内暴力の履歴あり。所有者はハーヴェイ・トリンブル。違法薬物所持罪で複数の前科。暴行罪で服役後に出所しています」

俺はいま忙しいんだよ――メリットは心のなかで言い返す。だが、口に出してはこう答える。「了解。ＳＷＡＴはどのくらいで到着する？」

「あと十五分」

フェリントン市警ＳＷＡＴチームは優秀だ。しかし、バターのちっぽけなかけらをトースト全体に薄く塗り広げたみたいに、いつだって近くにはいない――と言ったのはある警部で、それを聞いた当直部屋の全員がうめき声を漏らしたものだ。

「家に子供がいるようなんです、ジョン。隣人が悲鳴を聞いています」

「くそ。すぐ現場に行く。どうぞ」

「了解。あなたとダニーが屋内にいるかもしれないとＳＷＡＴに伝えておきます」

行く前にもう一つだけと思って石をどかすと、探しものが見つかった――レターサイズの封筒が何通か。どれも分厚い。メリットはそれを引き出してジャケットのポケットにしまった。さらに六十秒だけ費やし、ほかにもないか確かめた。これで全部だ。

立ち上がって声を張り上げた。「ダニー。通りのすぐ先で発砲事件発生だ。行くぞ」

ずんぐり体形に茶色い髪をし、髪と同じ色のスーツを着たダニー・エイヴリーが追いついてくる。メリットは車に戻ってトランクを開けたところだ。

「発砲事件だって？　あ、くそ。いまの聞いたか」

銃声が二発。悲鳴らしき声もした。

二人はそれぞれ拳銃を持っているだけだ。刑事のなかにはトランクにＭ４アサルトライフルを積んでいる者もいるが、メリットとダニーは持っていない。グロック17だけでどうにかするしかない。

二人ともスーツのジャケットを脱ぎ――メリットは封筒を落とさないよう用心した――防弾チョッキを着けてストラップを留める。

ダニーが不安げに言う。「ＳＷＡＴはどうしたんです？」

「あと十五分で来る」

「なんでそんなに。うちの市はそんなに広くないですよ」

メリットは笑う。「おまえ、永遠に生きていたいのか」

エイヴリーの動きがゆっくりになる。目を伏せる。

冗談にしても言いすぎたか。

そうだったな、とメリットは思い出す。自分より七歳若いエイヴリーには、銃撃戦の経験がない。射撃場以外の場所で銃を抜いたことがまだ一度もないのだ。

「なあ、ダニー。心配するな。銃をぶっ放してる奴は売人だ。どうせ売り物を自分でやってるんだよ。すぐに確保できる。向こうがこっちに気づく前にな」

また銃声が響いた。

悲鳴も。

二人は煉瓦造りの平屋へと急いだ。


コルター・ショウは三〇六号室の前の廊下に戻った。

色鮮やかなジョギングウェアを着た夫婦が、真向かいの部屋のドアから廊下をのぞいていた。ショウを見て——目出し帽をかぶっておらず、腰に銃のホルスターをつけ、髪をぎりぎりまで短く刈りこんだショウを見て、世の多くの人々と同じ仮説を導き出した。「警察の人?」

ショウはうなずいた。「何か目撃されたんですね?」

そのわりに二人とも妙に落ち着き払っていた。

妻のほうが言った。「二人組の男。ごろつき、ちんぴら。一人が私たちの部屋に入ってきました。何もしゃべるなと脅されたの」

夫が続ける。「こっちのほうが一枚上手でしたがね」

どういう意味だ?

ショウは手振りで先を促した。

夫婦の説明によれば、ドアを開けて出かけようとしたとき、廊下をやってきた二人組とかち合った。一方が夫婦を部屋に押し戻し、携帯電話を奪って固定電話のケーブルを引き抜き、部屋から出るな、静かにしていろと脅した。

「すごく無礼な感じでした」妻のほうが言った。

「そのあと、ドアを蹴破る音が聞こえました。お母さんと娘さんがいた部屋です」

「二人組に連れ出されたんでしょうか」

「いや、あのクソったれ二人組が来る前に大あわてでどこか行きましたよ。五分か十分くらい前に」

「スタンリー」妻のほうが警告するように言った。

　そうか、二人は逃げたのか……

　妻が付け加える。「お母さんはお嬢さんを怒鳴りつけていました。怒りに震えていましたね。〝どうしてそんなことをするの〟みたいなことを言ってましたよ。お嬢さんも大声で何か言い返していました。持ち物を車に放りこんで、行ってしまいました」

「猛スピードで」

「車種は？」

「起亜（キア）」夫が答えた。「家内のいとこが乗っているのと同じでした」

「そう、ベットと同じ車だった。色違いですけど。こっちは金色だった」

「ああいう車にすればよかったな」

「どっちに行ったかわかりますか」

「行かなかった方角ならわかりますよ――右です。東の方角。この部屋の窓から見えるのはそっちだけなので」

　駐車場を出て左に行ったとすると、五五号線に戻ったことになる。このモーテルがある九二号線のほうが大きな道路で、どこまでもたどっていけば西海岸まで行けるのに。

　妻がさらに続ける。「あの男。この部屋に入ってきたほう。私たちを脅したんです。夫の免許証を見て、住所を記憶していました」

　夫は笑いながら言った。「一年も前の住所だがね！　引っ越したあとも住所変更の手続きをしていなかった。馬鹿を見るのはあいつらだ」

　なるほど、一枚上手だったとはそのことか。昨日の朝、〝おとり捜査官〟ショウが廃工場でアフマド相手に使った戦術のバリエーションだ。

　ショウは夫婦に礼を言い、事務室に戻った。フロント係は痛めつけられた鼻をいじっていた。

「骨は折れていない。いじらないほうがいい」ショウは携帯電話を取り出し、発信履歴の一番上にある番号を表示した。

46

「弁解は聞きたくない」

アリソン・パーカーは九二号線を西に向けて飛ばしていた。

「あたしをスパイしてたってことだよね」不当な扱いに憤慨しているように言い返したつもりだろうが、不安げにしか聞こえない。

パーカーは低い声で言った。「そういう問題じゃないでしょう」

ハンナは助手席で膝を抱えている。頭にかぶったニット帽はひしゃげているし、灰色のジャケットは床に落ちている。状況が違えば携帯電話にかじりついているところだろう。もちろんいまは違う。サムスンのスマートフォンはパーカーのポケットに押しこまれていた。娘に返すつもりはない。

心臓がばくばくしている。パーカーはリアビューミラーをのぞいた。ジョンのトラックがすぐ後ろにいるだろうと思った。

幸いそんなことはなかった。だが、あやうく見つかるところだった。

ハンナのおかげで。

心温まる抱擁のあと、いざ朝食をすませようとしたとき、ハンナの携帯電話がたまたま目に入った。飛行機モードが解除されているだけでなく、インスタグラムの投稿画面が開かれていた。削除した古いアカウントではなく、〈@HannahMer-maid447788〉という新しいアカウントだった。

タイムスタンプを見ると、モーテルの裏で撮影した自撮り写真を投稿したのは、パーカーがシャワーを浴びていた時間帯だった。つまり、ハンナは朝食のメニューをもらいにフロントに行っただけではなかったことになる。

ハンナには珍しいにこやかに笑っている写真で、背後の給水塔に書かれた近くの町の名前が一部だけ写りこんでいる。トムソンヒルズ。平均的な頭脳とグーグル検索があれば、誰にだって調べがつくだろう。

パーカーは悲鳴を上げ、跳ねるように立ち上がった。朝食が床に散らばり、コーヒーがこぼれた。

「ここを出るわよ。急いで！」

「え？」

このときにはもう、娘の携帯の電源を落としてポケットに押しこんでいた。

「ちょっと、それあたしの」

パーカーは二人のノートパソコンと衣類を鞄に放りこんだ。

「ねえ、どうしたの？」ハンナが不満げな声で言う。「ここにいればいいじゃん！」

パーカーはハンナの腕をつかんで怒鳴った。「早くしなさい」その声は怒りで震えていた。

母親のただならぬ形相にたじろいだらしい。ハンナはうなずきもせず、一言も発しないまま荷物を取って先に部屋を出た。二人の鞄はジッパーさえちゃんと閉まっていなかった。洗面用具や何枚かの衣類は部屋に置きっぱなしになった。部屋の大きさに不釣り合いな大型液晶テレビは、新たなディズニー番組の空騒ぎをむなしく映し出していた。

いま、パーカーはアクセルペダルを踏みこみ、制限時速百十キロの区間を百二十キロで飛ばした。百五十キロくらい出したいところだったが、スピード違反で停止を命じられる危険は冒せない。

パーカーは低い声で言った。「あの人がソーシャルメディアをチェックするだろうとは思わなかったわけ？〝Hannah〟で検索するだろう、メリットの〝Mer〟をつけて検索してみるだろうとは考えなかった？　そんなおばかさんだったの？」

しばらく沈黙が続いた。ハンナは反抗的な目を窓の外に向けていた。

モーテルから十キロ近く離れたところで、パーカーは急ブレーキをかけて車を路肩に停めた。ポケットからハンナの携帯電話を取り出す。ハンナが奪い取ろうと手を伸ばしたが、パーカーは腕でブロックした。ハンナが二歳のとき、ネックレスに手を伸ばそうとしてパーカーの唇を叩いてしまったとき以来の、痛みを伴う接触だった。「やめなさい！」パーカーは怒鳴り、ハンナはふくれ面で助手席に座り直した。暗証番号はパーカーも知っている。携帯電話のロックはすぐに解除された。ソーシャルメディアのアプリを確認した。フェイスブックやツイッターにはアカウントはない。新しいアカウントが作成されているのはインスタグラムだけだった。

「パスワード」

ハンナはすぐには答えなかった。パーカーは険悪な調子で同じことを繰り返した。

ハンナがパスワードを答えた。パーカーはアカウントを削除し、画面をタップして機内モードをふたたびオンにした。

「信じられない」

パーカーは急発進してアスファルト敷きの路面に戻り、スピードを上げた。ハンナは〝うっかり〟やったのではない。計算の上での行為だ。父親に自分たちの居場所を知らせようとしたのだ。父親がパーカーとハンナの名前でソーシャルメディアをチェックしていることはわかりきっている。だからその父親に向けて事実上の暗号メッセージを残したのだ――〈ママとあたしはここだよ、来てね〉。はっきりとそう言わずに。

否定できる形で。

「パパはね、ママに危害を加えようとしてるの。わかるわね？」

「だけど――」

「わかる？」

「パパがどんな人か、ママは知らないから。あたし、何度もそう言ってるよね」ハンナは泣きじゃくっていた。

娘を悲しませている最大の要素は何だ？　母親の怒りか。携帯電話を取り上げられたことか。


車はまた何キロか進んだ。パーカーはしだいに落ち着きを取り戻した。

やがて思った。悪いのは自分だ。自分が過保護だったせい、十一月十五日のできごとに関する法的なあれこれから娘を遠ざけていたせいだ。昨日も同じ過ちを繰り返し、ジョンの真の目的を娘に隠した。

「ハンナ。あなたに隠し事をしてた。あなたに話していないことがある」

ハンナはウィンドウの外に目を向けたままでいる。

「弁護士のデヴィッドから聞いたことをあなたには話さなかった。パパは何か騒ぎを起こすかもしれない、だから心配だと言ったわね。でも、それだけじゃないの。もっと悪いことなのよ。パパはママに危害を加える気でいる。出所する前にほかの人たちに話したそうなのよ、刑務所を出たらママを捜すって」深呼吸を一つ。「ママを殺すつもりだって」

「うそだよ。パパがそんなことするわけない」

「パパはね、あなたが思ってるような人じゃないの」

ハンナが言い返す。「ママにどうしてわかるの？　パパを刑務所に放りこんだのはママだよね。ごみか何かみたいに刑務所に捨てて、自分だけいい思いをしようとした。面会にだって一度も行かなかったよね！」

　たしかに、面会には一度も行っていない。その勇気がなかった。ハンナも行かせなかった。絶対に父親と会わせたくなかった。その事実が母と娘の関係に棘のように刺さったままになっている。ほかにもあるにしても、棘の一つはそれだ。

「パパを刑務所に放りこんで、あとは知らん顔した」

　パーカーの鼓動がさらに速くなった。そうでなくても心臓が破裂しそうだったのに。「え？」

「何か言い訳できるの？」

　また沈黙が続いた。いつしか車の速度が上がって百三十キロを超えていた。パーカーはアクセルをゆるめた。

「ごめんね、ハン。聞きたくない話なのはわかる。私だって思い出すと悲しくなる。でも、あのとき決めたのよ。告発するしかないと思った。限界だったのよ、誰かがパパに立ち向かわなくちゃいけなかった。いまはあなたを守り抜くつもりでいる。どんなことをしてでもあなたを守る。そうするしかないの。二人で協力しなくちゃだめなのよ。あなたの協力が必要なの」

　ハンナは嘲るように鼻を鳴らした。

　パーカーはハンナの膝に手を置いた。

「さわんなよ、ばばあ」

　パーカーはリボンのようにまっすぐ伸びる幹線道路を見つめた。この道路もほかと同じようにアスファルトを敷き直す時期に来ている。前を見つめていると、数時間前とはまったく違う種類の涙があふれかけた。

　ハンナはシートの上で体をずらしてできるかぎり母親から離れ、無意識に右の後ろポケットに手をやったところで、携帯電話はもうそこにないことに気づいた。腕組みをし、つい最近収穫したトウモロコシの刈り跡を焼き払っている農場労働者をぼんやりと見つめた。低いオレンジ色の炎からたなびく青白くてにおいの強い煙は、どこか不安げに空へと消えていこうとしていた。

47

　ジョン・メリットは、フェリントン北西部の公営駐車場の目立たない一角にピックアップトラックを駐めた。人はそれほど多くない。ジョギング中の何人かは走ることに集中している。ビジネスマンは、首を一方にかしげ、あるいは下を向いて携帯電話を見ながら、迷いのない足取りでずんずん歩いていく。ハンナと同じようにスウェットシャツなどカジュアルな格好をした十代の子供は、何人かで固まって歩いたりおしゃべりをしたり、重力を否定するようなアクロバティックなスケートボード技を決めたりしている。

元妻と娘はマーシャル郡のサニー・エーカーズというモーテルに部屋を取っていると判明した。さっそくそこに向かったが、二人は消えたと途中で知らされた。二人の手がかりはそのうちにまた浮上するだろうから、それまでの時間、別角度から二人の居どころを探ってみようと決めた。急ブレーキをかけ、道ばたの雑草を踏みつけて大回りのUターンをし、浴びせられたクラクションを無視してスピードを上げ、南に向かった。

そしていまから――

蝶の時間……

セオドア・ルーズヴェルト公園は緑豊かだった。きちんと手入れされた芝生、小さな植物園、花壇、池、小川がある、数少ない都会のオアシスのような一角だ。ベンチはペンキが塗り立てで、落書きは消されている。ほかの公園はどこも維持管理費が乏しい。しかしここ、フェリントンの富裕層が暮らすガーデン地区となると話は別だ。ほかの街から見れば大したものではないが、それでもフェリントンではかなりの高級住宅地だった。メリットはあまり馴染みがない。警察が訪れる機会のあまりない地区だ。オピオイド系鎮痛剤を不正に売りさばいた容疑で医者が逮捕されたことはある。侵入窃盗事件が起きたり、メルセデスが強奪されたりといったこともたまにある。会社経営者が共同経営者を射殺する事件が起きて、ケーブルテレビの犯罪番組『富裕層が人を殺すとき』シリーズのエピソードにもなった。ジョンと相棒は番組プロデューサーからインタビューを受けた。

この相棒はダニーではない。また別の相棒だ。

ダニーの前の相棒。

エンジンを切って車を降り、メリットにとっては好都合にも、共食いする昆虫の絵が描かれたグリーティングカードが入っていた封筒の左上隅に几帳面な筆跡で記されていた番地の方角に歩き出した。

カードの差出人はドレラ・ムニョズ・エリゾンド。ここ一年以内に元妻が知り合った人物のようだ。印象に残りやすい名前だが、メリットは耳にしたことがなかった。酔ってたびたび記憶が飛んだりしたが、アリソンの友達の名前はちゃんと覚えているはずだ。

アリソンがこのドレラという女に相談を持ちかけた可能性はある。ドレラには、新しい携帯電話番号を伝えているかもしれない。元妻の追跡にはドミニク・ライアンが協力してくれている。新しい携帯電話番号がわかれば、契約している携帯電話会社にいる欲深い手駒、ライアンに弱みを握られている手駒に位置情報を調べさせたりもできるだろう。

ドレラはガーデン地区の中心部に住んでいる。

メリットは、蝶のカードに記されていた、ドレラから元妻への言葉を思い返した。

新たな友人への愛情は、子供時代から知る人々への愛情に劣らず、深く永続的なものになることもあります。いまは辛抱のときよ、アリソン。あなたならきっと乗り越えられる……

元妻の居場所につながる手がかりを求めて家捜しするのもありだろう。だが、ドレラが在宅していてくれることを願った。元妻について知っていることを一つ残らず吐かせたい。

ドレラの家へと一直線に歩き、杭垣のフェンスにあるゲートの掛け金をはずす。敷地内に入ってゲートを閉め、家の玄関に向かった。

ふと前方を見たときちょうど玄関が開いて、凜々しい雰囲気の長身の女が現れた。たしかサンドレスとか世間で呼ぶような服を着ていた。黄色で、たっぷりのフリルと幅広のストラップがついている。丈は膝のすぐ下くらいだ。じょうろを持って、五つか六つある花があふれる植木鉢のほうに歩き出そうとして足を止めた。メリットのほうに向けられた目は、訪問者を警戒するというより歓迎しているように見えた。

「何かご用ですか」

「おはようございます。ミズ・ドレラ・エリゾンドですか」

女は愛想よくうなずいた。「そうですが」

メリットは玄関前の階段の上り口までは行ったが、それ以上は近づかなかった。古いバッジを一瞬だけ掲げてすぐにしまった。それから市民に聞き込みをするときのとっておきの声――自信に満ちているが、耳当たりのよい声で言った。「フェリントン市警のホワイト刑事です。アリソン・パーカーとお嬢さんを捜していまして。アリソンのご友人とうかがいました。ここ二日のあいだにアリソンから連絡がありませんでしたか」

「まあ」女は困惑顔でささやくように言った。「アリは無事なんですよね？」

「残念ながら、ゆうべから行方がわからなくなっているんです。昨日、夫が刑務所から釈放されたんですが、接近禁止命令違反を犯しましてね。二人は夫から逃げているようです。夫が逮捕されるまでに、ぜひとも二人を保護したくて行方を捜しています」

念入りに白粉をはたいた女の額に深い皺が寄った。

「ご主人から虐待を受けていたことはアリから聞いています。行方不明だなんて。ご主人が……何かしたと考えていらっしゃるの？　ハンナは？」

「いまのところ、夫が手出しをしたと考える理由はありません。ともかくアリソンを保護したいだけで」穏やかそのものの声。ジョン・メリットは大事なルールをわきまえている――被害者や目撃証人と話すとき、また容疑者と話すときは、どんな場面でも冷静さを保つこと。〝クラスの人気者〟刑事ジョンの声を保つこと。

「いいえ、刑事さん、最後に連絡を取り合ったのは一週間くらい前です」

「アリソンの行き先に心当たりはありませんか。フェリントン市外で。北に向かったという話です」

「北に？」女は考えこむような顔をし、重たそうなじょうろを下ろした。「行ってみたい場所があるという話は聞いたことがあります。一緒に行かないかと誘われたんです。お嬢さんも連れて。スパリゾートです。週末によっては女性グループは割引になるとかで。スパルタンバーグの近く」

スパルタンバーグは古風な趣のある観光地で、フェリントンから車で北東へ二時間くらい行った先にある。元妻と娘が隠れるにはうってつけの場所だ。

「たしか所在地を聞きました」

「教えていただけるとありがたいのですが」

「ええ、ちょっとお待ちくださいな」

女は家のなかに入った。

数分後、ドレラの声が聞こえた。「ありました！」

ようやく手がかりが見つかった。

玄関の網戸越しに、女がこちらに近づいてくる。

その網戸が開くと同時に、女が愉快そうな声で言った。

「一つ訊いていいかしら、ジョン。アリがあなたの写真を一度も見せていないって、本気で思ってるの？」

女は落ち着き払ったしぐさでショットガンの銃口を上げ、至近距離から一発をメリットの右太ももに撃ちこみ、次弾を装填して、二発目を腹に向けて撃ちこんだ。

48

「私立探偵ですか」

「いいえ」ショウは答えた。「私立探偵のライセンスは持っていません。セキュリティ関連のコンサルタントです」

ショウと同年代と見える郡保安官補は、手帳にショウの話を書き留めている。髪は金色だ。ショウはつい考えた――ニルソンの金髪よりわずかに暗い色だな。保安官補は豊かな髪をきっちりした団子にまとめていた。女性警察官がよくしている髪型だ。顔の輪郭は尖った感じで、腰も細い。ブラウスの左の袖口からタトゥーが少しだけのぞいていた。

「この部屋に宿泊していた女性とその娘さんの捜索に協力しています。フェリントン市警が水面下で動いています」

保安官補は心得顔でうなずいた。別の郡の警察組織について批判めいたことは口にしなかった。

「重要な証人のリストに載っていました。アリソン・パーカーですね」

ケンプ刑事は、過重労働に押しつぶされかけながらも約束は守ったようだ。

無線機が息を吹き返した。「逮捕状は出ていません。銃器の隠匿携帯許可も有効です」

「了解」保安官補はブラウスの左肩に装着した無線機のマイク兼スピーカーに向けて言い、運転免許証と隠匿携帯許可証をショウに返した。胸の名札には〈クリスティ・ドナヒュー保安官補〉とある。

二人はサニー・エーカーズ・モーターロッジの駐車場にいる。保安官補が乗ってきたパトロールカーはショウのウィネベーゴの隣に駐まっていて、駐車場にはほかにも公用車が二台来ていた。一台の横腹には〈鑑識〉の文字がある。もう一台は救急車で、モーテルの入口そばに駐まっていた。救急隊員はなかでフロント係の応急処置をしている。といってもショウの見たところ、さほどの手当は必要なさそうだった。

外には野次馬が十数人集まっていた。トムソンヒルズには、これほどおもしろいドラマはほかにそうないのだろう。

ショウの身分を証明する書類が有効と確認されたあとも、保安官補の態度は軟化しなかった。込みいった状況であることに変わりはない。「その女性の夫が脱獄後にその女性をつけ回しているという話ですか」

「いえ、正式に釈放されたんです。ただ、元妻を殺す計画を持っていることが出所直後に判明しまして。彼女の弁護士を殺害したと見られています。その後も彼女を捜しています」ショウはモーテルのほうに顎をしゃくった。「二人組の男は、夫の協力者です。おそらく殺し屋でしょうね」

「殺し屋？　元妻を捕まえるのに殺し屋を雇ったんですか」保安官補の声がうわずった。

「ふつうの家庭内暴力事件ではないんですよ」

「ええ、そのようですね。メリットの噂は聞いています。何年も前は、大きな事件をいくつも解決した優秀な刑事だった。麻薬取締、組織犯罪、贈収賄。ところがあるときから転落が始まった。麻薬にアルコール。そういうものが人をどれほど堕落させることか」

無線機から、雑音まじりの声が聞こえた。「おいクリスティ、聞こえるか」

「どうぞ、マーヴ」

「言われたとおり、交通監視カメラの映像を確かめた。ハーモン・エナジー名義でレンタルされたゴールド色の起亜（キア）が九二号線を西に向かった。そのあと五五号線を北に折れた」

「メリットのトラックの映像は？」ショウは尋ねた。声にいらだちをにじませてはいけないとあらかじめ自分に言い聞かせた。が、成功したとは言いがたかった。

無線機は沈黙している。

ドナヒュー保安官補が言った。「この人なら大丈夫よ、マーヴ」

「F150の映像はなかった」

保安官補はショウに言った。「五五号線や八四号線より北側には、ミルトンという町までカメラは一台も設置されていません。ミルトンの綴りはLが二つのMILLTON。昔はそう綴られていたんです。

トランジットはどう?」保安官補は無線の相手に尋ねた。「映像はあった?」

「白いバンが映ってるが、車種まではわからない。九二号線を西に走り続けた――五五号線を越えてね。そうだな、たぶん起亜の三分くらいあとだ」

「ありがとう、マーヴ。通信を終わります」

「了解」

保安官補はウィネベーゴとオートバイのタイヤを調べた。「追いかけるつもりだったんですね」

ショウはうなずいた。

「あなたの目的は、ナンバープレートを確認すること。それだけですね?」鋭い声で質問を重ねた。

「そのとおりです、保安官補」

ドナヒュー保安官補は探るような目でショウの顔を見つめた。それから言った。「スペアタイヤは積んでいますか」

「オートバイの分はありませんが、キャンピングカーの分は。ただ、ここではジャッキを使えそうにない」ショウはウィネベーゴの下の柔らかな地面に顎をしゃくった。メリットがいまにも追いついてくるのではと心配で、半分を芝生に乗り上げた格好でキャンピングカーを駐めていた。すでにいくつかのガソリンスタンドに電話で問い合わせ、レッカー車でリアを持ち上げられないかと相談していた。特急サービス料として現金で二百ドルを料金に上乗せしようと申し出てようやく、一軒が引き受けてくれた。だが、到着まであと一時間はある。

ドナヒューはオートバイに近づいてそっと手を触れ、感嘆と好奇のまなざしを向けた。

ショウは尋ねるまでもなさそうな質問をした。「オートバイに乗るんですね?」

ドナヒューは一瞬、動きを止めた。それから言った。「ええ。ハーレーに乗ってます」唇に浮かんでいるのは、ひょっとして笑みだろうか。断言はできない。「離婚した夫はよく、バイク乗りが集まるバーで私を自慢げに見せびらかしていました。ハーレー乗りが集まるバーで。ピックアップトラックは夫に渡すけれど、オートバイは私がもらうと私の弁護士から伝えられて、夫は驚いていました……オートバイをくれるまで裁判で争うと言ったから。よかったら、タイヤの在庫を豊富に持っているディーラーを紹介します」

「あいにく今回は時間がなさそうだ」

ドナヒューは言った。「で、セキュリティ関連のお仕事というのは？」

ショウは懸賞金ビジネスを説明した。

「そんな仕事があるなんて知りませんでした」そう言って微笑む。「しばらくこのへんにいてもらえません？うちの郡は予算がないから、人員を増やすより、あなたに報酬を支払って犯人を追跡してもらったほうが安上がりかも。あなたの気分転換になるかもしれないし、ミスター・ショウ」

「コルターでけっこうですよ。またはコルト」

「コルト」

「またここに戻ってくるようだったら、そのときはタイヤ店の連絡先を教えてください」

「もちろん。電話をください」ドナヒューは名刺を差し出した。ショウも自分の名刺を渡した。「車両の目撃情報が入ったら、すぐご連絡します」

そのとき、猛スピードで走ってきたレンジローバーが急ブレーキをかけ、モーテルの駐車場入口で停まった。舞い上がった土埃の向こうで助手席側のウィンドウが下がり、ソーニャ・ニルソンの笑顔がのぞいた。ショウの発信履歴の一番上にあった相手――少し前に電話をかけた相手は、ニルソンだった。

クリスティ・ドナヒューはニルソンをちらりと見て片方の眉を持ち上げ、ショウに言った。「幸運を祈りますよ、旅の人」

49

ジョン・メリットは体を起こそうとしてうめき声を漏らした。腹や脚がずきずきし、その痛みが全身に響き渡るようだった。

一二番径の散弾銃から発射された非致死性弾――一般には金属の芯をゴムで覆った弾――は、人体に当たれば相当な打撃を与える。主な用途は暴徒鎮圧で、当たりどころによっては骨折や臓器破裂、失明の危険がある。死者を出した例さえ過去にはあった。

　メリットは怪我の程度を確かめた。骨は折れていない。内臓も無事のようだ。

いまのところは。

　ドレラが次の弾を装填しながら近づいてくる。

　ショットガンを自衛に使う際には慣行上の決まりがある。チューブ弾倉にはゴム弾を最後に入れる。つまり、ゴム弾を最初に発射する。ゴム弾で相手を止められなければ、次に小さな鉛玉が詰まった鳥撃ち用の散弾で対抗する。これには人間を流血させる程度の威力がある。それでもだめなら、人間を殺傷する力を持つダブル・オー弾やスラグ弾を撃つ。ドレラは明らかに銃の扱いに慣れている。次に飛んでくるのは、彼を殺すまではいかなくても、痣どころではすまない強力な弾だろう。

　メリットはふらつきながらも立ち上がり、痛みに耐えかねて体を二つ折りにしながらも、拳銃を抜いて発砲した。

　ドレラは家に逃げこんだ。

　メリットは足を引きずってトラックに戻った。

銃声のおかげで耳がよく聞こえなくなっていたが、それでも緊急車両が遠くから近づいてきているのはわかった。サイレンと、道を空けろと指示するクラクションの音。一・五キロくらい離れているようだが、この状態でサイレンが聞こえるのだから、猛烈な速度で交差点を次々と突っ切っているに違いない。

　トラックのドアを開け、痛みに備えて覚悟を決めてから運転台に乗りこみ、痛みにうめいた。

キーを取り出し、エンジンをかける。

急発進して歩道際を離れた。タイヤが軋み、煙の雲が広がった。パトロールカーがどの方角から接近してきているのか判然としない。音は、人を、とりわけ無感覚になった耳を欺く。それでも、初動の警察官は彼が州間高速道路や大きな州道に向かったと考えるだろう。甘い。メリットはガーデン地区の迷路のごとき脇道にまぎれこんだ。

　その戦略が当たった。彼を追ってくるパトロールカーは一台としてなかった。

　メリットは赤信号を無視して突っ切った。またしても中指を立てられ、クラクションを浴びた。車同士が衝突する音も聞こえた。

　まもなくオーバーン・ロードの長い直線が続く区間に来た。メリットはアクセルペダルを踏みこんだ。路上に盛り上がる一つ目の〝スピード抑制ハンプ〟に時速百キロ超で突っこんでいったとき、驚いたことに、図体のでかいトラックが宙を飛んだ。


「パトロール八一から本部へ」

「どうぞ、八一」

「現場に到着しました。フレデリクソンとシカモアの交差点です。容疑者のF150は道路脇に乗り捨てられています。交差点を曲がりそこねて道を外れたようです」

「了解。怪我をしていますか」

「まだわかりません。トラックはかなりの損傷です。救急車を要請します」

「了解、八一。注意してください。容疑者は武装しています。少し前に発生した武器による暴行に関する容疑と殺人容疑で指名手配されています」

「了解」

　くそ。頭をきれいに剃り上げた痩せ形の若いパトロール警官、ピーター・ネーグルは内心でつぶやいた。ジョン・メリットが人を殺したって？　その情報は伝わってなかったな。ネーグルは不安に駆られた。現場に一番乗りしたはいいが、次にどうしたらよいかわからなかった。白いピックアップトラックは車軸が沈む深さの用水路にはまっている。自力では抜け出せないだろう。

　メリットの姿は確認できなかった。運転台で身を低くし、周囲を見回して逃げ道を探しているようだ。逃げるにしても、ルートは一つしかなかった。助手席側のドアから降り、銃をぶっ放しながらネーグルに向かってくる以外にない。

　くそ……

「応援は？」

　短い間があった。「周辺にパトロールは一台もいません。応援要請に応じたなかで一番近い車はチェスタートン・ストリートにいます。到着まで十分から十二分」

　これがフェリントン市警の日常だ。

　ネーグルはトラックの運転台にもう一度目をこらした。元刑事ジョン・メリットはビーコンヒルの英雄だ。しかし、このジョン・メリットはそのときとはまるで別人だ。

「八一より通信司令部へ。殺人容疑の詳細を教えてください」

「被害者は元妻の弁護士です」

いやはや。

ネーグルは新人警官――入局してまだ一年半――だが、家庭内暴力事件は十数件担当した経験がある。愛が、あるいは死んでしまった愛がからむと、人は簡単に正気を失ってしまう。

「八一、聞こえますか」

「はい。これから容疑者に接近します。いまから行きます」

最後の一言は、いったい誰に向けたものなのか。

「武装しているのは確かですか」

「確かです、八一」

「了解」

よし、何をやればいいかはわかっている。運転台の安全を確認して、メリットから銃を取り上げる。

自分や周囲の安全確保のためだけではない。自分の評判を守るためでもある。こんな叱責がいまから聞こえるようだった――いったい何のつもりだ、え？　ただぼんやり突っ立っていたのか？　逮捕を試みることさえしなかったのか？

パトロールカーの開いたドアの陰にしゃがみ、グロックを抜いた。逆光でまぶしい。ウィンドウ越しにトラックのほうをうかがう。メリットのシルエットしか見えない。両手がどこにあるか、確認できない。

ちょうど一週間前、二人のお気に入りのステーキ店アウトバックでプロポーズしたばかりの婚約者を思い出す。店の名物料理ブルーミン・オニオンの真ん中にナプキンを敷き、そこにゼールズの黒い指輪ケースを置いた。

ああ、ケリー……

腹をくくってやるしかない。腰を落としたまま、銃の狙いをメリットの頭の輪郭に合わせた。ウィンドウが下ろされる気配はなく、ネーグルは少し自信を持った。両手で銃を支え、身を低くしてドアの陰から踏み出し、ゆっくりとトラックに近づいた。

「ジョン・メリット！　両手をウィンドウの外に出せ！　両手を見えるところに出さないと撃つぞ！」

この台詞は訓練で叩きこまれたものではなかった。オールド・デイヴィー・ロードでネズミ捕りの任務に就いているあいだにオーディオブックで聴いたミステリー小説で覚えた。それでも格好いいと思ったし、一人前の刑事はおそらくそう言うのだろうと思った。著者はニューヨーク市警の元刑事なのだから。

反応はなかった。

「メリット！　両手を見えるところに出せ！」

さらに接近し、銃口をまっすぐ前に向け、トリガーガードの外に置いていた指を引き金にかけた。メリットの姿はやはり確認できないが、ウィンドウに自分の姿が映った。左手でドアハンドルをつかむ。ロックされていたら、退却して応援を待とう。自分の任務はりっぱに果たした。

頼む。ロックされていますように。

ロックはされていなかった。

ネーグルはドアを一気に引き開けるなり、トレーニングジムでスクワットをするときのように膝を曲げて腰を落とした。メリットが撃ってきたとしても、弾が防弾チョッキに当たりますように、無防備な部位に当たりませんように。

次の瞬間、ネーグルは目をしばたたいて銃を下ろした。驚きだった。ＡＣ／ＤＣのスウェットシャツを着て、ニキビだらけの顔を恐怖にこわばらせた痩せっぽちのティーンエイジャーが、こんなに小さく——助手席の足もとに全身がすっぽり収まってしまうほどちんまりと——体を丸められるとは。

50

ついに二人そろって食事のテーブルについた。

ただし、ゆっくりしている時間はない。

ソーニャ・ニルソンが運転する車は、サニー・エーカーズ・モーターロッジから九二号線を東に二キロほど走ってこのダイナーまで来た。

ショウはハーモン・エナジー社の従業員の聞き取り調査の結果をざっと聞いておきたかったし、モーテルの襲撃事件の詳細をニルソンに知らせたかった。

話なら電話ですませられたのでは？

もちろん、それでもよかった。

しかし……ウィネベーゴの修理を待つあいだ、どうせほかにやることがないのだ。だったら顔を合わせて話をしてもいいではないか。

二人はレンジローバーを降りた。ニルソンは着替えをしたようだ。いまは黒いプリーツスカートのビジネススーツに黒いシルクのブラウスという服装だった。ジャケットは体の線にぴたりと沿うようなデザインだが、右腰のやや背骨寄り――ショウがグロックのホルスターを着けているのときっかり同じ位置――に特別なふくらみが加えられていた。金色の長い髪は下ろしてあり、干し草の香りのするそよ風にもてあそばれるたび、柔らかな陽光にきらめいた。

ニルソンが周囲に視線を走らせた。ショウも同じように見回す。脅威はなさそうだ。

人の気配がある建物は、周辺ではこのダイナー一つだけだった。ほかの建物はどれも久しく使われておらず、一部あるいは全体が崩壊しかけているものもある。もう何年も前に閉店したガソリンスタンドの前で、錆びた看板が風に揺れていた。緑色の恐竜のシルエットが描かれている。あれは何というブランドのロゴマークだったか。思い出せない。昔はよく見かけたのだが。

エアストリームのキャンピングカーに似た形状をし、日陰でもほのかに輝いて見えるダイナーは、建築家の夢をそのまま現実にしたようだった。なかに入ると、すべての座面に赤いなめし革のような手触りの人工皮革が張られていた。床は灰色のリノリウム敷きで、どのカウンターにもクロムめっきの調味料入れがずらりと並んでいるが、〈ルート66〉という名のこのダイナーで、塩や黒こしょう、ケチャップやマスタードを足したくなることはないだろう。店名は古いテレビドラマにちなんでいることは明らかで、撮影中に撮影されたモノクロのスチール写真や俳優の顔写真があちこちに飾られている。

レジ前で、ニルソンは奥のブースを指さした。ウェイトレスが「どうぞ」と答え、二人をそこへ案内した。

ふだんのショウは入口が見える席に座る。

敵に背中を向けるべからず……

しかしニルソンに先を越された。まあいい。ニルソンもショウと同じように油断のない人物と見えるから。

前腕に牙をむいたトラのタトゥーを入れ、ピンク色の制服を着た朗らかなウェイトレスが注文を取った。ベーコン・レタス・トマト（BLT）のサンドイッチを二人前、ショウにはコーヒー、ニルソンには紅茶。

「モーテルの襲撃事件の話を聞かせて」ニルソンが言っ

た。

「銃を持った二人組。目出し帽をかぶっていた。どちらかがメリットだったとは思えない。弁護士の車に乗りこむ場面をとらえた防犯カメラの映像では、メリットは黒っぽい色のウィンドブレーカー姿だった。今回の二人組は、片方は黒いスーツにネクタイ、もう一人は薄茶色のジャケットを着ていた。二人組の殺し屋を雇ったようだね」

「プロってこと？」ニルソンは眉間に皺を寄せた。

飲み物が運ばれてきた。ショウはコーヒーにミルクを加え、ニルソンは紅茶にレモンを浮かべた。

ショウは言った。「警察時代のコネに頼ったのではないかな。手の者を抱えているような人物に連絡した」

「よほど元奥さんに生きていてもらっちゃ困るのね。夫婦間のもめごとに理屈なんか通用しないことは私も知ってる。それも一つの要因ではあるだろうけど、ほかにも何かありそうなにおいがする。たとえば――」

ショウは後を引き取って言った。「マーティがちらりと話していたような事情があるのかもしれない。メリットが是が非でも隠しておきたい何かをアリソンは知っている」

ニルソンは紅茶のカップを持ち上げ、香り高い湯気を吸いこんだ。「ねえ、コルター、ちょっと思ったんだけど。モーテルに現れた二人組のことで。フェリントンの中心街で殺人事件があったのよ。一月くらい前に。被害者は、州の機関の汚職を内部告発しようとしてた職員。よくある汚職よ――川の清掃基金の横領。事件の目撃者によれば、犯人は二人組の白人の男で、一人は黒いスーツを着てた。逃走車両は白いバン。犯人グループにはもう一人、運転手役もいた。この人物の特徴は不明。モーテルを襲った二人が乗ってた車種はわかる？」

「白いバンだ――フォードのトランジット」

ニルソンが言う。「トランジットは世の中に何台あるのかしらね」

「発売から累計八百万台売れている。ボディ色は大半が白」

「懸賞金ハンターってそんなことまで暗記してるの？」

「ついさっきネットで調べた。さっきモーテルで話した保安官補が――」

ニルソンが訊く。「あのきれいな人？」

ショウはこうとぼけた。「きれいな人だったか？」

ニルソンは皮肉めいた笑みを浮かべた。

「すぐに手配をかけてくれた。事件が起きたのはマーシャル郡だが、周辺のすべての郡に情報が行く。アリソンはいま、起亜(キア)のゴールドカラーのセダンに乗っている。保安官事務所はそれも捜してくれている」

サンドイッチが運ばれてきて、二人は食べた。このダイナーの人気の理由に納得がいった。サンドイッチはすばらしく美味かった。レビューにはおそらく〝さくっとした歯ごたえ〟という表現が頻出するはずだ。素材のすべてにその形容が当てはまる――ベーコン、レタス、トマト、トースト。

ニルソンは店内に油断なく目を配っている。ショウの視線に気づいて、彼に注意を戻す。「本格派だね。まるでクエンティン・タランティーノの映画に入りこんだみたいだ。彼の映画にはよくダイナーが登場する」

ショウがタランティーノ監督の映画を初めて観たのはもう何年も前、マーゴと交際していたころだ。タイトルはもう忘れてしまったが、その映画も確か、ダイナーのシーンが印象的だった。そのときは最後まで観られなかった。といっても映画がおもしろくなかったからではない。ちょっとした邪魔が入ったからだ。一段落したあとは疲れきっていて、ＤＶＤプレイヤーを起動することはなかった。

「弁護士の一件で何か新しいことは？」ショウは尋ねた。

「あいかわらず行方不明。きっと殺されてる。ケノア川は人気の墓地でね。市警にはダイバーもいるけど、ケノア川には誰ももぐりたがらない。くじ引きで決めるって話よ。弁護士の車の周辺をいま検証してる。アリソンはモーテルを出たあとどっちの方角に行ったのかしらね」

「五五号線の北行きを走っているところがカメラにとらえられている。トランジットは九二号線をそのまますぐ行った。アリソンはカナダに向かっているのではないと仮定して、この周辺に何がある？　どこか逃げる先はありそうかい？」

「考えつかない。ミルトンの町を北側に抜けるまで、モーテル一つないような土地柄。ほとんどは森林と牧草地。あとは湿地ね。民家は点在してる。休暇用の別荘よ。山小屋やトレーラーパーク。よからぬ施設もいくつか」

「麻薬の製造所か」

「それもある。ほかには民兵組織やサバイバリストのグループ……あなたとは別の種類のサバイバリストね」

「一つ確実なことがある。手がかりになりそうな自撮り写真の投稿はもう期待できない」

「そうね。娘の携帯電話は過去のもの。きっとママに食べられちゃった」

　ショウは言った。「会社のほうは？　社員の聞き取り調査では収穫はなかったのかな」

　それは質問ではなかった。何かあればとうにニルソンから連絡があったはずだ。

「二十数名から話を聞いた。マリアンヌ・ケラー――マーティのアシスタント。あなたも会ったわよね」

　ショウはうなずいた。

「マリアンヌも手伝ってくれてるの。だけど新しい情報は何もない。聞き取りに応じてくれたなかに、アリソンと親しい人はいなかった。アリソンは一人で行動することが多かったし、いつも夜遅くまで仕事をしてたから。気まずい面もあったのかも――元夫が泥酔して会社に押しかけてきたことが何度もあったのよ」

　アリソンが行き先を同僚に打ち明けたとは考えにくい。確率は二〇パーセントか。上司や実母にさえ話していないのだ。会社の同僚に話すだろうか。アリソンは元夫がまったく知らない場所、あるいは人物のところに逃げようとしているに違いない。ただ、ほかの手がかりに乏しい以上、現に手もとにある糸をたぐるのは当然だ。

　それが懸賞金ハンターの心得だ。

　二人はしばらく黙って食事を続けた。

　やがてショウは言った。「よかったら話してくれないか」

　窓から表通りのほうを見つめていたニルソンは、ショウの顔に視線を戻した。

　ショウは続けた。「地平線に目をこらす。スナイパーが潜んでいそうな見晴らしのよいポイントをチェックする。第二の携帯電話――通信は暗号化されているんだろうな――で深刻そうに話しこむ。放置された包みを見れば警戒態勢を取る」

「人のことをよく観察してるのね」ニルソンは言った。少しためらったあと、こう続けた。「わかった、話す。私はソーニャではないし、ニルソンでもない」

　これは意外だった。偽名ではとまったく疑っていないわけではなかったが。

「何かのリストに載っているんだな」

「そう、リストに載ってるのよ。ふだんはこんな話はしない。でも、ゆうべのことがあったから」

キスのことを言っているのだろう。

「どの程度のリスクだ？」

「さほど高くない。私は透明人間じゃないけど、新しい名前と新しい外見があるから、なんとかなってる。軍の身分証には、いまより二〇キロ分くらい筋肉がついた、焦げ茶色の髪をした女の写真が貼ってある」

気になるのは、瞳は緑色か否かだ。

「新しい身分の一番の難点は、この痩せた状態を維持しなくちゃいけないことね。生まれつきの食いしん坊なのよ」ニルソンは笑い、サンドイッチの残り半分と一緒に盛られているフライドポテトをいくつかつまんだ。

「秘密を聞きたい？」

ショウはうなずいた。

「私の経歴は大部分が作り話。元夫はいない。一度も結婚していないの。与えられた身の上話に沿ってお芝居を続けるしかない」

「とすると、カリフォルニアでもハワイでもないわけだな。中東のどこだ？　口外できないのかもしれないが」

「そうね、話せない。でも、最重要ターゲットだったことは話せる。信奉者が大勢いる人物でね。何件もの爆弾テロを計画してた。私が片をつけて、軍は私を脱出させた。それで終わりのはずだった。しばらくは平和だったのよ。ところがトーマスリークス事件が起きて、状況が一変した」

あれか。国防総省の機密ファイルの閲覧権限を持つ契約職員が、軍の作戦報告書一式を盗み出して公表した事件だ。文書には情報局員や米軍兵士、契約業者や在外工作員の個人情報が含まれていた。ショウは報道を逐一追いかけたわけではなかったが、記憶が正しければ、正体を暴かれたシリア人工作員三名が殺害され、アメリカ軍の工作員も十数名が即座に持ち場を離れざるをえなくなった。ほかにもさまざまな暗殺リストに名前を載せられた者が大勢いた。

「イスラム教ではファトワーって呼ぶのよ。マフィアのボスなら〝消せ〟って一言ですますところね。どっちも暗殺指令であることには変わらない。だから、あらかじめ警告させて。昨日の夜あなたがキスした女はね、命を狙われてるの」

「だからあれほどぞくぞくしたんだな」ショウはニルソンの悲しげな顔を見つめた。「しかし、なぜフェリントンに？」

「管理官から、潜伏する都市の候補を二つ三つ挙げられてね。実家とそこそこ近いから家族と定期的に会えそうで、しかも以前暮らしていた地域からは遠く離れていて、以前の私と結びつきにくそうな定住先。それがフェリントンだった」

二人ともそれきり黙りこんだ。キスを誘うような沈黙だったが、今回はショウの電話が鳴り出して水を差した。画面にはこの地域の市外局番が表示されていた。ショウは応答した。

「ミスター・ショウ？」男の声だった。

「そうです」

「タイヤの交換が終わりました」

ショウは言った。「ありがとう。十分で行きます」電話を切り、ニルソンに事情を説明してから、ウェイトレスに合図して精算を頼んだ。

「よかったじゃない」ニルソンが言った。「旅を再開できる」

よいニュースではあるが、困ったことに、次に行く当てはない。

51

警察を出し抜くのは楽勝だった。

なぜなら、警察官は彼のようには考えないからだ。状況に反応するだけだ。

クリエイティブではない。

ショットガン・レディのドレラ・ムニョス・エリゾンドからNASCARレースばりの走りで逃げたあと、ジョン・メリットは幹線道路には向かわなかった。アクセルをゆるめて近隣のジョン・アダムズ高校に向かった。体育館の裏の駐車場に車を駐めて、傷の具合を確かめた。ゴム弾が残した痣やみみず腫れは、黒々として痛々しかったが、動けないほどではなかった。メリットは車を降りた。エンジンはかけたまま、ウィンドウも開けたままにした。できるだけふつうに歩いてその場を離れ、切手サイズの庭がついた木造の家が並ぶ住宅街にまぎれこんだ。

　ジョン・アダムズ高校は、メリットがフェリントン市警に奉職した当初、担当していたパトロール区域内にあった。いまの生徒層は、底辺校のそれとさほど変わらず、ギャングの下っ端や不良少年ばかりだ。こいつはかならずトラブルを起こすと言いきれるような、トラブルを起こしたいというだけの理由でトラブルを起こすような小僧ども。

　そして連中のお気に入りの娯楽（スポーツ）の一つは、他人の車を勝手に乗り回すことだ。

　法律論を言えば、自動車窃盗罪は重罪に分類され、所有者から永久に車両を奪う意図があった場合にのみ罪が成立する。それを証明するのはかならずしも容易ではない。そこで車両の無断借用の容疑――車を無断で借りたが、好きに乗り回したあとは返却するつもりでいた――で起訴することになる。

　自分のトラックを持っていったティーンエイジャーがどんな容疑で逮捕されようが、ジョン・メリットは関知しない。ギャングの一員なら、解体してパーツを売りさばくだろう。そうでなければ、Ｆ１５０のオフロード性能を試してやろうと考えるかもしれない。あるいは、街中を流し、人目につかない場所を見つけて女といちゃつく奴、荷台のすり切れた毛布の上でことに及ぶ奴もいるだろう。

　メリットが駐車場を離れるや否や、予想どおりのことが起きた。エンジンがかかったままのトラックが放置されて一分とたたないうち、大昔のロックバンドのロゴがついたくたびれたスウェットシャツを着たニキビ面の痩せっぽちの少年が通りかかった。少年は足を止め、駐車場の左右を確かめたあと、目にもとまらぬ速さで乗りこんだ。車は猛スピードで駐車場を横切って走り去った。

　いま、メリットは顔を伏せ、バックパックを肩にかけ直すと、ニレの並木の下の歩道を足を引きずりながら歩き続けた。つかのま緊張をゆるめて携帯電話を取り出し、届いたメールを確かめた。サニー・エーカーズから逃げたあと、元妻と娘はふたたび消息を絶った。行き先の手がかりは一つとしてない。

　怒りの溜め息が出た。

　こうなると、元妻の家でかき集めた紙くずをまた一つひとつ調べるしかない。あとどのくらい残っているだろう。

数えきれないほど大量の書類や紙切れ。

だがその前に、移動手段を入手しなくては。

さらに六ブロックほど延々と歩いたころ、老齢の女が慎ましい家の前のドライブウェイに旧型だがぴかぴかの紺色のビュイックを駐めようとしているのが見えた。女性は車を降り、食料品が詰まった買い物袋を後部座席から抱え上げ、玄関に続く小道を歩き出した。

荷物運びを手伝いに出てくる者はいなかった。つまり一人暮らしか、少なくともいまこの瞬間は家に一人きりということだ。

犬を飼っている可能性は？　あの年齢と虚弱な体格から察するに、犬がいるとしてもきゃんきゃんうるさい小型犬だろう。ロットワイラーやピットブルがいるとは思えない。

歩道は無人だ。通りかかる車もない。

女は玄関へと歩いていく。メリットは銃を抜いてそのあとを追った。

足音を殺してリビングルームに忍びこむ。質素な空調システムの作動音だけが低く聞こえていた。ラベンダーとレモンの香りと、洗剤らしきにおいが漂った。そうか、アンモニアのにおいだ。数年前の事件を思い出す。これに似ていなくもない民家で発生した事件だ。妻がアンモニアともう一つ別の家庭用化学製品を混ぜ合わせ、発生した危険なガスを使って夫を殺害しようとした。夫を殴り、転倒してカウンターの角で頭部を強打したように見せかけて、死をもたらす混合液を床に撒いた。メリットは妻の創意工夫に感心した——が、妻は夫の頭を殴るのに使ったハンマーの処分を怠った。妻の指紋と夫の血液が検出されて、妻は三十年の実刑を言い渡された。

老齢の女のリビングルームには、小さな置物のコレクションが飾られていた。ほとんどは動物だ。白い磁器の置物。細部まで精巧に作られている。メリットはゾウの置物がとりわけ気に入った。

足音を忍ばせてキッチンに向かった。女は明るい調子の歌をハミングしている。聞いたことのあるメロディだった。たしかブロードウェイのミュージカルの一曲だ。しかしメリットはどうしても曲名を思い出せなかった。

52

モダンな雰囲気の大きな家のカシの無垢板の玄関ドアの前に立ち、アリソン・パーカーはチャイムを鳴らした。耳に優しい音が三つ、屋内のどこかで鳴った。パーカーは、湿った指をグラスの縁にすべらせたとき鳴る音を連想した。

　ガラスが多用された直線と角を集めてできたような家は美しく、とっさに「どう思う？」とハンナに尋ねようとした。だが、自分は娘に腹を立てているのだったと思い出して言葉をのみこんだ。

　ばばあ……

　足音と人影が近づいてきた。分厚いドアが勢いよく開き、玄関をふさぐほど大柄なフランク・ヴィランがパーカーと娘を見下ろした。顔には笑みが浮かんでいる。パーカーの記憶にあるフランクとほとんど変わっていない。縦も横も大きく、まるでクマみたいで、顎髭を生やし、茶色の髪には白いものが混じり始めているが、何年も前に二人が知り合いだったころより増えてはいない。

「やあ、来たね」

「フランク」パーカーはヴィランを抱き締めた。あれから何年もたつのに、コロンの香りも変わっていない。「娘のハンナよ。ハン、こちらはミスター・ヴィラン」

　ヴィランは顔からはみ出しそうな大きな笑みを向け、ハンナは控えめな笑みを見せた。握手もハグも交わさなかった。ハンナは彼を警戒している。当然だろう。ヴィランは初めて会う相手だし、そびえるような大男だ。しかも母と娘の人生は悪夢に変わったばかりなのだ。

「さあ、入って入って」ヴィランは荷物を受け取って二人をなかに招き入れる前に、未舗装の田舎道から玄関に続く長さ百メートルほどのドライブウェイをさっと確かめた。その目はわずかに細められていた。きっと獲物を探すときはこんな目をするのだろう。ヴィランの本宅はシカゴにある。この家は別荘兼狩猟小屋だ。

　ヴィランは玄関を閉めて鍵をかけ、リビングルームを抜けてキッチンに二人を案内した。たいがいの家がそうだろうが、ここでもやはり家の中心はキッチンのようだ。ヴィランの動作はゆっくりしているが、身体能力に制約があるせいではなく、生まれつきのもののようだ。仕事中だったらしく、深緑色の大理石張りのアイランドカウンターには、設計図や表、グラフ、メモなどが散らかっている。ノートパソコンが二台、開いたまま置いてあった。

壁はバーズアイメイプル、床は厚手の板張りだ。オーク材のドアの蝶番(ちょうつがい)や金具には黒い錬鉄が使われている。大きな窓のカーテンは開け放たれていた。東の窓からはなだらかに起伏する丘陵が、西の窓からは州のこの地域の大半を占める深い森が見えた。

このときになってパーカーは初めて気づいた。玄関ドアの陰に、ライフルが銃口を上にして立てかけてある。ジョン・メリットを相手にするとはどういうことか、ヴィランが正しく理解している証拠だ。

「何とお礼を言っていいか、フランク」パーカーはジャケットを脱いだ。ヴィランがそれを受け取って裏口のドア脇のフックにかけた。ハンナはジャケットを着たままでいた——何かあったら即座に逃げられるようにと思っているみたいに。パーカーは続けた。「ジョンに知られていない友人が誰かいたかしらと一生懸命考えた結果なの……一日か二日、私とハンナを泊めてくれるほど無鉄砲な知り合いは誰かいたかしらと」

「好きなだけいてくれてかまわないさ」

「ほんの何日かですむと思う。ジョンはもうじき捕まるはずだもの」

いま、ハンナがじろりとこちらをにらまなかったか？ パーカーの気のせいではなさそうだった。

「ニュースを確認した」ヴィランが言った。「ジョンに関する報道はなかったよ。警察や刑務所に問い合わせたりはしていない」

パーカーがそう頼んでおいたからだ。ニュースをまめにチェックするだけで、問い合わせはしないでほしいと。

「ありがとう。ジョンはまだ警察にコネがあるから」

フェリントン市警や刑務所の誰かが発信者番号を元に調べ、フランクとこの家を割り出すのではないかと心配だった。

「新しい動きがあったら連絡してって弁護士に頼んである。こちらから連絡したんだけど、まだ電話をかけ直してこない」

「それぞれの部屋に案内しよう」

「二人一緒でかまわないわ」

「私はＡｉｒｂｎｂのホストの立場だ。きみの希望どおりにするよ」

ハンナが言った。「あの、もし別の部屋が用意できれば、そのほうが」礼儀正しい笑顔は完全なる芝居だ。

ヴィランが問うような視線をパーカーに向け、パーカーは小さくうなずいた。ハンナに頭を冷やす時間を与えてやったほうがいいだろう。パーカー自身にも。あの自撮り写真に対する怒りはなかなか完全には鎮まりそうにない。たしかに、父親がどれほどの危険人物か、正直に話していなかった自分もいけないが、ハンナはパーカーの指示をあからさまに無視した。簡単には許せない。

ヴィランは二人分の鞄やバックパックを枕か何かのように軽々と抱え、暗く長い廊下を先に立って歩き出した。「ここだ」隣り合った寝室二つのほうに顎をしゃくる。部屋はどちらも広々としていて、専用のバスルームがついている。ベッドシーツは新品らしく、足の側に几帳面にたたまれたタオルがあった。パーカーは手前の寝室を、ハンナは奥の部屋を選んだ。

「ハンナ」パーカーはハンナの寝室の入口から言った。「ジャケットを脱ぎなさい。手や顔を洗って」

ハンナはヴィランからバックパックを受け取ってベッドに置き、ノートパソコンを取りだして蓋を開けた。

「ハンナ？」

「わかったってば」

ヴィランはパーカーの荷物を手前の部屋に置いた。

「キッチンにいるよ」

パーカーはささやくような声で「ありがとう」と言い、彼をしっかりと抱き締めた。

バスルームで手と顔を洗った。顔色は青ざめ、やつれて見えた。いまこそ化粧が必要だろうが、かまっている場合ではない。それによく考えれば、化粧品の瓶やチューブはサニー・エーカーズの部屋の床に散らばったままだ。髪もぼさぼさだった。巻き毛を手でなでつけただけでよしとした。

キッチンに戻ると、ヴィランは裏口に立ち、またも敷地に視線を巡らせているところだった。肩にわずかに力が入っているのがわかる。その後ろ姿を見てパーカーは、一緒にキャンプをしたときのことを思い出した。山で過ごした肌寒い九月の数日。美しい朝焼けの空の下に並ぶ二人。パーカーは朝日にきらめく露に濡れた葉の美しさに心を奪われていた。ヴィランはみごとな角を持つ雄ジカに見とれていた。

いま、パーカーは尋ねた。「ここのインターネットはオープン？」

「オープン……？　ああ。いや、パスコードがないとルーターに入れない。あとで教えるよ」

「いいの、必要ない。でもそのパスコード、ハンナがどこかで見られたりする？」

「ルーターに書いてある――そこのルーターだ」

片隅に黒い箱がある。

ヴィランはルーターを戸棚に移動し、扉を閉めた。

「それ、隠しておいてもらえる？」

「どうして？」

「どれだけ危険な状況にあるか、ハンナにはわかっていないから。何かよけいな投稿をするんじゃないかと心配で」心臓がきゅっとすくみ上がった。「もう投稿しちゃったのよ。ジョンがそれを見て、私たちの宿泊先を突き止めたかもしれない。あの子、私たちの居場所をジョンに伝えようとしてるのよ」

ヴィランは眉をひそめた。「いったいどうしてそんなことを？」

パーカーも敷地に視線を巡らせた。「父親に会いたがってる。というか、昔の記憶にあるとおりの父親を取り戻したがってるのね。ジョンは謝ってくれるだろう、また幸せな家族に戻れるだろうって信じてる。あの子にはいまのジョンの姿が見えていない」肩をすくめる。「だから喜んで許す気でいるし、私もそうすべきだと思ってるのよ」

彼に話したいことはまだまだある。ありすぎるほどたくさんある。

しかしアリソン・パーカーはここで切り上げることにした。ただしこれだけは付け加えた。「どうせまたお酒を飲み始めてる」草地と低木が連なる広い敷地に視線を向けたまま言った。「それがマッチとガソリンってこと」

「この家にいれば安全だよ。セキュリティは要塞並みだ。この郡のこのあたりには覚醒剤をやっているような危険な連中が多いから。だが、出入口さえ固めてしまえば、さすがのジョンも侵入できない。パニックボタンもあって、それを押せば自動で警察に通報が行く。それに……」ライフルが立てかけてある薄暗い一角に顎をしゃくる。彼の射撃の腕前はパーカーも知っていた。

「でも本当よ、一日か二日のことだから。ジョンが明後日までに捕まらなかったら、インディアナポリスに行くつもりでいる。昔のルームメートが住んでてね。彼女のことはジョンには一度も話してない」

それを最後に――やっと――話題はジョン・メリットから離れた。

パーカーは小さな笑みとともにヴィランの顔を見つめた。「いま誰かつきあってる人はいるの?」ヴィランは何年も前に妻を亡くしている。パーカーとヴィランがしばらく交際したのは、妻が亡くなったあとだった。

「真剣な相手はいないな。愛だの恋だのに夢中になるには年を取りすぎた」

パーカーは鼻を鳴らした。

「いろいろと忙しくてね」

「そのほうがうなずける」パーカーは首を振った。「週六十時間くらい働いてるんじゃない?　私と同じで」

「小型モジュール式原子炉の開発だったね。やりがいがありそうだ。商品名は何だった?　おもしろい名前だったよな」

「〈ポケット・サン〉」

「うまいネーミングだ。生産は始まってるのかい?」

「来年から。フランク・ジュニアやエラは元気?」

「それぞれ西海岸と東海岸にいる。俺はもうじきおじいちゃんになる。エラの出産が近いんだ」

「まあ、フランク!　予定日はいつ?」

「二カ月後だ。講演のスケジュールは自分で決められるから、息子や娘とはしじゅう会ってるよ。フランク・ジュニアはパートナーがいてね。もう三年になるかな。トムといって、ＩＴの天才だ。トムとはよく数学の話で盛り上がってね。見るとフランキーは居眠りをしている」

「みんな元気そうで安心した」

ヴィランは目を伏せた。「連絡をサボっていた。電話くらいすればよかったよ」

パーカーは片手を挙げた。「それは私だって同じ。人生は続いていくのよ」

「そうだ、昼食を用意しようか」

パーカーは苦い笑いを漏らした。「ぜひお願いしたいわ。朝ごはんは予定より早く切り上げることになってしまったから」

ヴィランは大きな鍋に水を入れて火にかけ、生パスタの塊と調理済みのベーコンが入ったボウルを冷蔵庫から取り出した。

パーカーは言った。「あ、ごめんなさい。ハンナはベジタリアンなの」

ベーコンは冷蔵庫に逆戻りした。

「チーズは？」

パーカーは首を振った。「わからない。ルールがころころ変わるから。たとえば、今日はズッキーニしか食べられないとか言い出すかも」

ヴィランは大きな声で言った。「おーい、ハンナ。昼ごはんはチーズのパスタでいいかな？」

返事がなかった。

「ハンナ、聞こえる？」

「聞こえる」

「ミスター・ヴィランの質問に答えなさい。お昼にチーズは食べられる？」

「おなか空いてない」

「ハンナ！」

「おなかは空いていません、ありがとう」

パーカーは掌を上に向けて肩をすくめ、ヴィランは笑った。彼の子供たちにもティーンエイジャーだった時代はあった。「チーズでいいわ。出せばきっと食べる」

ヴィランは訊いた。「ハーモン・エナジーではどんな仕事をしてるの？」

「ついこの前まではテロ阻止プロジェクトにいた。いまはゴミ捨て係ね」

「へえ」

パーカーはSITや現在取りかかっている〝燃料(フューエル)・輸送容器(トランスポート・ヴェッセル)〟プロジェクトのことを説明した。「バッテリーを交換するのに似てる。違いは、半径六メートル以内に近づいたら死ぬかどうかだけ」

「きみが考案したのかい？」

「そうよ」

「原子炉の仕事は楽しい？」

「誰だって楽しいと思うんじゃない？」一拍の間を置いて続けた。「うちの会社は〝より明るく、よりクリーンな未来〟を拓こうとしてるんだから」

ヴィランは愉快そうな顔をした。

「会社のキャッチフレーズだからって、建前にすぎないとはかぎらない。それにマーティが発展途上国でやろうとしてることに私も賛同してる。この家はほぼグリーンなエネルギーだけで動いてるんでしょう？　風力と太陽光で」

「ああ。一〇〇パーセント、グリーンだ」

「今後どうなるかは誰にもわからない」パーカーは言った。「原子炉なんてグリーンじゃないって主張する人も大勢いる。今後その議論はますます熱を帯びるでしょうね」

「臨界に達するくらい？」

パーカーは笑った。

しかし、原子力に希望を見出しているだけでなく、その科学に、その確実性に、大いに慰められていることまでは話さなかった。アインシュタインの揺るぎない言葉は安心して信じられる——質量とエネルギーは等価である。$E=MC^2$。人生のほかのすべてが崩壊したとしても、パーカーが日々ともに時間を過ごしている公式や等式は決して裏切らず、決して嘘をつかない。

「ハンナ、こっちにいらっしゃい」〝少しは愛想よくしなさい〟という言葉はのみこんだ。

今回も返事はなかった。

「連れてくる」

ヴィランが小さな声で言った。「まさに天地がひっくり返るような経験をしたんだ。少し放っておいてやるといい」

「だめよ。話したいこともあるし」パーカーは立ち上がってハンナの部屋に行った。ハンナはベッドに座ってノートパソコンを膝に載せていた。しかし、視線は汚れ一つない大きな窓の外に向けられていた。

秋とあって、枯れた野原は一面の灰褐色だ。それでもその向こうの木立は赤やオレンジや黄色に美しく輝いている。そのところどころにマツの葉の深い緑色が混じっていた。

森の際に立ったとしても、部屋のなかまではまず見通せないだろう。それでもあまりに無防備に思えて不安になり、パーカーは窓際に行ってブラインドを下ろした。ハンナが抗議するかと思ったが、何も言わなかった。

パーカーはチェストに寄りかかって腕組みをした。

「聞いて、ハンナ。自撮り写真のことは確かに腹が立った。私が怒ったから、あなたも怒ったのよね。どんな危険があるか、あなたにちゃんと話さなかったのは悪かったと思ってる。正直に話しておくべきだった。そのことはもう忘れましょう」

反応はない。

説教くさい調子にならないよう用心しながら、ヴィランの言葉を借りてこう続けた。「天地がひっくり返るようなできごとよね、ハンナ。だけど、永遠に続くわけじゃない」それから、陳腐な常套句を持ち出した。「二人で力を合わせなくちゃ、状況はさらに悪くなるだけよ」

それを聞いてもハンナはあきれて天井を見上げることさえしなかった。

パーカーはもう一度試みた。「お願い、話して。何が気に入らないの？」

「べつに」

それは親にとっては何より聞きたくない言葉だ。文字どおり〝べつに何でもない〟という意味かもしれないし、反対に〝すべてが気に入らない〟のかもしれない。あるいは、その二つのあいだに無数に刻まれた目盛りのどれかを指しているのかもしれない。

そしてこちらは——是が非でも答えを知りたがっている親は、知らされないまま突き放されるのだ。

「お願いだから話して」

するとハンナが怒りを爆発させるように唐突に口を開いた。パーカーはぎくりとした。「こんなところにいたくない。この家はいや。ほかのところに行きたい」

「どうして？」

ハンナの挑むような視線が母親の目をまっすぐにとらえた。そしてキッチンのほうに顎をしゃくった。「あの人、ママの浮気相手なんでしょ。違う？　言いなよ。正直に認めなよ！」

ハンナはノートパソコンを叩きつけるように閉めて顔をそむけた。

53

ミセス・バトラーのビュイックは、メリットがこれまでに見たことがあるどんな車よりも清潔だった。

ステアリングホイールに至るまで磨き抜かれていた。手を触れるとすべすべしている。艶出し剤のにおいが鼻をかすめた。

ショッピングセンターの駐車場に乗り入れ、店の入口から遠い側、地味な車が数十台駐まっている一角に駐めた。従業員はこのあたりに駐めるよう言われているはずだ。入口に近い区画は金を落としてくれる客に空けておかなくてはならない。ここまで離れていると、行き来する人も車もほとんどいなかった。

クッション入りのヘッドレストに後頭部を預けた。布張りの天井を見上げる。

このまま眠ってしまいたかった。疲れきり、頭がふらついている。ゴム弾があちこちにつけた痣が痛む。二発目は、嘔吐を繰り返して攣りかけていた筋肉にまともにめりこんだ。しかし、休んでいる場合ではない。怒りはふくらむ一方で、昨日と同じ激しい吐き気さえ覚えた。

よし、やるか。

体を起こし、バックパックを開けた。満杯だ。リヴァービュー・モーテルから荷物を全部持ってきていた。支払いは現金ですませたが、素性を暴かれるおそれはゼロではない。別の宿に移ったほうが無難だ。

バックパックの底のほうに手を入れ、ウィスキーの瓶や着替えの一部を出して脇に置き、アリソンの新居から持ち出した書類の残りを引っ張り出した。

三十分後、書類は残りわずかになったが収穫はほとんどなく、したがって怒りがますますふくらんだころ、電子メールのプリントアウトが目にとまった。じっくり目を通したあとダッシュボードに置いた。残りの書類をめくった。ほかに手がかりらしきものはない。

このメール一通に賭けるしかなさそうだ。もう一度読み直した。

ネットに接続し、送信者の欄にある名前を検索した。山ほどのページがヒットしたが、住所は見つからなかった。

ドミニク・ライアンにメールを送り、この近くにその名前に結びつく住所がないか、コネを使って調べてほしいと頼んだ。

ライアンから、調べてみようという返事がすぐにあった。もちろん引き受けるに決まっている。やればやるだけ金になるのだから。

メールの内容は奇妙だった。社内メールで、日付は何年も前、アリソンがまだ別の会社に勤めていた当時のものだった。

本文は短かった。

やあ、アリ！

オイラーの等式は、もっとも美しい公式として知られている。

$$e^{i\pi}+1=0$$

これに負けない美しい公式がきっとあるだろうとは思うが……

このメールの送信者——元妻の同僚フランク・ヴィランは、オタク度があまりに高すぎて、甘い台詞など一文字たりとも書けない人物らしい。

54

「それ、いったい何の話？」

ハンナの丸みを帯びた顎に力がこもる。目が赤い。

「あたしに聞こえてないと思ってた？　喧嘩してる声が聞こえたんだよ。ママのしたこと、全部知ってるんだってパパは言ってた。浮気してたんだよね！　近所中に聞こえていそうな声で喧嘩してたじゃない！」

たしかに、近所の何軒かには聞こえていた。

「それで」パーカーはささやくような声で先を促した。冷静さを取り戻していた。自分でも不思議なくらいに。

ハンナは吐き捨てるようなささやき声で言った。「パパはママのことは全部知ってるんだって言った。浮気のこともね。相手はあの人でしょ！　フランクなんでしょ！」目に涙があふれかけた。「ママはパパを裏切った。パパはそれに気づいた。だからお酒なんか飲むようになったんだよ！　パパの人生を台無しにしたのはママなんだ！」

さっき喧嘩になったとき言っていたのはこれか。

ごみか何かみたいに刑務所に捨てて、自分だけいい思いを……

パーカーの目にも涙がにじんだ。娘の腕をつかもうとしたが、乱暴に払いのけられた。

「違う、誤解よ、ハンナ！　ママを責めたとき、パパは酔ってた。そうでしょう？　筋の通らないことをとりとめもなくわめいてた」

「だから何？　だからって嘘だってことにはならないよね」

「そうね、嘘をついたわけじゃない。でもパパは、本当ではないことを信じてしまっていたのよ。曜日の感覚さえ失ってた。ママをジュディと呼んだりした――昔のガールフレンドの名前よ。あなたのことはアビーと呼んだ」

〝アビー〟がどこの誰なのか、パーカーも知らない。

「パーティで起きたことは覚えてる？　ハンクとパティの家で開かれた独立記念日のパーティ。パパはミスター・シムズと口論になった。俺の陰口を叩いたなと言いがかりをつけたのよ。被害妄想がひどくて、他人に突っかかってばかりいた。わかるでしょう、ハンナ。だって考えてみて。浮気なんかしてる暇がママにあると思う？　週六十時間も働いてるのよ。しかも会社にいる以外の時間はずっと家にいる」

「でも、パパが作り話なんかするわけないよね」

「被害妄想と思いこみがひどくて、いつも何かに腹を立ててた。ちょっとおかしくなってたのよ。だからって――」

「あたしに嘘つかないで！」

「きみのママは嘘をついていないよ、ハンナ」ヴィランが寝室の入口に立っていた。優しそうな丸い顔がハンナを見下ろしている。顔を上げたハンナは、いまのやりとりを他人に聞かれていたことにショックを受けているようだった。

「入ってもかまわないかな」

ヴィランはハンナの返事を待たずに入ってきた。ただし一メートルくらいのところまでだ。

「ごめんよ。話が聞こえてしまったものだから。きみのママと私の関係をきちんと話しておきたいと思った」

あの穏やかな声。あの思いやり深い目……

ハンナは眉間に皺を寄せてヴィランを見つめていたが、小さくうなずいて涙を手で払った。

「きみのママと私は一時期つきあっていた。何年も前のことだよ。アリソンがきみのお父さんと知り合う前だ。交際期間はほんの数カ月だった。それできれいさっぱり終わったんだ」

パーカーは真剣な声で言った。「ハンナ、聞いて。パパもママも浮気なんかしない。ママには欠点がある。パパにだって悪いところがある。だけど、二人とも浮気なんて絶対にしないわ」

浮気などする理由がない。パーカーの脳裏に記憶の一片が閃いた。最後にジョンと愛を交わしたときの記憶。傷害容疑でジョンが逮捕されたのは、あれからまもなくだった。

あれもまためくるめくひとときだった。いつだってそうだった。心と体を焼き尽くすような営み。ジョンを告発したあと未練を感じるものの一つがそれだった。

その記憶に胸を押しつぶされそうになった。

いま娘に話したことは一〇〇パーセント真実だ。メリット＝パーカーの結婚生活に疵がなかったわけではない。だが、不貞が争いの種になったことはなかった。

「酔っているときにパパが言ったことはどれもばかげていて、言いがかりめいていた。半分くらいはそもそも支離滅裂だった。あなたの誕生日をお祝いしようと言ってワッフルにキャンドルを立てたことがあったわね。誕生日はまだ六カ月も先だったのに。キャンドルの火がテーブルクロスに燃え移ってしまったら、あろうことかあなたに当たり散らした。犬を買ってやったのに一言の礼もないのはどういう了見だとあなたを叱りつけたこともある。犬？　犬なんてどこにいた？　買ったばかりの車に傷をつけたなと私を責めたけど――ぶつけたのはパパだった。パパの現実はどれもパパにしか見えない現実だった」

ハンナは袖で涙を拭っていた。パーカーは派手なオレンジ色のデイジーが描かれた箱からティッシュを一枚取った。

離れていかないで――心のなかで懇願した。一緒にいて。

ハンナはティッシュを受け取って目もとを拭った。

この二日でもう十回目、いや二十回目になるだろうか、パーカーは気づくとまた自分の頬に手をやっていた。深い傷痕の少し上に指先を触れる。傷はとうにふさがっているが、山の尾根のように盛り上がった痕はいまも目立つ。医師はきれいに消えると言っていたのに。

パーカーは娘の手を取った。「警察はかならずパパを見つけてくれる。刑務所できちんとした治療を受けさせてもらえるはず」それから、とっさにこう付け加えた。「去年、ママがちゃんと治療を受けさせてあげていればよかった」

ハンナはそれを聞いて納得したらしく、うなずいた。

パーカーの胸の内でさまざまな感情が渦を巻いた。浮気に関して娘は自分を信じてくれた。それは安心していい。だが言うまでもなく、この話はそこでは終わらない。しかしとりあえず不安と怒りを解消できた。

ここでいったん撤退するのが得策だ。

「おなか空いちゃった」パーカーは娘のほうを向いて言った。「ミスター・ヴィランがね――」

「いや、フランクでいい」

「フランクがお昼を用意してくれるって」

「わかった」

「二人とも先に行ってて」パーカーは言った。「私もすぐに行くから」

ハンナは鼻をかんでティッシュをくず入れに入れた。ジャケットを脱いでベッドに放り、フランクのあとから廊下に出た。パーカーはバスルームに入り、カウンターに手をついて首を垂れ、涙を拭いた。

ミッドウェスト粒子テクノロジー社の研究開発部で初めて出会った日から、フランクの前では自然体でいられた。フランクは思いやり深く、ユーモアにあふれた人だった。パーカーと同じように優秀な頭脳の持ち主だった。分野によってはパーカーより優秀だった。

恋人として相性がそこまでよくないことに気づいたのは、二人同時だった。運命の相手を見つけたときのときめきに欠けていた。

ときめき……

しかし、ある年のハロウィン・パーティで、少年らしさの残るジョン・メリットと出会った瞬間、フランクとのあいだではじけなかった火花が散った。彼こそ運命の人だと直感した。その日、パーカーは大きな値札がついたままのＮＦＬシカゴ・ベアーズのジャージーを着ていた。ジョンは警察の紺色の制服を着ていた。二人の視線がからみ合い、ジョンが近づいてきた。「降参だ」ジョンはTシャツをじっと見て言った。「それは何の仮装かな」

「北部諸州の一つ」

間髪を入れずにジョンが言った。「ニュージャージーか。なるほど」

「あなたは何？　テレビドラマの警官とか？」

「いや、警察署の警官だよ。フェリントン市警。仮装を考えるのが面倒くさくて」

「じゃあ」パーカーは純情ぶった笑みを浮かべた。「使う手錠は本物ってことね」

二人はそのまま朝まで話しこんだ——途中からはおしゃべりではない行為に移ったが。ジョンが一人暮らししている小さなアパートに一緒に行き、火花は夜明けまで散り続けた……

いま、一瞬で燃え広がった怒りにのみこまれ、切迫したような浅い呼吸を繰り返しながら、パーカーは握り締めた拳を引き、五十センチ先にある鏡の真ん中に叩きつけようと狙いを定めた。何が砕けたっていい、何が切れようとかまわない。

そのとき——「ママ？」

廊下からハンナの声が聞こえた。

大きく息を吸う。もう一度。

「どうしたの、ハンナ？」

「寒いんだ。灰色のスウェットシャツ、どこだか知ってる？」

パーカーは力なく肩を落とした。「ママのスポーツバッグにない？　ちょっと見てみましょう」

55

二人は白いトランジットで待機している。モールは運転席に座り、長く太い指でステアリングホイールを叩いている。

ここはセブンイレブンの駐車場だ。久しくお預けのバーベキュー料理はまだまだお預けになりそうだ。

サニー・エーカーズ・モーターロッジから九二号線を三十キロ以上走ってきた。どこの町の警察であれ、できるだけ距離を置きたかった。途中、車を停めたのは一度だけ、モーテルの防犯カメラの映像が入ったハードドライブを川に投げこんだときだけだ。それからバーチャルなコイン投げをして、そのまま北上を続けることにした。ただし五五号線と九二号線の交差点の交通監視カメラは迂回した。マーシャル郡をさらに北へ走ったところで五五号線にまた戻ればいい。

メリットが新たな手がかりを見つけていた。いま二人はその結果の知らせを待っている。

急かされて、待たされる……

首筋にアレルギー薬を吹きつけながら、モールは助手席を横目で見た。デズモンドはあいかわらずヤナギの枝の作業を続けていた。

よくわからない趣味だ。ヤナギの枝をひたすら叩き、柔らかくなった樹皮をするりと抜き取る。それから枝の芯を長さ八センチほどに切って一つ刻み目を入れ――この木片を〝詰め栓〟というらしい――樹皮の筒に戻すと、フルートのような楽器ができる。

デズモンドはソグのナイフを置き、緑色の楽器を唇に当てた。息を吹きこむ。心に染み渡るような美しい音が響いた。いったん口を離し、ナイフの刃を使って微調整を施す。また試しに吹いてみる。

笛は完成からせいぜい一週間しか持たない。樹皮が乾ききってしまうと、もう音は鳴らない。ただの枝に戻ってしまう。初めは単なる時間の無駄とモールには思えたが、やがてこう気づいた――人生に長続きするものなんて一つでもあるか？

四十九年であろうと、一週間だろうと……どちらも一瞬だ。指をぱちんと鳴らすだけの時間にすぎない。

デズモンドが笛を吹いた。モールは曲名を思い出せなかったが、たしか英国からの独立を求めるアイルランドの反乱軍の歌だ。昔つきあった女が生まれ変わりの話をしていて、モールは心のどこかでそれを信じた。デズモンドは前世で反乱軍の兵士だったのかもしれないと言ってみたこともある。

それを聞いてデズモンドは思いをめぐらせるような顔をしてから、それ気に入ったよと言った。そして、おまえの前世は何だったんだと思うとモールに聞いた。切り裂きジャックかな。

モールは切り裂きジャックの映画やテレビ番組を見ていたから、それは違うだろうと言った。ジャックは欲望のために殺し、犯行はずさんだった。モールは金のために殺し、犯行は秩序だっていて手際がいい。モールにとって死体を作るのは、家具にフォーフィニッシュ塗装を施すのと同じだ。

どちらもアートだ。違いはない。

デズモンドが首をかしげた。「で？　ジーンはどうしてる？」

モールは少しためらってから答えた。「もういない」

「へえ、聞いてないな」

「つい最近だから」

「そりゃ残念だな。なかなかよさそうな女だったのに」

デズモンドは短い一節を吹き、それからモールのほうをちらりと見た。「〝もういない〟ってさ、ほんとにいないって意味か」

とっさに理解できなかった。「え？　いやいや。もちろん違うさ」

しかしまあ、ある種もっともな疑問ではある。

デズモンドは、トラックドライバー相手の商売女で欲求さえ発散できれば満足らしい。だが、モールはそれ以上のものを女に求めている。母親がよく言っていたように、〝身を固める〟とか、そういう意味で。モールの描く未来図はかなり鮮明だ。彼は狩りをし、仕事や家具の塗装をこなして帰宅したら、彼女を手伝う。家の修理をしたり、郡の農産物と家畜の品評会に出かけたり、夕飯を作ったり。そしてフォードのバンの運転席ですませるのではなく、ちゃんとダイニングルームのテーブルで食事をする。食後の片づけを手伝い、美味いワインを開ける。ワインを勉強しようといまから決めている。

豊満な体と焦げ茶色の髪をしたジーンは、ハクスリーのパブの店長をしていた。モールの条件をほぼ満たしているような女だった。

一方で、頭がよくて観察眼が鋭かった。それはまさにジレンマだ。モールの仕事柄、頭がよくて観察眼の鋭い人間は、邪魔な存在になりかねない。

どうしてわざわざ家具を届けに行くの？　配送すればすむわよね？

あなた怪我でもしたの？　バンに血みたいなものがついてるけど。

などなど。

答えに窮する日々。

そのうちどうにか解決しようと思っている。けれども、家具の塗装の仕事は好きだ。死体を作り、斬新な手法で始末する仕事も好きだ。

そのうち……

デズモンドが訊いた。「ジーンはまだこの辺にいるのか？」

モールは言った。「ダビュークに帰ったよ」

「妙な地名だよな」デズモンドが肩をすくめた。「ま、他人(ひと)のことを言えた義理じゃねえけどな。俺の名前もだいぶ珍しいから」

モールは小さなうめき声を漏らした。ありがとう、母さんと父さん。心から感謝してる。モールの父母は、生まれてくるのは女の子だと信じ、親戚の名前をもらってモリーと名づける予定でいた。ところがどっこい、生まれたのは男だった。よし、ちょいと変えればそれでいいなというわけである。モールは同じクラスの子供にこう言われたのを覚えている。「〝モール〟ってさ、ギャングの愛人って意味じゃなかったっけ？」

その子供は、それきりその学期は学校に来なかった。本人にも経緯が思い出せない奇怪な事故で、大怪我をしたからだ。それを境に、モールの名前をからかう子供はいなくなった。

モールの電話が鳴った。画面を確かめ、にやりと笑う。

「ドーンドゥー」

「何だって？」

「メリットが誰か見つけたらしい。住所が送られてきた」モールはエンジンをかけ、ナビにその住所を入力した。二人はシートベルトを締めた。モールは言った。「妙な名前って言えば、な。こいつのラストネームはヴィランだとさ。綴りは違うが、スーパーヒーローの敵役(ヴィラン)みたいだ」

「へえ」デズモンドは降参したように言った。「そいつの勝ちだな」

56

アリソン・パーカーとハンナはそろってキッチンに行った。フランクはアイランドカウンターを片づけているところだった。ノートパソコンや書類の束を、キッチンの片隅にあるこちらもまた散らかったデスクに移す。

フランクが訊く。「ソーダは？　コカ・コーラがいいかな。ダイエット・コークもあるよ。きみにはダイエットなんて必要なさそうだが」

ハンナの顔に、小さいがうれしそうな笑みが浮かんだ。

「じゃあダイエット・コークを」

フランクが缶を差し出す。

「こんなに大きな冷蔵庫、初めて見た」

フランクはイタリア産の赤ワインの瓶を持ち上げ、パーカーの意向を確かめるように眉を吊り上げた。ジョンの酒癖の悪さを考え、パーカーがアルコールを断るかもしれないと思っているのだろう。もともとあまり飲まないが、いまは飲みたかった。酔いたかった。パーカーはうなずいた。

栓を抜き、グラス二つにワインを注ぐ。二人はグラスに口をつけた。

六口のガスレンジにトマトソースの鍋がかかっていた。湯気を立て、ことことと静かに煮えている。フランクはガスレンジのほうにうなずきながらハンナに言った。

「イタリアではソースとは呼ばないそうだ。グレイヴィと呼ぶらしいよ」

「いいにおい。でも、どうして別れたんですか」

唐突に話題を変えることにかけて、ティーンエイジャーの右に出る者はいない。

パーカーが言った。「私が転職したから。マーティの会社に移ったのよ」

「私はシカゴに移った。長距離恋愛はうまく行きそうにないと意見が一致した。そこまで波長が合うとも思えなかったしね。私といると、きみのママは夕食の材料を仕入れに森に狩りに出かねなかった」

「ふつうにホールフーズ・マーケットに買い物に行く代わりにね」

ハンナの口もとにかすかな笑みが浮かぶ。

湯が沸いて、フランクは生のフェットチーネをそっと鍋に入れた。「料理はもうじきできる。ハンナ、テーブルの用意をお願いできるかな」

「フォークや何かはどこ？」

「そこだ」フランクは、キッチンの奥にあるマホガニー材の巨大な食器棚を指さした。

「この家のものは何でもかんでも大きいね」ハンナは十六人から十八人くらいがかけられそうなダイニングテー

ブルを見て言った。

「ここで食べようか」フランクはアイランドカウンターの近くにある丸テーブルに顎をしゃくり、そこにあった設計図をどけた。「ここが好きなんだ。この家ときたら、まるでインテリアデザイナーのねぐらだろう。家にいるときは、キッチンで食べたりするほうかい？」

「たいがいキッチンで食べる。うちのダイニングルームは暗いんだ。いまは借家だから、勝手にライトを増設したりできないし」母親をちらりと見る。「壁を別の色にしたりとかも」

ハンナはテーブルセッティングのしかたをすぐにのみこみ、ガラス天板のテーブルに皿やプレースマット、フォーク、ナプキンをきちんと並べた。

フランクはパスタをソースで和え、冷蔵庫から粉チーズを取り出した。次に大きなオーブンからイタリアンブレッドの塊を引き出した。かりっとした皮が見るからにおいしそうだ。左手に耐熱手袋をはめ、パン切りナイフでパンをスライスし、ボウルに並べた。冷蔵庫からサラダを出し、ドアラックから数種類のドレッシングを選んだ。

手分けして料理をテーブルに運んだ。

フランクがまず席につき、両隣の椅子を指さす。パーカーは左側の、ハンナは右側の椅子に腰を下ろした。

席につくなりパーカーは悟った。フランクがなぜこのテーブルで食べようと言ったか、なぜ真ん中の椅子に座ったか。そこからなら、玄関前の長いドライブウェイと、その先に横たわる未舗装の道路がつねに視界に入るからだ。

パーカーもドライブウェイや道路に目を走らせた。最後に玄関横に置かれた長いライフルをちらりと見た。

そして自分に言い聞かせた。肩の力を抜いて。いくらジョンでもここがわかるわけがない。

三人は食事を始めた。話題は多岐にわたった。エネルギー業界から気候変動、政治、この家の窓から見える景色、森に囲まれた家での暮らし、ハンナの学校のこと、数学の問題を解く人間業とは思えないハンナの能力についてまで。ハンナは自分が情熱を注いでいること——自撮り写真プロジェクト——の話をしたそうだったが、さすがに今日の今日、母親の前でその話を持ち出すのはやめておこうと判断したらしい。

みなの皿が空になりかけたところで、フランクがふいに動きを止めた。口もとに持っていこうとしていたグラスが中空で静止した。それからグラスを置いた。

「きみたちは居間へ」さっきまでの朴訥（ぼくとつ）とした話しぶりと打って変わった命令口調だった。

ハンナがはっと目を上げた。「え、何？」

パーカーは立ち上がった。「ハンナ。フランクの言うとおりに」

「さあ、行って。速く」

パーカーとハンナは薄暗い部屋に移動した。ヘラジカの首の不気味な剝製がこちらを見下ろしていた。

「ママ？」

「あとで」

フランクがキッチンを出て銃の保管庫へ向かう姿がちらりと見えた。引き出しを開けている。

次の瞬間、パーカーにもその音が聞こえた。フランクの耳に警報として届いたのであろうその音が。小枝が折れる音だ。

パーカーは窓際に行った。息を吞んだ。

家の横の境界線をなす背の高い草むらをかき分けて、人影が現れた。

「フランク！」パーカーは声を張り上げた。「外に誰かいる！」

57

「実家のお母さんとマーティ・ハーモンの依頼で、あなたを捜してここに来ました」コルター・ショウはアリソン・パーカーに言った。

グリーンヴィルという小さな町のはずれにあるフランク・ヴィラン所有の家に到着した時点で、〝ツインズ〟――サニー・エーカーズですれ違いになった殺し屋コンビをショウはそう呼んでいた――が自分より先に来ているのかどうか、知る術がなかった。そこで脇道に車を駐め、徒歩で森を抜けた。家の外観をざっと確かめたあと、短時間だけ目立たぬように内部の動きを観察した。屋内に敵はいないと納得し――パーカーとハンナ、ヴィランがそろって昼食を取っているのが見えた――敷地脇の庭から玄関に回り、チャイムを鳴らしてから一歩下がり、両手を見える位置に出しておいた。

ショウを出迎えたのはヴィランの拳銃だった。パーカーは驚いたように息を呑んで言った。「撃たないで、フランク。この人なら大丈夫。前にも会ったことがある。会社から盗まれたSITを取り返してくれた人よ」そしてハンナに向けて付け加えた。「ほら、さっき話したわよね」

危険な人間ではないと納得してもらえたところで、ショウは携帯電話を取り出した。パーカーが危惧の視線を向けた。「それ、ジョンが追跡できたりする？」

「初めて使うプリペイド携帯です。ベライゾンやスプリントあたりの携帯会社の技術者も、そうそう元刑事の頼みを聞いたりしないでしょう。自分が罪に問われることになりかねませんから」

パーカーは思案を巡らせたあと、しぶしぶといった様子でうなずいた。ショウはマーティ・ハーモンに電話をかけた。

「コルターか」

「二人を見つけました」

安堵の溜め息。「これで一安心だ。二人とも怪我はないか」

「無事です」

「メリットはまだ捕まっていない。警察にも手がかりがないらしくてね。私にできることは何かないか」

「いや、いまの時点では。ゆっくり話している時間もない。まずは報告をと思いました。ルースにも伝えてください」

「まかせてくれ」

「安全な場所に移動したらまた連絡します」

「コルター――」ハーモンの声がかすれた。「ありがとう」二人は電話を切った。

フランクが訊いた。「私立探偵とか？」

「そんなところです」

「どうしてここがわかったんです？」

ショウは答えた。「マリアンヌ・ケラーから――」

パーカーがフランクに向けて解説を加えた。「上司のアシスタント」

「ハーモン・エナジーのセキュリティ主任が、あなたと過去に親しかったがジョンはおそらく知らない人を捜していまして、マリアンヌはそれを手伝っていました。その調査のなかでフランクの名前が浮上したんです。北部に住んでいる人物だ。あなたが北に向かったことはわかっていましたから。それで、あなたが来ている確率を六〇パーセントと見積もったわけです」

フランクがパーカーに訊いた。「しかし、危険はないだろう？　ジョンは私の存在すら知らないんだから」

「ええ、おそらくは。ただ、ジョンはあなたの家を隅々までひっくり返した。フランクの名前や住所を書いたものが残っていた可能性は？」

パーカーはつかのま目を閉じた。「ないとは思うけど、絶対とは言えない。ああ、フランク、ごめんなさい……」

ショウは続けた。「ジョンと二人組にここを知られている前提で動いたほうがいい。いまごろはもうこっちに向かっているかもしれません」

「二人組って？」パーカーが尋ねた。

「正体はわかりませんが、行動から察するにプロでしょう。どこかの組織の人間――ギャングです。ジョンが雇ったのかもしれないし、刑事時代の貸しを取り立てようとしているのかもしれない。いずれにせよ、あなたを捜すのを手伝っている」

「信じられない」パーカーはかすれた声で言った。

フランクが言う。「要するに殺し屋ですか」

ショウはうなずいた。

「そんな！」悲鳴のような声。ハンナは大きく目を見ひらいていた。

「サニー・エーカーズのフロント係を暴行して部屋番号を聞き出した。あなたとお嬢さんは、連中と入れ違いに逃げたあとだった」

それを聞いて、ハンナは顔をそむけた。自撮り写真と事態が結びついたのだろう。

「ああ、アリソン」フランクが小声で言った。

「フロント係は――？」パーカーがささやくような声で訊いた。

「命に別状はありません」

ハンナが訊いた。「パパはそいつらと一緒だったの？　モーテルに一緒に来たの？」

「いや、それはなさそうだ。おそらく別行動をしたんだろう。きみたち二人が見つかる可能性を大きくするために」ショウはパーカーを見た。「ネットに接続していないなら、弁護士の件も知らないのでは？」

「デヴィッドがどうかしたの？」

「行方不明なんです。生存は期待できそうにない。ジョンは彼からあなたの居場所を聞き出そうとしたのではないかと警察はにらんでいます」

　ついに涙があふれ出し、パーカーは両手で顔を覆った。

「信じられない。どうしてこんなことに……」

　おしゃべりはもう十分だ。ショウは言った。「ここに長居しすぎている。いますぐ移動しましょう」

「どこに？」パーカーが訊いた。

「よさそうな場所を知っている」フランクが言った。「ティンバーウルフ湖にある小さな家(キャビン)だ。釣り好きの友人のものでね。この時期は使っていない。私とは結びつかないし、森の奥深くだ。見つけるのはまず不可能だろう」

「よさそうだ」ショウは言った。

　パーカーがフランクに言う。「あなたも一緒に来て」

「あとで合流する。先に行っていてくれ。この家の備えを万全にしておきたい。シャッターやドアを確実に閉めておく。侵入対策は行き届いているし、万が一、連中が侵入しようとしても、ボタン一つで警察に通報が行く」

フランクはショウに湖畔のキャビンの所在地を伝えた。

　ショウはハンナの視線を感じた。反抗心と警戒心がない交ぜになったような目でショウを観察している。ショウはハンナの気持ちをほぐそうと微笑んだ。「名前はハンナだったね？」

　ハンナがうなずく。ショウは手を差し出さなかったが、ハンナが差し出してきた。ショウはその温かで乾いた手を握った。

　それから言った。「大丈夫だよ、心配は要らない」

　ハンナは不気味なほど大人びた表情でショウを見返した。その目はこう質(ただ)しているようだった――〝それ、何を根拠に言ってる？〟

58

　静かだ。

　フランク・ヴィランに教えられた避難先は薄茶色の下見板張りの目立たない小さな家(キャビン)で、静けさに包まれた谷の底に横たわったガラス板のように平らな湖に面していた。楕円形の湖を取り巻くのは鬱蒼とした森で、一部は黄や赤やオレンジに色づき、一部は緑色に輝き、さらにまた一部は茶色にくすんでいる。ごく一部は枯れて灰色をしていた。湖面に森のぎざぎざした輪郭が逆さまに映っていた。

いかにも釣りに適した湖だった。冷たく、青く澄んでいて、広大で。

ショウはソーニャ・ニルソンを思い出した。

主にカワカマスとバス。たまにアメリカカワカマス

……

ショウはキャビンの裏手にウィネベーゴを駐めてエンジンを切った。車を降りて大きく息を吸いこんだ。木々の葉と泥、水、腐植土の豊かな香りがした。味までしてきそうだった。

パーカーとハンナが乗ったゴールドカラーの起亜（キア）もまもなく到着し、ショウのキャンピングカーの隣に駐まった。ショウはここで待っていてくれと身ぶりで伝えた。キャビンの玄関に近づき、あらかじめヴィランから聞いていた暗証番号を打ちこんだ。錠前がかちりと音を立てて開き、ショウはいつでも銃を抜けるよう握りのそばに手を置いて玄関ドアを押し開けた。

数分後、寝室三つのこぢんまりとしたキャビンの安全を確認したあと、ポーチに出てほかの二人と合流した。それぞれ荷物を屋内に運びこむ。大した量ではない。買い物袋が一つとバックパック、スポーツバッグ。それだけだ。

三人ともなかに入ると、ショウは玄関を閉ざした。

ハンナは車酔いしていた。八四号線の最後の何キロかの区間は急カーブの連続だった。ネイティブアメリカン風のデザインの赤と黒のカバーがかけられたソファにまっすぐ歩いていき、倒れこむように座って頭を背もたれに預けた。

「すぐに落ち着くわ」パーカーが言った。

「ううん、だめそう。絶対に吐いちゃう」ハンナはティーンエイジャーらしい芝居がかった調子でうめいた。

車酔いはしばらくしたら収まるだろう。しかし、吐き気はともかく、それが心身を衰えさせるとしたら問題だ。もちろん具合が悪いことには同情するが、パーカーにせよハンナにせよ、目の前のことに集中していてもらわなくてはならない。注意散漫では困るのだ。ここは隠れ家にうってつけではある。だからといって絶対に見つからないと安心はできない。

ショウはキッチンの戸棚をひととおりのぞいて回った。目当てのものが見つかった。生姜粉を鍋に入れ、水を加えて数分煮立てた。コーヒーフィルターで漉してマグに注ぎ、砂糖をスプーン山盛り二杯入れてかき混ぜた。それをハンナに渡した。

ハンナは疑いの目をマグの中身に注いだ。「ありがとう。だけど……」

「いいから飲んでごらん」

ハンナはおそるおそる一口飲んだ。もう一口。

ショウはハンナをソファで休ませておいてパーカーのところに行った。パーカーはまたポーチに出て周囲の野原に目をこらしていた。ショウは裏に回ってキャンピングカーからバックパックを取ってキャビンに戻った。敷地は七エーカーか八エーカーくらいありそうで、大部分は草むらとスゲで覆われているが、ところどころにカシやサンザシ、カエデの木がぽつんと立っていた。キャビンから二百メートルほど離れたところ、さっき通ってきた道と平行に、木立が密生していた。

「防御に適した配置だ」ショウは言った。

パーカーは短く笑った。「まるで軍隊みたいなことを言うのね」

「渡しておこう」ショウはバックパックから灰色のプラスチックの拳銃ケースを引っ張り出した。蓋を開いてコルト・パイソンを取り出す。三五七口径のマグナムは、リボルバーの最高傑作として名高い。競技にも使用できる精度を誇り、メカニズムの動作は機械時計のようになめらかだ。この一丁は、まだ子供だったコルター・ショウに父親から与えられたものだった。一家で暮らしていた〝コンパウンド〟で武装した侵入者を追い払うのに使ったのもこの銃だ。

当時、ショウは十三歳だった。

コルト・パイソンをパーカーに差し出す。

パーカーは首を振った。

「持っておいてくれ。ウェストバンドにはさんで。リボルバーだ。暴発事故は起きない」

「断る」

ショウは断固として言った。「あなたに使ってもらわなくてはならない場面がないとはかぎらない」

同じようにきっぱりとした声で、パーカーが言い返す。

「そのときは別の手を考えて」

　ハンナが議論に割りこんできた。二人のやりとりが議論と呼べるのなら。「あれ、効いたよ」ハンナの目は銃に注がれている。ショウは銃を自分のウェストバンドの腰のあたりにはさんだ。

　ハンナが続けた。「『ハリー・ポッター』のバタービールみたいな味だった。っていうか、バタービールってこんな味かなって想像してたとおりの味だった」

　ショウは言った。「このキャビンをさらに安全にしておきたい。ここが見つかるとは考えにくいが、たとえ一パーセントでも襲われるおそれがあるなら、万端の準備を調えておかなくては」

　パーカーが言った。「何をすればいい？」

「私は主な侵入経路に間に合わせの警報システムを仕掛けておく。ドライブウェイと湖に」

「湖？」パーカーは眉をひそめた。「湖からは来られないんじゃない？」

　ハンナが先に答えた。まさにショウが言おうとしていたとおりの答えだった。「来る途中にウォルマートがあったよね。あそこでボートを売ってる」

　ショウは二人に言った。「二人で窓を覆ってもらえないか。シーツ、タオル、使えそうなら何でもいい」ショウは壁に飾られた田園風景のポスターに顎をしゃくった。「どこかに工具箱があるだろう。ハンマーと釘が入っているはずだ。室内の光が漏れないようにしたい。必要なら、二枚重ね、三枚重ねにしてくれ」

　ハンナが屋内に視線を走らせた。「どのくらいここにいる予定？」

「まったく予想がつかない」ショウは答えた。「食料と水はキャンピングカーにある。三人で一週間は持つ量だ」

　ハンナは意気込んだ調子で言った。「外に煉瓦の炉があったよ。料理ならあそこでできる」

　ショウは言った。「だめだ。火を熾せば目立つ」

「いまなら平気じゃない？　まだ明るいから」

「煙のにおいは何キロも先まで届く。電子レンジを使おう」

「それでも煙は立つかもね」ハンナは母親のほうを見ながら言った。パーカーは打ち明けるように言った。「私、料理が下手なのよ」

母と娘はそろって笑った。

パーカーはクローゼットやキッチンの戸棚をのぞいて回った。黄色い小型の工具箱が見つかった。それをダイニングテーブルに置き、ハンマーと、額縁用の釘の箱を取り出す。次に毛布を探しに行った。

ショウは現代風の作りのキャビンを見回しながら、ハンナに言った。「父はサバイバリストだった」

ハンナは反応に困ったのか、眉間に皺を寄せた。長い間があって、ようやくこう訊いた。「サバイバリストって、あの変な人たちのことでしょ。ほら……白人至上主義者の集団みたいな」

「そういうサバイバリストも確かにいる。だが、父は違うんだ」ショウはアシュトンやコンパウンドのことを簡単に説明した。「サバイバルの基本ルールは二つ。〝脱出ルートの確保を怠るべからず〟と〝武器の確保を怠るべからず〟だ。まずは第一のルールからいこう。脱出ルートの確保。きみの意見は？」

ハンナは周囲を見回した。「裏口から――外のデッキに出る。あとは玄関、表側の窓。横の窓」

「どれが一番有利だろう？」

これは試験だと気づいているだろうに、ハンナは気にしていないらしい。それどころか、能力を試されるのを喜んでさえいるようだ。

「横の窓」自信ありげに答える。「まっすぐあそこに逃げこめるから」そう言って、キャビンのすぐ外にある黄色と緑の葉の丈の高い茂みを指さす。「隠れるにはあそこがいい」

「正解だ」

「でも、あの窓は開かない」室内を飛び回ったハンナの目は、最後に暖炉で落ち着いた。「あれで――火かき棒でガラスを破らないと」

「だめだ。あれは細すぎる。破片が窓枠の下側に残ってしまう」ショウはキッチンのほうにうなずいた。「あそこに鉄のフライパンがある」アイランドカウンターの上のラックから吊り下げられている。ショウはキッチンに行き、鉄の大きなフライパンを二つ持って戻った。ハンナが脱出口に提案した窓の下にその二つをおく。「こいつでガラスを割って、下の窓枠に残った破片を叩きつぶす」

「ここの持ち主は怒るだろうね」ハンナは顔をしかめた。

「窓は割られるわ、毛布は釘で打たれるわ」

「あとで弁償しよう」

アリソン・パーカーがシーツや毛布を腕いっぱいに抱えてダイニングルームに入ってきた。ソファに荷を下ろし、窓を確かめたあと、釘の箱を開けた。

ショウは言った。「私は外の警報システムを構築しておく」

「一緒に行って手伝ってもいい、ミスター・ショウ？」

ショウはパーカーを見やった。パーカーがうなずいた。

レンタカーのリモコンキーを借りたいと頼んだ。パーカーが差し出す。

それからショウはハンナに言った。「よし、やるか」

59

彼から連絡があった。

コルター・ショウが電話をかけてきて、捜索が実を結んだと報告した。アリソンとハンナは無事でいる。

ソーニャ・ニルソンは、何か手伝えることはあるかと尋ねた。ないとショウは答えた。これからすぐに移動を始めるという。ニルソンはフェリントンにとどまり、引き続き手がかりを追ってもらうほうがいいだろうと。だがショウはノーと答える前にためらった。ニルソンの申し出を受け入れたい気持ちもあったのだろう。

ニルソンの考えはショウの判断と一致していた。そのほうがいい。手分けするほうが賢明だ。

しかし、過去にあんな経験をしている。いまもライフルの照準にいつも背中を付け狙われているような感覚が消えない。だから、妥当で賢明とわかっている道を歩みたくない瞬間もときに訪れることを知っている。

自分の欲求に従いたくなる瞬間がある。

だが、ニルソンは衝動に打ち勝てる。キスの記憶はまだ消えていない。二人の体がぴたりと重なり合った記憶は薄れていない。

ニルソンはレンジローバーでフェリントンのガーデン地区を走っている。ドレラ・ムニョス・エリゾンド宅の近隣の聞き込みをし、ゴム弾の歓迎を受けた時刻の前後にジョン・メリットを目撃した住人を捜した。

が、一人も見つからなかった。

次の目的地はジョン・アダムズ高校だった。メリットが乗り捨てた〝餌〟に食いついた少年はそこの生徒だ。教師や同級生がメリットを目撃しているかもしれない。うまくいけば、メリットが乗り換えた車を覚えているかもしれない。

いつものように、ニルソンの意識は自分が置かれた〝状況〟のほうへと漂った。

照準……

あのとき標的を倒した一発は、遠距離から放たれたものではなかった——八百メートルほどだった——し、とりわけ困難な条件だったわけでもない。その日は無風で、空気は乾燥していた（湿度は空気の抵抗を増し、標的に届くまでに弾丸が思いがけない動きをすることがある）。トリガーを静かに引き、強い反動を感じた二秒後、標的の男は電気ショックを受けたかのように身をこわばらせて倒れた。大勢の捕虜を拷問した男。子供のような年齢の女たちを妻にした男。疑うことを知らぬ愚かで危険な信奉者グループを率いた男。

任務は楽勝だった。

インターネット時代の到来前なら、それで終わっていただろう。ニルソンはほかの任務をこなし、やがて除隊して、政府の契約会社で働き始めただろう。コルター・ショウに最初に話した架空の夫と同じような男と結婚しただろう。いや、それよりはもう少し愛情深くて思いやりのある男と。ひょっとしたら、どこかショウに似た男と。

だが、そうはならなかった。ありがとう、ワールドワイド・ファッキン・ウェブ……

インターネットは、国防総省から盗み出した数万ページ分の機密文書を流出させる先をマイケル・ディーン・トーマスに与えた。官僚語で綴られた、終わりのない物語。難解で退屈すぎる物語。ただしそれには一つだけほかと違う特徴があった——愛国心にあふれた勤勉な数千の政府職員の命を危険にさらす可能性をはらんでいたのだ。

あなたがキスした女はね、命を狙われてるの……

国防総省をはじめとする国家諜報機関から〝TAR〟——脅威評価報告書（スレット・アプレイザル・レポート）——が送られてきた。空疎な言葉が並んでいた。要約すればこういうことだ——「貴君を狙っている者がいるかもしれないし、いないかもしれない。せいぜい用心してくれたまえ」。

政府を責めることはできない。裏切り者のリークにより、五百名もの人間がいっぺんに命の危険にさらされる結果になったのだから。

その裏切り者は、ベネズエラの海岸沿いのヴィラで暮らしていると言われている。アメリカの法執行機関からベネズエラ政府に何度も送られたはずの逃亡犯引き渡し請求書は、きっとバーベキューの焚きつけにでも使われているのだろう。

ニルソンは、少年の供述によればメリットのピックアップトラックを盗んだとされる高校の駐車場にレンジローバーを駐めた。車を降り、ドアを閉めてロックした。腰に下げたグロック43の位置を調整した。九ミリ弾を使用する拳銃で、ショウが持っているのもおそらく同型だ。それか、径がやや小さい三八〇の弾を使うグロック42だろう。

周辺の聞き込みを開始した。各戸の玄関をノックし、私立探偵の免許証とメリットの顔写真を掲げてみせ、ドアを開けた相手には、高校周辺をうろついている不審な男を調べていると話した。

嘘ではない。真実は何層もの保護膜にくるまれているものだ。

誰もが喜んでニルソンの質問に答えた——性犯罪者予備軍を一掃できるかもしれないのだ、協力を拒むわけがない——が、とくに男の住人はニルソンとの会話を引き延ばそうとした。理由は考えるまでもない。しかし身長百八十センチで大学時代の一時期はモデルの仕事もしていたニルソンは、気にしなかった。広告業界の誰かがかつて喝破したとおりだ——「セックスは売れる」。

だが、どれだけ長い時間をかけようと、有益な情報は一つとして引き出せなかった。

そろそろオフィスに戻るとしようか。オフィスに戻って警察にジョン・メリット捜索の進捗を問い合わせよう。ほかにも片づけなくてはならない仕事が山ほど待っている。従業員の一人が元夫の暴力にさらされているからといって、原子炉メーカーのセキュリティに穴を開けるわけにはいかない。

あるいは、たった数日のあいだに別々の窃盗グループに重要なパーツを盗まれかけたからといって。

ニルソンはレンジローバーに戻る途中で横のポケットから携帯電話を取り出し、いったん立ち止まって画面に文字を入力しようとした。

が、それとほぼ同時に即席爆弾が炸裂してオレンジ色の炎が噴き出し、金属の破片がありとあらゆる方角に飛び散った。

60

ショウとハンナは起亜(キア)をゆっくりと走らせ、草地を抜けて湖畔の木立に向かっていた。ドライブウェイからはずれた土壌は柔らかく、車は静かに揺れている。

ハンナがニット帽を脱いだ。髪が長いことにショウは驚いた。きっとクルーカットのように短くしているだろうと思っていた。暗めの金色に赤く染めた筋が何本か混じった髪は、黒いシュシュでポニーテールに結ってあった。

支柱と横木で作られた金網のゲートがある敷地の入口まであと四十メートルほどのところまで来ると、ショウは進行方向を右に変え、湖畔に密生したマツと低木の茂みの陰に車を駐めた。エンジンを切って車を降りる。ハンナも続いて降りてきた。

黄色と淡い緑色の丈の低い草むらをかき分けるようにして歩いた。何週間も雨が降っていない。突然現れた二人の脚に驚いて、バッタやヨコバイやカメムシがあわてて逃げていった。

「うわ。虫(バグ)って大嫌い」

「いまのは昆虫(インセクト)だ」ショウはその二つを混同するなという父の教えを思い出しながら言った。「バグはインセクトの一種だ」

「そっか、バグは全部インセクトだけど、インセクトが全部バグってわけじゃないんだ」

「そのとおり」

その二つをなぜ区別すべきなのか、ハンナは疑問に思っていることだろうが、サバイバリズムにおいては正確さが重要であることを説明している時間はない。毒性を持つのか、それとも養分になるか。〝バグ〟の代表である半翅目は植物を枯らすことがあるが、人体に害を及ぼすことはない。九種類は食用になる。

二人はゲートに着いた。ハンナは蚊をぴしゃりと叩いた。

ショウは敷地の境界線から広がる森に入り、地面に目をこらしたあとカッコウアザミを何本か抜いた。葉をむしってハンナに渡す。「クマリンという成分が含まれている。揉みつぶして、刺されたところにすりこむといい」

ハンナはにおいを確かめて鼻に皺を寄せた。「生姜と違っておいしそうじゃないね」

「ああ」ショウは言った。「不味いうえに吐き気を催させる」

車のリモコンキーを取り出して〈ロック〉を押した。クラクションが鳴った。よし。距離が離れたらどうなのかと心配だった。リモコンキーの電波が届く範囲を広げる方法はある。スポーツドリンクの瓶に押しつけるとか、自分の頭に当てるとか、アンテナ部分に金属片を取りつけるとか。だが、今回は必要なさそうだ。

細長くて平らな樹皮を探して広い、地面に視線を走らせて小さな丸い石を見つけた。バックパックから絶縁テープを取り出す。リモコンのパニックボタンの上に小石をテープで貼りつけてから、リモコン自体を樹皮に固定した。ドライブウェイについたタイア痕にリモコン側を下にして置いた。

ハンナが笑った。「車がその上を通るとクラクションが鳴って、誰か来たってわかるわけだ」いかにも愉快そうだった。「それ、すごいアイデア」

「試してみようか」

ハンナは樹皮を踏みつけた。起亜のクラクションが鳴った。

「使えるね！」

ショウは即座に樹皮を持ち上げて〈ロック〉ボタンを押した。クラクションがやんだ。樹皮をまた地面に置き、その上に枯れ葉を散らして目立たないようにした。

二人はキャビンに帰る道を歩き出した。

「こういうこと、全部お父さんに教わったの？」

「イエスでもあり、ノーでもある。たとえばリモコンをアラーム代わりに使えと教わったわけじゃない。私たちには手持ちのものを応用しろと言い続けた」

「〝私たち〟って誰？」

「兄が一人と妹が一人いる」

話せる範囲で兄ラッセルのことを話した。ラッセルは政府機関で働いているが、機密レベルが高く、ショウは兄の所属先さえ知らない。ハンナは妹のドリオンの話に強い関心を示した。ドリオンは工学の学位を持っている。

「きみのお母さんと同じだね。いまは災害対策の会社を経営している。ハリケーンとか、原油流出とか」

「子供はいるの？」ハンナは唐突にそう尋ねた。

「いない」

ハンナは二人の足もとから逃げていく〝インセクト〟を目で追った。「ママはあたしに技術者か科学者になってほしいみたい」そう言って肩をすくめる。「数学が得意でさ。ママはあたしのことを神童とか呼ぶけど、自分じゃよくわからない。そうなのかもしれないけど。微積分の問題を解いて、正解だったとして、だから何って感じ。それより、書くほうが好きだな。詩とか。あとは写真」ハンナは眉根を寄せた。「ここでも自撮り写真シリーズを撮りたいところだけど、ママに携帯を没収されちゃった。バカなことしちゃったから」

「写真を投稿した一件だね。給水塔の写真」

「そう」

ショウは言った。「こう考えてはどうかな。もし投稿していなかったら、私もきみたちを見つけられなかったかもしれない」

「そうかもね」

「ここで撮るとしたら、どんな自撮り写真にする？」

ハンナはあたりを見回した。「つまんない写真ばかりになりそう。風景写真なんて退屈」それから目を細めてショウを見た。「そうか、ミスター・ショウの写真なら撮ってもいいな。あたしの背景に立っててもらう。湖か森のほうを見て――危険な人が隠れていそうなところを確かめてるミスター・ショウ。背中だけ見えるの。黒いシルエットだけ」

草地を歩きながら、ハンナは湖のほうを見つめていた。

「シンリンオオカミ（ティンバーウルフ）湖か。ほんとにこの辺にいるのかな」

「生息している可能性はある。数は少ない」

「危険？」

「かならずってわけじゃない」

「ふつうなら人間との接触を避ける」

「そうだ」

「銃を持ってるよね。もし襲われたら、銃で撃てばいいよ」

ショウは首を振った。「撃ってはいけない」

「どうして？」

「ここはオオカミの縄張りだから。侵入者はこっちだ」

「侵入者？」

「私たちのほうが彼らの縄張りに無断で入りこんでいる。もしもオオカミと遭遇しても、撃つ必要はない。背筋をぴんと伸ばして立ち、ジャケットの前を開いて、できるかぎり体を大きく見せればいい。背中を向けてはいけない。相手の目から視線をそらしてはだめだ。決して逃げないこと。オオカミが尻尾を立てて、逆毛を……」

「逆毛って？」

「背中の峰の部分の毛だ。それを逆立ててうなり始めたら、こっちも同じようにうなる。こいつは倒すのに手こずりそうだなと思わせることだ」

「ほんとにやったことある？」

「あるよ。二度」

「すご」

キャビンはもうすぐそこだ。

「念のためにもう一つだけ警報を仕掛けておこうか」

61

フェリントン市警にも爆発物処理班はあった。名ばかりかもしれないが。

構成員は警察官二名と、期待どおりの働きができないロボットが一台と、期待どおりに働く犬が一頭。それだけだ。

ロボットと犬に関しては、即席爆弾を捜すところまでが役割で、爆発後の分析作業にはまったく使えない。現場を調べて何が起きたかを判断する任務は、元軍人らしく細身に筋肉質の体つきをした三十代の男性隊員二名にゆだねられていた。

これまでの捜索で、即席爆弾はプラスチック爆薬の一種に釘や石膏ボード用ネジの層を重ねて作られたものと判明した。

台形をした駐車場全体が黄色いテープで囲われ、立入禁止とされた。そのなかに救急車と消防車が一台ずつと複数の警察車両が集まっている。赤と青と緑の回転灯が閃く様子はさながらカーニバルだ。テープの際(きわ)に野次馬が集まっていた。大半が携帯電話を手に動画を撮っている。

「起爆装置の種類がわかりません」爆発物処理班の二人のうち背が高いほうが言った。

　ソーニャ・ニルソンは言った。「リモート式」

「タイマーではなく？」

　でないとタイミングの合わせようがないだろう——そう思ったが、口には出さなかった。ニルソンがいつレンジローバーに戻ってくるのか、犯人には予想できなかったはずだ。だから、近くで待ち伏せした。この州では計画的犯行と判断され、最高で死刑が言い渡される可能性がある。

「それと、専用周波数を設定した密閉型起爆装置との組み合わせ。たとえ近くでドローンを飛ばしている子供がいても、早すぎるタイミングで起爆してしまわないように」

　二人はそろってニルソンを見つめた。なぜそんなことまでわかるのかと不思議がっている。自分で即席爆弾を造った経験があるからと教えてやればよかっただろうか。

「部品を捜してみます」小柄なほうが言った。

「あなたは幸運でしたね、ミズ・ニルソン」

　それは違う。運の善し悪しは関係ない。彼女を救ったのは警戒心だ。まさにコルター・ショウが指摘したような、身辺の安全をつねに意識しているおかげだ。隠れているスナイパーを目で捜すだけではない。不審な物体にも用心している。会社に戻ろうとレンジローバーに近づいたとき、車を離れた時点ではそこになかった物体に目が留まった。レンジローバーの運転席側の縁石際に、長さ六十センチほどのテラコッタ製の排水管のようなものがあった。

　爆弾犯は、ニルソンの視線の動きとボディランゲージを見て、爆弾に気づかれたと察したのだろう。だから、ニルソンがポケットから携帯電話を取り出した瞬間、とにかく起爆するしかないと判断した——なかに詰められた釘やネジが多少なりとも届く距離にニルソンがいることを祈って。

　だが、ニルソンの位置は遠すぎた。

　警察に通報したあと、ニルソンは銃の握りに手を置いたまま一帯を手早く捜索した。犯人は近くに潜んでいるはずだ。だが、現場を離れていく人物はいなかった。

フェリントン市警の刑事がニルソンと爆発物処理班の二人に合流した。大柄な男で、ビーチで休暇を過ごしたばかりなのだろう、真っ赤に陽に焼けていた。ニルソンに怪我がないことを確かめたあと、現場にゆっくりと視線を巡らせた。ニルソンは考えうる容疑者を一人挙げた――ＳＩＴを狙っていたロシア人と結託している人物。ほかにも、軍時代の彼女に関わった狂信者が恨みを晴らそうとした可能性もあるが、これを伝えるべき相手は軍の上官のみだ。いまの隠れ蓑を捨てるつもりはまだない。

刑事はニルソンの供述をノートに書き取った。ニルソンは次に、自分が捜索した場所――ニルソンを待ち伏せするあいだ、犯人が隠れていた可能性のある場所を伝えた。刑事はパトロール警官を二人呼び寄せ、近隣の事情聴取を続けるよう指示した。フェリントン市警がこの事件に割ける人員はその二名だけだった。

ニルソンはレンジローバーをながめた。とりわけ鋭い金属の破片が十個ほど車のドアを貫いていた。爆弾に気づいていなかったら、彼女はおそらく死んでいただろう。

照準……

「車はしばらく鑑識が預かります」刑事は言った。

「わかりました」

どのみちレンジローバーは動かせない。パンクしていないタイヤは一本だけだ。レンタカーを手配するとしよう。

ショウにも連絡して、この件を知らせておかなくては。

だがその前にすませておきたいことが一つある。ニルソンは刑事と爆発物処理班の二人に言った。「大至急、爆薬の化学分析をして、結果を知らせていただけますか」

三人は顔を見合わせた。問題は、言うまでもなく、ニルソンが民間人であることだ。規則に反している。

沈黙を破ったのはニルソンだった。「私はもう少しでばらばらに吹き飛ばされるところだったんですよ」

爆発物処理班の二人は、上役である刑事に敬意を表して発言の権利を譲った。「お言葉ですが、化学分析の結果がわかって、あなたにどう役に立つんでしょう？」

ニルソンは冷ややかな視線を刑事に向けた。「シクロトリメチレントリニトロアミンの含有量がわかれば、製造された国もわかります」

ロシアか。あるいは中東か。

刑事はまばたきをし、爆発物処理班の背の高いほうを見やった。長身の班員は〝この人の言うとおりです〟というようにうなずいた。口もとにはかすかな笑みが浮かんでいた。

「メールアドレスを教えてください。結果を送ります」

「結果が出たらすぐに」

「ええ、すぐにお送りしますよ」

62

「懸賞金ハンターって何する仕事なの、ミスター・ショウ？」

「懸賞金の広告は見たことがあるだろう？」

ハンナはうなずいた。「行方不明の子供とか」

「警察も出すことがある。行方をくらました犯罪者、脱走した服役囚。私はそういう広告を見て、行方のわからない人物を捜す」

「ボディガードも引き受けるの？」

「そういうこともある」

「格闘とかもできる？」

「いくらかは」

「教えてくれない？　空手とか」

「空手はやらない。武道をマスターするには長い時間がかかる。かかりすぎる。実際に格闘になることはめったにないし、闘うときはレスリングの一種を応用する。グラップリングといって、投げ技と関節技を主に使う」

「前に喧嘩して居残りさせられたよ」

「どうして喧嘩になった？」

「友達にトランスジェンダーの子がいてね、ある女子がその子をからかったの。だから〝そういうのやめなよ〟って言ったわけ。そうしたらその女子が向かってきて、言い合いになっちゃった。あたし、ものすごく頭に来たから、大声でわめいたりして、そのうち気づいたら喧嘩になっちゃってて。蹴飛ばしたり、取っ組み合いをしたり。相手のほうが体格がよくて」肩をすくめる。「まあ、向こうの勝ちっていうか。それでも髪の毛をむしってやったし、その子、鼻血も出してた。学校担当の警察官が来たから、あたし、その女子があたしの友達に向かって言ったことを全部話したんだよ。でも、全然取り合ってもらえなかった。校長先生からも、学校の多様性カウンセラーに相談すべきだったとか言われちゃった。そうしたら学校が対応したのにって」ハンナはふんと鼻を鳴らした。「多様性カウンセラーだって。くっだらない」

　ホームスクールで育ったコルター・ショウには、いまどきはそんなカウンセラーがいるとは初耳だった。

「アドバイスを聞いてくれるかな」

　ハンナは眉根を寄せた。「どうせお父さんのルールにあるんでしょ？　自分より二十キロも体重が重たい相手と喧嘩するべからず、とか」

　ショウはにやりとした。「〝無用の戦闘(エンゲージ)をするべからず〟」

「〝エンゲージ〟？」

「敵と交戦するという意味の〝エンゲージ〟だ。この場合は喧嘩だね。喧嘩したからといって……相手の生徒の名前は？」

「ブリタニー」

「ブリタニーの意識は変わらない。ブリタニーは偏見の持ち主だ。喧嘩をしても意味がない」

「でも、あの子はビッチだよ」

「喧嘩で〝ビッチ度〟が下がるわけではない」

　ハンナはしばらく考えこんでいた。「そうだね。でも、まったくの無意味じゃなかったよ。胸がすっとした」

「喧嘩は鬱憤(うっぷん)を晴らすためにするものではないよ。そのために喧嘩を吹っかけてはいけない。たとえば、どうしても相手をやっつけてやりたいと思ったとしよう。ブリタニーに好き放題に言わせておけば、きみの友達が傷ついてしまう。だからブリタニーを黙らせたい。そういうときは、次のルールを思い出してほしい。〝戦闘を回避できないとしても、感情に流されるべからず〟」

「どういう意味？」

「不満だから、悲しいから、怖いから……そういう理由から闘ってはいけない。怒りを発散させるなどもってのほかだ。そういった感情は、戦術上の判断を歪ませる」

　ハンナはショウの一言ひとことに食い入るように聞いていた。

　ショウは尋ねた。「そのときの喧嘩にはどのくらいの時間がかかった？」

「永遠と思える時間」ハンナは湖を見やった。カモが空から湖面に降りた。陸ではあれほど不器用なのに、飛んでいるとき、水面に浮かんでいるときの動きは実に優雅だ。「実際にかかった時間？　五分とか？　よくわからない」

「二十秒で終わらせられたはずだよ。二十秒で相手は地面に伸びて、息もできなくなっている。きみはひっかき傷一つ負っていない」

「えーすごい……でもどうやって？」

「すばやく動く。不意を突く。フェイントをかける」

「気絶（フェイント）？」

「いやいや」ショウは綴りの違いを説明した。「相手をだます動きのことだ。たとえば、殴ると見せかけるだろう？　相手はとっさにそれをブロックしようとするはずだね。だが次の瞬間、きみは重心を落として相手のももに両腕を回す。そしてそのまま立ち上がる。脚は腕よりずっと力が強い。相手は仰向けに倒れる。地面に叩きつけられて、息ができなくなる。きみは相手のみぞおちに肘を叩きつける」ショウは自分のみぞおちを指さした。「肘だ。膝はだめだよ。下手をしたら死なせてしまうからね」

「すごい！　ねえ、やってみせてよ！　あたしがブリタニーだと思って！」ハンナはショウのほうを向いて戦闘姿勢を取った。

　ショウは笑って歩き続けた。ハンナが追いついてきた。

「もう一つの警報システムの構築にかかろうか。湖から敵が来たと知らせる警報システム」

「特価五十九ドル九十九セントで販売中」

「え？」

「ウォルマートで売ってたボート。ねえ、お父さんのルールはどうしていつも〝何々するべからず〟なの？」

「そのほうが記憶に残りやすいからと言っていた。兄は父を〝べからず（ネヴァー）大王〟と呼んでいたよ」

　二人は湖畔に来た。

「どういう仕掛けを作る？」

　ショウは答えた。「敷地の境界線にある草むらに釣り糸を張ろう。地面から二十センチくらいの高さがいい。料理鍋をいくつか箱に入れて、箱ごと板か木の枝の上に載せて、釣り糸の片端を結びつけておく。侵入者が釣り糸をひっかけたら、箱が落ちてやかましい音が鳴る」

「あたしがやってもいい？」

　ショウはキャビンから持ってきた一二号の釣り糸を渡し、選んだ木へ二人で歩いていった。「こういうの、みんなお父さんに教わったの？」

「そうだよ」

「あたしくらいの年齢のとき？」

「もっと幼かった」

ハンナと同じ十六歳のとき、父に教えられたスキルを使い、やまびこ山の高さ三十メートルの絶壁を懸垂下降した。崖のはるか下に横たわる男を――父を――救いたい一心で。だが、その期待はむなしく裏切られた。

「そこに結びつけて」

ハンナは釣り糸を結ぼうとしたが、ショウは横から手を出した。「違う、こう結ぶんだ」〝アンカーヒッチ〟という結び方の手本を見せ、ハンナに覚えさせた。次に湖岸に沿って歩いた。ハンナが釣り糸を伸ばしていく。

やがてハンナは敷地を見渡して言った。「でも、森から来る可能性だってあるよね」キャビンの向かって右手に横たわる鬱蒼とした森を指さす。

「防御に完璧はない。目的は時間を稼ぐこと(ハンティング・タイム)」

「〝時間を狩る(ハント)〟？」

「これもまた父の教えでね。〝時間を稼ぐ(バイ)〟という言い方なら聞いたことがあるだろう？　父は〝買う〟では生ぬるいと考えた。〝サバイバルとはいかに時間を狩り集めるかだ〟と言った。リスクを見積もる十分な時間、そのリスクに立ち向かうプランを立案する時間または逃れる時間、あるいは助けが来るまで安全に隠れていられる場所を探す時間をいかに確保するか、それが生死を左右するのだとね」

ショウは森に目をこらした。「たしかに、あの方向から来る可能性はあるね。しかし確率は三〇パーセント程度だろう。敷地をぐるりと回らなくてはならないし、森を進むのはなかなか骨が折れる。なのに一キロ近く歩くことになる。それに、森にも釣り糸を仕掛けるとなると、丸一日かかってしまう。距離がありすぎる」

「いつもそうなの、ミスター・ショウ？　いつも確率をパーセントで出すの？」

「ああ」

「どうして？」

「これも父の教えだ。あらゆる可能性を考慮し、成功の確率を見積もる。ブリザードに襲われたとき、物陰で風雪をしのぐのと、移動して回避しようとするのと、生き延びられる確率はどちらが高いか。ハーケンを打ちこむ割れ目がまったくない岸壁をフリークライミングできる確率はどの程度か」

「ロッククライミングもやるの？」

「趣味でね」

「かっこいい！　うちの学校にもね、クライミングウォールがあるよ」ハンナは釣り糸を持ち上げて若木に引っかからないようにした。しばらくして言った。「ボーイフレンドの確率も見積もれるよね？」

ショウは眉間に皺を寄せた。

ハンナが続けた。「好きな男の子がいたとして、だけどその人に好かれてる確率はせいぜい一〇パーセントくらい。だったらその人は忘れて、九〇パーセント好きになってくれそうな人を探したほうがいい」

「一〇パーセントとわかっている相手がいるわけだ」

「よくわからない。カイルって男の子なんだけど。ボーダーなんだ」

「スノーボーダー？」

「違う。あ、もしかしたらスノーボードもやるのかな。スケートボードだよ。ママは言うの。〝その彼のこと、話してちょうだいよ。ご両親は何やってるの？　あなたと彼がショッピングセンターに遊びに行ってるあいだ、ママはその彼のおうちに行って……〟。勘弁してよ」ハンナはポニーテールを引っ張った。「人間ってさ、九〇パーセントの人は無視して、一〇パーセントのほうに行っちゃうよね。幸せになれそうにないってわかってても」

たしかに。

二人は黙って湖岸を歩き続けた。やがてショウが先に口を開いた。「きみに勧めたい本がある。きっと気に入ると思う」

「何て本？」

「エッセイ集でね。『自分を信じる力』。ラルフ・ウォルドー・エマソン」

「それ誰？」

「一八〇〇年代の思想家だよ。講演家、詩人、活動家でもあった。奴隷制に異を唱えた」

「歴史の授業で習ったな。奴隷制度反対運動。その本、どんなことが書いてあるの？」

「独立した人間であれと説いている。非協調を貫け、他人や社会に頼るな。尊敬する人物の意見は別として、他人の意見に左右されてはいけない。私はその本を父からもらった。おそらくきみ向きだ」

「どこかでダウンロードできる？」

「おそらくね。しかし、紙の本で読むほうがいい」

ハンナは背の高いトウワタを巧みに回避し、釣り糸をさらにほどいていった。

「その調子だ」ショウは言った。

ハンナはうなずいただけで、上の空といった様子だった。

「ミスター・ショウ……一つ訊いてもいい？」

ショウはハンナを横目でうかがった。目は大きく見ひらかれ、浮かんだ笑みにはどこか共犯者めいたところがあった。

「銃の撃ち方、教えてもらえる？」

63

「十二歳のとき、パパにＢＢガンをもらった。あたし、なかなかうまいんだから！」ハンナはショウのウェストバンドを見てうなずいた。「さっき言ってたお父さんのルール――〝武器の確保を怠るべからず〟でしょ？」

「きみに武器は必要ない。私と一緒に行動している」

「でもあたしは何も持ってない」

「銃を扱うにはたくさんの訓練が必要だ」

「撃ち方は知識としてはわかってる。『ミッション：インポッシブル』シリーズを全作見たから……って冗談だってば！　ね、教えてよ」

「きみのお母さんは銃を嫌っている」

「あたしがこんなところにいるの、ママのせいなんですけど」ハンナの平板な声は、このときもまた奇妙に大人びた響きを帯びていた。

ショウはしばし迷ったのち、ウェストバンドからリボルバーを抜いた。優美な銃だった。六インチの銃身（バレル）とレシーバーは深い青みを帯びていて、グリップは美しいマホガニー材で仕上げられている。

ハンナが銃をじっと見つめた。

ショウはキャッチを押して弾倉（シリンダー）を振り出した。三五七口径の丸い弾丸を六発、掌に空けてポケットに入れた。

かちりと鋭い音とともにシリンダーを閉じた。ハンナが手を差し出したが、ショウは銃を渡さなかった。ハンナが手を下ろす。

「コルター、よく聞きなさい」

「はい、アッシュ」

ショウ家の子供は両親をファーストネームで呼ぶよう習慣づけられていた。友人や親戚からは好奇の目を向けられたが、個を重視するアシュトンとメアリー・ダヴの教育方針には合致していた。

コルター少年は十歳だ。それは人生の一区切りとなる年齢であることを、コルターはのちに知った。ショウ家では、火器の訓練を始める年齢なのだ。このときコルターとアシュトンはコンパウンドのキャビンの裏の野原に二人きりだった。

「これはリボルバーだ。呼び名の由来は……シリンダーが回転（リボルブ）するからだ」細身だがたくましい体つき、濃い顎髭と奔放な頭髪をしたアシュトンは、シリンダーを回して見せた。かちかちと小気味よい音が鳴った。「〝ホイールガン〟と呼ぶこともある」

「はい」

アシュトンはシリンダーを空けて、空のチャンバーを見せた。

「弾（たま）は入っているか？」

「いいえ」

「実は入っている」

コルターは、空っぽにしか見えないシリンダーから目を上げ、父親の厳めしい顔を見た。

「弾は装塡されていないと決めつけるべからず。おまえのその二つの目で確かめたあと、自分の手でシリンダーを閉じたとしても、やはり弾は入っている。わかるな？」

よくわからなかったが、こう答えた。「はい」

「ルールは何だった？」

「弾は装塡されていないと決めつけるべからず」

コルターは早く銃を受け取ってトリガーを引いてみたかった。いますぐ弾を撃ってみたい。だが、その前にたくさんのことを学ばなくてはならないと知る。

「銃ほど扱いに慎重を要するものはほかに存在しない。銃はおもちゃではない。道具でもない。骨董品でもない。銃という独立した範疇の品物だ。銃の存在目的はたった一つ。命を奪うことだ」

少年はうなずく。

「いいか。〝使用の意図がないときに銃を抜くべからず〟だ。言ってみなさい」

コルターはその場の厳かさに圧倒されていた。言われたとおりにルールを繰り返す。

「ターゲットまたは安全な場所以外に銃口を向けるべからず。安全な場所とは下だ。空ではない。反論する向きもあるが、地面にめりこんだ弾は地面にめりこんだ弾にすぎない。しかし、空に向けて撃った弾は、学校の校庭に落ちてくるかもしれない」

「ターゲットまたは安全な場所」

「ターゲットを視認できないまま発砲するべからず。決して闇雲にトリガーを引いてはならない」

全身を耳にした少年は、またもルールを繰り返す。

「負傷させることを目的に撃ってはならない。撃つのは相手を殺すときだ。相手の命を奪うときだけだよ。命を奪う覚悟がないのなら、銃を抜いてはいけない。したがってルールはこうだ。生き延びる方法がほかにないとき以外、銃を使うべからず。言ってごらん」

「負傷させることを目的に撃ってはならない。撃つのは――」

「――相手を殺すとき」ハンナが言った。「したがって、生き延びる方法がほかにないとき以外、銃を使うべからず」

「よし。もう一度。ルールをすべておさらいしよう」

ハンナは全部を繰り返した。一語も間違わずに。

そのあいだ、ずっとショウの目を見つめていた。一瞬たりとも視線をそらさなかった。

ショウは銃口を地面に向けて何度かトリガーを引いた。

ハンナは軽く眉を寄せ、全神経を集中して聞き、観察していた。

「これがダブルアクション」

「ハンマーは倒れている。トリガーを引くと、ハンマーは起き上がる。完全に起き上がったところで解放される」もう一度やってみせた。「これには訓練が必要だ。命中精度が落ちるから」

ハンナはじっと見つめていた。「たしかに。先っぽがふらふら動いちゃう」

「先っぽ――銃口のことだな。だから、可能な場合はシングルアクションで撃つほうがいい。かちりと音がするまでハンマーを起こす。コッキングと呼ぶ。この状態でトリガーを引けば、銃口はさほどぶれない」

　これも実際にやってみせた。

「自分でやってみたいな」

　ショウはルールをくどくど繰り返したりはしなかった。

生徒を低く見るべからず……

　ハンナに銃を手渡した。

「重たい」

「四十二オンスある（およそ一二〇〇グラム）」

　数学の神童ハンナは即座に答えた。「二ポンドと十オンス」

「空撃ち（から）してごらん」

「空撃ち。ああ、弾を入れないで撃つってことだね。お父さんによれば、実際には弾は入ってるけど」

「試してごらん」

　ハンナは湖に狙いを定めた。

「そこに向けて撃ってはいけない理由は何だった？」ショウは言った。

　ハンナは少し考えてから答えた。「水面で弾が跳ねるから？」

「そう、跳弾という。下を狙おう。〝安全な場所〟に向けること」

　ハンナはショウが指さした地点を狙った。

「まずはダブルアクションで」

　ハンナは集中した。眉間に皺が寄る。それから狙いを定めてトリガーを引いた。

　かちり。

　ハンナが微笑む。

　ショウは表情を変えなかった。「速すぎる。勢いをつけて引いたね。それでは命中しない。トリガーは絞るように引く。ゆっくりだ」

「だけど、いまにも敵に襲いかかられそうだったら？」

「そのときこそいっそう時間をかけて引く」

　ハンナは地面に狙いを定めた。今回は、ダブルアクションでもさっきより銃口はぶれなかった。

　もう一度。

「いいね」

「シングルアクションも試してみたい」

「やってごらん」

ショウの真似をして親指でハンマーを起こす。銃口を的に向け、ゆっくりとトリガーを引く。銃口はぶれなかった。銃自体も揺れなかった。力があるらしい。このサイズの銃を長い時間安定して保持するのは容易ではない。ショウは訊いた。「何かスポーツをやっているのかい？」

「バレーボール」

なるほど。腕の筋力があるわけだ。

銃口を下に向けたまま、ハンナはショウの目を見上げてささやくように言った。「弾を撃ってみたい」

ショウは一瞬迷ったが、結論が出る前に背後から厳しい声が聞こえた。「だめに決まってる」

アリソン・パーカーが急ぎ足で近づいてきた。「ミスター・ショウに銃を返しなさい」

「ママ……」

「いますぐ」

ふてくされたような溜め息。ハンナは銃口を下に向けた状態で拳銃をショウに渡した。ショウは弾をこめ直して銃をウェストバンドに戻した。それからハンナに言った。「鍋や鍋蓋を入れる箱を探してくれ。そこに仕掛けよう」キャビンの横手、キャンピングカーを駐めたすぐそばにある小さな園芸倉庫を指さす。「釣り糸を結びつけて。しっかりとだぞ」

「わかった」ハンナは不機嫌な声で答え、キャビンに入っていった。

「安全のために最低限の知識を教えた」ショウは言った。「この国には無数の銃が――」

「そうね、多すぎる」

「――ハンナもこの国で生活していればいつか銃と接することもあるだろう」

「銃は禁止」パーカーはきっぱりと言った。「娘は銃に触れさせせない。まだ子供よ」

ショウはあの年ごろでとうに銃の手ほどきを受けていたが、そのことは言わなかった。

冷ややかな声でパーカーが言った。「あの子の前では銃を見えるところに置かないでもらえるとありがたいわ」

「努力する」

パーカーは湖を見つめた。それでこの問題は忘れられるとでもいうかのように。

だが、別の問題が浮かび上がるきっかけになっただけだった。

コルターはパーカーに言った。「話してもらえないか」

「え？」

「私には知っておく必要がある」

パーカーはつかのまショウを見つめたあと、視線をまた湖に戻した。「何の話かしら」

「理由を知っておく必要がある。なぜこんなことになっているのか、本当の理由を知りたい。ジョンがきみをつけ狙う理由については何種類か耳にしている。だが、きみからはまだ話してもらっていない。この件を解決するには――きみとハンナの安全を守るには、理由を知っておく必要がある」

カモがまた一羽降下してきて、鏡のような水面に下りた。V字形のさざ波が反対岸に向けて広がっていき、やがてかなたで消えた。

アリソン・パーカーは、その穏やかで美しい風景に視線を向けていた。微動だにしなかった。やがて言った。

「なかで話しましょうか」

64

どうしてこんなことを……？

アリソン・パーカーと変わり者のさすらい人は、キャビンのリビングルームに座っていた。室内にはぶどう汁と洗剤の刺激臭がかすかに染みついていた。

パーカーは無意識のうちにまた自分の頬を触っていた。盛り上がった傷痕に関して、医師の予言は間違っていた。跡はナイフの刃のように鋭くて目立った。

会ったばかりのこの男に、真実を打ち明ける――本当に？

彼はすでに何かを察しているようだった。男くさくて言動には遠慮がないが、だからといって優れた頭脳や洞察力を備えていないと決めつけるわけにはいかない。

懸賞金ビジネスを通じて家庭内の諍（いさか）いに慣れているのは確かだろうが、パーカーが打ち明けようという気になったのは、そのせいだけではなかった。いかにも聞き上手といった雰囲気があるからだ。パーカーが何か言えば、あるいはハンナが、フランク・ヴィランが何か言えば、コルター・ショウはかならず耳をかたむけた。隙を狙って他人の話に割りこみ、自分の話をしだしたり、無用の助言をしたりといったことをいっさいしない。誰かが話しているあいだは、その人物が彼の世界の中心なのだ。

いま、彼は待っている。暖炉にもたれ、二人が構築した警報システムとやらの仕上げに使う鍋を集めているハンナをじっと見守っている。

静かな声で、パーカーは話し始めた。「ジョンと私の結婚生活はずっとうまく行ってた。私は心の底から彼を愛してた。頭がよくて、話していると楽しくて。いまとなっては信じられないけど、以前のジョンはそういう人だったのよ。めったに笑わないけど、ときおり繰り出す決めの台詞がすごくおかしいの。よい父親でもあった。よくハンナの宿題を手伝ってやってた。有給休暇はだいたい育児目的で消化してた。私が仕事を休めないときに。

ところが、ある時期からお酒を飲むようになったの。知り合ったころ、結婚したころは、ほとんど飲まなかったけれど、たまに飲みすぎると、別人に変わった。ジョンが二人いるみたい。しかも飲むと怒り出すのよ。ふつうの人の〝怒る〟レベルじゃない。別次元のキレかただった」

白漆喰のタツノオトシゴ。微笑みなのか、いやみな薄笑いなのか、官能的な目つきなのか、よくわからないその表情が脳裏に浮かぶ。

アリソン・パーカーは、このときはあえて自分に言い聞かせなかった――そのことは考えちゃだめ。

ショウは言った。「ジキルとハイドのような?」

パーカーはうなずいた。「お父さんに似たみたい。お酒を飲むと人が変わるという点で。セラピストも言ってた――気性は遺伝することがあるって。ジョンのお父さんがお酒に頼るようになったのは、マニュファクチャラーズ・ロウの工場からレイオフされて以降だったそうよ。亡くなる前は、毎晩、飲まなくては眠れなかったとか。ただお父さんは、酔うとおとなしくなるタイプだった。飲んでいないときのハロルドはいやな人だったみたい。短気で、すぐ手が出るような人。ジョンはよくこんな風に言ってた。人を罵ったり困らせたり、ジョンをベルトで叩いたり、お母さんを殴ったりさせないように、家族でお父さんにお酒を飲ませたものだって。ジョンは反対の遺伝子を受け継いだみたいね」

　この物語の筋は入り組んでいて、話すのも単純にはいかなかったが、すでに数えきれないほど何度も自分相手に語ってきているパーカーは、さながら老練のシェイクスピア俳優のごとく、台本の隅々まで知り尽くしていた。

「三年くらい前、ジョンは相棒と捜査に出た。そのころ大規模な汚職事件を担当していたの。途中で、すぐ近くの民家で銃声が聞こえたとの通報が入った。その家の父親が覚醒剤をやって、家族を脅して銃を乱射したのよ。現場周辺には、ジョンと相棒のダニーしかいなかった。二人は防弾チョッキを着けてその家に突入した」

　気づくと喉が詰まって涙があふれかけていた。そのできごとを鮮明に思い描ける。まるでその場に居合わせたかのように。

「二人が現場の家に入ったとたん、ジョンの相棒は頭を撃たれてしまった。犯人は続けて自分の娘を撃ち殺した。ダニーは死んだわけではなかったけれど、父親はそのあとも発砲をやめなかった。ジョンはダニーの前に出て腰を落とした。人間の盾になって相棒を守ろうとしたの。胸を四発か五発撃たれた。でも防弾ベストのおかげで助かった。肋骨は何本か折れたけど、弾は貫通しなかった。一発は低い位置に当たった。ジョンの脚に当たったの。ジョンは父親を射殺して、一家の残りの人たちを救った」

　ショウは尋ねた。「ダニーは？」

「命は助かった。もちろん刑事の仕事は引退するしかなかったけど。ジョンの怪我は回復した。傷は癒えても、痛みはなかなか消えなかった。いろんな治療を試した。電気治療、コデインやタイレノールなんかの鎮痛薬。どれも効かなくて、オキシコンチンを処方された。ようやくそれが効いたけど……まあ、予想はつくでしょう？」

「依存するようになったんだね」

「長い時間がかかってようやく断薬できた。同時に痛みがぶり返した。前よりひどかったくらい。今度は薬には頼らなかったけど、その代わりを見つけてしまった」

「アルコールか」

　パーカーはうなだれた。かすれた声でショウの言葉を繰り返す。「そう、アルコール。大量のアルコール……。たくさん飲めば痛みを感じなくなるんでしょうね。でも、ジョンにはほかの作用を及ぼした。怒り、悪罵、皮肉、暴力」

「断酒会には？」

「最初はうまくいってた。しばらくのあいだだけ。とてもいい助言者がついてくれたのに、隠れてまた飲んでしまうのよ。私はアルコール依存症者のサポートグループの家族部門に通ったし、ハンナもティーン向けに参加した。だけど何の意味もなかった。ジョンは変われなかった。変わろうとしなかった。警察を呼んだことも十回以上あった。でもジョンは警察の前ではさほど酔ってないような受け答えをするから、私が大げさに騒いでいるだけのように扱われた」

ショウが言う。「警察も大目に見た。なんといっても相棒の命を救った刑事だ」

悲しげな笑み。「〝ビーコンヒルの英雄〟なんて呼ばれてね――乱射事件が起きた地域にちなんで。家を……」

泣いちゃだめ――パーカーは自分に言い聞かせた。涙はこらえたが、声がかすれ、もう一度始めから言い直さなくてはならなかった。「家を出ようかとも考えたわ。母が父を見放したみたいに。父は浮気を繰り返す人だったの。私は遠くに行く計画を何度も立てたけど、そのたびにジョンが立ち直るきざしが見えたように思えた。ジョンはハンナをイベントに連れていったり、プレゼントを買って帰ってきたり。以前のジョンに戻ったようだった――でも、やっぱりまた飲み始めてしまうの。しかも回数や量がどんどん増えていった」

息を吸い、吐いて……

「そうこうするうちに去年の十一月の事件が起きた。ジョンはハンナの学校の課題を手伝ってた。二人で何か工作をしてた。はんだ付けしたり、組み立ててねじ留めしたり。楽しそうだった。なのに突然、そう、何かスイッチが入ったみたいに、ジョンが立ち上がった。ああ、出かけるんだなと思った。どこに行くつもりかは考えるまでもなかった。私はジョンを引き止めようとした。すがりついて止めようとしたの」

その場面が眼前に鮮やかに描き出された。パーカーはジョンのデニムシャツに手を置いた。生地をしっかりとつかんだ。しかしジョンは止まらなかった。そのまま雪のなかに出ていった。

「帰ってきたジョンは、ウィスキーのにおいをぷんぷんさせていて、まともに歩けないくらい酔っていた。その十分後、私は地面に倒れていた。頬骨が折れて、どこもかしこも血だらけだった」パーカーは窓の外に目をやり、警備システム構築にいそしむ娘の姿を見つめた。「警察もさすがに見逃すわけにはいかなかった。殺人未遂に銃。私は入院。ジョンを逮捕する以外になかった。私は正式に告発した。ジョンの弁護士と検事は司法取引をした。殺人未遂は取り下げる代わりに暴行で有罪を認めて、三十六カ月の実刑を言い渡された」

パーカーは嘲るように鼻を鳴らした。「といっても、ジョンの場合はたった十カ月って意味だったみたいだけど」両手を上げ、なんといっても〝英雄〟だものね、と暗黙のうちに繰り返した。

聞き上手のコルター・ショウはやはり人の話を聞くのがうまかった。いまの話をすべてそのまま受け止めたといった風に一つうなずく。ところが次の瞬間、パーカーの表情を探るように見てこう言った。「わざと省略した点がいくつかあるね」

アリソン・パーカーはつかのま驚いたように彼の顔を見た。あとは笑うしかなかった。

そして心のなかで答えた——そうなの、実を言うと……

しかしパーカーがその先を打ち明けることはなかった。キャビン前の草地からクラクションの音が何度も鳴り響いたからだ。ハンナが眉をひそめ、裏のポーチから急ぎ足で戻ってきた。三人はそろってドライブウェイの方角を見つめた。

「フランクね」パーカーが言った。

ヴィランの銀色のメルセデスのSUVが車体を揺らしながらドライブウェイをそろそろと近づいてくる。

三人は出迎えようと玄関先に出た。

車は十五メートルほど離れた位置に停止した。

降りてきた男は、しかし、フランク・ヴィランではなかった。黒いスーツにネクタイを締めた巨大な男だった。にこりともしないその顔は、赤くただれている。拳銃を三人に向けた。そして奇妙な言葉をつぶやいた。よく聞き取れなかったが、パーカーの耳にはこう言ったように聞こえた。「ドーンドゥー……」

男の黒い目は三人をさっと見比べ、最後にコルター・ショウの上で落ち着いた。そうとはわからないくらいの笑みを口もとに浮かべ、男は首を振った。

65

遮蔽物の配置、射撃に有利な角度や距離を見きわめたところで無意味だ。ほんのわずかでも防御の動きを見せたら、その瞬間、三人のうち誰かが——あるいは全員が——死ぬことになるだろう。

ショウの頭にあったのは、モーテルの二人組のもう一人はどうしたのだろうということだった。が、そのとき背後から声が聞こえた。「よう。そのままお利口さんにしてな。動くなよ」

薄茶色のジャケットの男は、くすんだ金色の髪をきっちりと横分けにして後ろになでつけていた。この男の手にもやはりグロックが握られていた。

ショウはハンナの顔を見た。その目には怯えがあったが、挑むような色のほうが勝っていた。

確率三〇パーセントと見積もっていたことが現実になったのだ。

そういうことはある。〝三〇〟は決してゼロではない。

パーカーが怒りに満ちた声で言った。「フランクはどこ？　彼に何したの？」

薄茶色のジャケットが言った。「黙ってろよ、かわいこちゃん」

「信じられない」ハンナがかすれた声で言った。ヴィランの運命を悟ったのだろう。「うそだ！　許せない！」

ジャケットがにやりとした。

誰でも最後には口を割る。誰でもだ。苦痛ほど強い力はほかにないと言っていい。せめてフランクが即座にこを教えたのであればいいが。〝ツインズ〟がそれで彼の苦痛を終わらせたのであれば。そう、肉体の苦痛と、裏切りに対する心の苦痛の両方を。

敷地の入口から聞こえていたパーカーの車のクラクションが自動で鳴りやんだ。

スーツがショウをねめ回した。「あんたみたいな連中はよくいるよな。見りゃわかる。銃を持ってるだろ」

なぜわかる？　銃は二丁あるが、どちらも外からは見えないはずだ。そう考えたとき、パーカーの家でメリットに姿を見られたことを思い出した。ガレージから逃走する前にショウのグロックに気づいたのだろう。そのことをツインズにも伝えたに違いない。

ショウは穏やかに言った。「決してきみたちを侮ってはいない。とりあえず銃をほかに向けてもらえないか」

ツインズは互いの目を見交わした。それからスーツは銃口をそらして薄茶色のジャケットにうなずいた。ジャケットは自分の拳銃をスーツに預けて進み出た。青い手袋をはめ、慣れた手つきで服の上からショウの身体検査をし、グロックと予備のマガジン、コルト・パイソン、携帯電話を取り上げた。二丁とも弾を抜き、弾だけを湖に投げこんだ。銃二丁と携帯電話は、灰と焼け焦げた薪でいっぱいのバーベキューピットに放りこんだ。

次にパーカーの身体検査をした。背骨をゆっくりとなぞるように手を動かす。パーカーは憤然とした顔で男の手を肘で押しのけた。

相棒を見つめてスーツが言った。「さっさとやっちまおうぜ」

薄茶色のジャケットは声を立てて笑った。パーカーとハンナの二人分の携帯電話をパーカーのポケットから抜き出す。パーカーが低い声で言った。「娘は何も持ってない。触らないで」

スーツがうなずく。

薄茶色のジャケットは肩をすくめ、携帯電話を二台ともバーベキューピットに投げ入れたあと、自分のポケットから別の一台を取り出してそれも放りこんだ。おそらく用済みのプリペイド（バーナー）携帯だろう。

事実、それが焚きつけとなった。薄茶色のジャケットは森から——森の奥に白いトランジットが駐まっているのが見える——赤いガソリン缶を持ってきていた。ガソリンをたっぷりバーベキューピットに注いだ。ライターで火をつける。父からの贈り物だったショウのコルト・パイソンも炎にのまれた。

スーツはハンナに銃を向けたまま一歩下がり、相棒に言った。「キャンピングカーも」

ジャケットは自分の銃を受け取ってウィネベーゴに歩み寄り、乗りこんだ。

ハンナはスーツを凝視している。パーカーは頭から湯気を立てているが、ハンナは違った。〝冷静〟を絵に描いたような顔をしていた。

きっとこう考えている。

感情に流されるべからず……

ハンナに目を配っておく必要がありそうだ。いまは大胆な行動を起こしていい場面ではない。

「夫はどこ?」パーカーが怒りを抑えきれない調子で訊く。

「こっちに向かってる」

パーカーは苦々しげに言った。「お金をもらう約束なんでしょ。いくら?」

「いいから黙ってな……そのほうが全員のためだ」

パーカーは黙らない。「夫は文無しよ。どう言われるか知らないけど、みんな嘘だから。私にはお金がある。たくさんあるのよ。夫より多く払える」

「だから黙ってろって」

「ミスター・ショウ」ハンナが小声で言った。

ハンナの目がショウからスーツへとゆっくりと動いた。スーツはウィネベーゴのほうに目をやっていて、銃口は力なく下を向いていた。

二人同時にスーツに飛びかかろうと言いたいのだ。

十五秒でこいつを倒せる。

ショウはきっぱりと首を振った。

パーカーはハンナが取り乱すことなく一点を見つめていることに気づき、ショックが大きすぎて麻痺していると勘違いしたのだろう。止められるものなら止めてみろと挑むような視線をスーツにねじこんでから、ハンナに近づいて抱き寄せた。

薄茶色のジャケットがキャンピングカーから現れた。ショウのノートパソコンとプリペイド携帯数台を抱えていた。それもすべてバーベキューピットにくべられた。まもなくプラスチックが燃え始め、刺激臭のある真っ黒な煙が立ち上った。

「よし」スーツが言った。「三人ともキャンピングカーに乗れ」

ハンナが鋭い視線をもう一度ショウに向けた。ショウは言った。「言われたとおりにしよう」

パーカーはハンナの肩に腕を回してウィネベーゴへと歩き、乗りこんだ。ショウは男たちをねめつけてからステップを上り、なかに入ってドアを閉めた。

66

モールは言った。「あの目つき、気に入らねえな。思った以上だ」

「思った以上に何だよ？」

「危険だって話だよ。あの野郎、俺たちをにらみつけてた。いい予感はしないよな」

デズモンドは低くうなった。同意の意味だろう。こいつの口から出てくる音よりも、手製の笛が奏でる音のほうがよほど表現豊かだ。

モールは湖を見やった。「何が釣れるんだろうな」アウトドア好きではあるが、釣りはしない。獲物を釣り上げるのは、射撃で倒すのとは別物だ。

「バスだ」

「見ただけでわかるのかよ」

デズモンドは言った。「いや。これにかぎらず、どっかの湖で何が釣れるのかなって訊かれたら、とりあえず〝バス〟って言っときゃいい。間違ってたとしたって、誰にもわかりゃしねえ」デズモンドは銃をしまい、代わりに笛を手にしていた。一つ音を鳴らす。また別の音。それから口を離した。「娘のほう、な。敵意の塊って感じだった。よほど自分に自信があるらしいな」

モールはキャンピングカーを見た。それからゆっくりと言った。「あの野郎が仕掛けた警報」低木の茂みで半分隠された起亜（キア）に顎をしゃくる。「トランジットで来てたら、あのダーティ・ハリー銃で六発は撃たれてただろうな。あいつの銃の腕前はかなり確かだろう。絶対だ」

デズモンドはうなずいた。

モールは続けた。「あのなかでいまごろ、鉄パイプとどっかに隠してたショットガンの弾で銃を作ってる最中かもしれないぞ」

「そうかもな。俺だって野生のクマみたいにぶち殺されるのはごめんだ」

「なあ、俺が考えてること、わかるか？」

「え……？」

「メリットを待ってる場合じゃない。仮に待たないとして、何か不都合を思いつくか？」

デズモンドの表情は、脳味噌はフル回転中と伝えていた。

モールは自分の問いに自分で答えた。「大した不都合は思いつかない」

「だな。それに、聞いてた話の十倍くらい面倒な仕事になって、そろそろうんざりしてきてる」

モールはバーベキューピットを見た。

デズモンドの目がますます大きく見ひらかれる。飢えたような色を帯びる。「な、まとめて燃やしちまおうって話なら、その前にあの女とやらせろよ」

「オートバイ野郎が黙って見てると思うか？　次と次の女を買う金は俺が出してやる」

　デズモンドが言う。「次と次と、その次も」

　モールは溜め息をついた。大まじめに交渉するようなことか？「わかった。三回分」

　デズモンドはガソリン缶をウィネベーゴまで引きずっていき、なかの液体をエンジンルーム直下の地面に撒いた。二人は以前にも車を燃やした経験があり、ガソリンタンクは炎にあぶられても壊れないが、エンジンの下側の燃料パイプは短時間で溶け、そこからガソリンが噴き出して、炎が一気に燃え広がることを知っていた。ディーゼル燃料でも高温になれば発火する。

　ガソリンをたっぷり撒いたところで、モールのほうに向き直った。「けどさ、撃つほうが人道的かもしれねえな。ドアを開けておくか。連中が出てきたところで殺ろうぜ」

　モールは首を振った。「オートバイ野郎のことだ。弓矢やパイプ爆弾を持って現れないともかぎらない。だめだ。おとなしくなかにいてもらう。キャンピングカーなんて、なかはせまい。どうなるかわかるだろ？　焼け死ぬより先に煙で失神する。眠るのと変わらない」

　デズモンドは園芸小屋に目を留めた。扉を開け、角形スコップを出してきた。それを持ってウィネベーゴのところに戻り、地面とドアラッチのつっかい棒にした。試してみる。ドアはびくともしなかった。

　デズモンドは次にほうきを探してきて、まだくすぶっているバーベキューピットの火をほうきの穂に移した。地面にまいたガソリンの端のほうに慎重に触れた。

　ぶわっとくぐもった音がして、青とオレンジ色の炎がキャンピングカーの下に広がった。

　デズモンドは妙なステップを踏んで飛びのいた。モールはその光景を見てにやりと笑った。

　二人はポーチの椅子に腰を下ろした。まるでウィスキーのグラスを揺らしながら、狩猟制限いっぱいまでコリンウズラやキジを狩った一日の成果を語り合う狩猟仲間のようだった。容赦なくすべてをむさぼっていく炎と勢いよく噴き上がる黒い煙をながめた。

数分後、悲鳴が聞こえ始めた。

デズモンドが眉を吊り上げてモールを見た。「失神してねえじゃんか」

モールは身動きせずに悲鳴に耳を澄ました。キャビンを振り返る。「このなかにも始末したほうがいいものがあるかもしれないな。パソコンとか、携帯電話とか」

「かもな」

二人は屋内に入った。モールはドアを閉めた。ドア一枚で断末魔の悲鳴を締め出せるだろうか。

無理だった。

67

コルター・ショウはハンナ・メリットに言った。「きみの悲鳴は堂に入っているな。演劇の経験があるのかい?」

ハンナは肩をすくめた。「経験ってほどじゃない。中学のとき、『ピピン』に出たことがある程度」

ハンナのほうはたったいま起きたことに動じていないようだった。パーカーは茫然自失といった体だが。


三人は〝三〇パーセント〟の森に二十メートルほど入ったところの地面に並んで伏せている。ショウがキャンピングカーのベッド下の床に設けられた脱出ハッチを開け、そこから抜け出してここまで移動してきた。ハッチはショウが自分で床を切って設置したもので、人が抜け出すのに必要な地上高を確保するため、車のサスペンションも調整してあった。

二人組がキャンピングカーの下にガソリンを撒き終えたときだった、ショウが蝶番式のベッドを持ち上げ、ハッチを引き開けたのだ。「あと数分だけ待とう。煙が濃ければ濃いほど好都合だ。外に出て這う方向は左だ。身を低くしておくこと。連中は窓から抜け出すと思って待ちかまえているだろう。ああ、それから、誰か悲鳴を上げてくれ」

というわけで、ハンナが悲鳴を上げた。鼓膜がはじけそうな甲高い悲鳴を。

パーカーもやってはみたが、出てきたのはネズミが鳴くような声だった。ショウは笑みを浮かべた。二人を落ち着かせるためでもあったが、その声がおかしかったからでもある。

フロントガラスから見える高さまで炎が勢いを増し、煙が車内に入りこんできたところで、これなら脱出しても気づかれずにすむと判断し、ショウは小声で言った。

「いまだ」

どちらかが恐怖で凍りついた場合に備え、ショウは二人を先に行かせた。まずハンナを。次にパーカーを。外に出て、草むらを這うように進み、森の奥を目指した。そしていま、並んで地面に伏せている。

そう遠くないところにトランジットが見えた。周囲を偵察したときショウが見逃した細い木材運搬道に駐まっている。あのバンを利用できないだろうか。成功の確率は二〇パーセント、気づかれる確率は八〇パーセント。割に合わない。

パーカーがささやくような声で言った。「あの連中……私たちを焼き殺そうとした。どうして?」

理由はショウにも見当がつかない。三人を撃つ機会はいくらでもあった。銃を使えば無用の苦しみを与えずにすんだだろう。メリットもそこまでの苦痛を二人に与えたいとは思っていないだろうが、断言はできない。弁護士を殺す前に、パーカーの行き先を聞き出そうとして拷問したのは間違いないだろう。フランク・ヴィランが拷問されることもあらかじめ知っていたはずだ。

「あなたのおうちなのに」ハンナはショウの無表情な顔を見つめた。「なくなっちゃったね」

それは事実だ。しかし、キャンピングカーはすでに過去の存在だ。

感傷に判断を左右されるべからず……

パーカーが訊いた。「消防車を待つ? 私たちは通報できないけど、近所の人がきっと煙に気づいたわよね」

ハンナが言う。「来ないかもよ。だってほら、来る途中で見たじゃん? 農家の人たちが畑を焼いてた」

ショウは言った。「しかし、私たちの死体がないことに気づけば、あの二人が捜しに来るだろう。いまのうちにここを離れたほうがいい」森の奥へ延びる小道を見やる。鬱蒼とした緑と茶と灰色の森は、黒っぽい葉を茂らせたカシがそびえるなか、ところどころにマツがまじっている。後者の葉を太陽が鮮やかな緑色に輝かせていた。

マーシャル郡のクリスティ・ドナヒュー保安官補が州のこの地方について話していたことを思い出して、ショウは尋ねた。「ミルトンという町はどのくらい先だろう？」

パーカーはしばし考えてから答えた。「十五キロくらい？　北の方角。北がどっちだかわからないけど」

ショウは北を指さした。「ミルトンを目指そう。そこから電話をかける。そこの警察は信用していいだろう。そこフェリントン市警とは何の関係もないだろうからね。友人に元ＦＢＩ捜査官がいる。彼に連絡するよ」

パーカーが言った。「来るときに通った大きな道路。八四号線ね。ミルトンまで行ってる。あの道路沿いに歩けば迷わない。ヒッチハイクしてもいいし。最低でも誰かに電話を貸してもらえる」

これに答えたのはハンナだった。内容はショウが考えていたとおりのことだった。「森から出ないほうがいい。ヒッチハイクするってさっきの二人組にも予想がつくだろうから」ハンナは溜め息をつき、唇を結んで言った。「あいつが追いついてきたら、向こうは二台であたしたちを探せる」

〝あいつ〟という言葉にたっぷりの軽蔑がこめられていた。ハンナにとってジョン・メリットはもはや〝パパ〟ではない。

68

応答はなかった。

ソーニャ・ニルソン——元中尉、勲章を授けられたスナイパー、本名ベアトリス・アン・グールド——は、レンタカーを降りてアボット・ストリートに面したフェリントン市警本部に向かっているところだった。

コルター・ショウは電話に出ない。フランク・ヴィランも電話に出ない。アリソン・パーカーは実母ルースにメールを一通送ったきり、ルースやマーティ・ハーモン、ニルソンのメールに返信がない。

パーカーはまさに病的なまでに疑い深いらしく、実母にさえ現在の居場所を明かそうとしなかった。

ニルソンは警察本部の受付デスクに歩み寄り、ダンフリー・ケンプ刑事と面会したいと告げたが、いま席を外しているとの返事だった。

軍で身につけた険しく重々しい声で、ニルソンは言った。「ハーモン・エナジーのセキュリティ主任が来ていると伝えていただけますか」

四分後、ニルソンは見たことがないほど散らかったオフィスに招き入れられた。筋骨たくましい刑事――ボディビルでもやっているのだろう――は、かなりくたびれた印象だった。いったい何時間ぶっ通しで起きているのだろう。二十時間。いや、二十二時間か。ニルソンも同レベルの睡眠不足を何度も経験している。他人の様相を見ればだいたいの見当がつく。

「ケンプ刑事。ソーニャ・ニルソンです」

「ニルソン？　爆弾で吹き飛ばされかけた女性じゃないですか」

ニルソンは爆発現場から日焼けした刑事に電話をかけ、爆薬の分析結果はもう出ているかとあらかじめ問い合わせた。結果はまだだが、受け取り次第、ニルソンに転送すると刑事は請け合った。かならずお送りしますよ。

ええ、即行で……

「その件で来たのではありません。アリソン・パーカーの失踪に関して、コルター・ショウに協力していましたよね」

「ええ。協力しました。可能なかぎり」ケンプの視線は紙ばさみの山へと動いた。まるでこう言っているかのようだった――〝あれ、いつの間にこんなに？〟

「ミスター・ショウが彼女を見つけました」

ケンプの顔に安堵が広がった。「一件落着ですね」

「いえ、まだ落着ではないんです」ニルソンは言った。「三人そろってまた消えてしまったんです。マーシャル郡にいたところまではわかっていて、そこから北へ向かいました。最後に連絡を取り合ったときはマーシャル郡の北の境界線あたりにいたので、いまごろはエヴェレット郡にいるのではないかと。保安官事務所に所在の確認を依頼したいので、仲介をお願いします」

〝できればお願いします〟とは絶対に言ってはいけない。〝助けてもらえません？〟もだめだ。かならず直球で頼むこと――〝お願いします〟。これなら、のらりくらりとはぐらかす余地はない。承諾するか、断るか、二つに一つだ。

もちろん、電話で依頼してもよかったのだが、ソーニャ・ニルソンは、元軍人然とした体格の身長百八十センチの金髪の女の緑色の射るような鋭い目にじっと見つめられると、相手はたいがい期待どおりの答えを返すことを経験から知っていた。

「現実を言えば……ちょっと忙しくてですね」

ニルソンは微動だにせず刑事を見つめた。このテクニックもかなり効き目がある。

まもなくケンプの顔から力が抜けた――〝しかたないな〟。受話器を持ち上げる。この男は不機嫌というわけではないようだ。いらついているわけでも、怒りをためているわけでもない。ただ疲れきっている。

私も同じ境遇よ。

そっちはどう、疲れは取れた？

コルター・ショウを思い出す。

彼とのキスを。

ニルソンはその記憶を押しのけようとした。簡単にはいかなかった。

ケンプがエヴェレット郡保安官事務所の一つの部署から別の部署へたらい回しにされているあいだ、ニルソンは室内を観察した。この刑事はいったいいくつの事件を抱えているのだ？　少なく見積もっても数十だろう。〝ストリート・クリーナー〟事件に関するメモが目についた。去年の捜査会議の議事録らしい。気の毒に、あの事件も担当しているのだろうか。これだけ時間を費やしてなお迷宮入りしかけている。解決は不可能に近いだろう。

ケンプ刑事がこちらに向き直った。受話器の送話口を手でふさいでいる。「シェパード巡査部長とつながってます」

ニルソンは手を差し出して受話器を受け取った。身分を名乗り、状況をざっと説明した。元刑事が暴行罪で服役後に出所し、被害者の元妻を捜している。男二人がそれに協力している。すでに殺人が一件発生。元妻と娘、それに二人を手助けした複数の人物の行方がわからなくなっている。「連絡も途絶えています（ダーク・オン・コム）」

「なるほど」

ニルソンは軍隊用語を使った。シェパードも元軍人ではないかと思ったからだ。保安官補には退役軍人が多い。シェパードの反応から察するに、その推測は当たっていたらしい。となれば、協力が期待できそうだ。

「最後に判明しているのは、数時間前におたくの郡に入ったらしいことです。五五号線か八四号線を経由した可能性が高そうですが、もっと小さな道路かもしれません。幹線道路沿いに交通監視カメラは設置されていますか」

「郡のカメラはありませんね。町によってはスピード違反を監視するカメラがありそうですが。ただ、郡のシステムとは接続されていません。しかしミス・ニルソン、フェリントン市警は何をしてるんです？　トレヴァー郡やマーシャル郡は？」

「よくある話ですよ。自分の管轄から出てしまえば、あとは知らぬ顔です。そもそも初めから冷淡でしたし。管内の全パトロールに通知して、一台を捜索に当ててください」

「詳細を教えていただけますか」

「ウィネベーゴのキャンピングカー。ボディ色はベージュと茶です。ほかに、銀色のメルセデスのＳＵＶと、ゴールドカラーの起亜」前者二台のナンバーを伝えた。アリソンのレンタカーのナンバーは不明だ。「二人組の容疑者はフォード・トランジットに乗っています。ナンバーはわかりません。二人とも銃を所持しています」

「これは手こずりそうだな」シェパードは溜め息をついた。「無線で全車に伝えます。一台を捜索にというお話でしたが、車両は確保できますが、何せうちの郡はでかいので。もう少し地域を限定できそうですかね」

「ちょっとお待ちください」

ケンプのオフィスの壁にこの郡を中心とする周辺地図が貼ってあった――紙ばさみで一部しか見えていなかったが。ニルソンは刑事に断った。「これ、ちょっと動かします」受話器をケンプに渡しておいて紙ばさみの山を床に下ろした。

受話器をふたたび受け取った。「いま、地図を見ています。そちらにもあります？」

シェパードの含み笑いが聞こえた。「私はこの郡の住人ですよ。それも四十六年来の」

ニルソンは地図に目を走らせた。フランク・ヴィランの家を出たあと向かったと思われる町の候補は二つ。北西のミルトンか、真東のスタントンか。

ニルソンはその候補をシェパードに伝えた。

「ちょっと考えます。このまま待っていてください」

ニルソンは地図に目をこらした。ミルトンまでのルートには湖がいくつもある。いずれも個性的な名前だった。クリムゾン・ロック湖、スノーシュー湖、ティンバーウルフ湖、ハーフムーン湖。

コルター・ショウと釣りの話をしたことを思い出した。

シェパードが電話口に戻ってきた。「私なら――私が逃げる側なら、車は公営駐車場に、ウィネベーゴは大きなRVパークに駐めておきますね。木の葉は森に隠せ、です。その二つがそろっているのはスタントンだ。いまからパトロールを向かわせます。十五分で着く」

「地元の人ならではですね、巡査部長。ご協力をありがとうございます」

69

「ドーンドゥー……」

その歌の一節のようなフレーズが初めて心に入りこんできた日の記憶が蘇る。

モールはコルトの銃口を水平よりもやや下に向けていた。ひざまずいた男はモールを見上げ、涙ながらに訴えた。「お願いだ。やめてくれ！　頼むよ。やめてくれ。やめて（ドント・ドウ）――」

ドーンドゥー……

あれは実入りのいい依頼だった。多額の報酬。楽勝な仕事。トリガーを引くだけで十万ドル。男の表情はモールの記憶に深々と刻まれた。この先も一生消えないだろう。

今回の仕事はあれとは違う。大違いだ。

今回、口をついて出た〝ドーンドゥー〟は、懇願ではなく、悪態だ。

まだくすぶり続けているウィネベーゴのリア側の草むらにしゃがんでいたモールは、大きな体を伸ばして立ち上がった。外の音が筒抜けのキャビンをデズモンドと家捜しした結果、ノートパソコンが二台見つかった。それもバーベキューピットにくべられた。それからモールは異変に気づいて目を細め、いま立っているこの場所に来た。

折れた雑草。

土の地面に残るこすれ跡。

モールは森に目をこらした。誰もいない。今度はキャビンに向き直る。「やられた」

「え？」

「あいつら、逃げたんだ」

デズモンドが鼻で笑う。「ありえねえよ」そう言って立ち上がり、デッキから飛び下りると、まだ煙を上げているキャンピングカーの残骸に近づき、折れた草や地面に残った跡を見つめた。「だって、悲鳴が聞こえたろ」

「誰かが悲鳴を上げたってだけのことだ」

「ママのほうを俺にやらせときゃ、こんなことにならなかったのに」

「その話はよせ」モールはぴしゃりと言った。煙が目に染みるのをこらえてキャンピングカーの下をのぞきこむ。床にハッチらしきものがある。

　デズモンドが木の棒で灰をつつき回した。「奴は怒り狂うだろうな」

「ああ、怒り狂うだろうな」モールは鬱蒼とした森を凝視した。「おまえならどこに行く？」

　デズモンドはしばし考えた。「一つしかないな。ミルトンだ。十五キロあるかないか」

「エヴェレット郡か。あっちの保安官事務所にはお友達はいねえな」モールは煙に目を細めて周囲を見回す。「俺たちに結びつきそうなものがあったら、どうにかしとかないとな」

　デズモンドはトランジットを駐めてきた森のほうに顎をしゃくった。「フォードのタイヤ跡」

　モールは嘲るように鼻を鳴らした。「こんな田舎で？　ここいらのおまわりなんか、〝指紋って何ですか〟ってレベルだろうよ。タイヤ跡なんて言っても異次元の話に聞こえるだろうよ」モールは人を拒むような森にまた目をこらした。どこに行った、オートバイ野郎？　怒りの波が押し寄せてきた。皮膚のかゆみがますますひどくなる。スプレーを出すのさえ面倒だった。かゆみにも、それを和らげる努力にも、もううんざりだ。

「メルセデスの始末は俺が引き受ける」

　デズモンドはフランク・ヴィランのＳＵＶの下に残りのガソリンを流しこんで火をつけた。ガソリン缶も炎に投げこむ。小さな炎は巨大な炎の柱に変わった。炎の舌が閃いて、二人が乗っていた痕跡をきれいに舐め取った。

「起亜（キア）はどうするよ？」

「俺たちは触ってないだろ。キャビンのなかじゃ手袋をはめてたし。どのみち時間がねえ」

　二人は木立のあいだを抜けて森のなかの小道をたどり、デズモンドが駐めておいた白いトランジットに戻った。モールが運転席に、デズモンドが助手席に乗りこむ。十分後には八四号線をミルトン方面へとゆっくり走っていた。

「ヒッチハイクはしないよな」デズモンドが行った。

「しないな。だが、幹線道路からそう遠くないところを行くだろうな。道路を道しるべ代わりにして。いまとなっちゃ、ナビアプリも使えないわけだから」

モールはハザードランプをつけっぱなしにし、北東へ向けてそろそろと車を走らせた。状況が許せば路肩に半分はみ出して走った。獲物の気配を探して周囲に視線を巡らせる。モールは左に、デズモンドは右に。何を探せばいいかはわかっていた。似たようなことは前にも経験がある。

70

「これは重装行軍だ」アシュトン・ショウは三人の子供に向かって言った。「強制行軍とも言うかな。本当はやりたくないのにやらされるわけだから」肩を揺らして低く笑いながら、コンパウンドのはずれの山道をずんずん歩いていく。

コルター、ドリオン、ラッセルは、その順に並んで父のあとをついていった。

それぞれ重量十五キロほどの荷物を背負っている。コルターはドリオンに少しでも軽い荷物を持たせようとしたが、妹は聞く耳を持たなかった。

四人の歩みは速い。子供三人はどうにかついていってはいるが、息は上がっていた。アシュトンは平然としている。アシュトン・ショウは名実ともに学者だが、これほど体力に優れた学者はそういないだろう。

肩越しにアシュトンが言う。「古代ローマの兵士は、初めて武器に触る以前に重装行軍を身につけた。新兵として認められるには、五時間で三十キロを歩けなくてはならなかった。二十キロ超の装備だけでなく、スディスを一本ずつ担いでな。スディスとは何か、誰か知っているか？」

コルターの読書量は兄や妹のそれを上回っている。しかも歴史書がとりわけ好きだった。「先を尖らせた杭です。行った先で夜間、陣地をそれで囲んで防衛しました」

「いいぞ」アシュトンが言う。ラッセルは弟が正解したことが気に入らないようだった。

「いいこと思いついた！」ドリオンが熱を帯びた声で言う。「スディスを作ろうよ。ローマ兵みたいに担いで歩くの！」
コルターとラッセルは、そろって妹を黙らせた。

ショウ、パーカー、ハンナの三人はまさに強制行軍のさなかにある。ティンバーウルフ湖のキャビンの北に広がる森の奥を一列縦隊で歩いていた。重い装備こそ背負っていないが、十分にきつい道のりだ。上り斜面はイバラや低木の茂みで覆われ、木の根や岩ででこぼこしている。木も無数にある――立っているもの、倒れているもの。サバイバリスト、スイマー、バレーボール選手の三人は、それでも順調に距離を稼いでいた。

燃え尽きたウィネベーゴの残骸は、すでに何キロも背後に遠ざかった。先頭を行くのはハンナだ。率先して先頭に立った。だめだと言う理由はない。ショウとパーカーの二人ともがハンナに目を配れるし、前方に危険があればすぐに気づける。

三人は無言で歩き続けた。頭上にはカシやマツ、イチイ、ブナ、トネリコ、ベイツガの細い枝や太い枝の屋根がある。足もとにはヘイセンテッドシダやアスター、サワギクが育っている。どこもかしこもコケで覆われている。ここは古来の森だ。多湿で多雨の北米中部では、森をいったん無に帰すような山火事はめったに起きず、樹木はひたすら成長を続け、やがて強者が弱者の息の根を止める。

木々が密生し、どうがんばっても通り抜けられなさそうな箇所に来て、ショウは左を指さした。三人は進路を変えてさらに歩き続けた。アシュトン・ショウは、太陽や星の位置で方角を知る術を子供たちに教えた。不都合にも、地球は自転を続けているから、天体から方角を見定めるのはどんなときもむずかしい。

方角を知る手がかりは太陽と星だけであると決めつけるべからず。使えるものは何でも使え……

おそらく父がそのとおりのことを言ったわけではなく、何度も繰り返しているうちにショウの頭のなかでわかりやすく言い換えられたフレーズなのだろうが、それが伝えていることは明らかだ。いま、ショウが方角を知る指標に使っているのは天体ではなく、信頼できる八四号線だ。ときおり車やトレーラートラックのエンジンブレーキの音が聞こえてきて、そちらが北であると――安全なミルトンはそちらにあると――教えた。

マツばかりの森に入ると、低木の茂みや深い草むらなど迂回しなくてはならない障害物が減って、歩くのはずいぶん楽になった。

ハンナが言った。「喉渇いた」

ショウも喉が渇いていた。大自然のなかで安全な水分を見つける方法は十数通り知っている。池の周囲で動物が通った痕跡を探すのもその一つだ。ほかの生物が飲んでも平気なら、おそらく人間が飲んでも安全だろう。だが、ショウはハンナにこう言った。「もう少しがんばろう。いまは安全な水を探している時間がない」気温はほどほどで、湿度は高い。このまま行軍を続けても脱水症状に陥る心配はないだろう。喉の渇きは単なる苦痛であって、危険の徴候ではない。

一時の不快に負けてリスクを背負うべからず……

それに、水から病気に感染するほうがよほど打撃が大きくて危険だ。

四十分後、ふいに森が途切れ、ゆったりと水が流れる大きな川に出た。近くに橋があるだろうが、ショウは歩いて渡れる深さであることを願った。道路に出れば、ツインズやメリットと遭遇するかもしれない。

川はさほど深くはなさそうだった。水の色を見ればわかる。

そのとき咳払いが聞こえて三人はぎくりとし、そろって振り向いた。濃い茂みの向こう側に、痩せて血色の悪い若者が立っていた。背を丸め、真剣な顔つきで左手の携帯電話を見ている。右手には柄の短いスコップがあった。コケに覆われた地面に小さな穴を掘ったところらしい。若者はスウェットパンツを穿き、ハンナのものとどことなく似たニット帽をかぶっていた。

三人に気づいて、若者が息を呑む気配がした。目を見ひらき、次に疑わしげに細めた。

「やあ」ショウは朗らかに言った。

返事はない。

ショウは地面を見た。「お気の毒に」

若者は反応に困ったよう顔をした。

「猫かな、犬かな。墓を掘っていたんだろう」

「え。あーはい。そうです」

本当は覚醒剤か麻薬系ドラッグの受け渡しのための穴

を掘っていたに違いない。携帯電話を見ていたのは、この地点のＧＰＳ座標のスクリーンショットを撮っていたからだ。入金を確認したあと買い手に画像を送るのだろう。聞くところによれば、辺鄙（へんぴ）な土地での麻薬の売買にも使われて、ビットコインが大流行りらしい。

若者はまだ子供のような年齢だ。きっと一家のビジネスなのだろう。何人の親族が近くにいる？

パーカーが眉間に皺を寄せた。「悲しいわね」

ハンナが言う。「ほんと。元気出してね」肩の怒り具合を見れば、ハンナが状況を正確に理解しているとわかる。

パーカーが言った。「実はね、乗ってきたキャンピングカーが燃えてしまったのよ。荷物も何もみんな燃えちゃった。携帯電話を貸してもらえない？」

これは失策だ。

若者はきっとこう考えるだろう。この三人組はおとり捜査中の麻薬取締官かもしれない。いや、それよりライバルの売人グループで、自分から携帯電話を奪い取ろうとしているのかもしれない。ショウの計画では、何気ないそぶりで若者に近づき、一息に組み伏せて携帯電話を奪い取るはずだった。こちらが有利な立場にあったのに、パーカーの一言でだいなしになった。

一同は凍りついた。

静寂のなか聞こえるのは、牛の鳴き声や、乾ききった秋の葉をかさかさと揺らす風の音、はるか上空を飛ぶジェット機のエンジン音だけだ。

若者の体がわずかに揺れた。考えている。

幸い、銃は持っていないらしい。持っているならとっくに抜いているだろう。

また何秒かが過ぎた。

次の瞬間、若者はすばやい動きで携帯電話を耳に当てると、Ｓｉｒｉだか誰だか音声アシスタントに向けてコマンドを発した。「パパに電話！」

くそ……

ショウは若者との距離を一気に詰めた。若者が叫ぶ。「ビーだ。例の場所にいる。人がいる。誰か来て！」携帯電話を地面に放り出し、スコップを両手で握って振り上げようとした。追い詰められ、怯えきった顔だった。

ショウはスコップの一撃を難なくかわし、そのまま体当たりして若者を突き飛ばした。

ビーがもう一度スコップを振り回す。勢い余ってビー自身が転びそうになった。ショウはスコップを奪い取った。ビーは向きを変えて一目散に走り出した。

まもなく助っ人が駆けつけてくるだろう。だが、ショウは携帯電話を優先した。拾って通話を切り、画面がロックされる前にクリスティ・ドナヒュー保安官補の名刺をポケットから取り出して電話をかけた。

呼び出し音が鳴っているあいだ、ショウはふたたび北の方角を指さした。三人は急ぎ足で川のほうに歩いた。

留守電サービスに転送された。ショウはおおよその現在地を伝え、八四号線の少し西側を歩いて北のミルトンへ向かっていること、サニー・エーカーズ・モーターロッジの二人組に追われていることを付け加えた。

この郡には〝ビーコンヒルの英雄〟に借りのある者はさすがにいないだろうと考え、九一一に緊急通報しようとしたそのとき銃声が響いて、頭上三十センチのところを弾丸が飛んでいった。

71

ジョン・メリットは間違っていた。

ドクター・エヴァンズと刑務所外の精神分析医には、一つ類似点がある。

診察室の壁にはかならず大きな時計がある。心理療法というビジネスは、魔法の時間制限にきっちり収まらなくてはならない。塀の外では五十分。塀のこちら側では四十五分。

パーソナルスペースを守るドクター・エヴァンズと向かい合って腰を下ろすたび、メリットは、ケノア川の水面のすぐ上にあるカーネギー・ビルの時計を思い出す。時を刻むのを放棄し、二つの針を天使の翼の角度で止めた時計。

水時計……

「アルコール依存の話をしましょうか、ジョン」

先週の続きではないわけか。先週のセッションの最後に、ジョンが大事な話を打ち明けようとしたことをドクターは覚えていないし、気にかけてもいないのだ。しかし〝クラスの人気者〟ジョンは、愛想よく応える。「そうしましょう」

ドクター・エヴァンズが言う。「リハビリプログラムは順調に進んでいるようですね」

刑務所のなかにも十二ステップの各種リハビリプログラムがある。受刑者の大半は何らかの依存症を抱えている。

「はい」集会にきちんと参加しているとメリットは話す。嘘をつく。リハビリは順調ですと言う。

「酒を飲むと怒りが湧くとおっしゃっていましたね、ジョン。間違いありませんか」

メリットはこの医者がファーストネームで呼ぶのが気に入らない。〝陽性転移〟とかいう現象は耳にしたことがある。患者が医師を信頼して心を許すことだ。ああ、考えただけで虫唾が走る。

〈真相(トゥルース)〉のような秘密を抱えていれば、相手が誰であろうと心を許してはいけない。うっかり打ち明けてしまったらどうするのか。

しかしメリットは愛想よくうなずく。「ええ、そのとおり《トゥルース》です」

おっと、言葉に気をつけろよ……

「彼らに腹が立つわけですか」

「そんなところです。彼らに。この世の全員に」首を振る。「そうしたいわけじゃない。自然と腹が立ってくるんです」

ドクターの視線がまたもどこかへさまよった。

鉄格子がついた窓の分厚いガラスを透かして、外の光が射している。

ドクター・エヴァンズが戻ってくる。「飲み始めたのはいつでしたか」

「子供のころです。親父のバーで。いや、ただの酒棚です。親父はバーと呼んでいただけで。キッチンにあったただの棚です」

「お父さんは黙認したわけですか」

「まさか。けちな男でしたからね。こっそり飲んでいたんです」

「飲んだ分は水で埋めていた。お父さんに気づかれないように」

「ええ、親父は一度として気づきませんでしたよ」

ツナサンドの医師は眉を片方だけ吊り上げる。「お父さんは気づいていた可能性もありますね。あなたはお父さんに気づいてもらいたかったのでは」

いかにも精神分析医らしい言説だ。メリットとしてはこの話を深追いしたくない。それでもこう言った。「鋭い分析ですね、ドクター。言われてみれば、そうなのかもしれない」

それからの三十分、二人はメリットの飲酒歴を時系列で点検する。飲酒は問題であると自分が認識したのはいつだったか。酔ったあげくに後悔するような振る舞い、危険な行為をしてしまったときのこと。他人を危険にさらしたり、人生を好転させる機会を逃したりしたことはあったか。いまこうして刑務所にいて、酒を飲んでいた時期について懐かしく思い出すことは何か。

〝クラスの人気者〟ジョンは、才能豊かな語り手だ。

やがてドクター・エヴァンズは方向転換を試みる。

「お父さんは飲んでいるときのほうが扱いやすかったそうですね。それはどういう意味でしょう」

「あれは不思議でしたね。しらふの親父は恐怖でしかありませんでした。ところが酔うと、いい父親に変わるんです。酔っているときは私や母を殴ったりはしなかった。私も母も、いつも酔っていればいいのにと思っていました。そのほうが平和だったから」

「しかしあなたの場合は、酔っていないときのほうが平和で、酔っていると扱いにくくなる」

「そうです。何て言うんでしたっけ？　〝皮肉な話〟？」メリットはそう言って笑みを浮かべるが、内心では警戒レベルを上げる。ドクターがこの話をどこへ持っていこうとしているのかわからない。〈真相〉にしっかり両腕を回して守り抜かなくてはならない。見えないところに隠しておかなくてはならない。

「あなたやお母さんは、お父さんをわざと酔わせようとしましたか」

「それしかありませんでしたから。何と言うか……感情が鈍っていないときの父は、急に爆発したりすることがありました。このあいだ話そうとしていたのは――」メリットは思わずそう言ってしまっていた。ドクターがこちらを見る。メリットは引っこみがつかなくなった。

「十九歳のときの話です。そのころ私はヘンダーソン製作所で働いていました。いつも遅くまで残業していました」

ドクターは眉をひそめる。どこかで聞いたような話だと思っているのだろう。

メリットは微笑み、うなずいて取り繕うが、はらわたは煮えくり返っている。せっかく本当の話、大事な話をしているのに、この見かけ倒しのジークムント・フロイトはまるでわかっていない。

「いつも残業していました。大学にも通っていたので、二つのシフトを掛け持ちしていたんです。親父は街をほっつき歩いていると思いこんで、ベルトで私を折檻しようとしました」〝ちゃらつく〟という父親独特の奇妙な言い回しについては説明しなかった。満面の笑みでさらに続けた。「もう十九歳だったんですよ！　なのにベルトで叩こうとした」メリットは愕然としたような声を装う。「それでも親父としては気を遣ったつもりらしいんです。バックルの側を持って反対で叩こうとした。親父はあっちを向けと言いました。尻を叩こうとしたんです」

「十九歳にもなって？」そう言うと同時に、ドクター・エヴァンズは水時計ではない時計をちらりと見る。一瞬たりとも休まずに時を刻み続けている壁時計を。それからメリットに向き直って言う。「おっと、時間切れのようです、ジョン。いまのお話を忘れないでおいてください。次回、詳しく検討してみましょう」

その瞬間、メリットはキレた。伸びきった針金がぷつんとはじけるように。勢いよく立ち上がり、座っていた椅子をつかんで壁に投げつける。そして前に身を乗り出し、医師のパーソナルスペースを思いきり侵害して、医師の鼻先でわめく。「くそったれ！　くそったれ、くそったれ！」

それと同時に悟った――刑務所の一室でパニックボタンが押されたとき何が起きるのか、自分はいま身をもって体験しようとしているのだと。

72

三人は川を歩いて渡っていた。

川底の砂は締まっていて、水の抵抗はあっても着々と前に進んだ。川のなかほどまで来たころ、ショウは背後を振り返った。森から人影が三つ、飛び出してきたところだった。ビーと、おそらくはその父親だろう。それともう一人、骨と皮ばかりに痩せてやつれた雰囲気の三十歳くらいの女が一人いた。久しく洗っていないせいで不潔な艶が出た髪をポニーテールにしている。灰色のスウェットパンツにサンタクロースの絵がついたTシャツを着ていた。三人は周囲を警戒しながら川岸に近づいてきた。

ショウとパーカー、ハンナに気づくなり、三人は猛然と走り出して発砲した。弾のほとんどは木々のあいだや川に消えた。三人とも銃の訓練を受けたことがないのだろう、そもそも狙いが不正確なうえに、売り物のドラッグをキメているようだった。

ショウとパーカーとハンナは水にもぐった。ショウは二人の腕をつかみ、十数メートル先の向こう岸へと引っ張っていった。

あと十メートル……

密売トリオは、三人が水面下に消えた地点を大ざっぱに狙って闇雲に撃ってきた。そのうちの一発がショウの頭をかすめ、その衝撃波が頬を激しく撃った。

あと六メートル……

川底が上り坂になり、まもなく三人はぬかるんだ対岸にたどりついた。「頭を低く！」ショウは二人の腕をぐいと引いた。ハンナが痛みに甲高い悲鳴を上げた。それでもショウは手を離さなかった。

対岸には低い土手が盛り上がっていた。それを登るあいだも何発か弾丸が飛んできたが、三人のはるか前方や後方の地面にめりこむばかりだった。土手を越えると、湿地に茂るミクリのつくる白と薄茶色、淡い緑色の高い壁がそびえていた。三人はそれをかき分けて向こう側に出て、じめじめした地面に倒れこんだ。

銃声がやんだ。

ショウは背後を確かめた。密売トリオは寄り集まって相談中らしい。そこに五十代と見える別の女が現れた。赤と白のギンガムチェックのブラウスにだぶだぶとしたジーンズを穿いている。ライフルを持っていた。憤然とした歩き方から察するに、一家の親分はこの女なのだろう。

ビーはショウと二人が身をひそめている森のほうを指さしている。ギンガムチェックの女が一言でビーを黙らせた。女は父親や、娘と思しき若いほうの女に何か言った。一家は向きを変えて森の奥に消えた。トレーラーかあばら屋の住まいと密造工場がそちらにあるのだろう。

ハンナが言った。「さっき保安官補に連絡したんだよね。ここで待っていようよ」

「だめだ。危険を冒せない。保安官補にはミルトンに向かうと伝えてある。そこで落ち合えばいい」ショウは周囲を指し示した。「この地勢なら、三時間から四時間で行けるだろう」

ショウはビーの携帯電話を見下ろした。画面は暗かった。乾けば電源が入るかもしれないが、ショウの経験から言えば、ユーチューバーがどう主張していようと、水没した携帯電話がふたたび使えるようになることはまずない。それに、たとえ生き返ったとしても、パスコードでロックされているだろう。

「よし、行こうか」

ショウとハンナが歩き出そうとしたとき、パーカーが何かつぶやいた。ショウはとっさに聞き取れずに振り向いた。パーカーは弱々しい声で言った。「歩けそうにない」

ハンナが悲鳴のような声を上げた。「ママ!」

「もちろん」パーカーはかすれた声で言った。「努力はする。だけど……」血に濡れた手を持ち上げてみせた。

密売トリオのなかに、弾を命中させた者がいたのだ。

73

元妻と娘はまたも逃げおおせた。

オートバイの男の——私立探偵だか何だかの——キャンピングカーは全焼したが、三人は徒歩で森を歩き、北の方角へ逃れた。ミルトンに向かう一般道の捜索は殺し屋コンビにまかせ、メリットは森に分け入り、三人の痕跡を探しながら追跡を始めた。

どこにいる?

ちくしょう、アリソンめ!

つい急ぎ足になった。物音を立てないようにしなくてはいけないのに。獲物を追跡するときは、静かに行動しなくてはならないはずだ。だが、気にしている場合ではなかった。彼には銃がある。弾もある。そして怒りも味方につけている。

裏切りより重い罪はない。

地面に目をこらす。誰かが通った痕跡は一つとして見つからない。よく探せば、折れた枝、ひっくり返った石など、三人の居場所を教える目印がちゃんとあるのだろう。だが、メリットは都会の刑事だった。コンクリートやアスファルト、板張りの床やカーペット、特殊光源が浮かび上がらせる体液の染みは読める。しかし森には彼が読み取れるものは何一つない。

一方で、三人が向かっている先については疑う余地がない。北へ、ミルトンへ向かっている。それ以外を目指そうとすれば、三十キロから五十キロも歩かなくてはならない。いまメリットがたどっているのは、陰気なミルトンの街に一直線に向かうルートだった。

正確にはどう行けばいいのだろう。メリットは携帯電話を取り出して地図アプリを起動した。

下を向いていたせいで、マツの若木のあいだを抜けた先で青白い顔の若者にあやうくぶつかりそうになった。若者は痩せた腕でごみ袋を抱えていた。

二人ははっとして立ち止まった。

先に動いたのはメリットだった。銃を抜いて若者に向ける。

「よせ！」若者が叫ぶ。「またかよ」

どういう意味だ？

「袋を地面に下ろせ」

若者はすなおに従った。きょろきょろ見回す目は、必死に何かを探している。

家族か友達が近くにいるのだ。

覚えておこう。

「むこうを向け。背中をこっちに向けろ」

若者が従い、メリットは若者の後ろポケットから銃を抜き取った。リボルバーだ。旧式のコルト。麻薬の配達人には不釣り合いだ。麻薬の密造・密売業界でまともに働いていれば、クロムめっきの派手なＳＩＧとは言わないまでも、せめてグロックくらいは持っている。

「前に歩け。あそこの茂みまで」

若者は低木の茂みが作る袋小路へと歩いた。

「止まれ」

若者が止まる。

「そっち向いていい？」

「どうぞ。そうしたいなら」

若者は、たまに麻薬を使う者特有のぎらついた目をしていた。「あんたがいまいるのはうちの親父の土地だ。

私有地だよ」

メリットは笑った。「おまえの父親の土地なんかじゃないだろう」そう言って若者が掘った浅い穴三つと、それに使った安物のスコップを見やった。「売り物を回収したんだな。冬の気配を感じ取ったリスみたいに、大あわてで」

さっき遠くから聞こえた銃声と、何か関係があるのだろうか。

「さて、答えてもらおうか。こっちに来た者がいたはずだ。この三十分くらいのあいだに。三人」

「知りません」

メリットは銃口を上げた。

「よせよ、わかった、わかったって。来たよ。男、女、女の子。ラパハンを渡ってった」

「そこの川のことか」

「そう」

「おまえに遭遇してトラブルになったのか？　銃声が聞こえた」

「知らないよ」

メリットは長い溜め息をついた。

若者が情けない声で言った。「向こうが先に撃ってきたんだって。男が。俺たちを狙って撃ってきたんだよ。理由もないのに、いきなり」

「何で？」

「え？」

「どんな銃を持っていた？」

「知らないよ。でかいやつ」

「おかしいな。三人が持っていた銃は全部燃やされたはずだ。バーベキューピットで。このへんに銃を買える店があるのかもしれないが、私は見なかったな」

若者は地面を見つめていた。

これ以上いじめてもしかたがない。時間は刻一刻と過ぎていく。「撃ち合いになったんだろう。おまえと、ほかに誰がいた？」

「姉貴と、おばさんと、親父」

「向こうの誰かに弾は当たったか」

「たぶん。女に」

「どのくらいの傷だ？」

「脚に当たったんだと思う」

メリットは向きを変えて北の方角を見つめた。西にかたむきかけた太陽が川面をきらめかせている。負傷しているなら、そう速くは歩けないだろう。まもなく日が暮れる。三人はどこかで野宿するしかないはずだ。

「ここととミルトンのあいだに何がある？」

「大したものはないよ。町とかはない」

「何もないわけではないだろう」

「狩猟小屋がいくつか」

「いま誰かいるか」

「知らないって」

おそらく誰もいないだろう。シカ狩りの解禁は来月だ。

メリットはごみ袋を拾った。なかには透明なごみ袋が六つほど入っていた。さらにそのなかに覚醒剤か麻薬系ドラッグの小袋がいくつも詰まっていた。

「これはもらっておく」メリットは後ろに下がって若者と距離を置き、バックパックにごみ袋を押しこんだ。

「マジかよ……」

「私がいなくなった瞬間、助けてってパパのところに走って行くんだろうな」

若者は目を大きく見開いた。「まさか！　そんなことするわけないだろ。約束する。ここにいるよ。いまから一時間。二時間でもいい。俺はこんなことやりたくないんだ。おばさんにやらされてるんだよ、家族みんな。おばさんを怒らせると怖いから。俺は車の整備士になりたいんだ。手に職ってやつだし、俺、機械が得意だし。ちゃんとした就職先が見つかったら、こんな仕事、すぐにやめてやる」

よく口の回る若造だ……

若者はメリットの銃を目で追っていた。銃口は、夏のそよ風に吹かれた小麦のように揺れていた。

「よしてくれって。ガールフレンドがいるんだ。もうじき赤ん坊が生まれるんだよ。俺の子だと思う」

メリットはこう考えていた。発砲したら、自分の居場所を知らせることになるだろうか。それとも銃声がそのへんの岩にこだまして、どこで鳴ったのかわからなくなるだろうか。

後者だな。そう判断して、トリガーを引いた。

弾丸が肉や骨を切り裂き、若者が短い悲鳴を上げた。力を失った体は、秋の色を残らず集めたような枯れ葉の山の上にどさりと倒れた。

74

銃声。

ショウは耳を澄ました。

一発だけだった。

距離は？　おそらく二キロか三キロ後方だろう。

ツインズがあの麻薬密造一家と鉢合わせしたのか。それとも発砲したのはジョン・メリットか。

銃声が聞こえた事実は頭の片隅に置いておいたほうがいい。いまはほかに優先することがある。

アリソン・パーカーの負傷だ。

ショウはパーカーをマツ葉のベッドに横たえて傷を調べた。ハンナは母親の手を握っていた。

大腿部の動脈は傷ついていないようだ。もしも弾がどれかを切断していたら、いまごろはもう生死に関わるほどの出血があるはずだ。ショウは自分のジャケットの裏地を裂いて間に合わせの止血帯を作った。だが、あくまでも間に合わせにすぎない。継続して傷口を圧迫し、すぐにでも手術を受けさせたほうがいいに決まっている。

だが、いまはどうしようもない。

小枝を使って止血帯を締め、手を貸してパーカーを立ち上がらせた。太くて長い枝を別に探してきて、松葉杖代わりに渡す。

パーカーは顔をしかめたものの、こう言った。「大丈夫。これで行けそう」

「ねえ見て」ハンナが言った。木材運搬道らしきものが北に延びていた。ミルトンの町名の由来となった〝ミル〟が製粉所(ミル)ではなく製材所(ミル)を指すなら、あの運搬道はまっすぐミルトンに続いているのかもしれない。日没前に着くのは無理としても、できるかぎり町に近づいておきたかった。

ショウは背後を確かめた。見るかぎり追っ手は来ていない。

広い運搬道を歩き出した。パーカーはカシの杖とハンナを頼っている。「弾丸のことだけど。貫通してた？」

「いや、入ったままだ」これはよいニュースでもあり、悪いニュースでもある。銃口から放たれた瞬間の弾丸は、摂氏二百度ほどに熱せられている。的にめりこむころには冷めているが、それでも血管を焼灼(しょうしゃく)できる程度の熱は保っている。鉛と銅の大きな塊は、動脈や静脈を圧迫する役割も果たす。反面、密売トリオが所有する銃や弾丸はあまり清潔ではないだろう。その分、感染症のリスクが増す。

「あたしが間違ってたみたいだね」ハンナは下を向いたまま言った。木の根や岩が飛び出していないか足もとを見ていることもあるだろうが、母親の顔を見ずにすませたいという動機もあるようだ。「パパのこと、あたしがバカだった。ごめんね」

パーカーはハンナのほうをちらりとうかがって顔を歪めたように見えた。傷が痛むからではなく、ハンナの顔に浮かんだ表情のせいだろう。

「謝るようなことじゃないわよ、ハン」パーカーはハンナに負けないくらい切なそうな顔をしていた。

「そうかもだけど……」

二人はそれきり黙りこみ、三人は歩き続けた。

未舗装の道の両側にはこれまでと同じようにマツの高木がそびえている。このあたりでは、緑色の葉と、枯れて白茶けた葉とが入り交じっていた。ほかにカシやクルミ、カエデなどの落葉樹もある。シカが通った痕跡も残っていた。小さなクマの痕跡もあったが、子グマではなさそうだ。クマの出産期は一月だ。つまり、過保護な母グマが近くにいたりはしない。

ハンナは警戒を怠らずにいる。ショウと同じくらい頻繁に周囲に視線を巡らせていた。

小枝が折れるような音、枯れ葉の乾いた音がした。ハンナが森の奥を見つめたまま、ショウとパーカーを安心させるように「大丈夫。風だよ、風」と言い、ショウは愉快になった。

さらに二キロほど進んだころ――ショウの予想以上の進捗だった――パーカーがふいに足を止めた。肩で息をしている。

「痛みが強くなってきた」

「ショックが薄らいできたんだな」

弾丸を食らったとき、強く押されたような感覚、叩かれたような感覚だけがあって、痛みを感じない場合がある。しかしまもなくショックは薄らぎ、痛みが広がり始める。

パーカーはその場にくずおれかけた。

「ママ！」ハンナがパーカーの腰に腕を回して支えた。

「ごめんなさい」パーカーが言う。「これ以上は……無理かも」

ショウはあたりを見回した。地面にくぼんだところがある。「あそこだ」ハンナと両側からパーカーを支えて浅いくぼみまで連れていき、枯れ葉が積もった上に横たえた。

ショウはくぼみから出て周辺の様子を観察した。動物が絶えず行き来しているらしい道筋がうっすらと地面についている。おそらくビーバーだろう。あれをたどっていけば小川か湖に出るはずだ。予定していたより長い時間、森で過ごすことになりそうだから、水源を確保しておきたい。ショウは直感で左を選び、獣道をたどっていった。ほんの三十から四十メートル先で丘のてっぺんに来た。下を見晴らすと、黒い水をたたえた湖がある。湖畔のそう遠くないところに山小屋が見えた。その前にある駐車スペースは雑草が伸び放題になっている。何カ月も車が駐まっていない証拠だ。山小屋の外壁は色褪せ、ポーチは枯れ葉で覆われているが、朽ちていまにも崩壊しそうといった風ではなかった。救急用品があるかもしれない。

武器も。

電話線は見えないが、埋設されていることも考えられる。

麻薬の密造所だろうか。

人の出入りがなさそうなところを見れば、おそらく違うだろう。

とはいえ、ショウの心の一部は、そうであってくれと思っている。

あのなかに麻薬の密造人がいるとして、ショウが思いがけず現れて困るのは彼らのほうだ。地面に目をこらすと、ちょうどいい大きさの石がごろごろ転がっていた。

斜面を下り、足音を忍ばせて山小屋の横手から近づいた。カーテンや日よけは開け放たれていた。なかは暗く、埃がたまっている。家具はそろっているが、しばらく誰も寝泊まりしていないようだ。壁に動物の剝製が並んでいた。

ショウはくぼみに戻った。

止血帯をゆるめながら二人に言った。「すぐ近くに山小屋を見つけた。無人だ。電話が使えるかは怪しいが、救急箱くらいはあるだろう。傷口を消毒しておきたい」

止血帯をふたたびきつく締め、ハンナの手も借りてパーカーを立ち上がらせた。

ショウは言った。「担いでいこうか」

「平気」挑むような調子だった。「自分で歩く」

十五分後、三人は山小屋に着いた。広さは百平方メートルくらいだろうか。建物の横幅いっぱいに造りつけられたポーチの屋根はたわんでいる。右側にぶらんこがあって揺れていた。家の正面に小さな窓が二つ。斜めの方向から近づくにつれ――パーカーには急斜面をまっすぐ下るより斜めに下るほうが楽だった――湖に延びる桟橋が見えてきた。ボートはなかった。左に危なっかしくかたむき、板は腐りかけている。ショウの見立てでは四百エーカーほど広さがある湖の周りにほかの建物はない。

一つ問題があるのがわかった。ドライブウェイは大きめの道につながっていそうだ。きっと地図アプリにも載っているような道だろう。ツインズやメリットがそれをたどってこないともかぎらない。

よい面もある。クリスティ・ドナヒュー保安官補にとっても条件は同じであることだ。

パーカーは片足をポーチのたわんだ階段の一段目に載せたところで動きを止めた。「だめ、気絶するかも……」予告どおり、次の瞬間に意識を失ってその場に倒れかけた。ショウが即座に抱き留めた。

「ミスター・ショウ！」

「大丈夫、失神しただけだ。痛みのせいだろう。出血のせいではないよ」

ショウはパーカーを抱き上げ、山小屋のほうにうなずいた。「ドアは開くかな」

ハンナはノブを回した。「鍵がかかってる。ピッキングできない？　お父さんはピッキングも教えてくれた？」

もちろん教わった。

だが、このときはただ背をそらして足を思いきり蹴り出した――ドアの向こう側二十センチくらいのところに仮想の敵を立たせ、そいつを蹴り飛ばすつもりで。

ドアは、奇妙なほど銃声に似た音を立てて勢いよく内側に開いた。

75

この一つ前の仮住まいは、釣りに特化した家だった。今回はハンターのための家だ。ショウはさっき外からのぞいた剝製をあらためてじっくりと見た。シカやヘラジカの頭部が数十も並び、ガラス玉の目がこちらの背後のどこかをぼんやりと見つめている。

武器はないか。八〇パーセントの確率で見つからないだろうとショウは見積もった。雑草だらけの駐車スペースを見るかぎり、この家は久しく使われていないし、狩猟を趣味とする人間が、自分が留守にしているあいだ、簡単に侵入できる造りの山小屋に銃器を置いておこうとは考えないだろう。

玄関を入ってすぐはリビングルームだった。右手には娯楽室があり、その奥に寝室がいくつか並んでいる。左はダイニングルームとその奥のキッチンだ。

現代風なデザインや垢抜けした雰囲気とは無縁だった。一九五〇年代のバンガローだ。

ショウはパーカーを娯楽室のソファに横たえ、脚を上げさせた。パーカーはまだ気を失ったままだ。

「ミスター・ショウ……」

パーカーの顔色を観察し、脈拍を取って体温を確かめた。「心配はいらないよ。だが、脱水症状を起こしている。水道が使えるか見てきてくれないか」

ハンナはキッチンに消え、ショウは二つある電灯のスイッチを試した。明かりはつかない。おそらく井戸があるだろうが、電気が来ていないのでは水を汲み上げられないだろう。ビーの携帯電話をまた確かめた。まだ使えない。

パーカーの意識が戻った。汗をかいている。ここはどこかといぶかるように室内を見回す。「ハン……?」

「すぐに戻ってくるよ」

意外にも、蛇口から水が流れる音が聞こえた。

公営の上水道が通じているわけだ。とすると、ここは意外にミルトンに近いのかもしれない。

ハンナがグラスを三つ運んできた。「大丈夫かな。しばらく水を流しておいたけど……」

水は茶色を帯びていた。ショウは一つを受け取ってにおいを確かめ、ほんの少量を口に含んだ。「この色は錆だな。ケノア川のような汚染物質ではない」ハンナはパーカーを抱え起こして水を飲ませた。自分も飲む。ショウも。

「うわ、まず」ハンナが言った。

「鉄分は体にいいんだぞ」ショウは大まじめな顔で言った。

ハンナは笑い、あきれ顔で目を回した。

ショウは表側の窓際から外の様子を確かめた。森に人の気配はない。ハンナに言った。「救急箱と武器を探そう。銃が見つかればありがたいが、狩猟用の弓でもいい」

「弓、撃てるの？」

撃てるどころか新しいのだって作れるぞ――ショウは内心で答えた。

「隅々まで探そう。時間が許せばいまから作りたいところだ。きみはキッチンとダイニングルームを頼む。戸棚や食料品庫を残らずのぞいてくれ。そうだ、酒があったらそれも。消毒薬代わりに使える」

ハンナはさっそく捜索に取りかかった。ショウは手前の寝室に向かった。

数分後、ハンナの大きな声が聞こえた。「使えそうなものがあったよ。武器になりそう」

「よし。続けて探してくれ」

ショウが寝室二つを捜索して確保できたのは石鹼とフェイスタオル数枚だけだった。

ハンナがいるほうに声をかける。「ガスレンジは使えそうか？」

かちりと音が聞こえた。続いて短い悲鳴。「クモ！」しばらくしてこう続いた。「ガスが来てない」

包帯を煮沸殺菌できない。となると、石鹼で間に合わせるしかなさそうだ。バスルームの水をしばらく出しっぱなしにして不純物を流したあと、フェイスタオルを濡らした。一枚に石鹼をこすりつけ、よく泡立てた。

娯楽室に戻り、ハンナに訊いた。「ナイフはあるか？」

「うん、何本かあるよ」

「一番小さいやつを持ってきてくれないか。ディナーナイフではなく、調理用の包丁だ」

ハンナが小型の果物ナイフを手に戻ってきた。

ショウはパーカーに手を貸して向きを変えさせた。それから訊いた。「裂け目の入ったジーンズはもう流行遅れかな」

弱々しい笑い声が返ってきた。

ショウは止血帯をほどいて脇に置いた。

ジーンズの射入口の両脇に長い切れ目を入れてから、左右に引いて大きく裂いた。傷口をよく観察する。弾丸はそこそこ清潔だったらしく、いまのところ深刻な感染症は起こしていないようだ。出血量も増えてはいない。すぐに悪化する心配はなさそうだった。

ショウは石鹼の泡がついたタオルを手に取った。

パーカーが先回りして言った。「これ、〝痛いぞ、だがちょっとの辛抱だ〟って言われる場面かしら」

「大きく息を吸って」

パーカーは深呼吸をした。ショウが傷口を洗い始めると、低い声でうめいた。「ううう。あ……うう」

水を含ませたタオルで泡を流し、残った水気をそっと拭き取った。シーツを十五センチほどの幅に切り、乾いたタオルを傷口に当ててから、間に合わせの包帯をしっかりと巻いた。

「大丈夫か？」

「まあ、どうにか大丈夫」パーカーはかすれ声で答えた。目をしばたたいて涙を追い出し、新しいタオルを受け取って額の汗を拭った。それから力ない笑みを浮かべた。

「ねえ、誰か暖房の設定温度を上げなかった？」

ショウはやはり笑みを浮かべて立ち上がった。怪我人の応急手当はすんだ。いますぐしてやれることはもうない。次は武器を確保しなくては。

キッチンに行った。「使えそうなものがあるって？」

ハンナがコンセント差し込み式の消臭剤を持ち上げた。

ショウは眉をひそめた。

ハンナが言う。「爆弾か何か作れるんじゃない？」

「グレード印の消臭剤で？」

「『マクガイバー』で観たんだけど」

「え？」

「テレビドラマ。前につきあってた男の子が大ファンで、二人で全話観たんだよね。主人公が日用品を使って爆弾とかいろんなものを即席で作るの」

「消臭剤は使えない」

「そっか、残念」ハンナは肩をすくめ、捜索を再開した。

ショウはキッチンチェアを裏口のドアノブに嚙ませ、もう一脚を玄関に持っていって同じようにした。ダイニングルームに戻って納戸をのぞく。カヌーのパドルがあった。棍棒に使えそうだ。それをキッチンテーブルに置き、刃渡り二十五センチと三十センチの肉切りナイフ二本をそこに並べた。

「これ何かな」ハンナが流し台の下からビニール袋を引っ張り出した。

ナフサのにおいがした。

「防虫剤だね。生石灰(せいせっかい)があれば、ギリシャ火薬が作れる」

「何それ」

「古代ギリシャ人の武器だよ。火炎放射器みたいなものか。歴史の勉強は？」

「ちょっとだけ。ローマ帝国まではおもしろいけど、そのあとはややこしいだけで退屈じゃん？」

異論はなかった。

「何とか火薬、作れる？」

「生石灰がない。ナフサだけだと虫除けにしか使えない」

「そうだ、これもあったよ」ハンナは粉末トウガラシの瓶を見せた。「前に目に入っちゃったことがあってさ、痛くて死ぬかと思った。これでペッパースプレー、作れないかな」

「スプレーボトルがあれば作れるよ」

なかった。

「警報システム、ここでも作る？　前みたいに、釣り糸とかで」

「今回はあまり意味がない。周囲が開けすぎているから」

第一、ツインズが来て警報が鳴ったところで、どう対抗できる？　ティンバーウルフ湖では本物の武器を持っていたが、いまは何もない。

そのとき、キッチンのある品物がショウの目を引いた。シンクに近づく。タイド洗濯洗剤の大箱だ。手に取ったまましばし考えを巡らせた。戸棚から小ぶりのジュースグラスを一つ下ろす。裏口のドアの小窓に手を伸ばし、カーテンがついていないカーテンレールをむしり取った。

それからハンナに言った。「ペンがほしい」

ハンナがキッチンの抽斗を開けて回った。「みっけ」

「もう一つ。輪ゴムはないか」

一つもない。

ショウは言った。「きみの髪を縛ってるそれは？」

「シュシュのこと？」

「ああ。使えそうだ」

ハンナがシュシュを取ってショウに渡した。

それからハンナは振り返り、洗剤とペン、グラス、シュシュを見つめた。「ねえ、『マクガイバー』観たことないってほんと？」

76

「あのなかにいる」

デズモンドが訊く。「なんでわかるんだよ」

「窓だ。右の窓。カーテンが動いた」

デズモンドは前のめりになって茂みから首を突き出した。

「かもな」

「絶対だって」モールは茂みの奥に引っこんだ。デズモンドもそれに続いた。

二人は茶色い下見板張りの山小屋の前にある、雑草に埋もれた駐車場の反対側にいた。先ほどまでの八四号線の捜索は実を結ばず、あきらめて車を路肩に駐めると、郡の不動産売買履歴を閲覧した。そしてディープウッズ湖畔のこの山小屋に目をつけた。五百メートルほど離れたところ、この山小屋を見下ろす丘の向こう側の木材運搬道沿いに車を駐めた。シカやヘラジカが通った跡を見分けるエキスパートであるモールが三人の足跡を見つけた。足跡はこの山小屋に続いていた。

一組は——サイズから言ってアリソンのものだろう——は、明らかに足を引きずっている。娘が脇から母親を支えて歩いたようだ。まもなく血の痕も見つかった。しばらく前に聞こえた銃声がそうか。

「あいつら、銃を持ってたのか？」

モールは肩をすくめた。「そうは思えない。あの小屋のなかにあったのかもな。しかし、俺ならあんなぼろ屋に銃を置きっぱなしにはしないな。侵入され放題だ」

山小屋の裏に横たわる幅の広い穏やかな湖は、深い青色をしていた。湖の周囲にほかの建物はない。

「ウィネベーゴの床に跳ね上げ戸があったとはな」軽蔑をたっぷりと含んだ声で言った。デズモンドに、あるいはほかの誰でもいい、誰かに責任を押しつけるのは簡単だが、モールは自分の責任を認めないような人間ではない。「ちゃんと確かめるべきだったよ」

デズモンドは一瞬動きを止めた。「いや、あんなもん、気づけってほうが無理だろ」

モールはその言葉をありがたく受け取った。

「で？　どうする？」

「まさか俺たちに見つかったなんて奴らは思ってないはずだ。大きな道路をうろうろして探してるものと思ってるだろう。裏口があるはずだ。あそこの桟橋に出る裏口が」緑と茶色が複雑に混じり合った周囲の景色をもう一度見渡す。これが遊びの狩りなら、自分だったらどこに隠れ場を作るだろう。今回は風向きを気にする必要がない。人間の嗅覚など役立たずだ。ハンターがパコラバンヌの香水をぷんぷんさせていたりしないかぎり。

デズモンドが訊く。「それにしても、メリットの奴はどこだよ」

モールはメールを確かめた。「こっちに向かってる」

「なんかさ、俺たちばっか仕事してねえか」

「金をもらう側なんだからしかたないだろ」

デズモンドはそれもそうかというように唇を引き結ぶ。

モールは言った。「おまえは裏に回れ。俺は玄関を突破する」

デズモンドがうなずく。それぞれ銃を抜き、腰を落として茂みから出て、背の高い草むらの陰を進む。モールの鼻はひどい臭いを嗅ぎ取った。スティンクウィードか。若かりしころの記憶が蘇った。といっても、いまこの場面と似通っているのは〝森の奥〟という一点だけだったが。

「ちくしょう」デズモンドが小声で言う。

「どうした？」

「バッタが二匹いてさ、茶色い汁をかけられた」

「集中しろって。な？」

二人は伸びすぎた生け垣の陰で立ち止まった。

「五分たったら裏口のドアを叩いて〝警察だ〟とか何とか言え。連中がそっちに気を取られた隙に、俺が窓越しに撃つ。おまえに向かってくる奴がいたら撃て」

「いいプランだ」デズモンドは言った。

「忘れるなよ。最初にやるのはあのオートバイ野郎だぞ」

77

今回もまた、ショウの〝パーセンテージ予想〟は外れた。

　この山小屋がツインズに見つかった。

　ショウとハンナは、玄関側の窓のカーテンの隙間から外を見つめていた。茂みに隠れていた二人組はキャビンに向けてそろそろと移動を始めた。二人とも銃を持っている。

　家の向かって右側にある草むらをかき分けて近づいてくる。スーツを着たほうはまもなく立ち止まってその場にしゃがんだ。薄茶色のジャケットを着たもう一人はそのまま移動を続けた。表と裏から挟み撃ちにするつもりだろう。

　相手は銃。対するこちらはカヌーのパドルと料理用のナイフ、そしてショウがついさっき発見したばかりのハンマー。

　スーツは玄関から、薄茶色のジャケットは裏口から襲撃してこようとしている。

　ハンナがショウを見る。ショウはうなずいた。ハンナは右側の窓のカーテンを少し開けた。

　次の瞬間――

「見て！」ハンナが小声で言った。

　スーツが目を上げ、行く手の木を見た。次にいまハンナがカーテンを動かした窓を見た。一瞬凍りついたあと、すばやく身を伏せた。スーツが土埃で汚れた。五メートルほど先を進んでいた相棒を小声で呼び止める。ジャケットは戸惑った様子だったが、まもなく地面に伏せた。

　スーツがまた窓を見る。ハンナはカーテンをまた揺らした。二人組はいま来た道を這うようにして戻り、駐車スペースの向こう側にある低木の茂みに身を沈めた。そこから木立に隠れながら急ぎ足で斜面を登り、晩秋の午後の太陽が作る影の奥に消えた。

「うまくいったね」ハンナは窓の外をのぞいて笑った。

　ショウの腕をぎゅっと握る。

　タイド洗濯洗剤の箱のデザインは独特だ。赤と黄の同心円のロゴが側面に描かれている。ここのような山小屋に住んでいて、使い捨ての的を買う余裕がなかったり、車で銃砲店まで買いに出かけるのを億劫（おっくう）に思ったりする人々がよく射撃練習の的に使う。

　玄関に近づこうとしたスーツは、ショウがカシの木に取りつけておいたタイドの大箱に気づいた。〝標的〟の中心付近に密集して開いた十数個の穴にも気づいただろう――ハンナが見つけたペンを使ってショウが開けておいた穴に。

　スーツが次に家を見ると、カーテンが動いて、また別の物体が見えた――暗いリビングルームのカーテンの隙間から自分を狙っているライフルとスコープのようなものが。

　そこで二人は大あわてで逃げた――実はキッチンの小窓のカーテンレールでしかない〝ライフル〟から。カーテンレールにハンナのシュシュを使って小ぶりのジュースグラスを固定してあった。何も知らない目には、ライフルの銃身とスコープのように見える。

　相手は武器を持っているという〝思いこみ〟は、武器そのものと同じ効果を発揮する。

　ハンナは逃げていく二人をよく見ようとカーテンを脇に寄せていた。

　ショウは言った。「だめだ。窓に近づいてはいけないよ。必要以上に身をさらしてはいけない」

「〝身をさらす〟?」

「標的にされるから、姿を見せてはいけない」

「このあとはどうする?」

　用心しつつ窓の外をうかがう。敵が隠れていそうな場所をすべて確認したが、誰もいないようだ。「日没までに保安官補が来なければ、桟橋の先端で火を熾そう。山火事を警戒してパトロールが行われている。かならず気づいて誰かよこすはずだ」

「せっかく誰か来ても、さっきの二人にやられちゃったりしない?」

「大丈夫だ。派遣した山林パトロールから報告がなければ、次は警察が来るだろうし、一帯が閉鎖されるだろう。二人組も、ここは撤退したほうが得策だと考えるはずだ。いったん退却して戦略を立て直すだろう」

　ハンナは眉をひそめた。「だけど、マッチがないよ。どうやって火を熾すの?」

　ショウの口もとに小さな笑みが浮かんだ。「マッチがなくても火は熾せる」

　ハンナの表情は、〝訊いたあたしがバカだった〟と言っていた。

ショウは玄関側の窓の一方のカーテンに小さな穴を開けた。左右にそれぞれ一つずつ。「のぞき穴だ。きみを見張り担当に任命する」

ハンナは役割を与えられて喜んでいるようだった。

ショウは付け加えた。「カーテンに触らないように」

「身をさらしてはいけない」ハンナが言った。

ショウはうなずいた。

ハンナが言う。「裏から来るってことはない？」

「絶対にないとは言えない。だが、架空のライフルに狙われるリスクがある」

ハンナはキッチン側の窓を見やってうなずいた。「裏から来る確率は、五パーセントかな」

「そんなところだろう」

78

太陽がかたむいて室内が暗くなり始めると、ショウは乏しい武器——ナイフ、ハンマー、パドル——を集め、リビングルームのコーヒーテーブルに置いた。

ハンマーを使って暖炉の煉瓦をいくつか叩き落とした。一つずつ別の枕カバーに入れ、煉瓦ぎりぎりのところをきつく縛った。粗製の投げ縄、アルゼンチン式の重り入りの投げ縄。狙い澄まして投げれば、銃を持った敵でもとっさにかわそうとする。その隙に距離を詰めて接近戦に持ちこめる。

距離さえ縮まれば、ナイフでも闘える。

刃渡り二十五センチのナイフを検める。ハイカーボンの硬いステンレス鋼ではない。安物で、なまくらだった。

暖炉からまた一つ煉瓦を取って刃を研いだ。

ハンナが窓際の見張り位置から振り返って壊れた暖炉を見た。「あらら。誰かの家をめちゃくちゃにするのは今日、二軒目だね」

ショウは愉快に思って眉を吊り上げてみせただけで、ナイフを研ぐ作業を続けた。刃を研ぐのは昔から好きだ。鋼が石をこする音がいいし、鈍いものを鋭く生まれ変わらせるのも楽しい。一本を研ぎ終え、もう一本に取りかかったとき、娯楽室からパーカーの声が聞こえた。小さな声だった。

「コルター。ちょっと来てもらえる？」

ショウはハンナに言った。「見張りを頼む」

「了解」

ショウは娯楽室に行った。「気分はどうだ?」

「だいぶよくなった。話したいことがあるの」

ショウは椅子を引き寄せた。

「十一月の事件のこと、もう少し聞きたいと言ってたわよね。省略した話があるんじゃないかって」

「話したくなければ別に——」

「話しておきたいの」パーカーは枕代わりにしていたクッションの位置をずらして上半身を起こした。「あの夜。ジョンが戻ってきてから。彼は泥酔していて、私は血だらけでプール脇の雪の上に倒れていた。頬骨が折れていた。そこまでは話したわよね」

「覚えている」

パーカーはここでまた口ごもった。大きく息を吸いこむ。脚の傷の痛みをこらえようとしてではない。それから口を開いた。「あのね、コルター。あの夜、ジョンは私に暴力なんて振るっていないの」そこで声が詰まった。感情を抑えて、パーカーは続けた。「私はジョンの銃を持ち出した。それで自分の顔を十回くらい殴りつけた。思いきり。力いっぱい。それから地面を這うようにして家のなかに戻った——血痕を残すために。九一一に緊急通報して、ジョンに暴行された、このままでは殺されると言った。パトロールカーが二台、すぐに駆けつけてきた。ジョンは酔いつぶれていて、私は血だらけだった。警察はジョンを逮捕して銃を押収した。私はこう供述したの——ジョンの手から銃を奪って、庭の茂みに投げこんだって」

「きみの指紋が付着している理由が必要だったから」

パーカーは涙を拭った。「刑事の妻だもの、そういう知恵はあるのよ」

「ジョンは酔って記憶がなくて、本当に自分がきみを殴ったと思いこんだのか」

「いいえ。私に罪をなすりつけられたと知っていた。でも弁護士から言われたの。陪審は納得しないだろうって。私の証言とジョンの証言なら、陪審は私を信じるに決まってる。殺人未遂で、長ければ二十年の実刑を言い渡されるおそれがあった。だから司法取引に応じて、三年の実刑ですませた。

私だってやりたくてやったわけじゃない。どうにかしてやらずにすませようとした。セラピーに通わせたり、リハビリプログラムに参加させたり。どれも効果はなかった。離婚の話を持ち出せば、ジョンはますます怒り狂った。いつか酔って帰って私やハンナをひどい目に遭わせるだろうと思った。かならずしも悪気はないかもしれないけど。たとえば私たちを侵入者と勘違いして、とか。それでもいつかそういうことが起きるのはわかりきっていた。それに、ハンナの心に影響が及び始めていた。あの子が弱っていくのが目に見えるようだった。そんなの許せるわけがない。だからあの夜、ジョンが出かけていくのを見て覚悟を固めたの。娘のために夫を犠牲にするしかないって。

だから、釣り小屋でのあなたの質問に答えると――ジョンが私をつけ狙う理由はこれよ。連行されたときのジョンの声が聞こえてこない夜はない。私のほうを振り返って、ジョンは言うの。〝どうしてこんなことを？　どうしてこんなことをする？〟」

「ジョンがきみに暴力を振るったことはないんだね？」

「ええ、一度も」

いま思うと、ジョンがアリソンに暴力を振るったと言ったのは、アリソン・パーカー以外には実母のルースだけだった。しかもルースは問題の事件を指して言っていたわけで、その事件はそもそも偽装されたものだった。

「このことを誰かに話したか」

パーカーは首を振った。「あなたはつい秘密を打ち明けたくなる人よね」

よくそう言われる。

「ハンナには？」

「話してないけど、疑ってはいる。ただ、私もあの子もそれには触れないようにしてる。あの子とのあいだにいつもその疑念が居座ってる」溜め息。「本当のことを話してしまおうと何度も思ったわ。でも真実を明かせば、偽証罪で私が刑務所行きになる。ハンナは、怒りをためこんだ危険な男に育てられることになる。しかも母親がしでかしたことを娘に知られてしまう。それは絶対にいや。だから、あのときの覚悟を守り抜くしかなかった」

パーカーは娯楽室を見回した。「もう一つ話しておきたいことがあるの、コルター」

「聞くよ」

「ここで何か起きたら、ハンナを連れて逃げて。私は置いていって。約束して」パーカーの口調は、この条件は絶対に曲げられないと伝えてきていた。

「わかった」こういうとき反論しても無意味だ。

「あと一つ。ティンバーウルフ湖に置いてきた起亜（キア）の車のグローブボックスに封筒が入ってる。黒い耐火素材の封筒。そのとき私がいなかったら、それを母に届けてほしいの。母にどうしてほしいかは、なかの書類を見ればわかる」

遺言状だろうか。

「私の発明品の青写真や図面が一ダースくらい入ってる。技術的なこと、コントロールシステム、機械的な仕組み……勤務時間外の研究の成果よ。法律上も私個人に帰属するもの――ハーモン・エナジーではなくてね。まだ完成していないものもあるけど、特許に詳しい弁護士のリストも入っているから、相談すれば、相談する先を紹介してくれるはず。全部を説明したメモも入れてある」パーカーは窓際で張り番をしているハンナのほうを見やった。「あの子は何も知らない。ずっと内緒にしてた。いまここで母親がいなくなったあとのことなんか話したら、怯えさせてしまう。もう十分すぎるほど怖い思いをしたのに」

〝万が一〟への備えについて伝えても、ハンナは大丈夫だという気がした。だが、ショウは言った。「まかせてくれ」

パーカーは彼の手を握った。その手は心配になるほど弱々しかった。一刻も早く病院で手当を受けさせなくては。

パーカーは目を閉じてクッションに体を預けた。

ショウはリビングルームに戻り、もう一本の刃を研ぎ終えた。仕上がりは上出来とは言いがたい。切れ味の鋭さは金属の質に左右される。このナイフは紙を一枚か二枚くらいは切れるだろうが、そのあとまた研いでやらなくてはならないだろう。それが肉だったら？

最低限の役には立つだろうか。

そのとき、ハンナが首をかしげた。ショウにもその音が聞こえた。茂みをかき分け、砂利を踏むタイヤの音。ショウはハンナを窓際から下がらせ、カーテンの隙間から慎重に外をうかがった。

凹凸の多い雑草だらけのドライブウェイを黒っぽい色のセダンが近づいてきて、山小屋の前の駐車スペースに停まった。空はだいぶ暗くなりかけていたが、それでもドライバーを見分けられる程度の明るさはあった。

クリスティ・ドナヒュー保安官補だ。

ショウは大きな声で言った。「迎えが来たぞ」

「やった！」

保安官補が降りてきて装備品のベルトの位置を直し、周囲をさっと見回したあと、山小屋のほうへと歩き出した。

ショウは玄関を開けた。「保安官補！」

「コルター！　やっぱりここだった」

「身を低くして。敵二名が背後の丘の上にいます。モーテルを襲撃した二人組です」

保安官補は腰をかがめて車の陰に戻った。銃のグリップに手をかけ、森に視線を走らせる。「ミズ・パーカーとお嬢さんも一緒ですか」

「ええ、二人とも。アリソンは負傷しています。撃たれました。命に別状はありませんが、すぐにでも手術を受けさせたい」

「ここから二十分のところに病院があります。手伝いますよ」保安官補は腰をかがめたまま山小屋に近づこうとした。

だが、それも道のりの半分までだった。

ドライブウェイ脇の茂みからジョン・メリットが飛び出してきた。バックパックを背負い、銃を握っていた。リボルバーを保安官補に向け、ショウが危ないと叫ぶ暇もなく二発撃った。弾は保安官補の頭部に当たった。

保安官補は捨てられた人形のように草の上にくずおれた。このとき草にはすでに彼女の血が滴っていた。

79

ハンナの悲鳴が響き渡った。

娯楽室からアリソン・パーカーの声が聞こえた。「ハンナ！　どうしたの？」

口を大きく開け、目を見開いて、ハンナは窓の外を凝視している。

ジョン・メリットは死んだ保安官補の拳銃と予備のマガジン二つ、それに携帯電話を拾ってポケットに入れている。ショウはハンナの腕を引いて窓際から下がらせ、カーテンを元どおり閉ざした。それから玄関を閉めて椅子をドアノブの下にあてがった。

ハンナはすすり泣いている。「どうして……」

ショウが窓の外を確かめると、メリットの姿は消えていた。

ショウはパーカーのほうに向き直った。「ジョンだった。彼女を殺した。保安官補を」

「うそ。どうして……」

そのときショウは気づいた。保安官補が乗ってきた車のエンジンはまだ回っている。

クリスティ・ドナヒューは、駐車スペースに乗り入れたあと、エンジンを切らなかったのだ。メリットはそれに気づいていない。自分にとっての危険人物を倒したはいいが、殺し屋コンビと合流しようと気が急いて、車のことをつい忘れたのだろう。

森に目をこらす。メリットやツインズの気配はない。いまのところはまだ。

パーカーとハンナを連れてセダンに乗りこむのに、どのくらい時間がかかるだろう。二十秒か。

短い距離であってもパーカーには相当な負担だ。しかし、ほかにどうしようもない。ショウが抱きかかえて車に運び、後部座席に――薄情であろうが――押しこむ。パーカーの苦痛の悲鳴を聞きつけて三人が来て銃をぶっ放し始める前に、猛スピードで走り去る。

ショウはハンナに言った。「あの車に乗るぞ」ハンナは窓のほうをぼんやり見つめているが、その目には何も映っていないだろう。ショウは険しい声で言った。「聞こえたか、ハンナ？　しっかりしてくれ」

スイッチが入ったかのように、ハンナの目が力を取り戻した。大きく息を吸いこみ、手で涙を払ってうなずいた。

「お母さんを立たせて」

ハンナは娯楽室に消えた。ショウは外をもう一度確認した。敵の動きはまだない。

自分も娯楽室に行き、二人がかりでパーカーを抱えおこしてリビングルームに連れてきた。「ひどい」カーテンの隙間から外を見て、パーカーがささやいた。血だまりがゆっくりと面積を広げていた。

ショウはパーカーの肩に腕を回し、玄関へと歩かせた。ハンナはふと足もとの投げ縄に気づき、一つを拾った。重みを確かめるように軽く上下させる。

ショウはドアを開けようとした。

ちょうどそのとき、茂みをかき分けて森から人影が現れた。

ジョン・メリットが身をかがめ、急ぎ足で車に近づいた。クリスティ保安官補の死体をぞんざいにまたぎ、助手席側からなかに身を乗り出してエンジンを切り、キーをポケットに入れた。立ち去りかけたところで、後部座席の何かに目を留めた。ドアを開け、ストラップがついた短銃身のポンプアクション・ショットガンと弾が入った緑と黄色の箱を取った。

向きを変えて森に戻っていく。そこで殺し屋二人と合流するのだろう。二人はいまごろ最後の攻撃に備えて森の奥を静かに移動しているに違いない。


ハンナは長々と息を吐いた。顔は仮面のように表情がない。

ハンナの涙は止まっていたが、パーカーは泣いていた。

「うそよ。うそよ」顔をしかめ、途切れ途切れにそうつぶやく。娯楽室の入口にもたれていた。

洗剤の箱を使った的はトリックだともう気づかれているだろう。本当にライフルを持っているなら、メリットが車のキーやショットガンを取りに戻ってきたときに撃っているはずだ。

「次はどうする？」ハンナが冷静に尋ねた。

二〇パーセントと見積もった可能性に賭けるしかない。

ショウは家の左右にある窓を指さした。「脱出ルートの確保だ。敵は近づいてくる前にこの山小屋のなかを狙って撃ってくる。私はそれを見張っている。発砲の閃光で居場所がわかる。そのあとここに入ってくるまでに、少し間が開くはずだ。味方を撃ってしまわないよう用心する。左右どちらから脱出したほうが安全か、私が指示を出す。外に出たら茂みに隠れて、できるだけ急いでここを離れろ。湖の岸沿いに行け。半周して反対側を目指すんだ。ミルトンに向かう幹線道路がすぐ近くを通っている。通りかかった車に助けを求めろ」

ハンナがうなずく。

二〇パーセントというのは、山小屋を無事に脱出できる確率だ。茂みに身を隠すところまでいけば、助かる確率は一足飛びに上昇する。森は鬱蒼としているうえ、太陽は沈みかけている。姿を隠してくれる闇が広がり始めている。

しかし、二〇パーセントの壁を越えるところまでが難題だ。敵の三人が山小屋に浴びせてきた弾で、誰かが、あるいは全員が負傷しないともかぎらない。それは免れたとしても、比較的安全な森に飛びこむ前に撃たれるおそれがある。

パーカーが言った。「湖……泳ぐ？」

「水が冷たすぎるし、その脚では無理だ」

周囲に視線を走らせる。玄関側の窓、横手の窓から敵の姿は見えなかった。

連中はどこだ？

姿の見えないヘビのほうが厄介だ……

ハンナは家の横の庭をじっと観察している。まずは東側を、次に西側を見た。

その真剣なまなざしと背筋の伸びた姿勢。

それを見て、同じ年ごろだったころのコンパウンドでの経験がショウの記憶に蘇った。

十六歳。ことそっくりな森のなかを歩いた。コルトパイソンを携帯して、二組の足跡をたどった。父の足跡、そして父の命を狙っていた男の足跡。

十六歳。高さ三十メートルの崖を懸垂下降してアシュトンの遺体のそばに下りた。

十六歳。いつかかならず犯人を見つけ、自分の手で殺そうと決めた。

ハンナが早口で言った。「ミスター・ショウ、さっきの話し方。あなたは一緒に来る気がないみたいに聞こえた。そうなの？」

「すぐには行かない。連中の武器を一つでも奪ってからだ」

「あたし、手伝うよ」きっぱりとした迷いのない声だった。投げ縄を持ち上げる。

「だめだ。お母さんにはきみが必要だ」

ハンナはためらった。しばらくしてようやくささやくような声で言った。「わかった」

ショウは手持ちのお粗末な武器を見渡した。料理用のナイフ、カヌーのパドル、煉瓦の投げ縄、ハンマー。

『マクガイバー』……

もう一度、周辺の状況を確認しようとした。だが、ショウの目はさっとハンナのほうに動いた。首をかしげた。

ハンナがうなずく。このときもまた、二人は同時に物音を聞きつけていた。

　足音だ。玄関に近づいてくる。

　ハンナが一方の窓から外を確かめているあいだに、敵は反対側から接近していたのだ。

「伏せろ」ショウは片方の手でナイフを、もう一方でハンマーを握り、玄関へと歩いた。ハンナはパーカーを床に伏せさせたあと、投げ縄を拾い、不穏な手つきで前後に振った。

バレーボールの選手……

耳を聾する静寂があった。室内の空気が張り詰めた。

　次の瞬間。

「アリソン。ハンナ。俺だ」

「ジョン？」パーカーがあえいだ。

　ショウは一瞬だけ外を確かめた。メリットは一人だった。「メリット。こっちにも武器がある」

　小さな含み笑い。「武器？　料理用のナイフと、ぱちんこみたいなもののことか？」

　板張りのポーチに何か重たいものが置かれる音がした。

「こっちの武器はこれで全部だ。床に置いた。両手を上げている」

　ショウは外をのぞいた。メリットはポーチの階段の上り口に立っていた。顔をしかめている。痛みのせいか。両手を高々と上げている。ポーチを見ると、保安官補のグロックとリボルバー二丁、ショットガンが並んでいた。バックパックもある。

　メリットが言った。「服の裾を持ち上げる。ほかに何も持っていないことを確かめてくれ」

　ショウはどういうわけか低くてどすのきいた声を予想していた。ところが実際に聞くメリットの声は穏やかで、やや甲高い印象だった。

　メリットは左手でウィンドブレーカーとジャケットの裾を持ち上げ、その場でゆっくり一回転した。ほかに武器は持っていない。腹部に大きな青痣があるのが見えた。

「あまり長くここに突っ立っていたくない。あのクソ野郎どもが森の奥にいるのを見た。そう遠くないところにいる。おっと、ハンナ、謝るよ。〝クソ〟なんて汚い言葉はいけないよな」

80

　何よりもまず、ショウは武器を確保した。

〝べからず〟のルールに従ってのことではない。だがもしこの場に適したルールがあるとしたら、こうだろう──〝間抜けであるべからず〟。

　グロックを取り、弾が入っていること、チャンバーに一発送りこまれていることを確かめた。ウェストバンドの右後ろにはさんだ。ふだんからそこが定位置だから、何も考えずに抜ける。マガジン二つはジーンズの左の前ポケットに入れた。

　ほか二つ──リボルバー二丁とショットガン──も確認したあと隅に置いた。

「車のキーは？」

「右のポケットだ」ウィンドブレーカーのポケットに顎をしゃくる。「二セットある。俺のと、彼女のと」

「こっちに放れ。ジャケットごとだ」

　メリットが指示に従った。また痛みに顔をしかめた。

　ショウはキーを取り出してポケットにしまった。

「壁」

　メリットはその意味を正確に察して従った。脚を開いて壁際に立ち、醜い緑色の壁紙に両の掌を押し当てた。

　メリットはさっき服の裾を持ち上げて一回転してみせたが、それでもショウは右手でグロックの銃口をメリットのうなじに押し当て、左手で丹念に探ってほかに武器を持っていないことを確かめた。携帯電話があった。

「パスコードは？」ショウは尋ねた。

　メリットがパスコードを言った。「ただし使えない。三十分くらい前からだめだ」

　ロックを解除した。画面には〈圏外〉の表示はない。電源は入っているのに何も表示されなかった。

「無線機を使おう」外の保安官のセダンを指さす。

「保安官事務所の車じゃない」メリットが言う。「個人所有の車だ」

　ショウは言った。「あれで脱出する」ショウはメリットを見た。「あんたの手足は拘束させてもらう」

　メリットは首を振った。「二十メートルと進めないだろう。あの二人は丘の上で待ち伏せしている。ライフルを持っている。スコープ付きだ。ビュイックはこの先八百メートルくらいのところにある。日が沈むのを待って、クライスラーのエンジンをかけよう」ドナヒューの車のほうに顎をしゃくった。「エンジンの音がすれば、連中はそれに気を取られる。その隙に森を歩いてビュイックのところまで行く。ビュイックでミルトンに向かう」

外を確かめる。たしかに、二人組は丘の上にいた。そこで様子をうかがうのが戦略上も理にかなっている。ライフルを使えば、あそこからクライスラーに弾を浴びせられる。メリットの計画は悪くなかった。

パーカーが訊いた。「日没まであとどのくらい?」

ショウは空を見上げた。美しい青色から灰色に変わろうとしている。「四十分から五十分といったところか」

それからメリットに言った。「座れ」メリットが従う。

メリットは床に座っている元妻を見やった。「A・P。脚の怪我はどうだ?」〝A・P〟というのはおそらく、夫婦仲が良好だったころのニックネームだろう。

パーカーは答えなかった。メリットを見つめることしかできないらしかった。

ショウが代わりに答えた。「出血は大したことがない。できるかぎりの応急手当をしたが、すぐにでも病院で治療を受けさせたい」

「バックパックに薬がある」メリットが言った。「鎮痛剤だ。ここから三キロほど手前で密造人が持っていたのをいただいておいた。きみが撃たれたと聞いたから」

しばらく前に聞こえた銃声はそれか。メリットが遭遇したのはあのビーという若者だろうか。ビーはもうこの世にはいないということか?

ショウはバックパックのジッパーを開けてビニール袋を取り出した。大きな袋だったが、なかから出てきたのは、白い錠剤が詰まった小さな袋一つだけだった。

「オキシコンチンだ」メリットが言った。「掛け値なしの本物だよ。処方薬を盗んだんだろう。危険はない。フェンタニルや何かの混ぜ物はされていない」

パーカーが言った。「いまはいらない。本当に必要になってからでいい」元夫がそれなしでいられなくなったことを忘れていないのだろう。

「だめだ、A・P。動けるようにしておかないと。それも速く。のんでおけ。ハンナ、この家に水はあるか?」

ハンナの冷静な仮面は消えていた。不安げな目をショウに向ける。ショウはうなずいた。ハンナはキッチンに行き、グラスに水をくんでパーカーのところに持っていった。パーカーはショウから渡された錠剤をのんだ。

ショウは大きいほうの袋を見た。内側に覚醒剤の粉が付着していた。

その視線に気づいて、メリットが言った。「若造は売り物の覚醒剤もそこに入れていたが、それは処分したよ」メリットは肩をすくめた。「〝警察官は死ぬまで警察官〟とはよく言ったものだ……」ショウをじっと見て言った。「きみがオートバイに乗ってきたのを見た。アリソンが借りていた家に来ただろう。警察官ではなさそうだと思っていたんだが、さっきの身体検査を見ると、俺の思いこみだったようだね。慣れたものだった。警察にいたことがあるのか？」

ショウは答えず、バックパックのほうを顎で示した。

「ほかに武器は？」

「あると言えば、あるな」二人の視線がぶつかり合った。メリットは自分のどっちつかずの返答を愉快に思っているようだった。「タオルにくるんである」

ショウはバックパックを探った。まずはブレット・バーボンの瓶が出てきた。ほかには骨董品の卓上時計のように見える金属でできた品物、食料、書類、着替え。そして底のほうにタオルにくるまれた重量物があった。開けてなかを見た瞬間、ショウは凍りついた。

これは……

焼け焦げたコルト・パイソンの金属フレームだった。木製のグリップは燃え尽きてしまっている。これを最後に見たのは、ティンバーウルフ湖を望むキャビンのバーベキューピットの炎のなかだった。メリットが言った。「きみのだろう」

ショウはうなずいた。

「みごとな銃だ」メリットが続けた。「きっと思い入れのある品物だと思った。専門職人なら復元できるだろう。新品のようにしてもらえるよ」

ショウは改めてメリットを観察した。刑務所暮らしで一気に老けこんだのだろう。顔色は青白く、白目は黄ばんだような色をしている。薄くなりかけた髪が老けた印象をいっそう強めていた。最近になって急に筋肉量が落ちたらしく、肌がたるんでいる。

ハンナが信じられないというように小声で言った。「保安官補を撃つなんて！」

それに応えたのはコルター・ショウだった。「クリスティは見たとおりの人物ではなかったようだ」

　メリットが言った。「マーシャル郡の保安官補だったのは事実だ。だが、裏で連中と通じていた。きみのキャンピングカーに火を放った二人組と」

「でも」パーカーがかすれた声でささやく。「あの二人を雇ったのはあなたでしょ……」

　メリットは困惑顔で言った。「俺が？　いったいなんでまたそんな風に思う？」

「だまされちゃだめだよ」ハンナが唐突に大声を出した。怒りに燃える目でメリットをねめつける。「ママの弁護士を殺しちゃったくせに！」

「デヴィッドのことか？　無事でいるよ。まあ、腹を立ててはいるだろうな。だが、無事でいる。そろそろ救出されているだろう」

「救出？」パーカーが訊き返す。

「きみの隠れ場所を知っているんじゃないかと思ったが、知らなかった。しばらく話をして、嘘をついていないと納得できた。だが、どこまで信用していいかわからなかったから、粘着テープで手足を縛って、マニュファクチャラーズ・ロウの廃工場の地下に閉じこめた。警察と事務所のパラリーガルに、デヴィッドの居場所を知らせる手紙を送っておいた。電子メールではなくて郵便(メール)だ。切手を貼って投函する手紙だよ。あまり早く救出されるとこっちが困るから。

　だから、ハンナ、デヴィッドを殺してなどいない。この二日間、誰一人殺してなどいないよ。怪我くらいはさせたが。きみの友達のドレラの植木鉢を撃ったり」

「え？」

「彼女に怪我はない。ショットガンを持ち出してきたドレラを家のなかに戻らせたかっただけだ。そのあと、別の女性のビュイックを拝借した。ミセス・バトラーといったな。脅して、ちょいと震え上がらせた。だが、怪我一つ負わせていない。オキシコンチンを持っていた密造人の若者については、まあ、怪我はさせてしまったが、撃ったのは足だ。家族のところに走って帰られては困るから。大急ぎできみたちを追いかけなくてはならなかった。失神して倒れたとき、頭を打って脳震盪(のうしんとう)くらいは起こしたかもしれない。それは気の毒だった。だが、考えてみれば、キャリアの選択を誤ったことは事実だからね」

パーカーはメリットの説明をうまくのみこめずにいるようだ。信じていいものか、迷っている。

コルター・ショウは信じる気になっていた。すでに七〇から八〇パーセントくらいは信じていた。

冷ややかな声で、ハンナが叫ぶように言った。「だけど、ミスター・ヴィランは？」

「ヴィラン？　彼がどうした？」メリットの青白い額に皺が刻まれた。「いや、まさか……？」そうつぶやいて、両肩をいっそう力なく丸めた。

「そうよ、死んだのよ」パーカーが腹立たしげに言った。

「そんな……そんな……」丘の方角を見つめる。「彼が連中に見つかってしまったのは、俺のせいだ」愕然とした様子で言い、両手で頭を抱えた。「愚かなことをしてしまった……」

パーカーが言った。「理解できないんだけど……何一つ」

しかし、コルター・ショウは理解していた。ようやく。硬い木の椅子に無言で座っているメリットを見やった。

「彼はあなたを殺そうとしていたのではなかった。あなたを守ろうとしていたんだ」

「そのとおりだ」メリットは娘に笑みを向けた。「なのに、おまえたちときたら。かくれんぼでもしているつもりだったか？」

「早期に釈放されたところからすでに何かおかしかった」

メリットはここでふと口をつぐみ、娘のほうを見た。

「染めたんだな。髪。似合ってる」

ハンナは答えなかった。振り返って無表情に父親を見つめたあと、また見張りの任務に戻った。

ショウは言った。「何かの罠だと思ったわけだ」

メリットがうなずく。「だっておかしいだろう。服役態度が模範的だから？　その程度のことで出所が大幅に前倒しになったりはしない――司法取引の条件に初めから含まれていたのでもないかぎり。ベッドを空けたかったから？　このクソったれな郡がいつから受刑者の生活環境を気にかけるようになった？」ハンナに向かって付け加えた。「おっと、すまない」

「空気読みなよ」ハンナは言った。「汚い言葉くらい、いまは誰も気にしないって」

「あなたを娑婆に出したい人間がいた」ショウは言った。

「そうだ」メリットはコーヒーに置きっぱなしになっていた錆まじりの水のグラスに視線を向けた。「いいかな？」

ショウはうなずいた。メリットは水を一息に飲み干し、口もとを拭った。そこで動きを止めて下を向く。吐き気をこらえているのだろうか。まもなく落ち着いたらしい。ゆっくりと深呼吸をした。

「しかし、誰が、どうして？　そう考えたところで、一つ思いついた。それで昨日、組織の一つのボスに会いに出かけた。ドミニク・ライアンという男でね。何年か前、俺が組織犯罪を担当していたころに、ある取り決めをしていた。そいつの協力で、俺は本当にあくどい組織を二つ三つ解散に追いこんだ。引き換えに、そいつの取引のいくつかに目をつぶった。昨日、そいつに金を渡して調べてもらった。俺の周辺に特別サービスの指令が出ているとわかった」

パーカーが眉をひそめ、ショウは解説を加えた。「暗殺の指令のことだ。プロの殺し屋が雇われた」

メリットが続ける。「誰かが殺し屋を雇ったことをライアンは突き止めた。俺の名前がくっついてはいたが、ターゲットは俺ではありえない」

ショウが言った。「服役中の受刑者ほど殺すのが容易な人間はいない。運動場に出たところを手製のナイフで刺せばすむ。犯人捜しなど行われない」

「そのとおり。となると、ターゲットはきみだ」メリットはパーカーを見た。

「私？」パーカーがかすれた声を出す。

「手を回して俺を出所させた何者かは、俺に動機があるように見せかけた——俺は殺したいほどきみに腹を立てていたという証言をでっち上げた。殺し屋は無理心中に見せかけて俺たちを殺す予定だった。俺がきみを殺して、そのあと自殺したように偽装するはずだったんだ」

よくわからないといった顔で、パーカーが訊く。「〝腹を立てていた〟って、どういうこと？」

「俺の釈放はインチキだったとわかるもう一つの理由がそれだ。きみが釈放審査委員会に送ったことになっている手紙。俺は危険な人物だから釈放しないでほしいと主張する手紙」

「手紙？」パーカーが言う。「私、手紙なんて送ってないわ」

メリットはまたショウを見た。次にバックパックを見る。ショウはうなずいた。メリットはバックパックから書類を取り出した。「俺の釈放について意見する手紙だ。最後の一通を見てくれ」束をパーカーに差し出す。受け取ったパーカーは書類をめくった。

「偽造だわ」パーカーが小声で言った。

「わかってる」メリットはショウに向かって続けた。「俺がアリソンやハンナに暴力を振るったとか、結婚当初からずっと暴力がひどかったとかと書かれている」

パーカーは呆然と手紙を見つめていた。「うそよ。うそよ。うそよ」

「俺はろくでもない夫だった。それは認めるよ。ただし、それはここ二年くらいの話だ」

たしかパーカーもこう話していた。ビーコンヒルの乱射事件のあとメリットが薬物やアルコールに依存し始めるまで、結婚生活は順調だったと。それにパーカーやハンナが暴力を振るわれたことは一度もなかったとも言っていた。

「手紙の最後の段落」

パーカーが最後のページを確かめ、眉根を寄せた。

「何これ」

「アリソンは私の秘密とやらを知っていて、私はそれが暴露されるのを恐れていると書いてある」

パーカーは乾いた笑い声を漏らした。「秘密？　あなたの秘密？　そう聞いて思い浮かぶのは、たとえばあなたが汚職事件に関わっていたとかそんな話よね」パーカーはショウを見た。「ジョンはフェリントン市警で一番誠実な警察官よ。最初に配属されたのは風俗犯罪取締課で、そのときは川沿いの遊歩道で立ちんぼをしてる女性より、ジョンに賄賂を渡そうとしたポン引きのほうが大量に刑務所行きになったくらいだった。ああ、それにジョンが撃たれた事件の当日。ジョンは市の土壌改良予算から横領された二万ドルの賄賂を発見したところだった。建設現場の受け渡し場所に現金が隠されていて、黙って自分のポケットに入れようと思えばできた。だけど、手術が終わって意識が戻ったとき、ジョンが最初にしたことは、その件を上司に報告することだった」

メリットが言った。「本文の下を見てくれ。黒塗りしてあるだろう？」

パーカーの名前の下に太い黒線が二本ある。

「黒塗りが薄すぎる」

パーカーが便箋を持ち上げた。「借家の番地が読み取れる。これを偽造した人は、私とハンナの住所をあなたに教えようとしたのね」

「出所したらまっすぐそこに行くと期待されたわけさ。きみに警告するため、きみを自分で殺すため、ただ顔を見に行くため、理由は何だっていい。とにかく俺がきみの借家に行くことが肝心だった。殺し屋が待ちかまえていて、任務を実行するって寸法だ」メリットは肩をすくめた。「出所したときはそこまで気づいていなかった。その時点で知っていたのは、殺し屋が雇われたこと、ターゲットはきみであること、警察も含めて誰も信用してはいけないこと、それだけだった。俺一人できみとハンナを見つけて、黒幕を突き止めるまでどこか遠くにかくまっておかなくちゃならない。

きみの新しい電話番号やメールアドレス、ソーシャルメディアのアカウントはわからない。ネットを検索してもきみの情報は見つからない。どこにいるか見当もつかなかった。だが、誰を頼ればいい？　マーティ・ハーモン？　きみのお母さん？　二人とも、私が何を言おうとひとことだって信じるわけがない」

「じゃあ、誰かがデヴィッドに嘘の情報を伝えたのね。あなたが私を殺すつもりだと話してたと複数の受刑者が証言したって」

「何だって？」メリットは鼻を鳴らした。「言わずもがなのことは説明しなかった――それも策略のうちだと。メリットが殺意を抱いているという主張に裏づけを与えるためのでっち上げだ。

メリットは乏しくなりかけた金色の髪を掌でなでつけ、消沈した顔をした。「だが、俺も間違いをしでかした。とんでもない間違いだ。ライアンにまたも金を渡した――今回は、きみを捜すのを手伝ってほしいと頼んだ。ライアンはまかせろと言った。ところがあの野郎はどうしたと思う？」

ショウは言った。「殺し屋コンビとその二人の雇い主に連絡して、取引を持ちかけた。あなたから渡された情報を、ライアンはそのまま殺し屋に流した。殺し屋が手がかりを見つけると、今度はそれをあなたに流した」

「そのとおりだ。郡に〝コネ〟があるとライアンは言ったが、嘘っぱちだった。あの二人のことだった」スーツとジャケットがひそんでいる丘のほうに腹立たしげに顎をしゃくった。「俺はきみがDV被害女性向けのシェルターにいるかもしれないと思った。ライアンはそれをあの二人に伝えた。二人はシェルターをひととおり調べた。きみがシェルターに行っていなくて幸いだったよ。もしもいたら、あの二人がスタッフをどんな目に遭わせていたかわからない。

ハンナが投稿した自撮り写真に気づいて、あのモーテルを割り出したのも殺し屋どもだった。連中はそれをライアンに伝えた。ライアンは私に伝えた。私はすぐにモーテルに向かったが、きみは逃げたあとだった」

メリットの顔に苦々しげな表情が浮かぶ。「殺し屋どもと直接メールをやりとりしていたようなものだった」そう言って首を振った。「フランク・ヴィランの名前を見つけて、ひょっとしたらと直感した。それで、ライアンに住所を調べてくれと頼んだ。ライアンは住所を突き止め、私に知らせる一方で殺し屋にも伝えた。そこで片がつくといいと思ったんだな。しかし、今度もやはりきみは逃げたあとだった」

巧みにまとめ上げられた計画だとショウは思った。黒幕はいったい誰だろう。

メリットは自嘲するように笑った。「そこに至ってやっと……やっと、何かおかしいと気づいた。きみがティンバーウルフ湖にいるとわかったのに、連中は俺が来るまで手出しをせずにいた――無理心中に見せかけるためだ。しかし、ライアンの〝コネ〟はなぜきみがそこにいるとわかったんだ？

どうも辻褄が合わない。俺はティンバーウルフ湖には行ったが、連中に気づかれないように遠くから様子を見ていた。殺し屋どもはキャンピングカーに火をつけた。俺はきみたちが逃げるのを見た。その直後にあの女が現れた」山小屋の玄関前、ドナヒューの死体が転がっているほうに顎をしゃくった。「スーツの男が封筒を渡していた。俺は徒歩できみたちのあとを追った。その途中でライアンからメールが届いた。地元警察だか誰だかが、山小屋に隠れているきみたちを見つけたとか何とかいう嘘っぱちが書いてあった。もちろん、実際は殺し屋たちが見つけてライアンに知らせたんだ。俺は奴らに見つからないよういったん遠回りして、北のほうから森を抜けてここに来た」

ショウは尋ねた。「殺しの依頼をした人物に心当たりはないんですね？」

「まるで見当がつかない。ライアンは調べてはみたと言ったが――でまかせに決まっている。あいつは大嘘をついて俺の金を懐に入れた」メリットは元妻をじっと見つめた。「しかしなぜ？　きみが命を狙われる理由はいったい何だ？　ハーモン・エナジーできみが携わっているプロジェクトが関係しているのかなと思ったんだが」

パーカーは思案顔をした。「私がいないと、燃料棒移動用容器の開発は予定日に完了しない。代わりの研究者を連れてきて引き継がせるとしたら、〈ポケット・サン〉の生産開始は少なくとも一年は遅れると思う。そうなると会社も立ちゆかなくなる」

だが、コルター・ショウには別の仮説があった。ショウはメリットに言った。「あなたからライアンに接触して、〝特別サービス〟について尋ねたんですね」

「そうだ」

「すると、確かに殺人の指令が出ていることがわかった――しかも、あなたの名前が言及されていた」

メリットがうなずく。

「しかし、アリソンは〝メリット〟を名乗っていない。旧姓をそのまま使っている」

一瞬の沈黙。まもなくパーカーが息をのんだ。メリットがささやくように言う。「ハンナ……か」

ハンナがいぶかしげに目を細めた。

確率は六〇パーセント、せいぜい六五パーセントだろう。だが、筋は通っている。

「なぜ？」メリットが訊く。

「わからない。いまのところは。何か目撃したのかもしれないな……」新たな考えが浮かぶ。「ハンナ、きみは何かを〝撮影〟してしまったのかもしれない。いつものように自撮り写真を撮ったときに。ティンバーウルフ湖のキャビンで、彼らはきみの携帯電話とノートパソコンを焼却したね。なぜわざわざそんなことをした？　保存されていたファイルを全滅させるため以外に考えられない」

ショウはターゲットはハンナである確率を七五パーセ

ントまで引き上げた。
ハンナが両手を広げる。「でも、どの写真？　だって
あたしが撮った写真なんて、それこそ何千枚もある
よ？」
ジョン・メリットはバックパックを指さした。「封筒
を」ショウはバックパックから取り出してメリットに渡
した。
「おまえの部屋で見つけた。おまえやお母さんの行き先
を知る手がかりになるかと思った」
ハンナは会話のなりゆきにいかにも不安げな顔をしな
がらも、見張りの任務は継続していた。ショウを見る。
ショウはうなずいた。それでいいと励まされて、ハンナ
は心強く思ったようだった。
ショウはパーカーをソファに座らせた。ショウとメリ
ットは両脇に腰を下ろした。メリットは写真の束をゆっ
くりとめくっていった。
自撮り写真のハンナは、だいたいいつも同じ表情をし
ている。どこかシニカルな。相手を疑うような、斜にか
まえたような。嘲笑うような。ポーズも似通っていた。
首をかしげ、腰を一方に突き出している。ティーンエイ
ジャーならその意味を知っているであろうハンドサイン
を作っている写真もあった。服装もほぼ同じだった。ニ
ット帽、スウェットシャツにジーンズ。どれも黒っぽい
色をしている。指なし手袋をはめている写真もある。
背景に映っているのは——解体途中の自動車や建物、
死んだ魚が浮かぶケノア川、冬の荒涼とした風景、崩壊
した建物、気候変動に抗議するプラカード、ユナイテッ
ド・ディフェンス・インターナショナル社がフェリント
ン工場新設を撤回したことに抗議する看板、腹を立てた
白人警察官が黒人バイカーをテーザー銃で制圧した事件
に抗議するデモ隊、工場街、にやにやしながらゲイのカ
ップルを嘲るティーンエイジャーの集団、ショットガン
を抱えた四人のハンター——五十代くらいに見える一人
がふざけた顔でハンナに向かって舌を突き出している
——を荷台に乗せたピックアップトラック、酒場の前で
眠りこんだ酔客。
何十枚もの写真がめくられた。
「ちょっと待った」ショウは言った。
「何？」パーカーが訊いた。「何か映ってた？」
三人がいま見つめているその一枚から、別の仮説が浮

かび上がった。もしそれが当たっているなら、殺人指令が出された理由もわかるかもしれない。〝なぜ〟さえわかれば、そこから〝誰か〟にたどりつくのはむずかしくない。

ショウはすすけた天井をにらみつけ、頭のなかを動き回るピースを一つ残らず吟味した。それからメリットに訊いた。「フランク・ヴィランの住所はドミニク・ライアンから教えられたんですね」

「そうだ。フランクが職場からきみに送ったメールを見つけたんだよ、A・P。住所はわからなかった。ライアンが突き止めた」

ショウは言った。「とすると、よくわからないのは、私がなぜフランクの名前を知ったか、だ」

パーカーとメリットは顔を見合わせた。パーカーが言った。「マリアンヌから聞いたって言ってなかった？」

「そう、知らせてくれたのはマリアンヌ・ケラーだった。しかしマリアンヌは、きみの古い友人を知らないかときみの同僚に訊いて回っただけのはずだ。会社の同僚にフランクのことや彼の住所を話したか？」

パーカーは首を振った。「いいえ、誰にも。ハーモン・エナジーに転職したころにはもう、フランクとは連絡を取っていなかったし」

そのパーカーの答えによって、仮説は裏づけられた。

「マリアンヌ・ケラーは実際には誰からフランクの名前と住所を聞いたのか。ドミニク・ライアンからだ」

「だけど、マリアンヌは――」

ショウはあとを引き取って言った。「マリアンヌは、殺人指令を出した人物の下で働いている。きみの雇い主、マーティ・ハーモンだ」

82

「黒幕はハーモンだ。裏から手を回して、ジョン、あなたを釈放させ、アリソンからの手紙を偽造した。これを他人に見られるわけにいかなかったから」

ショウは自撮り写真を何枚か並べた。そのうちの一枚を指さす。

前景には、大きすぎるスウェットシャツを着てニット帽をかぶったハンナがいる。その背後に開けっぱなしの扉が見えている。高さ十二メートルほどあるその扉の奥に薄暗い灰色の倉庫の内部が写っていた。全体はモノクロ写真のような印象を与えるが、そのおかげで作業員たちのオレンジ色の安全胴衣が作る星形の五角形がくっきりと浮かび上がって見える。鮮やかで巧みな構図の一枚だった。

作業員のうち二人はハンナのほうに視線を向けているようだ。一人は困ったような表情をしていた。

倉庫の奥には、数百のパレットに積まれたボトル入り飲料水の箱が見える。タンク車も何台かあった。

パーカーは目を細め、写真のほうに身を乗り出した。

「うちの会社ね。第三ビル。川沿いの倉庫」

ハンナが言った。「放課後にママの会社に行ったときに撮った写真。暇だったから、そのへんで写真を撮ってた」

「この写真がどうだと言うの、コルター？」パーカーが訊いた。

ショウはまた別の自撮り写真を見つけた。第三ビルの作業員が、倉庫内に駐めたタンク車に接続した太いゴムホースを床の排水口へ伸ばしている。

「この排水管は川に続いているのかな」

「たぶん。第三ビルは百年以上も前の建物なの。ほとんどの排水管は川につながってる。どれも閉鎖されたと思ってた。だって、排水を川に流しちゃだめよね」

「いまはまた開放されている。有害廃棄物を流しているんだ。ハーモンは故意にケノア川を汚染している」

「なんでまた？」メリットが訊く。

ショウはすぐ前に並べた写真の一枚を指さした。同じ自撮りシリーズの一枚、ハーモン・エナジー社で撮影された一枚だ。ショウはパーカーに尋ねた。「工場で放射能漏れが起きたことは？」

「一度もない」

「この一帯では？　事故は一件もない？」

「ないはずだけど……」そう言いかけて、眉をひそめた。「そうだ、交通事故ならあった。工場から数キロ北の地点。六週間くらい前ね。使用済み燃料棒を積んだトラックが処理場に向かう途中、交差点を曲がりそこねて――」

ショウは言った。「ケノア川に転落した」

「支流だったと思うけど、でも、同じことよね」

「市の中心部より上流だったんだね？」

「そうよ。でも、放射性物質が流出したりはしてない」

「どうしてわかる？」

「流出事故があったなら、報告が行ってるはずだから。原子力規制委員会に。州にも」

「報告がなかったからといって、事故は起きていないとはかぎらない。誰も報告しなかったというだけの意味しか持たない」

「でも……」パーカーの声は力なく消えた。

　メリットは話の行き先を察したらしい。パーカーに尋ねた。「事故はどう処理された？　警察を呼んだか？」

「警察は呼ばなかった。その必要がなかった。単独事故だから。マーティが何もかも自分で対応したはず」パーカーは額に皺を寄せた。「だけど言われてみれば、奇妙なことが一つあった。トラックの運転手は事故の直後に会社を辞めたの。西部に引っ越したって話」

「それは違うな」メリットがつぶやく。「どこにも引っ越してなどいない」

　ハンナが一瞬だけ見張りの任務を放棄してこちらを振り返った。「もしかして、ミスター・ハーモンが誰かに頼んで、運転手を……殺させちゃったってこと？」

　メリットはうなずいた。「おそらくそうだろうね、ハンナ」

　ショウは言った。「次にこれを見てくれ」ショウはすぐ目の前の一枚を指先で叩いた。この写真のハンナのうしろには、化学薬品のドラム缶を積んだパレットが写っていた。そのうちのいくつかにステンシルで文字が描かれている。一部は〈ＫＩ〉、ほかは〈ＤＴＰＡ〉とある。

　ショウは言った。「〈ＫＩ〉はヨウ化カリウムの化学式だ」

「え」パーカーが言った。「でも、ヨウ化カリウムは……」

「内部被曝（ひばく）の防護剤として使われる。もう一つの〈ＤＴＰＡ〉はジエチレントリアミンペンタ酢酸。血中の放射性物質に結合して、体外への排泄を促進する効果がある」

　ショウはパーカーを見た。「トラックが川に転落したとき放射性物質が漏れ出し、フェリントンの上水道が汚染された。ハーモンはその後、別の有害物質を故意に川に流した――健康被害が及びかねない全市民が、ハーモンが提供したボトル入りの水を飲むように。その水には解毒剤が混入されていた。放射性物質の流出がわずかでも疑われるような事態をなんとしても避けようとした」

「どうしてそんなにいろんなことに詳しい？」メリットが訊いた。

ハンナが代わりに答えた。「ミスター・ショウはね、何でも知ってるんだ。お父さんがサバイバリストだったから」

ショウ、ラッセル、ドリオンの三兄妹は、放射線を含む有害物質や解毒剤について長い時間をかけて学んだ。ドリオンは原子力に関連した知識にとりわけ強い関心を抱いた。

メリットが嘲るように鼻を鳴らした。「フェリントン市最大の後援者が……どうかしてるな」それから眉間に皺を寄せた。「しかし、さすがにそこまでやるかな。いくら会社を救うためだからといっても」

パーカーが言った。「原子力はつねに反対意見がかまびすしい分野でしょ。一つの間違いも許されないのよ。小さな事故でも、人的被害など出ようものなら会社がつぶれかねない」

ハンナが訊いた。「どう思う、ミスター・ショウ？暗くなって逃げ出せるまで、あとどのくらい？」

ショウは窓際にハンナと並んで立ち、空を見上げた。「二十分かな」

メリットはパーカーを見て言った。「ショウ、ハンナ。しばらく見張りをまかせていいか？　アリソンと二人だけで話がしたい」

83

湖畔の山小屋の娯楽室の扉を閉ざし、アリソン・パーカーは、ここ何時間か病室のベッドの役割を果たしてきたソファに慎重に体を横たえた。

鎮痛剤はアイドリングを続けるエンジンのように静かに効果を発揮していて、痛みはほとんど感じなかった。しかも思っていたほど頭がぼんやりせずにすんでいる。すばらしい薬だ。ジョンがはまったのもいまなら理解できる。

メリットは椅子を引き寄せ、パーカーと向かい合わせに腰を下ろした。ついさっきコルター・ショウが座ったのと同じ椅子、同じ位置だ。

ジョン・メリット……かつて夫だった男。かつてあれほど多くを分かち合った男。

ベッドのなかで、喜びに満ちたひととき、エネルギーにあふれた瞬間、戯れの時間を共有した相手。

彼女の子の父親。美しく、頭がよくて、かけがえのない一人娘の。

自分自身と娘を守るために、断腸の思いで闘った相手。

その男が溜め息をついた。

パーカーは首をかしげて息を吸いこんだ。表情を変えるまいとはしたが、小さな驚きが顔に出てしまったかもしれない。

メリットが笑った。「酒のにおいがしなくて驚いたか」

「いえ……」パーカーは頰を赤らめた。

「いいんだ。判決の日から今日まで一滴も飲んでいない。それにはっきり言って、酔っ払って判事の前に出るのはどう考えても得策じゃない」

パーカーはドアのほうに目を向け、暗黙のうちに尋ねた——バーボンの瓶があったではないか。コルター・ショウがバックパックから取り出したではないか。

「昨日の朝買った。抵抗できると自分を納得させたかった。封さえ切っていないよ。出所してからいままでに飲んだなかで、一番強いものはペプシだな。ペプシのストレート。チェイサーなし」

パーカーは言った。「そういう話を聞いたことがある。アルコール依存症者のサポートグループに参加したとき。断酒したあと、お酒を買ってそばに置いておく人がいるって。そうやって自分を試すんでしょう」

メリットはうなずいた。「きみは家族向けの集まりに参加したんだな。ハンナはティーン向けに。俺のために」

パーカーは肩をすくめた。「ハンナは長続きしなかったけどね。実を言うと私も」

メリットが溜め息をつく。「きみのせいじゃないさ、A・P。家族向けのプログラムは、本人も一緒に努力しないかぎり何の効果もない。俺は努力さえしなかった」

メリットはパーカーの怪我をしていないほうの脚にそっと手を置いた——払いのけられるのを覚悟しているかのようにおずおずと。

パーカーは払いのけなかった。

メリットが続けた。「あまり時間がない。いくつか話しておきたいことがある」

「でも、ジョン」

「いいから聞いてくれ」

聞いたことのある懇願口調。昔のジョンはこうだった。大まじめな顔で話を切り出すくせに、なかなか本題に入ろうとしない。

それでも、話すべきことはきちんと話す人間だ。耳をかたむけるべきときはそうする。世の中、そんな男はそう多くない。

「わかった」パーカーは小さな声で答えた。

「ビーコンヒルのことだ」

意外な話題だった。タツノオトシゴの下での彼女の裏切りを蒸し返されるのだと思っていた。

メリットはゆっくりと言った。「ビーコンヒル事件……まるで推理小説のタイトルだな」

アリソン・パーカーには答えようがない。パーカーのベッドサイドテーブルにある本のタイトルは、『最先端半導体の放射性環境における応用』だ。

メリットが続ける。「真実とは棘のようなもの。そうは思わないか？　刑務所の医者にもそう言われた。ドクター・エヴァンズに。有能な医者だ。棘。いつかどうにかして抜かなくてはならない」

この話はどこへ行こうとしているのだろう。見当もつかないまま、パーカーは先を促すようにうなずいた。

「ビーコンヒルの事件……覚醒剤で頭をやられた父親。家族、人質、バリケード、銃。銃声が聞こえたと通報があった。ダニーと俺は防弾チョッキを着けて突入した。SWATを待っている時間はなかった。突入と同時にダニーが撃たれた。撃った父親は防弾チョッキを着こんでいた。

ジョン・メリットの呼吸は苦しげだった。まるでレースを走りきった直後のようだ。「そいつは何度も何度も撃ってきた……どこを向いても銃弾が飛んでくる。その部屋で身を隠せそうなのは一カ所だけ――本棚の陰だけだった。本が詰まっているから、弾は貫通しない。ただ、先に隠れている人物がいたんだよ。大学から帰省していたその家の娘だ」

「亡くなった唯一の被害者」パーカーは寒気を感じた。

この話はひょっとして、いま自分が思っている道筋をたどろうとしているのか？

「父親は銃をぶっ放しながらどんどん近づいてくる。二十発入りのマガジンを持っていたんだろうな。どこかに身を隠さなくちゃこっちが危ない。一発が耳もとをかすめた。銃声より、その一発がかすめていく音のほうがはっきり大きく聞こえた。銃弾は音速を超えるそうだ。父親が狙いを定め直して――」声がうわずった。「撃たれると思った。だから俺は、娘の腕をつかんで本棚の陰から押し出した。そして自分がそこに隠れた。娘は撃たれた」

たしか死んだ娘は複数箇所を撃たれていたはずだ。

「ジョン……」

メリットの蒼白な顔は仮面のように無表情だった。彼の表情を見て、これほど胸が締めつけられたことはおそらくない。十一月十五日の夜、手錠をかけられ、連行されていったあのとき以上に目をそらしたくなった。

「そこでようやく一瞬の隙ができた。奴は弾を込め直していたんだ。俺は本棚の陰からすばやく踏み出して撃った。死んだとわかった。救急車を要請して、娘の応急手当を試みた。しかし……」

六発撃たれていた。すでに手遅れだった。

「そのときはまだ生きていたんだよ、A・P。俺をまっすぐに見上げた。困ったような目をしていた。何か大事な質問をして、その答えを待っているみたいな顔だった。まもなく娘も息絶えた」

彼の目に涙があふれかけた。パーカーは彼の手に自分の手を重ねた。

「でも、あなたも脚を撃たれ……ああ……」

メリットがうなずき、涙を拭った。「手袋をはめて、犯人の銃に弾をこめた。自分の防弾チョッキに向けて撃ったあと、ももにも一発撃ちこんだ。本当らしく見せるために。それからダニーの前に横たわった。ダニーの盾になって撃たれたみたいに」

「ジョン……」

「俺はあの子を殺したんだよ、A・P。自分の娘だと気づけば犯人も撃つのをやめると思ったからだ、そんな風に自分に言い聞かせた。その隙に俺が犯人を撃てると思ったからだとね。だが、そんなのはごまかしだ。俺は自分の銃であの子を撃ち殺したも同然なんだ。第二級殺人罪か重過失致死罪で有罪になって当然のことをした。しかしそうはならなかった。〝ビーコンヒルの英雄〟に祭り上げられた。表彰式、報道、俺が署に現れたときの周囲の視線……崇められれば崇められるほど、胸の痛みは増した」

「あなたが消そうとしていた痛みはそれなのね。だからドラッグやお酒に頼るようになった」

「脚の痛みなんか大したものではなかったよ」メリットはパーカーの脚に視線をやった。「二週間もすれば、きみにもわかるだろう。そう、つらかったのは、あの娘の目、俺に何かを尋ねていたあの目だ。どこへ行ってもあの目に見つめられているようだった。ベッドに横たわっていても、通りを歩いていても、リハビリの最中でも、車を運転していても……何をしていてもあの目に見られている気がした。ドラッグはその感覚を鈍らせてくれた。そのあとは酒が。それでも、あの目を完全に忘れられることはなかった。

酔って家に帰ったことが何度もあったね。あのうちの半分くらいは、フォレストローン墓地のあの娘の墓にお参りに行ったあとだった。行く前に酒を買って、墓地にいるあいだか、帰り道に全部飲んだ」

パーカーは眉を寄せた。「十一月十五日。ビーコンヒルの事件からちょうど一年」

メリットがうなずく。

パーカーはメリットの頭にそっと触れた。左耳のすぐ上の髪に。愛を交わすとき、いつもそこに自分の頬を押し当てた。そうしていると安心できたから。絶頂が訪れたとき、その接点に電流が走るように思えたから。

元夫を変えてしまったのは、精神の病ではなかった。罪悪感だった。

「初めからそんなつもりだったわけじゃないでしょう」

パーカーはささやくように言った。

「だが、選んだのは俺だ」

「そうかしら。技術者がよく言う言葉がある」

メリットがパーカーの目を見た。

「作用と反作用。熱せられた鍋を持ち上げようとして、とっさに手を引っこめたら、赤ん坊の鼻に当たってしまった。その子を傷つけようなんてまるで考えていなかったのに、それでも起きてしまった。自分の身を守るためのとっさの行動なのよ」

そこでパーカーは目を伏せた。涙があふれそうだった。消え入るような声で言った。「私だって同じことをした。

あなたを刑務所に行かせてしまった」

「きみ自身とハンナを守るために」メリットは首を振った。「俺たちはお似合いの夫婦だな、A・P」

「ハンナは、私が自分でやったのかもって疑ってる」

「パパが間違ったことをするわけがない、か」

次の瞬間、メリットの表情が変わり、彼はもう一つの本題を切り出した。

「俺の色艶のいい顔の変化に気づいたか？　前と違って小麦色ではなくなっている」

パーカーは笑った。「一年近く刑務所にいたら誰だってそうなるでしょう、ジョン」

「俺が服役してたんじゃなく、バハマ諸島のビーチで寝転んでいたんだとしても、こんな顔をしているはずだ」

メリットは腕の注射跡を見せた。

パーカーは眉間に皺を寄せた。

「化学療法を受けている」

パーカーは注射跡を見つめた。「ジョン、まさか」

「二カ月くらい前に診断された。しばらく前から進行していたようだ。体調がよくないなと自分でも気づいていたんだが、刑務所には腕利きの医者がいるわけじゃない。いい精神分析医はいたが、内科医はまだ若くてね。受刑者は治療の練習台ってわけさ。昨日、トレヴァー郡医療センターで化学療法を受けた。そのあとモーテルの部屋で吐いたよ。酔っ払ったときみたいに。ただ、昨日は完全にしらふだったから、化学療法後の不調を存分に味わった」

パーカーは〝予後〟を尋ねようとした。昔から厭な言葉だと思っている。医療関係者同士の会話にしかそぐわない。愛する家族とのあいだでは使いたくない。

しかし、その言葉を持ち出す必要はなかった。次に訊かれるのはそれだろうと予期して、メリットのほうから言った。「回復の見込みは高くなさそうだ。医者ははっきり言わないが、患者側にはなんとなくわかる。それでもまだ多少の時間は残されている」メリットは微笑んだ。それから、てきぱきした調子で言った。「さて、このくらいにしようか、A・P。いまはやらなくてはならないことがある。仕事にかかろう」

メリットは掌を上に向け、パーカーの掌と会わせるようにした。それからパーカーを支えて立ち上がらせた。

84

「これだけ暗くなれば行けるだろう」コルター・ショウは宣言した。

四人は玄関に面したリビングルームにそろっていた。ショウとハンナは窓際で見張りを続けていた。ツインズが動き出した気配はない。ハンナもやはり何も見ていないと言った。

「そうだ、ハンナ」メリットがハンナに言った。「おまえにと思って持ってきたものがある」

その台詞は滑稽なほど場違いだった。たったいま誕生祝いのパーティに駆けつけてきて、主役の少女にプレゼントを渡そうとしているかのようだ。

メリットはバックパックを引き寄せた。「刑務所に金属加工工場があってね。職業訓練の一環だ。たまにクロスボウやナイフを作る受刑者が現れるが、本来はコートラックやブーツの泥落としなんかを作る場所だ。あの工作、覚えているか？　俺が出かける前——十一月のあの夜に出かける前に、一緒に作業をしたな」

「学校の課題。歴史あるものを作りましょうっていう課題だった。フェリントンに関係するもの」

「帰ってきたら一緒に仕上げようと約束した」メリットは舌打ちをした。「だが、あんなことになってしまった」

ハンナは重苦しい表情でうなずいた。

「代わりにこれを作った」

少し前にバックパックをかき回したときショウも目にした卓上時計が出てきた。

それを見て、ハンナは文字どおり息をのんだ。それからささやくような声で言った。「水時計だ」

さっきは気づかなかったが、たしかに、ケノア川沿いのカーネギー・ビルで見た水時計が忠実に再現されていた。

唯一の違いは、この時計の針は、天使の翼の角度で止まってはいないことだった。

「ちゃんと動く。水がここから」メリットはてっぺんのタンクを軽く叩いた。「滴って歯車を回す。まあ、こいつを頼りに鉄道を運行するのは無理だろう。飛行機もな。それでも、そこそこ正確だ。自分で試してみた」

ハンナはメリットを抱き締めた。「かっこいい！　パパが持ってて」そう言って時計を差し出した。

メリットは娘との距離を保ったまま言った。「おまえが持っていなさい」

ハンナが額に皺を寄せる。「だけど……」

「きみたちは先に行ってくれ」メリットは、保安官補が乗ってきた車のキーを取り、自分が乗ってきたビュイックの鍵をショウに渡した。「そこの道を七、八百メートル行ったところの右側、ネズとレンギョウの茂みに頭から突っこんである」

「いやだよ、パパ。一緒に来て!」

「いまは頭を使わなくちゃいけない。連中をだまそう。きみたちは徒歩で森を行く。俺は車のエンジンをかけて、轍にはまったふりをして前後に動かす。きみたちはビュイックでミルトンに行って、応援を連れて戻ってきてくれ」

「ジョン、そんなのだめよ!」パーカーが言った。

「何も心配することはない。昨日出所したとき、看守に言われたんだ。俺は幸運だって。正確には別の言い方をされたような気がするが。それでもともかく、〝幸運〟と言われた。たしかに俺は幸運な男だ。世界で一番幸運な男だ」娘のほうを見る。「そうだ、ハンナ、ちょっとおいで」

メリットは部屋の隅に行き、ハンナがそこに近づいた。メリットは腰をかがめて娘の耳もとに顔を近づけ、何事かささやいた。聞いていたハンナの表情が消えた。まもなくメリットは一歩下がり、不安げな表情で娘の顔を見た。一瞬の間ののち、ハンナは父親を抱き締め、何事かささやいた。何を言ったのかはやはりショウやパーカーには聞き取れなかった。

メリットがショウのところに戻ってきて、二人は武器を分配した。ショウはグロックを取った。メリットはショットガンを取り、リボルバーと予備の弾丸をバックパックに入れて肩に背負った。

二人は握手を交わした。

メリットは元妻に歩み寄り、抱き締めて、頬にキスをした。

「パパ、お願いだから……」ハンナがもう一度だけ懇願した。

「心配するな、ハンナ」メリットは笑った。「敵はたった二人、しかも相手は俺だぞ。向こうに勝ち目はない」

85

山小屋を見下ろす丘の上、開けた草地に腹ばいになって、援軍はいつになったら来るのだろうとモールは考えていた。増員は三人の予定だ。銃も三丁増える。

猟場を見渡す。家族同様の愛を注いでいるウィンチェスターの長い銃身を左右に動かし、山小屋のポーチの隅々に狙いを定める。月は出たばかりで、しかも半月だが、それを頼りに射撃ができるほどには明るい。

下を見る。携帯電話の画面は時刻を表示しているが、電波はまだ復活しない。まあ、この状態も長くは続かないだろう。マーティ・ハーモンも言っていたが、近隣の基地局を停止するには限度がある。

ライフルレスト代わりの砂袋の上に銃身を下ろし、腕と首筋にアレルギー薬を吹きつけた。

山小屋に動きがないか、もう一度確かめる。クリスティの車、クリスティの死体を見る。

背後で小枝が折れる音がした。モールは銃をかまえて振り返った。

任務を終わらせるためにハーモンがよこした援軍だった。

近くの木材運搬道に駐めたトランジットを目印に車で到着した三人を、デズモンドが案内してきた。デズモンドの隣に五十がらみで赤毛の大男。後ろから二十代後半と見える男が二人。三人とも全身黒ずくめだ。ジャケットにチノパン風のスラックス。戦闘服のライト版といったところか。若い二人は細長いビニールケースを持っていた。

モールとドミニク・ライアンは長年のつきあいだ。モールとデズモンドは、殺しと死体の始末の仕事を何度かライアンに依頼されたことがある。ライアンの手下がこしらえた死体の始末も何度も頼まれている。

それにしても今回の仕事は常軌を逸していた。ハーモンはモールとデズモンドを雇ってあの小娘の殺害を依頼した。ついでに母親とメリットも殺して、無理心中事件に見せかけろという指示だった。そのあと、あろうことかメリットがライアンに金を渡し、殺しの指令が出ていないか調べさせた。ライアンはそのチャンスに飛びついてモールに連絡をよこし、モールを介してライアンとハーモンが手を組んだ。そこから合同プロジェクトに発展した。女と娘が姿をくらましたせいだ。当初この仕事は四時間で終わるはずだったのに、このざまだ。

モールは立ち上がり、若い新顔二人をながめ回した。骨張った体つきの二人は、にやけているつもりはないのだろうが、やはりにやけた顔をしていた。支払い遅延の罰金やみかじめ料を取り立てるという口実で誰かをぶちのめす機会を楽しみに待つような手合いだろう。

モールは、前世の自分はアイルランド反乱兵士だったことを思い出した。

『月の出』。それだ。デズモンドが笛で鳴らした歌のタイトル。

モールとハーモンは、もはや無理心中のシナリオは無理があるとの見解で一致し、新たな台本を練った。メリットが刑事時代に刑務所に放りこんだ犯罪者が、報復として一家を殺害したように見せかける。マリファナの密売グループでもいい、収賄で有罪となった郡の高官でもいい。警察と通じている情報屋を使ってライアンが偽の情報を流す。アイルランド系の若造二人がマリファナを持っていれば、それを偽の証拠として残してもいい。ジャマイカ系の連中に罪をなすりつける。ショウとかいう野郎もここで始末する。

ドーンドゥー……

ライアンは痩せぎすの二人を紹介せず、ここで待っていろと二人に合図して、モールが設営した狙撃拠点に来ると、腰を落として山小屋のほうをうかがった。

「あそこにいるのか」ライアンが訊く。

「そうです」

「誰と誰だ」

「メリット、元女房、娘。オートバイ野郎も」

「計画は？」ライアンが尋ねる。

デズモンドが答えた。「メリットの車がどこかにあるはずだが、だいぶ遠くだろうし、そこまで徒歩で移動するってのは考えられない。一人が負傷してるから。真新しい血の痕を見た」

「怪我をしているのは誰だ？」

モールが言った。「おそらく元女房ですね。遠くまでは移動できないから、おそらくクリスティの車で逃げようとする」

「クリスティはどこだ？」

しくなった。

「どこって、見えるでしょうが」モールはふいに腹立たしくなった。

目を細めて一帯を見回したライアンは、保安官補の死体に気づいて低くうめいた。「くそ。腕がよかったのにな。逃走車の運転手を何度かまかせたことがあるし、保安官事務所の捜査報告書をもみ消すのにも使えた。痛い損失だ」

間違いない。モールの家で夜をともにしたことも何度かあったから、なおさらだ。クロエと別れたあと、ジーンとつきあう前の時期だった。クリスティはセックスよりフォーフィニッシュ塗装のほうに関心があるようだったが、それはモールにしても同じだった。いつか塗装した家具をやると約束したが、その機会がないままになった。

若造二人がケースからブッシュマスターM４を取り出した。短くて黒いアサルトライフルだ。手順に従って弾を装塡する。モールはM４の呼称にある〝攻撃(アサルト)〟という言葉やそこから連想されるイメージに納得できたためしがない。ほかのセミオートマチックライフルと何が違うというのか。トリガーを一回引けば一発発射されることに変わりはないではないか。シカはいちいち気にしないだろう――自分を殺したのは、恐ろしげな見かけの軍用銃から発射された弾丸なのか、優雅なウォルナット素材の銃床と彫り込みのある青黒い銃身やレシーバーを持つ狩猟用ライフルだったのか。

ただ、実用上の差異がなかろうとモールが使いたいのは後者、いま握っているウィンチェスターのような銃だ。

にやけた若者のうち、よりいっそう痩せたほうが言った。「腕に自信があります。タイヤを撃ち抜きますか」

モールはうんざりした気持ちをにじませて言った。「連中が全員車に乗りこむのを待ってからのほうが得策じゃねえか？　それともなんだ、山小屋から一人ずつ狩り出したいか？」

若造は黙っていた。気分を害した様子もない。心を健やかに保つには、自分の愚かさをすんなり認められる性格はきっと有用だろう。

もう一人の若造が訊いた。「ハーモンはなんでその小娘を消したがってるんです？」

「知るかよ」モールとデズモンドを雇ったとき、マーティ・ハーモンは詳しいことを何一つ話さなかった。モールは別にそれでかまわないと思っている。

モールは二人の新顔に言った。「こっちは二人だけだと向こうは思ってる。まさか五人いるとは思っていないし、そんなものがあることも知らない」M4を示す。「車のランプをつけないままドライブウェイをかっ飛ばすだろう。二発か三発食らう程度で、無事逃げられるつもりでいるはずだ」

デズモンドが言った。「けど、車があの地点に来たら——」駐車スペースの端の、土と雑草の開けた一角を指さす。この丘からなら、何にもさえぎられずに狙える。

「——一斉射撃だ」

「理想的なキル・ゾーンだな」モールががつんと言ってやったほうの若造が横柄に言った。まるで長年の経験を踏まえて出した結論であるかのように。

デズモンドは若造二人を丘の背に沿って少し離れたところ、開けた一角がよく見える場所に待機させた。

ライアンがまた山小屋のほうに目をこらした。「小屋のなかまでは見えないな」

暗いのをいいことに、モールは眉を吊り上げて言った。「見えなくたってわかるでしょう。エンジンの音で」

それが合図になったかのように、エンジンが始動する音が聞こえた。

86

ジョン・メリットが保安官補のセダンのエンジンをかけると同時に、コルター・ショウは山小屋の横手の窓を乗り越え、窓のすぐ下の茂みに飛び下りた。グロックを両手でかまえ、右から左へ一帯に視線を走らせる。もう一度。

「いいぞ」ささやくような声でそう宣言し、銃をしまうと、手を窓のほうに差し伸べてアリソン・パーカーを地面に下ろした。パーカーはまったく表情を変えなかった。ジョン・メリットが密売人の足を撃って奪った鎮痛剤のおかげだ。

パーカーに続いてハンナが、ショウの手を借りずに窓を乗り越えた。煉瓦の投げ縄を持っているが、九五パーセントの確率で使う機会はないだろう。もう一つ、水時計も抱えていた。ショウは置いていけと言ったが、ハンナはたった一言で拒絶した。

三人は茂み伝いに移動し、湖と湖岸に沿って走る道路のあいだに横たわるマツとツガの森に入った。三人から見て右手にある雑草に埋もれたドライブウェイの向こうには急な上り斜面があって、その上でツインズがライフルをかまえて待ちかまえている。

十五メートルほど進んだころ、まずエンジンを吹かす音が、続いてタイヤが空転する音が聞こえてきた。まもなく金属がこすれる音も聞こえた。メリットが車を大きな石に乗り上げたのだろう――石があるなんて気づかなかったように見せかけて。エンジンがうなり、砂利が跳ね上げられる。障害物から逃れようとしているように騒がしい物音を立てる。文句のつけようのない作戦だ。

ハンナが足をゆるめ、振り返って山小屋のほうを見つめた。あたりは暗く、ハンナの表情ははっきりとは見えない。不安なのか。誇りに思っているのか。心配なのか。

ショウはハンナの肩にそっと触れてうなずいた。ハンナは行く手に意識を戻した。母親を支えることに専念する。痛みはほとんど感じないとしても、麻薬系の鎮痛剤で頭がぼんやりしているせいだろう、パーカーの足もとはいくぶん怪しかった。

八十メートル。九十メートル。山小屋は背後に遠ざかり、前方に道路との境界線をなす緑の生け垣が見えてきた。丘の上からは三人の姿は確認できないはずだ。ショウは二人の進路を変えさせて道路を歩き出した。そのほうが速度を上げられる。

ぴしり。音が聞こえた。もう一度。

指導力のある兵士のように、ショウは片手をさっと上げた。二人が立ち止まる。丘の上からは三人を狙えないはずだが、このような一か八かの逃走を予期して、ツインズのどちらかが様子を見に下りてきたのかもしれない。

ショウは暗闇に目をこらした。両手で銃を握り、銃口を左右に向ける。視認できる危険はない。耳を澄ます。

風、初秋の枯れ葉、木々の枝。

またぴしりという音がした。

次の瞬間、闖入者（ちんにゅうしゃ）がよちよちと行く手を横切った。三人をあの山小屋へ誘ったビーバーだった。あるいは、そのパートナーか、きょうだいか。

腹立たしげに人間たちを一瞥しただけで、そのままどこかへ消えた。

ショウとハンナは目を見交わして微笑んだ。それから雑草に覆われた道をふたたび歩き出した。三人を安全へと導く道、少なくともその希望だけは約束している道を。

87

丘の上の男たちは、エンジンをうならせて前後に行ったり来たりしている車を見つめていた。連中は、石に乗り上げた車をどうにか自由にしようともがいている。

モールは狙撃拠点から立ち上がり、ライアンとともに車のすぐ上の森に分け入った。

「間の抜けた話だな」ライアンは小さな声で言った。「あらかじめ考えておかなかったのか？　でかい石がどこにあるかくらい先に見ておくだろう、ふつう。これじゃ狙いもつけられない」

モールはうなずいた。スプレーを出して腕や首に薬を吹きつけたかった。だが、ライアンに弱みを知られたくない。ほんのしばらくの我慢だ。

車のギアをせわしなく入れ替える音が聞こえる。ドライブ、バック、ドライブ、バック。まもなく、ラチェットジャッキを動かすような音も聞こえてきた。車を持ち上げるのはなかなか骨だろう。駐車スペースは未舗装で、地面は粘土質だ。大型車の重量でジャッキが土に沈んでしまう。とはいえ、前輪を完全に持ち上げれば車が後ろに下がり、石から解放されるかもしれない。

ともかく、さっさと仕事を片づけよう。

斜面の下のほうから人の声が聞こえた。ささやくような声だった。「無理だな」

ライアンが言った。「メリットだ」一拍の間(ま)があって、こう続けた。「とにかくやっちまおう。あと何分かだけ待って、行くぞ」

「気が乗らないな」その声には不吉な気配が漂っていた。

「ほかにどうしようもないだろう。いつまでたっても車はあそこではまったままだぞ」

モールは深々と息を吸った。樹皮と土のにおい、昼間は鮮やかな色をしていたがいまは色を失った花々の香り。それらはじきに、焦げた無煙火薬の化学的なにおいに隠されてしまうだろう。

やれやれ、この数日は災難続きだった。

「どうだ、何か見えるか」ライアンの手下のどちらかが斜面の上から訊いた。

「声を出すな」モールは低い声でぴしゃりと言った。シカにこっちの居場所をわざわざ教えたりしない。銃を持った人間が獲物のときだって同じだ。

ライアンがモールを見て眉を吊り上げた。自分の手下の粗相を謝罪しているつもりだろう。ひょっとしてあの若造のどっちかは息子か何かなのか。

クリスティの車のエンジンの音はまだ聞こえているが、ジャッキを動かす音はやんでいた。

さすがにあきらめたか――

背後で何かかすかな音がした。モールはライアンをちらりと見た。ライアンの眉間に皺が寄る。二人の視線がぶつかった。同時に振り向いた。

あたりはほぼ完璧な闇に包まれていた。それでも見間違いようがなかった。ジョン・メリットが立っている。ショットガンの狙いを二人に定めていた。首をわずかにかしげ、驚いたような表情を浮かべている。それはそうだろう。ほかに銃を持った敵がいるとは、ましてやドミニク・ライアンが来ているとは予期していなかっただろうから。

そうか、車は陽動だったか。

オートバイ野郎がいまごろ丘の向こうのどこかからにやついた若造の一人を狙っているのかもしれない。

くそ……

八方ふさがりだ。

武器を捨てろと要求されるだろう。山小屋にいる女たちを安全に逃がすための交渉が始まるだろう。

ところが、ジョン・メリットは別の解決を図った。穏やかな声、さっきと違ってささやくようではない声で、メリットはライアンに言った。「ちょうどあんたのことを考えていたよ、ドミニク。裏切り以上に許しがたい罪はないなとね」

そしてライアンの喉に弾を撃ちこんだ。

即座に次弾をこめ直し、血しぶきにまみれたモールの顔に銃口を向けた。

88

娘に話したとおり、敵が殺し屋コンビだけだったなら、作戦は成功していただろう。

援軍が来ると予想してしかるべきだった。それにしても、とジョン・メリットは思った。その援軍のうちの一人がまさか裏切り者ドミニク・ライアンだとは夢にも思わなかっただろう。

ライアンを射殺した直後、丘の上から即座に反撃された。メリットはその場に伏せるしかなく、黒いスーツの巨漢を始末するチャンスを逸した。スーツの男はライアンの死体のすぐ横の茂みに飛びこみ、メリットがようやく放った散弾は男をかすめもしなかった。

メリットは斜面をすべり下り、あやうく転びかけ、走り、また半分すべるように斜面を下った。地面が平らになると、手探りで車のそばに戻った。

運転席側のドアの陰にしゃがみ、残弾を確認する。ショットガンの弾はあと十八発。覚醒剤の密造人から奪ったリボルバーのシリンダーに六発。もう一丁――ライアンの手下から買ったリボルバーのシリンダーに五発。ほかに銃の密売人が〝無料サービス〟でよこした三八口径弾が十五発ある。

むろん、真っ暗な森での銃撃戦では、散弾銃が一番威力があるに決まっている。

メリットは低い笑いを漏らした――接近戦を何百回と経験したベテラン兵士気取りか？　実際には、フェリントンの治安が最悪の地区の分署に勤務していたこともあるのに、警察のキャリアを通じて発砲した経験は、たった二度しかない。

ビーコンヒルは、その二度に勘定されていない。

連中は丘の上に集まって態勢を立て直そうとするだろう。メリットをどう攻めるか改めて検討するだろう。いや、彼らをか。アリソンとハンナ、ショウがすでに脱出したことに、まだ気づいていないようだから。

ここにいつまでもいれば挟み撃ちにされてしまう。メリットはドアを開けた。ルームランプが灯った。腰をかがめて手でアクセルペダルを押す。ギアはニュートラルに入っている。

奴らの注意を車に引きつけておいて、メリットは山小屋に駆け戻った。片手にショットガンを、もう一方にバックパックを持ち、リボルバー二丁はまるで本物の海賊みたいにベルトにはさんだ。気配を殺して玄関からなかに入った。その動きで、ゴム弾がつけた痣から鋭い痛みが全身に広がった。別の痛みも走った――自分で撃ち抜いた太ももの古い傷痕から。皮膚が硬く盛り上がった丸い銃創は、いまでもたまにずきりと痛むことがある。犯した罪を忘れさせるまいという神の意志なのかもしれない。

ドアを閉め、ノブの下に椅子をあてがった。

山小屋のなかはほぼ完全に真っ暗だが、窓や裏口の位置は把握できている。

外の様子を確かめた。森のなかをいくつかの人影が慎重に移動しているのが見えたような気がした。車のほうに向かっている。

十二番径散弾銃の弾をお見舞いするにはまだ早い。

メリットはバックパックからバーボンの瓶を引き出した。じっと見つめた。それから笑い声を漏らし、ビニールの封を破り、コルク栓を抜いて一口飲んだ。思わずむせた。口のなかがびりびり痛めば、尻のみみず腫れのじんじんする痛みを忘れられるかと期待して、父親のバーボンを初めてこっそりのんだときと同じだ。

もう一口。

二口目はするりと喉を落ちていった。

ショットガンを握り直し、玄関脇の窓からターゲットを探す。

奴らはどこだ？

窓からそよ風が入ってきた。薬草を思わせるにおいがした。娘の生物学の勉強を手伝ったとき、園芸学の知識をいくらか身につけた。ハンナと一緒に新しい課題を始める約束だった。水時計は歴史。次は生物学――水耕栽培だ。

また一口。

もう一口。

「十九歳にもなって？」そう言うと同時に、ドクター・エヴァンズは水時計ではない時計をちらりと見る。一瞬たりとも休まずに時を刻み続けている壁時計を。それからメリットに向き直って言う。「おっと、時間切れのようです、ジョン。いまのお話を忘れないでおいてください。次回、詳しく検討してみましょう」

その瞬間、メリットはキレた。伸びきった針金がぷつんとはじけるように。勢いよく立ち上がり、座っていた椅子をつかんで壁に投げつける。そして前に身を乗り出し、医師のパーソナルスペースを思いきり侵害して、医師の鼻先でわめく。「くそったれ！　くそったれ、くそったれ！」

それと同時に悟った——刑務所の一室でパニックボタンが押されたとき何が起きるのか、自分はいま身をもって体験しようとしているのだと。

ところが医師は、看守に助けを求めなかった。

それどころかドクター・ツナサンドは笑みさえ浮かべている。「しかし、今日は時間は気にしないことにしましょう。このまま話を続けます。かまいませんか」

肩で息をし、ジョンは医師を凝視する。

ドクター・エヴァンズは投げられた椅子を拾ってもとの位置に置き直し、どうかかけてと身ぶりでメリットを促す。

メリットは腰を下ろした。

「有名な精神科医がいましてね。彼の考え方が私のお気に入りなんですよ。彼はこう言いました。誰もが原始的な喪失感を抱えているものだと。永続的で根源的な問題を抱えているという意味です。悲しみや苦しみの大半は、そこから生まれてくる。ここであなたのお話を何カ月も聞きました。あなたは知性豊かで、公平で、責任感が強い人だ……しかし、ほかの誰もと同じように、大きな喪失感を抱えている。あなたの場合、それはあるものへの依存です」

「酒のことなら、ええ、たしかに——」

「違いますよ。アルコールではありません」

その一言がメリットの注意をぐいと引き寄せる。

「もと刑事さんでしたね。麻薬事件の捜査を担当した経験は？」

「あります。何度か」

「では、〝薬物前駆体（プロドラッグ）〟もご存じですね」

「薬物の初期段階で使われる化学物質」

「あなたにもプロドラッグが存在する。アルコールです。あなたはアルコールに依存しているのではありません。アルコールが生み出すものに依存しているんです」

「つまり、何に？」

「怒りです」

メリットはいつもの乾いた笑いを漏らす。「怒りに依存している？　そりゃいったいどういう意味です？」

「人は心を麻痺させ、不安や憂鬱、心配事を忘れさせてくれる行為に依存するんですよ。あなたの場合は怒りを発散させる行為だ。ただし、実際には発散せずにこらえる。怒りの感情は蓄積し続けて……あなたは酒に手を伸ばす。すると怒りを閉じこめていた壁が失われる。

仕組みはわかりました。次はその怒りの源を突き止めなくてはなりません。これには少し時間がかかります。お父さんが関係しているのは確かでしょうね。ベルトで尻を叩く？　十九歳にもなった息子の尻を？　残業して帰宅が遅くなったから？　お父さんの反応、お父さんの行為は許しがたいものです。激しい怒りが湧いた……ところが、あなたは何も言わなかった」

「ええ、言いませんでした」

「何か言えばお父さんが自分から離れていくと思って、怖かったから」

メリットは答えない。

「きっと当たっていると思いますよ。この点をこれからよく考えてみなくてはなりません。ただし、これはあなたが抱えている根源的な問題の一部でしかない。これについては私もずいぶん考えました」

これで答えが出た。この医師は刑務所内の患者を救うために治療に全身全霊をかたむけているのだ。裕福な主婦相手のお気楽なセッションを夢見ているのではなく。

「あなたの警察記録を見ました。キャリアを通して、懲戒の対象となったことは一度もありませんね。市民から苦情が寄せられたこともない。ただの一件もなかった」

ビーコンヒルのホームウッド八二四八番地の住人の一人は、いやいやちょっと待ってくれと言いたいだろうが、彼女はもう苦情を申し立てようにも書類に記入することさえできない。

「職業柄、悲惨な事件も目撃したでしょうが、感情を表に出すことは許されなかった。虐待、殺人、性的暴行、残虐行為。そうでしょう？」

メリットは肩をすくめる。

「どんなものを目撃したか、話してください」

「事件のことを？」

医師はうなずく。

どこから始めたらいい？

「モンロー・ストリートに住む父親は自分の娘をレイプした。プレスコット・ストリートで妻を暴行した夫に手錠をかけたとき、その手にはまだ妻の血がついていた。酒酔い運転で捕まったビジネスマンは、フェリス・ストリートのど真ん中で高齢の女性を撥ね、女性は二十メートルも飛ばされた。地面に落ちる前に亡くなっていただろうと監察医は言っていた。煙草でやけどをした赤ん坊を救急病院に連れてきた母親は、娘が自分でやったと言い張った」声が震え始めた。しかも、ちくしょう、怒りが湧き上がってきていた。「それにあのクズ野郎ども――容疑者ども――は判事の前でこう訴える。〝悪かったよ、けど俺の責任じゃない。あんたらにはわからないんだよ〟」

大きく息を吸いこみ、怒りを押し戻す。「そのうちに慣れると言われる。俺には無理だ。絶対に、絶対に、絶対に慣れたりなんかしない。いつだって怒りで体に火がついたようだった。現場でも、逮捕の瞬間も、裁判所で手続きをしているときも」

「それでも警察官らしく行動し続けたわけですね。プロらしく。だからといって、怒りが消えるわけではありません。腹のなかでくすぶり続ける。激しい怒りはそこでじっと待っているんです――あなたが最初の一口を飲む瞬間、ついに逃げ出せる瞬間を」

メリットは初めて心から笑う。このときまで、この医師の前では皮肉な笑い声、作り物の笑い声しか漏らしたことがなかった。「作戦だったわけだ。毎度の〝おっと、時間が来てしまいました〟は」

ドクター・エヴァンズは微笑む。「確かめたかったんですよ。あなたが怒りを爆発させるところをこの目で見る必要があった。最初の何度かは不発でしたね。話が肝心なところにさしかかった瞬間、〝時間です〟と言ってみたんですが。ほかにも、白昼夢にでも浸っているみたいに窓の外をぼんやりながめたりもしました。しかし、今日、あなたはようやく爆発した。あなたの怒りの強さを目の当たりにしました。ただ、怒りはあれで全部ではない。まだまだ残っているはずです」

メリットは背を丸め、肩で大きく息をする。疲労と痛みを感じた。このところ体調が思わしくない。椅子を壁に投げつけただけで、そう、ちょっとした運動をしただけで、体力を使い果たしてしまった。何かの病気だろうか。あとで医務室に行って相談しよう。

医師は続ける。「わかったことがもう一つあります。あなたは若い時分からアルコールの問題を抱えていたわけではない。わりあいに最近のことです。過去数年に起きた何らかのできごとがきっかけで悪化したのでしょう。

それも急速に」

戦場で獲物を探すスナイパーのように、照準を合わせるべき〈真相〉を探しているらしい。

メリットは言う。「そうかもしれません」

点と点がつながり始めたようだと思った。〈真相〉──覚醒剤で頭をやられた父親の娘を死なせたこと。次に飲酒問題──酒の量はどんどん増えていった。やがて怒りが堰を切ってあふれ出した。

怒りは洪水となって彼の人生を押し流した。妻を、娘を押し流し、仕事を押し流した。

医師は思いやりに満ちた忍耐のまなざしを彼に向けている。

だがジョン・メリットはまだ、自分は人殺しだという秘密を打ち明ける覚悟ができていない。ビーコンヒルの小さな家で、自分の代わりに若い娘を死なせた人物なのだと認める勇気がない。

いまのところはまだ。

その話は別の機会を待たなくてはならないと察したようだった。この医師に打ち明けることになるのかもしれないし、別の相手に打ち明けるのかもしれない。それでもドクター・エヴァンズは、今日の成果に満足している様子だ。

医師はメリットを上から下まで見る。「思うに、あなたは酒の味が好きだから飲むわけではないでしょう」

「ええ。昔から嫌いでした」

タブレット端末にメモが書きこまれる。

「今日、私たちは何を学んだでしょうか、ジョン」

「俺は酒を飲むと、怒りを爆発させる」

医師は微笑んだ。「当を得た要約だ。私の精神科医ハンドブックでもそうはいかない」

まもなく死の射撃場の的と化そうとしている辺境の森の山小屋に一人きりいるいまこそ、怒りを煽る酒を飲むには最適なタイミングだった。

バーボンをまた一口。

酒の味はやはり好きになれない。だが、敵の一斉射撃が始まろうとしている。

いま全身にあふれさせたいのは怒りだ。理性ではなく。

メリットは夜の闇に目をこらした。保安官補の車のそばの青々とした茂み。少し前まで不動だったのに、いまはかすかに動いている。

ジョン・メリットは茂みにショットガンの狙いを定め、ゆっくりとトリガーを引いた。

89

「あんなに何度も銃声が！」アリソン・パーカーが言った。

「ママ、静かに」ハンナが言った。同時にショウも人差し指を唇に当てていた。

ショウは道の先を指さして前進を促した。聞こえる音から察するに、独特の発砲音を鳴らすショットガンのほかに、四種類の銃が使われているようだ。マーティ・ハーモンが援軍をよこしたのだろう。携帯電話が使用不能ではその可能性は低いとショウは考えていたが、ジャケットかスーツが車で別の地区まで行き、応援を求めたのかもしれない。

ジョン・メリットはどうした？　あれだけの火力を相手に、無事に対抗できているのか。

それに答えるかのように、銃声がぴたりとやんだ。

短い間をおいて、拳銃の発砲音が二発。

そのあとは静寂が続いた。

さらに百メートルほど先にビュイックがあった。車に戻り、ショウは車と周辺の茂みの安全を手早く確認した。ちょうど追いついてきたパーカーとハンナの背後に警戒の目を光らせた。二人を後部座席に乗せた。エンジンをかける前にアクセサリー電源をオンにし、ダッシュボードのメーター類が点灯するのを待って、すばやくすべてのランプを消した。

「シートベルト」荒っぽいドライブになる。道路ではないところを走る場面もあるだろう。

三人はシートベルトを締めた。

「ハン」ショウはとっさにハンナのニックネームを呼んだ。「右手の丘の上をよく見ていてくれ。奴らはそこだ」

ハンナはウィンドウガラスに顔を押しつけた。

「誰か見えたら教えてくれ。それからシートの左側に寄って、お母さんと二人で頭を低くする」

「了解」

「エンジンをかけたらすぐスピードを出すぞ。用意はいいか？」

ハンナがうなずく。パーカーもうなずいたが、同時に顔をしかめた。鎮痛剤の効果が薄れ始めている。パーカーは追加の錠剤をのむのを拒んでいた。好都合ではある。意識が朦朧としていては困る場面があるだろう。

ショウはスタートボタンを押し、即座にギアをドライブに切り替え、スピードを上げて荒れた路面を走り出した。昼間ならもっと上げられただろうが、いまはこれが限界だ。左側は急斜面になっていて、山小屋の裏の湖に注ぐ支流か川がその底を流れている。

幸い、道に迷う不安はない。山小屋はこの長い未舗装道路の終点にあった。この道をまっすぐいけば、幹線道路に突き当たる。あとは十分も走ればミルトンだ。

銃声に耳を澄ます。

あたりは静まり返ったままだ。

さきほど最初に響いたのはショットガンの銃声だった。おそらくメリットが敵の不意を突いて一人を倒したのだろう。いや、そうならいい。倒したとすれば、ツインズのどちらかか。あれほど不気味な二人組は見たことがない。ほかの連中はどこのどいつだろう。ドミニク・ライアンの手下か。

「いまのところ誰もいない」ハンナが報告した。それから小声で付け加えた。「銃声、もう聞こえないね」

「お父さんは退却したんだ」ショウは言った。

ハンナが言う。「それか、奴らを全員やっつけた」語尾が力を失った。

あるいは……

車はさらに一キロ弱ほど進んだ。

木々が作る天蓋の下に入った。視界がさらに暗くなる。ショウはしかたなく速度を落とした。

ハンナがパーカーに言った。「さっき山小屋でパパがあたしに話したこと。ほら、出て行く前に」

「ええ、見たわ」

「人を許すことについて話した」

パーカーが何より恐れていることに関連した話か？

パーカーが自分に何をしたか、メリットはハンナに伝えたのか？

「パパを許してほしいって言われた」

「何について？

「十一月のあの晩、銃でママを殴ったこと。〝酔ってしたことだ〟なんて言い訳にならないって」

「あなたは許したの？」パーカーがささやくような声で言った。

しばしの間があって、ハンナが答えた。「誰かを許すって、どういうことなのかな。だって、許すって言ったからって、何もなかったことにはならないよね」

「そうね」パーカーが言った。

「パパを許すって言ったよ」気配からするとハンナは溜め息をついたようだ。それからハンナは続けた。「実を言うとあたし、ママが自分でやったのかもって思ってた」

パーカーはすぐには何も言わなかった。長い沈黙のあと、こう言った。「もうすんだことよ」

人生は、九割の真実と一割の嘘に支えられている。その嘘がすべて悪いわけではない。正直さが災いして、大切な目的地へ向かう列車が脱線することだってある。いずれにせよ、コルター・ショウが口を出す筋合いはない。いまここでの彼の役割は、二人の身体を無事に守り抜くことだ。心や魂ではなく。

ショウはハンナに携帯電話を渡した。「電波は来てるか？」

「だめ。まだ真っ暗」

しかたがない。車のナビで道順を確認しよう。このままマっすぐミルトンに行くのではなく、裏道や住宅街だけを通るようにしたほうが安全だ。

追っ手が来る確率は？

いまもまだ銃声が聞こえているなら、一〇パーセントと見積もるところだ。

しかし銃声は途絶えたきりだ。となると、六〇パーセントか。ジョン・メリットは全員を倒したわけではない。連中は、ショウとアリソンとハンナが徒歩で逃げたと考え、森のなかを探しているだろう。

まだ山小屋周辺でぐずぐずしているはず――

そのとき、右から真っ白な光が閃いた。

パーカーが悲鳴を上げ、ハンナが叫ぶ。「ミスター・ショウ――」

フォード・トランジットが轟音とともに茂みから飛び出してきて、ビュイックの横腹に激突した。

衝撃でビュイックは土手を転がり落ちた。二回転半したあと、マツの痩せた若木をなぎ倒したところでようやく止まった――急斜面のなかほどに、上下さかさまに。

90

甘ったるいガソリンのにおいが漂った。

「降りろ！」ショウは声を張り上げた。全部のウィンドウを下ろし、ドアのロックを解除した。エアバッグはすべて作動していた。パーカーとハンナに大きな怪我はないようだが、二人とも衝撃でぼんやりしている。「ガソリンが漏れている。急げ」

シートベルトをはずす。ショウの体は天井に落ちた。振り向いて、手間取っているパーカーのベルトをはずしてやった。パーカーも天井にどさりと落ち、痛みにくぐもった悲鳴を漏らした。ハンナは自分でベルトをはずし、落ちる瞬間に体をひねって、猫のように手と足から着地した。三人は車から這い出た。

ハンナが車内の水時計に手を伸ばす。

ショウは険しい声で言った。「ハン。あきらめろ」

ハンナはショウを見上げてうなずいた。

「頭を低くしていろ。あっちだ」ショウはまず斜面の下のほうを指さし、その手を水平に動かした。ビュイックは火を噴く恐れがあるだけではない。傾斜二十度の柔らかな地面でゆらゆらしている。ちょっとしたきっかけで転がり出しかねない。

ショウは立ち上がり、フォードのバンを狙って一発撃った。フロントガラスが砕けた。誰も乗っていないことはわかっていた。こちらに銃があることを知らせたかっただけだ。それで距離と時間を稼ぎ、防御に適した位置を確保したい。怒鳴り声が聞こえた。指示を飛ばしているのか、こちらの姿を見たという報告か。来ているのはツインズだけのようだ。ほかはメリットが倒したのだろうか。そうだという気がした。

ハンナがパーカーを支えて歩き出す。

三人は斜面を下った。振り返ると、人影が二つ、斜面を追って来ているのが見えた。やはりそうだ。ツインズだ。拳銃を抜き、めちゃくちゃになったビュイックを狙って撃ち始めた。バンで体当たりする作戦は成功したとはいえない。向こうもふくらんだエアバッグにぶつかられ、まだぼんやりしているのだろう、弾は的外れな方角に飛んでいった。

それでも一発でも当たれば命取りだ。

ビュイックから二十メートルほど下ったとき、パーカーの動きが緩慢になったことにショウは気づいた。

斜面の上のほうをもう一度振り返る。薄茶色のジャケットが立ち止まってこちらを狙おうとしていた。ショウが先に発砲すると同時に、ジャケットは地面に伏せた。

弾ははずれた。

残りの弾はあと十三発。ほかに十五発入りのマガジンが二つポケットに入っている。

残弾の把握を怠るべからず……

前方に深さ一メートルほどの排水路があった。「あそこに」ショウは先に二人を下ろした。自分も下り、塹壕の兵士のように縁から顔を出し、いつでも撃てる体勢で周囲を観察した。背後も見る。そちらからは逃げられない。川に向けて下っている斜面に身を隠せるような凹凸はなかった。月が昇り、その青白い輝きはターゲットを探すには十分だ。

ショウは間に合わせの塹壕の縁から目だけをのぞかせ、左側を偵察した。

「ミスター・ショウ！」ハンナが小声で言った。頭を低くしていろというショウの指示を無視している。「右！あれ！」

スーツだ。

ショウは狙いを定めて撃とうとしたが、スーツの姿は消えた。

左右から挟み撃ちにするつもりか。連中も短時間で勝負を終えなくてはならない。幹線道路はすぐそこだ。気持ちのよい夜だから、車のウィンドウは下ろされているだろう。乗っている人々は、銃声らしき音が聞こえたが何だろうといまごろ首をかしげているかもしれない。時間を考えれば、ハンターでないことは誰にでもわかる。

「どうする、ミスター・ショウ？」

ショウは近くの地面をさっと見渡した。「枯れ葉を集めてその下に隠れろ」

ハンナはためらった。銃をほしがった少女は、ただ隠れるなんて不満らしい。

しかしそれも一瞬のことで、ハンナはすぐに手を動かし始めた。枯れ葉をかき集めて母親を隠し、自分もしゃがんで、かさかさと音を立てる毛布の下にもぐりこんだ。

「私はあそこに移動する」ショウは小高くなったところを指さした。「有利な位置を確保する」

ハンナが微笑んだ。「いかにもあなたみたいな人が言いそう。闘いに備えて有利な位置を確保する」

ショウはうなずき、排水路から出ると、左に匍匐前進を始めた。

どこにいる、ツインズ？　どこだ？

優しい風が吹いて乾いた葉や枝を揺らし、その音がショウの気配を消してくれたが、反面、ツインズの足音を聞き分けるのもほぼ不可能だ。

背の高い草むらの陰で立ち上がる。ほとんど何も見えない。確認できたのは、トランジットのルーフ部分とひっくり返ったビュイックだけだ。

左から右へと視線を動かす。風ではないものが何かを揺らしていないか、目をこらす。

左。右……

だが、連中の戦術は挟み撃ちではなかった。

ショウが左右に重点を置いて警戒すると予想したのだろう、真正面から来た。

斜面の上のほうにいる一人がショウを狙って連射を始め、もう一人がラインバッカーのように低い姿勢で背の高い草むらを走り抜け、まっすぐショウに向かってきた。

ショウは重心を落とし、音と草の動きを頼りに男の位置を見定めた。

銃をかまえ、息を吸い、ゆっくり吐き出した。

だけど、いまにも敵に襲いかかられそうだったら？

そのときこそいっそう時間をかけて引く……

十メートル、九メートル、八メートル……

いまだ。

ショウは発砲した。グロックが反動をよこす。

男はまだ突進してくる。

さらに二発。最初の狙いより左と右に。

それも当たらなかった。

ありえない。的ははずしていない。防弾チョッキか？

男はもう六メートルまで迫っている。次の瞬間にも草むらから飛び出してくるだろう。ショウは男が現れるはずの位置を狙った。

突進してきているのは敵ではなく、トランジットのスペアタイヤだと気づいたときにはもう、タイヤが猛烈な勢いで草むらから飛び出してきて、ショウの胸にまともにぶつかった。ショウは後ろに飛ばされ、斜面を転がった。

91

タイヤを追いかけるように、ツインズが突進してきた。ショウはタイヤにぶつかられた衝撃でグロックを落としてしまっていた。膝立ちになり、肺に空気を取り入れようとしながら目でグロックを探した。スーツがこちらを狙って撃ちながら迫ってくる。ショウは横に転がって低木の茂みの陰に身を伏せた。

ジャケットが左に進行方向を変え、パーカーとハンナを探し始めた。二人が隠れている排水路はすぐそこだが、暗闇と枯れ葉のカムフラージュが功を奏して、なかなか見つけられずにいる。

ショウは茂みの陰から地面に目を走らせた。五メートルほど先に銃があった。慎重に近づいてくるスーツの進路に転がっている。

気づかずに通り過ぎてくれますように……

だが、甘かった。スーツは一瞬足を止めたあと、すばやく足を踏み出して銃を拾った。そして奇妙な鳥の鳴き真似のように「ドーンドゥー……」とささやいた。ティンバーウルフ湖のキャビンでも、キャンピングカーに火を放つ直前に同じ言葉を口にした。

スーツはまっすぐに立ってあたりを見回した。「おい、オートバイ野郎。おまえの銃を見つけたぞ。出てこいよ」

よく見ると、スーツはもう一丁銃を持っている。ストラップで背中にぶら下がっている。二二三口径のアサルトライフルの一丁かもしれない。

ややあって、スーツが言った。「ご婦人方二人をいま俺の相棒が探してる。そばを離れたのはまずかったな。言っとくが、俺の相棒はあっちのほうがふつうの男と違う。出てこいよ。そうしたら一瞬で終わらせてやる。おいたをしないよう、俺が相棒を説得してやる」

ショウが斜面を川のほうへ移動していると思っているようだ。暗闇や草むらに目をこらしてその方角ばかり見ながら、オークションの仕切り人のように言った。「さあさあ、締め切りますよ、よろしいですか、よろしいですね……？」

ジャケットの大声が聞こえた。「ここにいたぞ」排水路を指さしている。「出てこい！」一発撃つ。パーカーが悲鳴を上げたが、驚きの声だ。弾が当たったわけではない。ハンナも無事だ。「朝だぞ、起きろ、起きろ！」

二人が隠れ場所から這い出す。服に枯れ葉がくっついていた。

スーツはショウを探している。

ジャケットが言った。「奴は？」

「斜面の下のどこかだ。気絶したのかもな。タイヤの威力はかなりのもんだから」

ジャケットが周囲を見回す。「どこにもいないぞ」パーカーのほうを向いたが、視線はハンナに注がれていた。スーツに向かって言う。「なあ、俺、ここまでずいぶん我慢したよな。最初の方針どおりいくっておまえの意見は正しかった。けど、事情が変わったよな」

「そんな暇があると思うのか？　本気か？」

「まさか。死体運搬カーがあるだろ。乗っけてどっか連れてくんだ」

スーツは溜め息をついて渋面を作った。執拗に蒸し返される議論についに根負けしたといった表情だ。「わかった。わかったよ。車に押しこめ。急げよ。縛っておけ。オートバイ野郎を探すぞ」

「うそだ！」ハンナが叫ぶ。

それはジャケットの計画に対する抗議の声ではなかった。ハンナの目は、スーツがストラップをはずして背中から前に持ってきた物体を見つめていた。

ショットガンだった——最後に山小屋で見たときは、父親が持っていたショットガン。

三人の心につきまとっていた疑念に確かな答えが出た。

ハンナがジャケットに飛びかかる。

「おっと。おてんばさんだな」ジャケットは余裕でそれをかわし、後ろからハンナの胸に腕を回してつかまえた。それからスーツに向かって言った。「な、言ったろ、このお嬢ちゃんはいかにも生意気そうだって」

パーカーが立ち上がり、脚の痛みに悲鳴を上げた。それは娘を捕らえた男に対する怒りの声でもあった。ジャケットはパーカーを一瞥し、傷に目を留めると、そちらの脚を蹴った。パーカーは叫び声とともに後ろに倒れ、脚を押さえて嗚咽（おえつ）した。

ジャケットはハンナの頭のてっぺんにキスをし、ハンナが唾を吐きかけると、愉快そうに笑った。「来な。車に乗せてやる」

ショウは気配を殺して右に三メートル移動した。低木の陰に隠れたまま、探していたものを――オレンジ大の石を拾った。振りかぶって、スーツの頭越しにできるだけ遠くへ投げた。石が地面に落ちる音に気づいてスーツが振り返り、ショットガンをぶっ放した。ショウの思惑どおり、その轟音で耳が聞こえにくくなっているはずだ。ショウはその隙に乾いた葉の上をすばやく走ってスーツの背後に回った。標的が見つからず、スーツは元どおりに向き直ろうとした。だが遅い。ショウは背後からスーツに体当たりした。

低い位置を狙った。スーツの腎臓を狙って肩から突っこむ。腎臓に打撃を食らうと、激痛で動けなくなる。ショウはすかさずスーツのズボンの裾をつかんですばやく立ち上がった。ハンナに言葉で教えたのと同じ動きだ。スーツは顔から地面に倒れた。ショウは片膝をもう一方の腎臓にめりこませた。スーツが悲鳴を上げ、ショットガンから手を離した。ショウはショットガンを拾った。自分のグロックとスーツの拳銃も奪い、ポケットに入れた。

ジャケットは銃口をこちらに向けたが、それだけだった。ショウが相棒のすぐ横にしゃがんでいては撃てない。しかしそれはショウのほうも同じだ。ジャケットがハンナを捕まえているかぎりは撃てない。ハンナは盾も同然だ。

ショウはジャケットに言った。「すぐそこを大きな道路が通っている。銃声を聞いた者がいるだろう。マーティ・ハーモンの影響力も、この郡には及ばない。両手両脚を大きく広げて地面にうつ伏せになれ」

ジャケットは無言で銃口をショウのほうに向けている。

スーツが身動きをしたが、こいつは放っておいても大丈夫だ。あと十分は起き上がれないほどの痛みが全身を駆け巡っている。

ショウは言った。「地面にうつ伏せになれ」

「なあ、こうしようぜ。相棒を立ち上がらせてやってくれ。そしたら二人で引き上げる。この二日、俺たち全員がさんざんな目に遭ったが、それはそれとして水に流そう。な、いいだろ?」

ジャケットは撃つ隙を探して時間を稼いでいるだけだ。この状況はショウよりもジャケットに有利だった。ハンナはジャケットのほぼ全身を隠しているのだから。ショウの射撃の腕は一流だが、それでも暗闇で無謀な賭けに出るわけにはいかない。

　ハンナやパーカーに銃を向けて、そっちこそ武器を捨てろと言われたら？　ジャケットがまだそう言わないのが不思議なくらいだ。

　だが、言うまでもなく、アシュトン・ショウはそれに対する答えも用意していた。

　決して武器を捨てるべからず。どんな場面であれ、例外はない……

「あんたや相棒に結びつく証拠はいくらでもある。とうてい逃げきれないぞ。おまえたちはおしまいだ」

　ジャケットは答えない。

　沈黙。

　それを破ったのは、ハンナの声だった。ハンナはくるりと振り返ってジャケットと向かい合うと、不気味に落ち着き払った声で言った。「ねえ。こっち見て」

　次の瞬間、甲高い悲鳴が続いた。

　それはジャケットの口から発せられた悲鳴だった。ハンナから手を離し、銃を放り出して、手で目のあたりをさかんに払った。「いてえ、何だよ、いてえよ……」

　ショウはハンナが持っているものを見た。あれは何だ？　まもなく思い出した。山小屋にあった粉末トウガラシの瓶だ。

　ジャケットは情けない声を上げている。地面に膝をつき、袖やジャケットの裾で目を拭う。

　ハンナはゆっくりと後ずさりしてジャケットから離れ、足もとを見下ろした。ジャケットが落とした銃を握る。銃口をジャケットに向ける。

「ハンナ！」ショウは言った。「よせ」

　この先、死人が出れば、それは殺人罪になる。

　ハンナは動かない。コルト・パイソンで練習したときと同じ揺らがない手で、銃口をまっすぐジャケットに向けている。「こいつらがパパを殺した」ささやくような声だった。

　パーカーがよろめきながら立ち上がる。「そうね、ハンナ。でも、撃ってはだめ。銃を渡しなさい」

　拳銃はグロックだ。銃口を向けて、トリガーを引くだけ。五歳の子供でも撃てる。

　しかもトリガープルは軽い。そしてハンナの指はトリガーにかかっている。まだ暴発していないのが意外なくらいだ。

「パパを殺した」ハンナはそう繰り返した。

パーカーは足を引きずって娘に近づいた。「ハン？ それを渡して」それは命令ではない。脅しでもなかった。一人の大人がもう一人の相手に何かを頼んでいる、それだけだ。

ハンナは動かない。

ジャケットが叫ぶ。「金ならある！ しこたまある」まだ目をこすっている。が、何の効果もない。

パーカーがさらに近づいて手を差し出す。

ショウは言った。「私たちのルールを忘れたか。〝無用の戦闘（エンゲージ）をするべからず〟」

銃口はそのまま動かなかった。しかし次の瞬間、ハンナは銃を下ろした。肩を力なく落とす。銃を母親に渡した。ショウに教えられたとおり、銃口を危険のない場所に向けて。

パーカーは左腕を娘の肩に回し、脱いだジャケットを目に押し当てて情けなく泣いている男のそばを離れた。

パーカーはハンナに顔を近づけて何かささやいた――何を言ったのか、ショウには聞き取れなかった。ハンナが眉をひそめた。パーカーが続けて何かささやく。同じことを繰り返しているようだ。ハンナはうなずき、一歩後ろに下がった。そして両手で耳をふさいだ。

よせ――ショウは心のなかで叫んだ。よせ……

パーカーは銃をジャケットに向けた。両手で銃を支える射撃姿勢を取り、男の頭を撃ち抜いた。

ジャケットは地面に崩れ落ちた。パーカーは近づいてとどめの一発を撃ちこんだ。

顔をしかめ、ショウに打ちのめされた名残か、肩で苦しげに息をしながらスーツが立ち上がった。パーカーが銃を向ける。スーツは、銃口ではなく、相棒の死骸を凝視していた。ついさっきショウに倒された直後と同じように衝撃で凍りついている
パーカーは観察するような目で男を見つめた。

ショウはスーツのそばを離れた。

スーツがうなだれ、両手を体の脇に力なく下ろした。決して命乞いなどするなと叩きこまれた男のポーズ。あきらめて死を受け入れようとしている。

しかしパーカーは撃たずに銃を下ろした。

そしてスーツに向かって言った――銃声で耳をやられ

ているからだろう、必要以上に大きな声で。「あなた一カ月半前、人を殺したわね」

スーツは用心深くうなずいた。

パーカーが続けた。「あなたはマーティ・ハーモンに雇われて、トラックの運転手を殺したんだわ。ホーキンズ・ロード橋の事故。トラックが交差点を曲がりそこねて、ケノア川近くの支流に転落した」

スーツがゆっくりとうなずく。正直に認めれば命が助かるかもしれないと期待しているのかもしれない。

そうか、放射性廃棄物運搬トラックの運転手を殺したのは、こいつだったか。

スーツがショウに視線を向ける。それから、彼の生死を——オーストリアで効率よく大量生産された製品の形をした、期待を裏切ることのない正義を——握っている女に視線を戻した。

パーカーはうなずきながら言った。「運転手は、トラックをなんとか動かそうとしてまだ川のなかにいた。あなたも水に入ったのよね。運転手を殺すために。その肌。ちょうどそのころ始まったんじゃない？」

スーツがいぶかしげに目を細めた。

「あなた、放射線被曝したのよ。もうだいぶ進行してる。すでに手遅れ」パーカーは肩をすくめた。「あとは死ぬだけ。ゆっくりとね」

スーツは両手を見つめた。次にパーカーを見た。

パーカーは言った。「さあ、消えて」スーツが動かないのを見て、彼の足もとに弾を撃ちこんだ。スーツがあわてて飛びのく。パーカーは怒りを爆発させた。「行きなさいってば！」

スーツは不安げにあたりを見回し、後ずさりした。向きを変え、ゆっくりと走って暗闇に消えた。

ショウはパーカーに近づいた。パーカーが銃を差し出す——娘と同じように、慎重に。それから言った。「銃は嫌いよ。でも、だからって使い方を知らないわけじゃない」

92

「心配するな。ついにそのときが来たんだ。予定より少し早まっただけのことさ」

「だけど、いったいどういうつもりなの、マーティ？」

電話越しに聞こえるマリアンヌ・ケラーの声は、急ななりゆきに戸惑っていた。

マーティ・ハーモンはマセラティ・クアトロポルテの運転席に座っている。場所はフェリントンから西へ五十キロほどの地点にある長距離トラック相手のドライブインだ。街路灯の緑色がかった蛍光ライトが美しいキャメル色の内装を照らしている。わびしいサービスエリアにまぎれこんだ高級セダンは、完全に場違いだった。

「賢く立ち回らなくてはいけない。別々の飛行機で発とう。私はこの足で出国する。きみの便は明日の十一時に予約した」

「午前中の?」

「午前中の」

「マーティ……」

ふだんのマリアンヌは、容姿に恵まれた者に特有の絶対の自信を漂わせていた。いまこの瞬間、彼女の世界はぐらついている。それでも、心細げな口調は歓喜の気配もまとっていた。願ったとおりの結末を予感しているのだろう。この二年、マリアンヌはハーモンが妻と別れて自分と結婚してくれる日を夢見てきた。夢の実現と引き換えに、瓶入りの水で悪事を隠蔽する計画が失敗に終わるとしても、文句はない。そう……彼女自身が罪に問われずにすむかぎりは。

ハーモンはその心のあやを見抜いていた。

「グラントン・エクゼック空港から発つ。プライベートジェットだ。空港の場所はわかるね?」

「五五号線の北行きからすぐ」

「きみの便はリアジェットだ。機体番号は……いまメモれるか」

「どうぞ」

「機体番号はN94732。行き先はアトランタのプライベートジェット専門ターミナル。そこで落ち合おう」

「一緒には行かれない?」

「だめだ。別々に飛ぶほうが安全だよ。私はシャーロットに飛んで、そこから車でアトランタに行く。アトランタで合流したら、セントクロイ島を経由してフランスに向かう」

小型モジュール式原子炉の生産拠点を持つ会社がパリにある。ハーモン・エナジー・プロダクツとファブリカシオン・システム・ニュクレエール・ド・ラ・ロアールとのあいだで、すでに合弁会社設立に向けた交渉が進んでいた。

「フランス語会話を復習しておいたね？」

「ウイ。あなたに言われたから」

「いい子だ。ああ、きみのための〝非常持ち出し袋〟を用意しておいた。私のオフィスのクローゼットの一番下にある」

「え、私に？」マリアンヌはうっとりした声で言った。

「決まってるだろう」ハーモンは優しく笑った。「現金で二十万ドル入っている。明日の朝、何事もなかったふりで私のオフィスに行け。私はどこかと訊かれたら、原子力規制委員会の会議でワシントンに出張していると言えばいい」

「マーティ、規制委員会にはどこまで知られてるの？」

陶酔の気配は消えていた。

「私たちが疑われる心配はないよ。証拠は何もないんだからね。通話記録があるわけでもない。メールも文書も残っていない。あの二人組がアリソンを殺そうとしたのは、燃料輸送容器を奪うためだったと噂を流しておいた。私たちが海外に居を移すのはなぜか。私はもううんざりしたからだよ。武装したスパイにSITを盗まれたり、技術者を殺されかけたり。ひょっとしたら次に狙われるのは私かもしれないと心配になった。きみを連れていくのは……私たちは愛し合っているからだ」

「ああ、マーティ……」崇拝の念が復活した。

「そろそろ行くよ。明日の朝十一時だ」

「N９４７３２」

「そうだ、ベイビー。愛してるよ」

「愛してるわ、マーティ」

ハーモンは電話を切り、エンジンをかけてサービスエリアの端のひときわ荒れた一角に車を移動した。アスファルトはひび割れ、トラックの部品が投棄され、グリスやオイルの染みだらけで、こぼれた化学薬品にやられて植栽は枯れかけている。マセラティをまだ葉をつけたままのブナの大木の下に駐めた。ブナの葉が落ちるのは、落葉樹のなかでも最後だ。隣にキャデラックの黒いセダンがアイドリング状態で駐まっている。ハーモン・エナジー名義の社用車だ。

キャデラックの運転席側のウィンドウが下りた。ハーモンは屈強な体格の運転手にうなずいた。運転手はラテックスの手袋をはめている。その手に一万ドルの現金が入った封筒と自分の携帯電話を渡した。運転手はギアを入れ、速度を上げてサービスエリアから走り去った。百五十キロ離れた国際空港に直行するようあらかじめ指示してある。そこの長期駐車場に乗り入れ、五、六台の監視カメラにあえて映像を残したあと、キャデラックは置いたままにして立ち去る。

ハーモンはマセラティのトランクを開けて大きなバックパックと自分の非常持ち出し袋を取った。後者には数種類のパスポート——ハーモンの顔写真が貼られているが、氏名や生年月日はそれぞれ異なっている——と現金八十万ドルが入っている。当面の小遣いと賄賂用の金だ。資産の大半はビットコインに換えてある。

マリアンヌに渡した二十万ドル分、資産が減ったことがいまいましくてならない。金額については悩んだ末に、彼は心から彼女を愛していて、新天地で彼女とともにやり直そうと本気で思っているとマリアンヌに納得させるには、二十万ドルが妥当だろうと考えた。

このあと実際に何が起きるか、マリアンヌは毛ほども疑っていない。架空のプライベートジェットが待つ空港に向かうためハーモン・エナジー社を出た瞬間、彼女は逮捕される。その前にハーモンが警察に匿名電話をかけて、マリアンヌが会社の金を横領したと密告するからだ。

警察はマリアンヌのパソコンを調べ、有罪を裏づけるメモやメールが山のように発見されるはずだ。ハーモンが存在しないと言い張った証拠——マリアンヌとモールやデズモンド、トラック運転手の死、川の汚染の隠蔽工作とを結びつける数々の証拠が。

ドミニク・ライアンから届いたメールも見つかるだろう。もっけの幸いというべきか、ライアンは湖畔の山小屋で殺された。肝心なときに口を閉じてくれるとは、ありがたい証人だ。

むろん、最後にはあらゆる証拠がハーモンを指し示すだろう。しかし、逃亡の目的は目くらましと誤導だ。すべてのピースが組み合わさったときには、ハーモンは逃亡犯罪人引渡法が及ばない新天地でのんびりと暮らしている。

フランス共和国ではない新天地で。

美しい車をロックせずにその場に残す。キーはシートの足もとに投げこんだ。悲しい笑みを浮かべて別れを告げた。この車の運命は予想できない。州のこの地域の治安を思うと、一時間後にはこの駐車場から消えるだろう。ドラッグの常用者がこの芸術品のような車をどうするか、ハーモンには想像さえ及ばない。ナンバープレートをつけ替えて乗り回すのかもしれない。イタリア産スーパーカーのパーツ市場は規模がさほど大きくない。

まもなく箱形トラックがブナの大木の陰にゆっくりと近づいてきた。後部扉は開いている。

トラックは完全には停止しなかったが、荷台に荷物を放りこみ、続いてハーモンが飛び乗れる程度まで速度を落としていた。ハーモンは後部のパネルドアを引き下ろした。監視カメラの映像には――あるいは、ないとは思うが、ドローンが頭上を飛んでいたとしても――何一つとらえられていないはずだ。

ハーモンは運転台との仕切りを掌で叩いた。トラックが速度を上げた。

かなり手のこんだ計画だ。

だが、念には念を入れなくてはならない。

問題は、フェリントン市警ではない。市警にはハーモンが買収ずみの職員が何人もいる――金のために良心を捨てる者ぞろいの財政破綻しかけた街を舞台にして犯罪を起こす利点だ。

問題は、ＦＢＩが捜査に乗り出してきたことだった。ハンナと母親の殺害計画の駒としてハーモン自身が雇った男――コルター・ショウのおかげで。

あのときはショウを計画に引き入れるのはうまい考えだと思った。

だがそれも、天才発明家の属性の一つにすぎない。あのトーマス・エジソンだって、成功の陰で多くの失敗を重ねたのだ。

そう、おそらく数えきれないほどの失敗を。

93

ケノア川の汚染範囲は、フェリントン市内とその周辺にとどまっていた。まずは二十世紀の資本主義が汚し、そしてその後はマーティ・ハーモン自身が典型的な汚染物質を注ぎこんだ範囲だ。

川を下るにつれて化学物質の濃度は薄まり、川は別の色合いを帯びていく。薄汚れた黄色から、穏やかな茶色へ。このあたりまで来ると、市内ではとても生息できない木や植物が土手を覆うようになる。さらに五十キロほど先では川幅は二百メートルにもなり、ウォーターフロントの開発事業が近隣で満開の花を咲かせている。レストランや小売店、遊覧船乗り場。

輸送船が係留されている埠頭(ふとう)もある。外洋を航行する貨物船やローロー船――荷物を積載したトラックやトレーラーを輸送するフェリー式貨物船――が接岸するような埠頭ではない。コンテナではなくパレットを輸送する旧式のブレイクバルク貨物船だ。

輸送船にはたいがい個人の名がつけられている。医師や弁護士が所有ヨットの船尾にペイントするような、マティーニを軽く引っかけてほろ酔いになった頭に浮かんだ洒落たフレーズや語呂合わせではない。マーティ・ハーモンが選んだ輸送船は〈ジョン・ドハティ号〉だった――ファーストネームの綴り〝Jon〟は、皮肉にも、ジョン・メリットと同じだった。

船長百十フィートのジョン・ドハティ号は、建造から六十二年を経た、傷と錆だらけの船で、船体にはグリスとディーゼル燃料のにおいが染みついていた。それでも、十万ドルに値すると納得できる特徴を一つ備えていた――くたびれてはいるものの広々とした特別室だ。これからの一週間、そこがハーモンの我が家となる。〈ジョン・ドハティ〉はまずは西へ、次にミシシッピ川を南へと下り、一週間後にニューオーリンズに到着する。

ニューオーリンズで別の船に乗り換え――そちらはコンテナ船で、客室はさらに広く、設備も充実している――ナイジェリアのラゴス・ポート・コンプレックスに向かう。

アフリカ……

世界の未来を象徴する大陸。

ハーモンが設立予定の新会社が軌道に乗りしだい、小型モジュール式原子炉の種子を蒔(ま)き始める心づもりでいる大陸。当初の計画より二年遅れてしまうが、関係ない。奇跡の装置が日の目を見ることが肝心なのだから。陳腐な言い回しに、ハーモンは苦笑した。

長い船旅になる。退屈もするだろう。だがパソコンとプリンターと大量の紙がお供だ。それに、暗号化された衛星電話もある。それで新たな人生の土台を築いていれば、長旅もあっというまだ。

トラックが幹線道路をそれ、車体が大きく揺れ始めた。

キャンバス地のつり革につかまり、ハーモンはこの六週間のできごとに思いをはせた。放射線物質の流出事故、運転手の殺害。大急ぎでケノア川に汚染物質を注ぎ、ヨウ素入りの水を善良なフェリントン市民に配布する手配をした。

即席のわりには利口な計画だった……しかし十六歳の小娘の自撮り写真なんぞのせいで、すべてがだいなしになった。

やれやれ……

トラックはタイヤを軋ませて停止した。運転手が仕切りを二度叩いた。あらかじめ合図を決めておいたわけではないが、〈ジョン・ドハティ〉が係留されている埠頭に着いたという意味だろう。

ドアを開けて外をのぞいた。午後十一時の埠頭は閑散としていた。箱をパレットに積んで固定している作業員が何人かいるだけだ。ポータブルステレオからラテン音楽が流れていた。

荷台から飛び下りて荷物を持ち、運転席側に回った。ここでもまた一万ドルを手渡す。「ご苦労だった、ラモン・ヴェラスケス」ヴェラスケスは非合法に入国した移民だ。フルネームを知っていることをことさら強調したのは、口外すれば即座に税関国境取締局の手でメキシコに送還されるぞという脅しだ。

「では、俺はこれで、ミスター・ハーモン」

やかましい音とともにギアが切り替わり、トラックは走り去った。

燃料のにおいとかすかだが濃厚な湿地のにおいが漂うなか、ハーモンは船が係留された埠頭へと歩いた。上部構造の内部に五つか六つ明かりが灯っていた。船長からはいつ来てくれてもいいと言われていた。

小額紙幣で十万ドル。それで手放しの歓待を買える。

係留された船は、静かに揺れている。低い波が岸壁を洗っていた。しぶきが舞うほどの波ではない。今夜の川は穏やかだ。ルイスポートはその昔、先住民族の集落だった。のちに旅行者の中継地点を兼ねた交易拠点となった。夜のこの時間帯の埠頭は、いまも昔もあまり変わっていないだろう。低層の暗い建物、さざ波の立つ川面、そこで躍る月光、住む者のない不規則な形の湿地や対岸の森が作るシルエット。

タラップのすぐ手前まで来た。この船に乗った瞬間、法の手を逃れられるのだと思った。もちろん、まだ公海に出たわけではなく、そのときそのときに船がいる州の法律に支配されることになる。それでも、大金と引き換えに手に入れたのは、法律上の保護ではない。匿名という盾だ。後者のほうがよほど頼りになる。

そこにもう一層、安全ネットを重ねてある。警察がハーモンに疑いの目を向けているとしても、彼らがまず追いかけるのは不運なマリアンヌやドミニク・ライアンの手下の残党、それに空港に放置された黒いキャデラックだ。

あと三メートル。あと二メートル。アスファルトに浮いた砂利を踏む彼の足音。

マリンバや金管楽器やギターの太いビートが夜空に轟いている。

まもなく、人の声が聞こえた。

「マーティ・ハーモン！　ＦＢＩだ！　荷物を下ろして両手を上げろ！」

「両手を上げろ！」

「ぐずぐずするな！」

ハーモンは苦々しげに息を吐き出した。

振り返る。三人いた作業員は、作業員ではなかった。ほかにも前後に〈ＦＢＩ〉の文字が入った紺色のウィンドブレーカーを着た多数の捜査員が加わった。全員が銃を手にしていて、半数はまっすぐハーモンを狙っている。ほかの半数はハーモンが一緒に来いと誘った者が近くにいないか、埠頭を見回している。

やれやれ……。

「荷物を下ろせ！　両手を上げろ！」

ハーモンは言われたとおりにした。

何人かが早足で近づいてきて手錠をかけ、服の上から身体検査をし、ポケットを探って持ち物をすべて押収し、旅行鞄とバックパックのなかを検めた。

「銃を所持しています」一人が大きな声で報告した。

ハーモンは古いリボルバーと弾丸一箱を持ってきていた。銃などもう何年も撃っていないが、あれば役に立つこともあるだろうと思った。

弾が抜かれ、銃は証拠袋に収められた。

指揮官らしき捜査員が来て、形式的に逮捕容疑を読み上げた。起訴を避けるための逃亡、殺人の共謀、電子詐欺、暴行……ハーモンは途中で覚えきれなくなった。黙秘権の放棄は拒んだ。

別の人影が近づいてきた。

なるほど、こいつに決まっている。

ＦＢＩ捜査官がコルター・ショウを見やった。「おまえの読みが当たったたな。ドライブインでドローンを出し抜いてここに来る確率は何パーセントと言ってた？」

ショウはぶっきらぼうに言った。「たしか八五パーセントと言った」

捜査官はハーモンを見やって言った。「ミスター・ショウは、あんたが潜伏するとしたらアフリカしか考えられないと言ってね。さらに、航空会社の要注意人物リストを回避するには船で行くしかないだろうと予想した」

「どんな証拠があると──」

ショウがさえぎった。「レンジローバーを吹き飛ばした爆薬をソーニャが調べた。〈ポケット・サン〉に使われているものと成分が一致した。ハーモン・エナジー社の管理物質保管室の監視カメラの映像を確認したところ、爆発の一時間前にあんたが出入りしたとわかった。企業のＣＥＯに爆発物など作れるわけがないと反論される前に言っておくと、あんたは技術者で、しかも化学の学位を持っている」

くそ……

捜査官の一人がハーモンの腕をつかんだ。「行くぞ」

だがハーモンは振り向き、ショウを見て、次にＦＢＩ捜査官を見た。「あんたたちはわかってない。私は人々の生活レベルを向上させたかった。貧困から救い出したかった。私の〈ポケット・サン〉ならそれができた！　世界をいまよりよい場所にするためにやったことだ」

ショウがハーモンに向けた視線は、こう言っているようだった──私たちはいままさにそれをやろうとしているところさ。

第三部　ネヴァー　九月二十三日金曜日

94

コルター・ショウはフェリントン市警のダンフリー・ケンプ刑事のオフィスにいた。

紙ばさみの山脈は前回来たときより大幅に低くなっており、壁の見える面積が増えた分、茶色と緑色の壁面についた染みや傷が目立っていた。差し引きすると、このオフィスは紙ばさみが積み上がっていたときのほうがましに見えた。

ケンプはショウの供述書をうなずきながら読み返していた。

見たところ、ショウがもっとも力を入れた台詞をケンプは信じているようだ――「私の考えでは、ミズ・パーカーは自分の生命、そして娘と私の生命を守るのに最低限必要な武力を使用しただけです」。

銃器と死体がからむシーンでは、あらかじめ台本を用意しておくのが得策だ。

警察は一転して協力姿勢を示していた。

ジョン・メリットの追跡に腰が引けていた理由は、相手が〝ビーコンヒルの英雄〟だったからではなく、ハーモンがフェリントン市警の警部とほか二人の刑事を買収していたからだったらしい。そのうちの一人がダンフリー・ケンプの上司で、ケンプにメリット事件をまかせたうえで、メリットとパーカー、ハンナの捜索が進展しないよう、ほかの無数の事件を大量に押しつけた。何もかもがメリット一家無理心中計画を滞りなく完了させるためのはからいだった。

金を受け取っていた三人は停職処分となり、過剰な負担から解放されたケンプはきわめて有能な刑事に変身した。

「公判が始まったら、証言していただかなくてはなりません、ミスター・ショウ」

ショウはうなずいた。

「前にも経験がおありなんですね」

「ええ」

「懸賞金を求めてあちこち旅して回っているわけだ」

「そうです」

ケンプは興味を引かれたようだった。次の質問は、〝どこに履歴書を送れば懸賞金ハンターになれるのか〟だろうか。予想ははずれた。「そういう仕事が好きなら、警察に入ればいいのに。なぜそうしないんです？」

規則やデスクに縛りつけられたくないからだ。

「旅行が好きなので」

「でも、忘れないでくださいよ、ミスター・ショウ。現実を言えば、警察官は世界最高の仕事です」

「そうらしいですね」

「公判前に検察局から連絡がいくと思います」ケンプは供述書をショウの前に置いた。ショウは署名した。

ケンプは尋ねた。「彼の容態は聞いてますかね。彼にも事情聴取しないと」

「だいぶよくなったようですよ」

〝彼〟というのは、序盤で退場したと思われていた人物、ふたたび出番があるとは誰も思っていなかった人物だった。

フランク・ヴィランだ。

ヴィランは死んだのではなかった。

ツインズがヴィランを拷問してアリソンとハンナの行き先を吐かせるつもりで家に押しかけたとき、ヴィランは車で出発しようとしているところだった。二人組はヴィランが銃を持っているとは予想していなかった。ヴィランはグロックを連射して森に逃げこんだ。ツインズの一方がヴィランの背中を撃ち、ヴィランは倒れた。二人組はヴィランは死んだ、あるいは放っておけば死ぬだろうと考えた。それに加えて、ヴィランの協力は必要ないと判明した。メルセデスのナビに、目的地が――ティンバーウルフ湖のキャビンまでのルートが――すでに入力されていたのだ。

その日の夕刻、ヴィランは隣人によって発見され、病院に運ばれた。いまはアリソン・パーカーが病室で付き添っている。

ショウは立ち上がり、ケンプと握手を交わした。ちょうどそのとき、携帯電話の着信音が鳴った。ショウはメールに目を通し、一瞬迷ったのちに返信した。

ショウは四番ストリート橋の近く、川沿いの遊歩道に来ていた。

眼下を芥子色のケノア川が力強く流れている。

大きく息を吸う。不当に悪者にされていた川に、ハーモンの毒物カクテルはもう注ぎこまれていない。悪臭がだいぶ薄れているように感じる。

気のせいか。そうかもしれない。

対岸の有名な観光スポット、水時計を見つめる。父と娘が歴史の授業のために再現を試みた建造物。ジョン・メリットが刑務所の工場で作った模型は、大破したビュイックから無事に回収され、パーカーとハンナに返却された。いまもきちんと作動していて、二人が借りている家のマントルピースに飾られている。そういえば、煉瓦の投げ縄はあれからどうしただろう。

「来てくれたのね」歌うような南部訛の声が聞こえた。

ソーニャ・ニルソンが五メートル下の埠頭から石の階段を上って近づいてくる。検査機器を満載した小型ボートに乗った男二人との打ち合わせを終えたばかりだ。

ショウは挨拶代わりにうなずいた。

ニルソンはジーンズにワークシャツ、革ジャケットという出で立ちだった。ハーモンのオフィスで初めて会ったときの垢抜けた衣装一式とは百八十度の転換だ。オレンジ色の安全胴衣も着けている。三つ編みにした金色の髪をくるくる巻いてゆるい団子にし、後頭部にピンで留めてある。どう見ても土曜の朝、ストックホルムの街に買い物に出て、そろそろコーヒーで一休みしようかと思い始めた一般市民といった風情だ。オレンジ色の安全胴衣はよけいだとしても。

「レンジローバーは？」

「二週間くらいかかるって。原因は即席爆弾だって保険会社の調査員に説明したら、しばらく黙りこんでたわ」

ショウはケノア川を見つめた。「水質は改善したって？」

ボートの二人はガイガーカウンターであちこちを計測していた。

「もう安全よ。放射性物質が流出した現場からここまで、どの地点でも無視できる範囲に収まってる。ここより下流では検出されなかった」

被曝の脅威は去ったのだ。

ニルソンのほうをうかがうと、彼女は周囲に警戒の視線を走らせているところだった。ショウもたったいま同じことをした。ニルソンの革ジャケットの前は少し開いていて、銃のグリップがのぞいていた。

二人の目が合った
あの緑色……生まれつきか、それとも？
ショウは言った。「おそらく安全だ」もう危険はない。実際、安全だ。

政府関係者による機密流出事件後に暗殺リストに名を載せられたニルソンは、この先もつねに用心を怠らないだろう。一方、ハーモン・エナジーを巡る事件に関係した者たちが脅威となることはもうない。

ディープウッズ湖の山小屋で、ジョン・メリットはドミニク・ライアンとアイルランド系の手下の一人を殺害した。もう一人は負傷したが現在は留置場にいて、洗いざらいしゃべる気満々でいる。

薄茶色のジャケットの男――デズモンド・サウィッキ――は死んだ。

その相棒、アリソン・パーカーが解放したモール・フレインもまた然り。だから、できの悪い映画の結末でとうに死んだはずのちんけな悪役が唐突に襲ってくるように意外な復活を果たすおそれはもうない。モールはその日の朝、フェリントン郊外にある自分のアトリエで死体で見つかった。自殺だった。美しい木材のように見えるアルミの椅子に座っていた。自分で塗装したものだ。なかなかの芸術家だったようだ。人は見かけによらない。

「ハーモン・エナジーは閉鎖か」ショウは尋ねた。

「一時的（ア・スペル）にね」

北欧系のファッションモデルのような外見に、南部風の言い回しとアクセント。そのミスマッチがそこはかとなく魅力的に感じられた。

ニルソンが続ける。「環境保護庁、原子力規制委員会の調査員がもうじき来る予定。ただ――」ニルソンは下のボートに視線を向けた。「うちの調査と同じ結果が出るだけだと思う。会社の再開にもゴーサインが出るはず」

ショウは自分に言い聞かせた――ストップ。

といっても、政府の規制委員会の調査や会社の営業再開についてではない。彼女の瞳の色に関して訊いてみたい自分の衝動についてだ。

「新しいCEOには誰が？」ショウは尋ねた。

「今後の役員会で選出される。アリソン・パーカーが有力候補って噂を聞いた。経営の経験は皆無だけど、うちの製品に誰よりも詳しいから。それに」――笑み――

「原子力エネルギー業界はこれまで男に支配されてきた。女がハーモン・エナジーの顔になるのは悪くないと思う。ただ、私は経営に関して意見を言う立場にない。あなたと同じね、コルター。ただの傭兵なの」

通りの反対側、薄暗いマニュファクチャラーズ・ロウの入口にフェリントン市警の鑑識班のバンが来て駐まっていた。路上生活者と思しき男に私服刑事が話を聞いている。

「何があったんだろうな」

「麻薬の密売グループが摘発されたって聞いたけど」

ショウは言った。「例の連続殺人犯が犯行を再開したのかと思った。〝ストリート・クリーナー〟だったか」

「違う。彼女はまだ捕まってない」

ショウは額に皺を寄せた。

「知らなかった？　犯人は女なのよ。DNAの分析で判明したの。連続殺人犯には珍しいわよね。でも私たち女にだって、よからぬことをやろうと思えばできるのよ」

ショウは笑った。ほんの一時(いっとき)とはいえ、ジョン・メリットが〝ストリート・クリーナー〟なのではと疑ったこともあった。路上犯罪を取り締まるうちに一線を越えてしまったのではないかと。しかし、ショウが見積もった確率はわずか三〇パーセントにすぎず、のちにはその疑いは完全に否定された。

「おとりのその後の行方は？」ショウは尋ねた。「偽のSITはいまどこに？」

「ゆうべ起動した。現在地はドバイ。国際空港にある。きっとまたどこかに運ばれるのね。このあとも監視を続ける」

ニルソンは唐突に話題を変えた。「さて。さっきのメールの件だけど」

ショウは片方の眉を吊り上げた。

「あなたに報酬を支払わなくちゃ」

アリソン・パーカーと娘ハンナの捜索と保護は依頼された仕事なのだという意識は途中から消し飛んでいた。ショウを雇った男は留置場にいる。会社の財布を預かっていたマリアンヌ・ケラーもだ。それでも、経理部門に話をすれば報酬は支払ってもらえるだろうとのんきにかまえていた。

しかしニルソンは別の考えを持っているらしい。

「でも、その三倍出すと言ったら？」

「ふむ」

「インターポールと連絡を取り合っててね」

国際刑事警察機構(インターポール)についてはもちろん知っている。一般に思われているのとは違い、いわゆる〝警察機関〟ではない。各国の警察機関が持つ犯罪や犯罪者の情報を集めて共有する情報センターのような組織だ。

「東ヨーロッパから情報が入ったそうなの。シベリアの秘密口座に資金が移動した」

秘密口座と言っても完全に秘匿されてはいないらしい。

「受取人は、アメリカ中西部のあるメーカーが特許を持つある部品を盗む仕事を依頼されている」

「ひょっとして、小型原子炉メーカーだったりするのかな」

ニルソンが続ける。「泥棒は盗みに失敗した。でも彼を雇った組織は第二のチャンスを与えた。次にしくじると——そのまま引用すると——その組織を〝相当に怒らせる〟ことになる。次のチャンスはない」

「エイブ・リンカーンか」

ニルソンが眉をひそめた。

ショウは言い直した。「レメロフだね」

「そう」

ひょろりと背の高いレメロフと、いまいるここからそう遠くないモーテルで会ったときのことを思いだした。

よくやったと自分を褒めるのは早いぞ、ミスター・コルター・ショウ。次のラウンドがある。その次も、その次も……

トム・ペッパーによると、レメロフは強制退去となってロンドン行きの飛行機に乗せられたが、その後の行方はわかっていない。

ニルソンが訊く。「戦史には詳しい?」

「そこそこかな」

「戦術家が好きなの。私のベスト5は、〝ストーンウォール〟・ジャクソン、エルヴィン・ロンメル、孫子、アレクサンダー大王、それにハンニバル・バルカ——〝カルタゴのハンニバル〟」首を振りながら続ける。「たとえばトレビアの戦い。ハンニバル率いるカルタゴ軍の死者は数千人。対するローマ軍は二万人以上——兵力の半分を失ったのよ」

二人とも水時計に目を注いでいた。

ニルソンが言った。「あなたもなかなかの戦術家だわ。

あなたを雇いたいの。レメロフの頭のなかをのぞいてほしい。彼がうちの会社をどう攻めようとしているのか、見破ってもらいたいの。どこから、いつ、どうやって攻めようとしてる？　私と一緒にレメロフを阻止してほしいのよ」ニルソンは首をかしげた。「もちろん、合法的に」ニルソンは〝表向きは〟と付け加える代わりに微笑んだ。

「引き受けてくれる、ショウ？　また新たな旅に出るまでのあいだだけでも」

　ショウはニルソンのほうに向き直った。ちょうどそのとき、雲のあいだから太陽がのぞいて、ニルソンの顔を明るく照らした。

　その瞬間、答えがはっきりと見えた。

　コンタクトレンズではない。

95

　コルター・ショウは、メープル・ヴュー・アヴェニューに面したアリソン・パーカーの借家のドライブウェイにエイビスのレンタカーを乗り入れた。黒いシボレー・マリブの乗り味は悪くなかった。

　玄関ポーチのぶらんこにハンナが脚を組んで座り、ぶらんこをゆっくりと揺らしていた。ジーンズに淡い緑色のニット帽。栗色の特大のスウェットシャツの袖は手が完全に隠れるほど長かった。ちょうど帰ろうとしているらしい痩せて背の高い十代の少年に手を振っている。金色の髪を長めに伸ばした少年の服装は、ハンナと大差なかった。もともと運動神経がいいのだろう、路面に置いたスケートボードにひょいと飛び乗ると、バレエダンサーのように優雅にバランスを取りながら歩道を走っていき、まもなく通りの先に消えた。

　カイルか。たしかそんな名前だった。去り際にハンナに投げた視線から察するに、ハンナに恋をしている確率は一〇〇パーセントよりはるかに高そうだ。

　ショウは助手席に置いてあった小さな袋を持って車を降りた。

「あ、ミスター・ショウ！」ハンナが気づいて笑顔になった。ぶらんこから下りてショウに近づき、意外なことに、彼を抱き締めた。ショウは優しく抱擁に応じた。

「ママは病院。そろそろ帰ってくると思うけど」

ショウは言った。「知ってる。きみは大丈夫か」

「うん、もう平気だよ」インフルエンザを乗り切ったかのような口調だった。プロの殺し屋に殺されかけたのではなく。

二人で階段を上ってポーチで向かい合った。

ショウは袋を渡した。

ハンナがなかをのぞく。薄い本が入っていた。

「あれだね、勧めてくれた本」

ラルフ・ウォルドー・エマソン著『自分を信じる力』。

「やった！　ありがとう」ハンナは真剣な顔で続けた。「絶対に読むから。学校の先生に約束するのとは違うよ。ほんとにかならず読むからね。あ、そうだ、ミスター・ショウ。あたしからも見てもらいたいものがあるんだ」

ハンナはぶらんこからノートを取った。ショウが懸賞金ビジネスでメモを取るのに使っているのとそっくりなノートだった。ハンナがそれを差し出す。「詩を書いた」

ショウは文字を目で追った。

コルター・ショウは決して芸術通ではない。パーセンテージと慎重な状況判断で物事を評価する男だ。それでも、一語読み進むごとに心臓が高鳴った。「いいね。とてもいい」

「ほんと？　いいと思う？」ショウの評価が心底気になるらしい。

ショウはうなずいた。

「あれからずっと書いてたんだ」

「韻律がいいね。リズムがいいよ」

ハンナは目を輝かせた。「そこがむずかしかったんだ。ラップみたいにしたくなかったから。ラップミュージックみたいになると、安っぽいじゃん？」

「きみの自撮り写真に通じるね。型にはまらない作風だ」

ハンナの顔に浮かんだ笑みは控えめだったが、内心ではそのへんを飛び回りたいくらい喜んでいるのだろう。

一台の車が来て歩道際に寄った。ブレーキがきいと鳴った。

ショウはとっさに腰に手をやった。

が、無意味だった。銃はない。

それに、そのしぐさは二重に無意味だった。車のドライバーはアリソン・パーカーだったのだから。パーカーは4ランナーから降りてショウとハンナのほうに歩いてきた。そうとわからないくらいわずかに足を引きずっている。軽く顔をしかめながらポーチの階段を上った。

ショウは〝どうだった〟と尋ねるように片方だけ眉を吊り上げた。

「心配ない。何週間か理学療法に通うことになりそうだけど」

「ミスター・ヴィランの様子は？」ハンナが言った。

「もう大丈夫。明日には退院できるって。回復まで、フランクにはしばらくうちに泊まってもらおうかと思うんだけど」

「それがいいね」ハンナが言う。

パーカーは言った。「あと一時間でルースおばあちゃんの飛行機が着く。空港に迎えに行かなくちゃ」

「ヌーニーは？」

おそらくメリットの母親のことだろう。

「今日の夜には来る。あなたはソファで寝てちょうだい」そう言ってにやりとする。「見たわよ、いまの顔」

とはいえ、ハンナは本気でむくれているわけではないようだった。その証拠に、ショウがパーカーにこう言うのを聞いてたちまち晴れやかな顔になった。「ハンナには詩の才能があるようだ」

「ハンにはいろんな才能があるの。写真、詩」パーカーは娘をじっと見つめて付け加えた。「微分方程式の才能もね」

「ママ……」

パーカーはハンナのノートのほうに目配せを下した。ハンナはノートを見せようとしたが、パーカーは言った。「それより、ハン。朗読してよ。読んで聞かせて」

「えー恥ずかしい」ハンナが顔を赤らめている──？

「いいじゃない」

一瞬のためらい。「わかった」ハンナはノートを開いた。

ネヴァー・ルール

人は子供時代に人生を学ぶ
一歩一歩学ぶ
どうすればよい行いができるかを学び
よいと思えない行いを変える

でも、いつもうまくいくとはかぎらない
何も学べていなかったと気づくこともある
過去は黒い雲のような霧に覆われ
逃げ道はどこにも見つからない

手助けしてくれる人と運よく出会えたら
必要なことをその人から学べる
言葉や図で示されるのではなく
その人の生き方から教えられる

正直であること、勇気を持つこと
誠実で強くあること
もしもあなたと出会えていなかったら
そんな幸運にも恵まれていなかった

この詩で感謝を伝えたい
いまの私があるのはあなたのおかげ
だからルールを作って日々繰り返す
——あなたに教えられたことを忘れるべからず

「すてきね、ハン。感動したわ。すごくきれいな詩」

「いいと思う？」

「すごくいい」パーカーはハンナを抱き締めた。

ハンナはノートのそのページを見つめた。それから小さな声で訊いた。ささやくような声だった。「彼にも聞こえると思う？」

ショウは訊き返した。「〝彼〟？」

「パパに。これはパパに捧げる詩だから」

おっと。思い違いだったか……

「パパの追悼式で朗読するんだ。そういうの信じるほう、ミスター・ショウ？」

「何を？」

「パパが教会に来るかも、とか。幽霊になって来てくれるかも。テレビで見たんだ。死んだあとも魂がしばらく地上にいることがあるって。みんなにさよならを言いたくて」

その手のオカルトについての自分の考えは言わなかった。というより、その手のことを考えたことさえなかった。サバイバリストの必修科目には含まれていない。ハンナにはこう言った。「人間には確かめようのないことも起きるさ」

ハンナはそれを肯定と受け取ってうなずいた。

ハンナはノートをエマソンの本と一緒に通学鞄に入れた。ふと目を見開いて言う。「そうだ、あなたに渡すものがあったんだった！」ぶらんこから飛び下り――その勢いでぶらんこは激しく揺れた――家のなかに入っていった。網戸が大きな音を立てて閉まる。

ショウは言った。「どうやら心配はなさそうだな、あの様子なら」

パーカーは答えなかった。ショウを見つめ、小さな笑みを浮かべた。「ごめんなさいね」

ショウは片眉を持ち上げた。

「あの詩。あなたのことだと思ったでしょう」

そこまでわかりやすい反応だったか？「湖畔の家で気持ちが通じた」

「子供の魂に住んでいるのは、母親や父親なのよ。その聖域にはほかの誰も入れない。親子のあいだでどんな醜いことが起きようと、互いにどれほど怒りを感じようと、どんなひどい言葉をぶつけ合おうと、最後にはまた親を迎え入れる。それがいいことか悪いことかは別として。フロイトの分析で正しいと思えるものが一つある――母親と息子、父親と娘のあいだの結びつきのほうが、ほんの少しだけ強い」パーカーは詩を書いたノートが入っているハンナの通学鞄を一瞥して微笑んだ。「私も少しだけ傷ついたわ。気づいたと思うけど」

それからパーカーは、厳格な女教師の口調で続けた。「だけど誤解しないで。あなたとあの子のあいだの絆は決してうわべだけのものじゃない。本物だし、かけがえのないものよ。あなたは大きな影響を与えた。あなたに教えられたこと、あなたが身をもって示したことを、あの子は忘れない」

ショウがそれに応える間もなくハンナが現れた。茶色い小さな紙袋を持っていた。

はじけるような笑みとともにショウに差し出す。「はい、これ」

ショウは袋を開けた。粉末トウガラシの瓶が入っていた。

「銃が修理から戻ってくるまでのお守り」

ショウは笑った。それから二人に別れを告げて車のほうに歩き出した。

ハンナが言った。「あ、ねえ、ミスター・ショウ。新しいルールを思いついたよ」

ショウは振り返った。「どんなルールだ?」

「連絡を絶やすべからず」

ハンナのほうにうなずき、レンタカーに乗りこんだ。ナビが設定したルートに従い、メープル・ヴュー・アヴェニューを走り出す。目的地はハーモン・エナジー・プロダクツ社の赤煉瓦の社屋だ。


(了)

謝辞

小説とは、作家一人で書けるものではない。作品を仕上げ、読者の手と心に届けるにはチームの力が必要であり、世界最高のチームに恵まれた私は本当に幸せ者だ。次に挙げる人々に感謝を捧げたい。ソフィー・ベイカー、フェリシティ・ブラント、ベリート・ボーム、ドミニカ・ボジャノースカ、ペネロピー・バーンズ、リズ・ビュレル、アニー・チェン、ソフィー・チャーチャー、フランチェスカ・チネリ、イザベル・コーバーン、ルイーザ・コリッキオ、ジェーン・デイヴィス、リズ・ドーソン、ジュリー・リース・ディーヴァー、グレイス・デント、ダニエル・ディートリッヒ、ジェナ・ドーラン、ミラ・ドルメワ、ジョディ・ファブリ、キャシー・グリーソン、アリス・ゴーマー、アイヴァン・ヘルド、アシュリー・ヒューレット、アラーニャ・ジェイン、サリー・キム、ヘイミッシュ・マカスキル、クリスティナ・マリーノ、アシュリー・マクレー、エミリー・ムウィネク、ニシーサ・パテル、シーバ・ペッツァーニ、ロージー・ピアース、フリス・ポーター、アビー・ソルター、ロベルト・サンタキアラ、デボラ・シュナイダー、サラ・シェイ、マーク・タヴァーニ、ルーシー・アプトン、マデリン・ワーチョリク、クレア・ウォード、アレクシス・ウェルビー、ジュリア・ウィズダム、スー・ヤンとジャッキー・ヤン、キンバリー・ヤング。みんなありがとう！

訳者あとがき

本書『ハンティング・タイム』は、〝懸賞金ハンター〟コルター・ショウ・シリーズの第四弾。懸賞金ハンターとは、コルター・ショウのために著者が発案した職業で、よく耳にする〝賞金稼ぎ(バウンティハンター)〟と比較すると仕事内容がわかりやすい。アメリカの賞金稼ぎは主に逃亡した犯罪者、専門業者が立て替えた保釈金を踏み倒して逃亡した被疑者を捜索して連れ戻し、成功報酬を受け取る免許制のフリーランサーだ。

一方の懸賞金ハンターも、人捜しが柱であることは同じ。ただし、対象は犯罪者や被疑者に限定されない。行方がわからない人がいて、お金を払ってでもその行方不明者の所在を知りたいと考える人がいれば、〝案件〟は成立する。ショウの場合、居場所を特定する情報の入手には努めるが、不明者を連れ戻すところまでは立ち入らない。

その懸賞金ハンターを生業とするショウは、前三作ではつねに誰かを追跡する側だったが、今作では初めて、ある事情から追われる身となった母娘の逃避行を手助けする側に回ることになる。

しかし、二人にはプロの支援が必要とわかった時点で、二人はすでに自宅から姿を消していた。つまり支援するにはまず、母娘に追いつかなくてはならない。

母親のアリソンは〝携帯型〟原子炉の実現の鍵を握る画期的な部品を発明した、とびきり有能な技術者。ショウの言葉を借りれば「逃亡者としてもとびきり有能」で、どんな手段でどこへ逃げようとしているのか、追いかけっこのスタート時にはいっさいのヒントがなく、ショウの捜索は難航する。

しかし、そこは人捜しのプロ。小さな手がかりを一つひとつ慎重にたぐり寄せ、無事に二人を見つけて合流する。そこから、母娘を追跡する者たちとアメリカ中西部の大自然の両方を相手に、命がけの逃避行が始まる。

『ネヴァー・ゲーム』『魔の山』『ファイナル・ツイスト』から成る〝第一シーズン〟三部作では、およそ一月（ひとつき）という短期間に起きた三つの事件が描かれた。本書の事件はおそらくその三年後の晩夏のできごと（現実に照らし合わせると、ざっくりパンデミックをまたぐ計算になる）。

追う者から追われる者にショウの立場が変わることも前三作との大きな違いだが、変化はもう一つある。これまでは原則としてショウ一人の視点からストーリーが展開していた。今作は、ショウ、アリソン、彼女を追う者たち、後方からショウをアシストする人々……と、多様な視点から語られている。その分、一人ひとりの個性が深く掘り下げられ、物語にいっそうの広がりや厚み、立体感が加わった。

なかでも、〝凸凹（でこぼこ）コンビ〟という形容がぴったりの小悪党二人組の場面は、異彩を放っている。世間には冷酷非情な顔を向ける一方で、二人きりのシーンではプロの殺し屋らしからぬ弛緩した空気を漂わせ、コミカルなやりとりで緊迫の追跡／逃走劇の息休めとなっている。もちろん、のちのどんでん返しのための伏線がそこにもしっかり仕込まれているわけではあるが。

そう、どんでん返しといえば、ディーヴァーの一番のトレードマークといっても過言ではない。今作では、終盤にさしかかってとある事実が明かされるあたりから、それこそページをめくるごとに、そこまでの前提のすべてがことごとく覆されていく。〝やられた！〟と地団駄を踏んで悔しがるのも、ディーヴァー本を読む楽しみのうち。結末まで存分にだまされていただけたらと思う。

最後に、ディーヴァー作品の今後の邦訳予定について。

二〇二二年刊行の第十五作『真夜中の密室』に続くリンカーン・ライム・シリーズ最新作は、*The Watchmaker's Hand*（アメリカで二三年秋に刊行予定）。ちなみに、年初に発行された著者の公式メールマガジンでは、〝ウォッチメイカーが登場する。タイトルにあるとおり、久しぶりに仇敵ウォッチメイカーとライムの最後の対決〟と謳われていたが、その後のリリースでは……その点が曖昧になっている。二〇〇七年邦訳刊行の『ウォッチメイカー』で始まった怪人vs.名探偵の頭脳戦に、ついに決着がつく時が来たのか。それとも――？

ほかに、アマゾン限定で配信された短編を六本集めた作品集の邦訳も決定している。こちらは二五年中の刊行予定。

そして『魔の山』の訳者あとがきでもお知らせしたショウ・シリーズのTVドラマだが、アメリカでは二三～二四年シーズンにCBSテレビでの放映が決定したとのこと。日本で視聴できるかどうかはまだわからないが、期待とともに朗報を待ちたい。

ハンティング・タイム

二〇二三年九月三十日　第一刷

著　者　ジェフリー・ディーヴァー
訳　者　池田真紀子
発行者　大沼貴之
発行所　株式会社文藝春秋
〒102―8008　東京都千代田区紀尾井町三―二三
電話　〇三―三二六五―一二一一
印刷所　凸版印刷
製本所　大口製本

万一、落丁乱丁があれば送料当方負担でお取替えいたします。小社製作部宛お送りください。

定価はカバーに表示してあります。

ISBN978-4-16-391758-0

スティーヴン・キングの本

アンダー・ザ・ドーム　全4巻

スティーヴン・キング
白石朗訳

破壊不能の透明な壁に幽閉された町。その中で悪意と恐怖のドラマが沸騰する。巨匠の新たなる代表作。スピルバーグTV化。

11／22／63　全3巻

スティーヴン・キング
白石朗訳

ケネディ暗殺を阻止するため、僕は時をさかのぼる旅に出た――構想40年、巨匠が放つ感動大作。「このミス」1位獲得。

ドクター・スリープ　上・下

スティーヴン・キング
白石朗訳

名作『シャイニング』待望の続編。かつての惨劇から三十年、ダニーは能力「かがやき」を持つ少女と新たな悪しき敵に挑む。

眠れる美女たち　上・下

スティーヴン・キング
オーウェン・キング
白石朗訳

女だけが眠りつづける奇病が蔓延。唯一病の影響を受けない女をめぐり、男たちに不穏な空気が。親子共作のSFホラー大作。

スティーヴン・キングの本

ＩＴ　全４巻
スティーヴン・キング　小尾芙佐訳
少年の頃に出遭った恐るべきものと再び対決すべく彼らは故郷へ……。キングの集大成、歴史にその名を刻む永遠の名作。

ザ・スタンド　全５巻
スティーヴン・キング　深町眞理子訳
ウィルス兵器により死滅したアメリカで、善きものと悪しきものの闘争が……あらゆる物語を詰め込んだ感動の超大作。

１９２２
スティーヴン・キング　横山啓明ほか訳
妻を殺した男を徐々に蝕む黒い罪悪感。田舎町の父子を襲う底なしの破滅を容赦なく描いた表題作ほか一編。最新中編集。

ビッグ・ドライバー
スティーヴン・キング　高橋恭美子ほか訳
山道で暴漢に襲われて九死に一生を得た女性作家の復讐行、夫が連続殺人鬼だと知った女性の恐怖。中編2編を収録する。

ジェフリー・ディーヴァーの本

ボーン・コレクター 上・下

ジェフリー・ディーヴァー
池田真紀子訳

NYの地下を徘徊する殺人鬼を追え。四肢麻痺の名探偵ライム登場。強烈などんでん返しでミステリ史に名を刻んだ名作。（文春文庫）

ウォッチメイカー 上・下

ジェフリー・ディーヴァー
池田真紀子訳

精密きわまる犯罪計画で戦いを挑むウォッチメイカー。ライムの宿敵登場。頭脳戦のスリル満載、現代本格を代表する名作。（文春文庫）

スキン・コレクター 上・下

ジェフリー・ディーヴァー
池田真紀子訳

ボーン・コレクターの模倣犯か。名探偵ライムの手口を知り尽くし、毒殺を繰り返す犯人の目的は？「このミス」1位の傑作。（文春文庫）

真夜中の密室

ジェフリー・ディーヴァー
池田真紀子訳

いかなる錠をも破り、そっと忍びこんで去る怪人ロックスミス。名探偵ライムを翻弄する怪事件に隠された意想外の真相とは！

ジェフリー・ディーヴァーの本

オクトーバー・リスト

ジェフリー・ディーヴァー
土屋晃訳

鬼才の超絶技巧が可能にした「逆順ミステリ」。物語はラストで幕を開け、章ごとに過去へと遡る。空前絶後の驚愕サスペンス。（文春文庫）

ネヴァー・ゲーム

ジェフリー・ディーヴァー
池田真紀子訳

流浪の名探偵ショウ登場。懸賞金のかけられた事件を追ってアメリカを放浪するショウは、シリコンバレーの闇に挑む！　ドラマ化決定。

魔の山

ジェフリー・ディーヴァー
池田真紀子訳

眼前で死を遂げた若者の謎を追い、山中のカルト集団に潜入するショウ。武器も援軍もない潜入捜査が暴く悪辣な完全犯罪。第二作。

ファイナル・ツイスト

ジェフリー・ディーヴァー
池田真紀子訳

非業の死を遂げたショウの父が追っていた百年前の文書。その衝撃的な文書の内容とは？推理と活劇が最高度の融合をみせる第三作。